tillie olsen

Was fehlt

aufbau

Tillie Olsen (1912–2007) Foto: Olsen Family Archives

tillie olsen

Was fehlt

Unterdrückte Stimmen in der Literatur

Aus dem Amerikanischen von
Nina Frey und Hans-Christian Oeser

Mit einem Vorwort
von Julia Wolf

aufbau

Erstmals unter dem Titel *Silences* erschienen 1978 bei
Delacorte Press/S. Lawrence in New York City.

Textgrundlage ist die aktuelle Ausgabe von The Feminist Press
at the City University of New York, 2003.

Die deutsche Ausgabe wurde herausgegeben von Nina Frey,
Nele Holdack und Hans-Christian Oeser
(vgl. Editorische Notiz, S. 347–350).

Zitate werden in den Anmerkungen (vgl. S. 323–345)
bzw. Fußnoten nachgewiesen.

MIX
Papier | Fördert
gute Waldnutzung
FSC® C083411

ISBN 978-3-351-03983-7

Aufbau ist eine Marke der Aufbau Verlage GmbH & Co. KG

1. Auflage 2022

Einbandgestaltung U1berlin, Patrizia Di Stefano
Satz Greiner & Reichel, Köln
Druck und Binden CPI books GmbH, Leck, Germany
Printed in Germany

www.aufbau-verlage.de

Inhalt

Was fehlt?
Zur Aktualität Tillie Olsens

Vorwort von Julia Wolf

In den Tagen und Wochen nach der Geburt meines ersten Kindes wollte ich ständig schreiben. Wann immer es ging, habe ich mir Zettel und Stift geschnappt und drauflosgeschrieben. Es war gar nicht so sehr das Bedürfnis, einen bestimmten Gedanken oder ein bestimmtes Wort festzuhalten, das mich antrieb, sondern die Sehnsucht nach dem Akt des Schreibens an sich. Und nach dem Bild: Da sitze ich und schreibe. Schau nur her, Welt! Das Baby ist da, und ich schreibe immer noch. So groß war meine Angst, dass meine Mutterschaft die Autorin in mir auslöschen könnte.

In den viereinhalb Jahren, die seitdem vergangen sind, habe ich mir bewiesen, dass beides geht: *books and babies**. Ich habe Bücher übersetzt, einen Roman geschrieben und Kompliz:innen gefunden, die auch Mütter und Autor:innen sind. Und dennoch überkommt mich in dem Moment, in dem klar wird, dass sich der Wunsch nach einem zweiten Kind zu erfüllen scheint und ich wieder schwan-

* »Books *or* babies« nennt Ursula K. Le Guin in ihrem Essay *The Fisherwoman's Daughter* (1988) das in ihren Augen absurde Diktum, dem zufolge sich Frauen zwischen künstlerischer Produktion und Reproduktion zu entscheiden hätten.

ger bin, eine schleichende Panik. Nachts schrecke ich aus dem Schlaf und bin mir plötzlich ganz sicher, einen Fehler zu begehen. Alles, was ich mir als Autorin aufgebaut habe, sehe ich durch dieses zweite Kind bedroht. Plötzlich komme ich mir dumm und naiv vor. War es nicht mit einem Kind schon schwer genug, die Zeit und den Raum für die kreative Arbeit zu finden? Hätte ich aus dieser Erfahrung nicht lernen und mich konsequenterweise gegen ein zweites Kind entscheiden müssen? Erst im Gespräch mit einer Freundin, die auch Mutter und Autorin ist, gelingt es mir, die Panik einzufangen. Ist es nicht verrückt, hält sie meinen Fragen entgegen, dass wir immer das Gefühl haben, etwas aufgeben zu müssen, sei es die Kunst oder die Mutterschaft?

»I lost craziness of endurance«* – mit dieser lapidaren Feststellung erklärt Tillie Olsen in ihrem bahnbrechenden Essay *Silences* von 1962 ihr eigenes zeitweiliges Verstummen als Autorin. Mitte der dreißiger Jahre hatte sich die 1912 geborene Tochter russisch-jüdischer Einwanderer bereits einen Namen im amerikanischen Literaturbetrieb gemacht und den Vorschuss für einen Roman kassiert, den sie nie zu Ende schrieb.** Neben ihrem politischen Engagement in der Kommunistischen Partei und der Arbeiterbewegung sowie den familiären Verpflichtungen (Olsen war damals bereits Mutter einer kleinen Tochter) ließ sie diese erste Chance auf literarischen Ruhm verstreichen. Sie gebar drei weitere Töchter und half unter anderem als

* »Ich verlor die Verrücktheit, die die Ausdauer verlangte«, vgl. in diesem Band, S. 51.

** 1974 wurde das Romanfragment unter dem Titel *Yonnondio. From the Thirties* veröffentlicht.

Texterin, den Lebensunterhalt der Familie zu bestreiten. In den frühen fünfziger Jahren hatte sich außerdem das politische Klima in den USA gewandelt, und Olsen und ihr zweiter Mann Jack mussten in der McCarthy-Ära aufgrund ihrer politischen Aktivitäten die Verfolgung durch den Staat fürchten. Anfangs schrieb Olsen noch in den freien Momenten zwischen Lohn- und Sorgearbeit*, etwa auf den Busfahrten zur Arbeit, aber irgendwann verließ sie schlichtweg die Kraft.

Ich verlor die Verrücktheit, die die Ausdauer verlangte – auch wenn meine Schreib- und Lebensbedingungen andere sind als die von Tillie Olsen in den vierziger und fünfziger Jahren des 20. Jahrhunderts, hat sich mir dieser Satz eingebrannt. Formuliert er doch genau das, wovor ich Angst habe: Dass ich, wenn die doppelte Belastung durch Sorge- und Lohnarbeit größer wird, womöglich nicht durchhalte als Autorin. Irgendwann keine Kraft mehr für Nachtschichten am Schreibtisch habe oder schlichtweg entscheide, dass der Preis zu hoch ist, und aufhöre zu schreiben.

Nicht nur die Last des Alltags hat Tillie Olsen vom Schreiben abgehalten, auch unter ihrem Mangel an formaler Bildung und dem hohen Anspruch an sich selbst hat sie gelitten – die Autorin, die in den siebziger und achtziger Jahren zu einer der wichtigsten Stimmen der Frauenbewegung wurde, verehrt von berühmten Kolleginnen wie Ursula K. Le Guin, Margaret Atwood und Alice Walker, hatte

* Definition von Sorgearbeit der Bundeszentrale für politische Bildung: »Care-Arbeit oder Sorgearbeit beschreibt die Tätigkeiten des Sorgens und Sichkümmerns. Darunter fällt Kinderbetreuung oder Altenpflege, aber auch familiäre Unterstützung, häusliche Pflege oder Hilfe unter Freunden. Bislang wurden diese Arbeiten überwiegend von Frauen geleistet, oft als unbezahlte Hausarbeit gesellschaftlich als notwendig und selbstverständlich angesehen.«

nie eine Universität oder ein College besucht, selbst die Highschool hatte sie ohne Abschluss abgebrochen. Eine genialische Attitüde wie etwa die von Beat-Schriftsteller Jack Kerouac, von dem es heißt, er habe *On the Road* in drei Wochen geschrieben, war ihr fremd.

1961 veröffentlichte Olsen dann unter dem Titel *Tell Me a Riddle** vier Geschichten. Diese verschafften ihr große Anerkennung (unter anderem den O. Henry Award), so dass sie in den folgenden Jahren verschiedene Stipendien erhielt und an das renommierte Radcliffe Institute, heute Teil der Harvard University, eingeladen wurde. Endlich hätte sie also die Zeit und den Raum gehabt, ungestört ihren Roman zu schreiben. Doch der Text wollte weiterhin keine rechte Form annehmen, und Olsen las mehr, als dass sie schrieb. Und so entstand während dieser Zeit statt eines Romans ein Vortrag mit dem Titel »Death of the Creative Process«, den Olsen frei anhand einer losen Zettelsammlung hielt. Ihre enge Freundin Anne Sexton tippte die Notizen im Laufe des folgenden Sommers ab, und 1965 veröffentlichte *Harper's Magazine* den überarbeiteten Text unter dem Titel *Silences*. 1974 erschienen die gesammelten Essays von Tillie Olsen unter ebendiesem Titel – der Radcliffe-Vortrag stellt den ersten Teil des Bandes dar (wie auch der vorliegenden deutschen Ausgabe), von nun an überschrieben als *Silences in Literature – Das Schweigen in der Literatur*.

Olsen nähert sich in ihren Essays dem Leben derer, die zeitweilig oder dauerhaft vom Schreiben abgehalten werden und verstummen – »Leben, die nie zum Schreiben

* Die aktuelle deutschsprachige Ausgabe erschien unter dem Titel *Ich steh hier und bügle* und wurde von Adelheid und Jürgen Dormagen ins Deutsche übersetzt (Aufbau Verlag, 2022).

fanden«. Anhand von Tagebucheinträgen, Briefen und literarischen Texten unterschiedlichster Autor:innen stellt sie die Mechanismen des *silencing* dar, wozu sie auch staatliche Repressionen wie Zensur zählt. Ihr besonderes Interesse gilt jedoch Frauen wie ihr selbst, deren Schreiben durch Mutterschaft und Sorgearbeit verhindert wurde und wird. Sie führt eine lange Liste von Autor:innen an, die nie Kinder hatten, und stellt fest, dass jene, die Kinder bekamen und trotzdem weiterschrieben, meist ökonomisch bessergestellt waren und Haushaltshilfen und Kindermädchen hatten. Unter anderen Bedingungen, so Olsen, seien Mutterschaft und Autor:innenschaft kaum zu vereinbaren.

Vom heutigen Standpunkt aus könnte man versucht sein, Olsens Analysen als historisch abzutun, immerhin sind seit der Erstveröffentlichung sechs Jahrzehnte vergangen, die Rolle von Männern bei der familiären Care-Arbeit beginnt, wenn auch langsam, sich zu wandeln, und es gibt etliche Beispiele von Autor:innen, denen der Spagat zwischen Produktion und Reproduktion durchaus gelingt. Doch meine eingangs geschilderte Panik, die ziemlich unmittelbar nach der Freude über meine erneute Schwangerschaft einsetzte, führte mir anschaulich vor Augen, wie aktuell Olsens Essays nach wie vor sind. Oder, um es mit den Worten der Autorin Mareice Kaiser zu fassen, die vor Kurzem in einem Instagram-Post schrieb: »Beuys sagt: Jeder Mensch ist ein Künstler. Ich sage: Jeder Mensch, der Zeit hat, kann ein Künstler sein. Selbstbestimmte Zeit. Jeder Mensch, der sich Zeit für Kunst nehmen kann, kann ein Künstler sein.«

Auch in anderen Aspekten sind Olsens Analysen erschreckend zeitgemäß. So korrespondiert die Methodik ihres Essays *Eine von zwölf: Frauen unter den Schreibenden*, ursprünglich von 1971, stark mit der Initiative #vorschauenzählen der Literaturwissenschaftlerinnen Berit Glanz und Nicole Seifert, die anhand der Verlagsvorschauen des Frühjahres 2020 Statistiken zur Sichtbarkeit von Frauen im deutschen Literaturbetrieb erstellt haben.* Zwar ist die Unterrepräsentation von Frauen in der deutschen Literaturlandschaft bei Weitem nicht mehr so extrem wie von Olsen in den Sechzigern für die amerikanische Literatur beschrieben, dennoch kommt Nicole Seifert in ihrem 2021 erschienenen Buch *Frauenliteratur* zu dem Schluss: »Je höher das literarische Prestige eines Verlages, desto mehr scheint er auf Männer im Programm zu setzen.«** Auch in Seiferts Kritik daran, *wie* Literatur von Frauen oftmals besprochen wird und Themen aus weiblichen Erfahrungswelten abgewertet wurden und werden, hallt das Echo von Olsens Analysen derselben Aspekte wider.

Auf vielen Ebenen ist Olsen hochaktuell. Der wichtigste und überraschendste Punkt scheint mir aber zu sein, dass Olsens Ansatz bereits in den frühen sechziger Jahren intersektional war. Stets hat sie die verschiedenen Diskriminierungskategorien wie Geschlecht, Herkunft, sexuelle Orientierung und soziale Klasse zusammengedacht. Letztere nimmt im Denken der Marxistin einen besonderen Platz ein, ökonomische Faktoren spielen bei ihr eine zentrale Rolle. So zeigt sie eindringlich, wie auch kapitalistische Markt- und Vermarktungsstrukturen Autor:innen zum

* https://www.spiegel.de/kultur/literatur/vorschauenzaehlen-anteil-von-autorinnen-in-den-fruehjahrsprogrammen-a-1301975.html (Stand: 18. Mai 2022). Einen ähnlichen Ansatz verfolgte auch die Studie #frauenzählen der Universität Rostock im Jahr 2018, Näheres unter www.frauenzählen.de.

** Nicole Seifert: *Frauenliteratur – Abgewertet, vergessen, wiederentdeckt.* Köln: Kiepenheuer & Witsch, 2021.

Verstummen bringen können. Nicht zuletzt kommt Olsens Essay das große Verdienst zu, über Jahrzehnte hinweg zahlreiche Autor:innen inspiriert zu haben, die Bedingungen ihres Schaffens und ihren Kampf um Sichtbarkeit nicht als bloßes Ergebnis ihrer individuellen Lebensbedingungen zu sehen, sondern beides im gesamtgesellschaftlichen Kontext zu begreifen.

Was fehlt. Der Titel der deutschen Erstausgabe hat eine wehmütige Note. Aktuell denke ich bei diesem Titel an all die Texte, die während der Pandemie nicht geschrieben wurden, weil ihre Autor:innen nach einem Tag mit Lohn- und Sorgearbeit und Homeschooling schlichtweg zu erschöpft waren. Wie viele Stimmen sind, zeitweise oder dauerhaft, verstummt, während doch gerade sie von den Auswirkungen der Pandemie auf die Gesellschaft erzählen könnten? Die Feststellung, dass ihre Stimmen fehlen (oder unterrepräsentiert sind), lässt sich auf viele andere Gruppen übertragen. So bemängelte beispielsweise vor Kurzem Eva Tempest in der *Berliner Zeitung* die geringe Sichtbarkeit von queeren Autor:innen in der deutschen Verlagslandschaft.*

Natürlich reicht es nicht, bei der Feststellung des Status quo, bei der Wehmut und dem Bedauern über das, was hätte sein können, stehen zu bleiben. Tillie Olsen verknüpft den Schmerz über all die ungeschriebenen Leben mit einer Forderung an die Zukunft: »Es gibt so viel Ungeschriebenes, das noch geschrieben werden muss.« Was fehlt? Als Frage formuliert, verstehe ich den Titel als stän-

* Eva Tempest: Mangelware queere Literatur: Das muss in den Klappentext!, in: *Berliner Zeitung*, 4. Mai 2022.

dige Aufforderung, den Literaturbetrieb und seine Mechanismen, ganz im Sinne Olsens, zu hinterfragen: Wen hören und lesen wir, wen nicht? Und warum nicht? Wollen wir uns wirklich damit abfinden, dass es im Zweifelsfall nur denjenigen gelingt, wie Olsen es nennt, »ihre Leben zu schreiben«, deren Bereitschaft zur Selbstausbeutung besonders ausgeprägt ist? Oder den Privilegierten, die durch ein Erbe oder eine:n Partner:in abgesichert sind und deswegen mehr Zeit für die Kunst haben?* Kann unter diesen Umständen eine Literatur entstehen, die vielfältig ist und die gesamte Gesellschaft abbildet? Was fehlt, um eine solche Literatur zu ermöglichen?

Hinsichtlich der Vereinbarkeit von Sorgearbeit und künstlerischer Produktion wird an dieser Stelle oft die Forderung nach einem Umdenken in der deutschen Stipendienlandschaft laut. Immerhin ist ein Großteil der Fördermöglichkeiten an Bedingungen geknüpft, die beispielsweise Autor:innen mit Kindern nur schwer erfüllen können. Konkrete politische Forderungen, die auf eine Verbesserung der Bedingungen von künstlerischer Produktion und Sorgearbeit abzielen, sind immens wichtig.** Im Kontext von Tillie Olsens Werk – und auch hinsichtlich meiner zeitweise zwiespältigen Gefühle gegenüber meiner eigenen Mutter- und Autorinnenschaft – erscheint es mir aber als noch grundlegender, den vermeintlichen Widerspruch

* Auch Ursula K. Le Guin räumt in ihrem eingangs von mir zitierten Vortrag *The Fisherwoman's Daughter* ein, dass sich in ihrem Fall künstlerische Produktion und Reproduktion entgegen ihrer Annahme von »*books* or *babies*« vereinbaren ließen, weil sie einen Partner hatte, der sich um den finanziellen Unterhalt der Familie kümmerte.

** Der offene Brief des Vereins ProQuote Bühne, gerichtet an die staatlich finanzierten Förderanstalten, fasst diese Forderungen sehr gut zusammen: https://www.proquote-buehne.de/jetzt/ (Stand: 18. Mai 2022).

zwischen Mutterschaft und Autorinnenschaft weiter aufzulösen und mit den Mythen, die diese beiden Identitätskategorien umgeben, zu brechen. Um schreiben zu können, heißt es bekanntermaßen bei Virginia Woolf, müssen Frauen den »Engel im Haus« töten, sich also von der viktorianischen Vorstellung von der Frau als guter Seele, die die Bedürfnisse ihrer Liebsten über ihre eigenen stellt, befreien. Ich würde hinzufügen: Um ein Leben führen zu können, in dem sie sich um andere kümmern kann – und das womöglich auch noch mit Lust und Liebe! –, muss die Autorin das Genie in sich töten. Der Rückzug von der Welt zur Erschaffung eines klassischen Werkes und die Lebensrealitäten eines Menschen mit Care-Verantwortung passen einfach nicht zusammen. Was aber nicht heißen sollte, im Jahr 2022 nicht mehr heißen darf, dass Verantwortung für andere zu übernehmen und Autor:in zu sein sich ausschließen müssen.

Tradierte Vorstellungen von Autorschaft zu hinterfragen, bedeutet für mich auch, unser Verständnis dessen zu hinterfragen, was Literatur ist und wie der Schreibprozess aussehen kann. Welche anderen literarischen Formen entsprechen meinen Lebensumständen vielleicht besser als der viel beschworene »große Wurf« des Romans? Die kanadische Nobelpreisträgerin Alice Munro hat einmal gesagt, für einen Roman habe sie neben Haushalt und Kindern keine Zeit gehabt, deswegen bestehe ihr Werk hauptsächlich aus Kurzgeschichten.* Seitdem es das Internet und die sozialen Medien gibt, ist es einfacher geworden, dem Ver-

* Gleichzeitig kritisiert Munro die mangelnde Wertschätzung der literarischen Form der Kurzgeschichte, und auch wenn diese Kritik durch ihren Nobelpreis relativiert worden sein mag, gilt er in anderen Bereichen nach wie vor, für den Deutschen Buchpreis etwa kommen nur Romane infrage.

stummen etwas entgegenzusetzen, als das zu Tillie Olsens Zeiten noch möglich war, die mit ihrem hier vorliegenden Essay-Werk eine ganz eigene Form finden musste, ihre Beobachtungen durch die Aussagen anderer zu überprüfen und zu ergänzen. In Form von Tweets und Posts entsteht heute ununterbrochen eine flüchtigere, fragmentarische, zugleich lebendige und lebensnahe Literatur, für deren Qualität beispielsweise Elisa Aseva mit ihren Texten steht.*

Eine andere Art zu schreiben hat sich mir offenbart, als ich mitten im ersten Corona-Lockdown 2020 eingeladen wurde, per Zoom an einem Austausch mit anderen Autor:innen über unsere Arbeitsbedingungen als Schreibende und Care-Arbeitende teilzunehmen. Aus diesen digitalen Gesprächsrunden erwuchs bald die Gruppe Writing with CARE / RAGE** und ein kollektives Schreibprojekt: Auf ein offenes Google-Dokument konnte jede von uns jederzeit zugreifen, das Geschriebene der anderen befragen, ergänzen, kommentieren. Kurze Zeit später war dieser Gemeinschaftstext auf über 80 Seiten angewachsen, aus denen wir dann in einem demokratischen Prozess die wichtigsten Passagen ausgesucht und collagiert haben. Nicht nur bin ich nach wie vor überaus glücklich mit dem Ergebnis dieser Kollaboration,*** auch habe ich selten einen Schreibprozess so sehr genossen. In einer Zeit, in der wir aufgrund der Pandemie alle unter der Mehrbelastung an Care-Arbeit litten und mitunter nicht wuss-

* Elisa Aseva: *Über Stunden. Posts*. Berlin: weissbooks, 2021.

** Näheres unter: www.care-rage.de.

*** Vgl.: Fragment Eins, Edit No. 81, Herbst 2020. Die Textcollage diente im folgenden Jahr als Grundlage für die Videoarbeit *Fragment Eins* der Künstlerin Ella Zwietnig.

ten, wo uns vor lauter Erschöpfung der Kopf stand, war das gemeinsame Schreiben intuitiv, spontan und wenig zeitaufwendig. Und mehr noch: Der gemeinsame digitale Raum wurde mir für einige Wochen zum Zufluchtsort, den ich mehrmals am Tag aufsuchte und der mir großen Trost spendete.

Es sind diese Momente, in denen ich mich von einer klassischen Vorstellung von Autorschaft und Werk löse, Momente, die mich zuversichtlich stimmen, dass ich auch mit dem zweiten Kind weiterschreiben werde. Der kreative Prozess wird dann vielleicht anders aussehen, als ich es erwartet habe. Die Beschäftigung mit unseren Vorkämpfer:innen wie Tillie Olsen, sie mit ihrem Werk wiederzuentdecken, ebenso wie die Solidarität mit anderen Care-Arbeitenden im Literaturbetrieb sind für die Entwicklung meines neuen Selbstverständnisses als Autorin und Mutter von essenzieller Bedeutung. Dazu gehört auch Olsens Anspruch, nicht nur das eigene Schreiben und seine Bedingungen in den Blick zu nehmen, sondern das gesellschaftliche Gesamtbild.

Mit ihren Essays hatte Tillie Olsen zu einer neuen Art des Schreibens gefunden. Und ich kann nicht umhin, diese auf Notizen und Fragmenten beruhende Arbeitsweise mit dem Prozess des kollektiven Schreibens zu vergleichen. Beides zielt darauf ab, eine Gemeinschaft herzustellen, verschiedene Stimmen zueinander in Beziehung zu setzen. Und bei beiden kreativen Prozessen tritt das Autor:innen-Ego zurück, wendet sich die Autor:in ganz bewusst der Welt zu und nicht von ihr ab. Hätte Tillie Olsen mit dem großen Roman, den sie immer schreiben wollte, genauso viele Menschen *empowern* und inspirieren können, wie sie es mit ihren Erzählungen und Essays getan hat? Die Antwort auf diese Frage muss Spekulation bleiben. Fest steht, dass Tillie Olsen uns mit ihren Essays eine Vision von einem literarischen Miteinander geschenkt hat, von einem Raum, in dem alle Stimmen gehört werden.

Julia Wolf, Mai 2022

Ein Geist wohnt in den Höhn,
»Dessen Herz einer Laute gleicht«;
Wie Israfel so schön
Singt keiner in den Höhn [...].

Der Schatten deiner Wonne fällt
Auf uns als Sonnenschein.

O wär ich schnell, wo Israfel
Gewohnt, und er wär ich –
Er säng wohl nicht so flammend hell
Ein sterblich Lied; doch ich,
Ich säng aus solcher Leier Quell
Ein Lied, dem keines glich![1]

– Edgar Allan Poe

Hätte Milton das gleiche Los gehabt wie Kaspar Hauser, er wäre ebenso geistlos geblieben wie jener.[2]

– Herman Melville

Wäre Goethe als Kind entführt und irgendwo tief in einem deutschen Wald von einer Räuberbande großgezogen worden, die Welt hätte auf »Faust« und »Iphigenie« wohl verzichten müssen. Aber Goethe wäre dennoch Goethe gewesen – kühner und klüger als alle seine Zeitgenossen. Abends am Wachfeuer hätte er wüste Gesänge von Mord und Totschlag geschmettert, bis die finsteren Gesichter ringsum vor Aufregung gezuckt hätten.[3]

– Olive Schreiner

Wäre Tolstoi als Frau zur Welt gekommen ...[4]

– Virginia Woolf

Hätte, wäre ...

1.

Das Schweigen in der Literatur

Ursprünglich ein 1962 anhand von Notizen im Rahmen eines wöchentlichen Kolloquiums am renommierten Radcliffe Institute frei gehaltener Vortrag. 1965 in *Harper's Magazine* veröffentlicht.

Die Geschichte, ja die Gegenwart der Literatur ist in den Mantel des Schweigens gehüllt: Bald ist es das jahrelange Schweigen anerkannter Größen der Literatur, bald ein Schweigen im Verborgenen; manchmal das Verstummen, nachdem *ein* Werk erschienen ist; manchmal die Tatsache, dass es gar nicht erst zu einer Veröffentlichung in Buchform kommt.

Was passiert in dieser Zeit mit der Schöpferin oder dem Schöpfer, mit dem schöpferischen Prozess? Was braucht das Schöpferische, um sich verwirklichen zu können? Ohne die Absicht oder den Anspruch, literaturwissenschaftlich vorzugehen, verspürte ich im Laufe der Jahre das Bedürfnis, alles darüber zu lernen, was ich in Erfahrung bringen konnte, blieb ich doch selber fast stumm und musste die Schriftstellerin in mir wieder und wieder sterben lassen.

Es geht hier nicht um *natürliches* Schweigen, um das, was Keats »*agonie ennuyeuse*«[1] nannte – jene Zeitspanne im natürlichen Schaffenszyklus, die notwendig ist für Erneuerung, Brachliegen, Reifen. Das Schweigen, von dem ich spreche, ist unnatürlich: die unnatürliche Vereitelung dessen, was sich abmüht, ins Leben zu treten, dies aber nicht vermag. In den überkommenen, den offensichtlichen Parallelen gesprochen: wenn der Same auf Stein fällt; wenn der Boden nicht nahrhaft, der Frühling trügerisch, die Zeit von Dürre, Mehltau oder Parasitenbefall gekennzeichnet ist; wenn der Frost verfrüht einsetzt.

Ein solches Schweigen ist selbst den großen Gestalten der Literatur nicht unbekannt – Thomas Hardy, Melville, Rimbaud, Gerard Manley Hopkins. Sie verraten uns kaum, weshalb oder auf welche Weise ihre kreative Ader verkümmerte und am Ende versiegte – falls sie es denn tat.

»Zu weniger und weniger / Schrumpfen die Visionen, die groß in mir waren«,[2] schreibt Thomas Hardy, dreißig Jahre nachdem er angesichts der Gehässigkeit des viktorianischen England gegenüber seinem *Jude the Obscure* aufgehört hatte, Romane zu schreiben. (»[...] und so endete sein Prosabeitrag zur Literatur [...]. Die Erfahrungen der wenigen letzten Jahre hatten all sein Interesse an dieser Form [...] völlig zerstört«[3] – so die offizielle Erklärung.) Doch die großartige Poesie, die er bis an sein Lebensende schrieb, genügte nicht, um jene gewaltigen Visionen zu erhalten und fortzuentwickeln, die fünfundzwanzig Jahre lang ihren Ausdruck von Roman zu Roman gefunden hatten. Menschen, Lebenslagen, Beziehungen, Landschaften – in Gedicht um Gedicht verlangen sie nach jenem umfassenderen Leben.

Bei Hopkins waren es nicht schrumpfende Visionen, sondern eine andere Folter. Sieben Jahre lang hielt er sich an sein religiöses Gelübde, keine Gedichte zu schreiben, konnte er auch das Auge des Dichters nicht schließen: »Erwähltes Schweigen, sing mir vor / Und schlag mir an das Wirtelohr«.[4] »Mein Ohr ist lange vom Echo eines neuen Rhythmus verfolgt worden, den ich inzwischen zu Papier gebracht habe«,[5] schreibt er über das erste Gedicht, dem er gestattete, das siebenjährige Schweigen zu brechen. Doch die Dichtung (»Dies zu horten ungehört, / Hören ungehütet«)[6] konnte nur die geringste und die letzte seiner schweren priesterlichen Pflichten sein. Neunzehn Gedichte, mehr vermochte er in den letzten neun Lebensjahren nicht hervorzubringen – für uns Fülle, für ihn jedoch, der von sich sagte: »Es bringt mich um, Eunuch der Zeit zu sein, der niemals zeugen kann«,[7] eine über alle Maßen schmerzhafte Tortur.

Rimbauds Schweigen wird von Schweigen umhüllt. Gab es auch hier die Folter durch das Ungeschriebene; die Heimsuchung durch Rhythmen, durch Visionen; den Schmerz über nachlassende Kräfte, siebzehn Jahre nachdem er die unerträgliche Welt der Literatur aufgegeben hatte? Wir wissen nur, dass das Bedürfnis zu schreiben bis in die ersten Jahre seines Umhervagabundierens vorhielt, dass er schrieb:

> Hatte ich *einst* nicht eine liebenswerte Jugendzeit, heldisch, märchenhaft, auf goldene Blätter zu schreiben – zu viel Glück! Durch welche Schandtat, durch welchen Irrtum habe ich meine jetzige Ohnmacht verdient? Ihr, die ihr vorgebt, dass Tiere Seufzer des Kummers ausstoßen, dass Kranke verzweifeln, Tote schlecht träumen, versucht ihr, meinen Sturz und meinen Schlaf zu erzählen. [...] *Ich kann nicht mehr sprechen!*[8]

Dass er auf seinem Sterbebett wieder wie ein Dichtervisionär sprach.

Melvilles Stadien auf dem Weg zu seinem dreißigjährigen Prosa-Schweigen sind am unzweideutigsten. Eine Vorahnung davon findet sich in seinem berühmten Brief an Hawthorne, als er *Moby Dick* zu Ende bringen musste:

> […] so sehr werde ich von den obwaltenden Umständen hin und her geworfen. Die Ruhe, die kühle Gelassenheit, die stille, graswachsende Stimmung, die man *eigentlich* zum Schreiben braucht, – die, fürchte ich, ist mir leider nur selten vergönnt. Ich stehe unter dem Bannfluch des Dollars […]. Was mich am meisten zu schreiben drängt, das unterliegt dem Bann – es zahlt sich nicht aus. Aber auf jene so ganz *andere* Weise zu schreiben, das kann ich nicht. Also ist das Ergebnis am Ende ein Mischmasch […].[9]

Wiederholt wird ebendies in dem Roman *Pierre*. Pierre schreibt jenes Buch, »dessen unauslotbare Sehnsucht ihm das Blut aussaugt […], als ihm endlich bewusst wurde, dass seine Hoffnungen auf Brot umso geringer wären, je mehr Weisheit und Tiefe er erlangte […].«[10]

Besessen zu sein; es am Ende mit einem Mischmasch versuchen zu müssen; das eigene Werk »düstrem / Diebstahl, Nichtbeachtung«[11] ausgesetzt zu sehen; von Dollars zu einer Tätigkeit im Zollhaus verdammt zu sein; nur müde Abende und Sonntage zum Schreiben zur Verfügung zu haben –

> Wie bitter empfand Pierre, der stumm blieb, wenn der törichte Millthorpe ihn wegen einiger Wochen und Monate Verzögerung schalt, wie bitter empfand er da in seinem Herzen, dass die Verfasser der meisten großen Werke der Menschheit nicht Wochen und Monate, nicht Jahr um Jahr, sondern ihr ganzes Leben aufgeopfert und dargebracht hatten.[12]

Ist es da nicht begreiflich, dass Melville Werke zu verbrennen begann und später gar keine mehr verfasste? »Besorgt um euer Los, hab ich verdrossen / In euer Schicksal euch jetzt eingeschlossen.«[13] Dass er sich der Gelegenheitsdichtung zuwandte, die sich zeitlich bewältigen ließ – um »durch die Nacht den himmlischen Funken zu nähren«?[14] Eine dreißigjährige Nacht. Er war schon fast siebzig, bevor er dem Hafenzoll den Rücken kehren konnte und wieder unbegrenzte Zeit zum Schreiben hatte, zum Schreiben von Prosa. »Das Alter, der dumpfe Betäuber«, die Verheerungen der »dürren Jahre, die verrannen«,[15] mussten verarbeitet werden. Drei Jahre immer neuer Anläufe, ehe er sich in der Lage fühlte, mit der Niederschrift von *Billy Budd* anzufangen (der Kern der Geschichte musste ein halbes Jahrhundert warten); drei weitere Jahre bis zu den letzten Tagen seines Lebens (er, dem das Schreiben so leichtgefallen war); das langsame, mühevolle, nie zufriedenstellende Schreiben und Umschreiben des Werkes.*

Verwandt mit diesem jahrelangen Schweigen ist das *verborgene* Schweigen; Werke, die abgebrochen, verschoben, verneint werden – *verborgen* werden von Werken, die sich haben verwirklichen lassen. Hierher gehört Hopkins; hierher gehören mit ziemlicher Sicherheit William Blake, Jane

* »Aber Sie wissen vermutlich nicht, dass ich in meinem achten Jahrzehnt stehe. Nach fast zwanzig Jahren Arbeit als Zollbeamter im Außendienst ist mir erst seit kurzem uneingeschränkte Muße vergönnt, dies freilich erst, da meine Lebenskraft naturgemäß merklich nachlässt. Das Wenige, was davon noch übrig ist, spare ich für noch unvollendete Dinge auf, die allerdings womöglich nie vollendet werden.« [Brief von Herman Melville an Archibald MacMechan, 5. Dez. 1889. In: Ders.: *Ein Leben. Briefe und Tagebücher*. Hrsg. v. Daniel Göske. Übers. v. Werner Schmitz u. Daniel Göske. München: Hanser, 2004. S. 681.] *Billy Budd* wurde nie vollendet; herausgegeben wurde die Seenovelle nach Entwürfen, die man erst nach Melvilles Tod fand.

Austen, Olive Schreiner, Theodore Dreiser, Willa Cather, Franz Kafka, Katherine Anne Porter und viele andere zeitgenössische Schriftstellerinnen und Schriftsteller.

Auch die Zensur bringt zum Schweigen. Streichungen, Auslassungen, Verzicht auf ein Genre (wie im Falle Thomas Hardys); die Lähmung der Leistungsfähigkeit (wie etwa Dreisers zehnjähriger Stillstand bei *Jennie Gerhardt* nach dem Proteststurm gegen *Schwester Carrie*). Verlagszensur: die Ablehnung eines Sujets oder seiner Behandlung als »ungeeignet« oder »nicht marktfähig«. Selbstzensur. Religiöse, politische Zensur – die mitunter die Erfindungsgabe anspornt, zumeist aber (lesen Sie Dostojewskis Briefe!) eine zermürbende Wirkung hat.

Der Extremfall: Schriftsteller, die von Regierungen physisch zum Schweigen gebracht werden. Isaak Babel, die Jahre der Inhaftierung, was mag in ihm vorgegangen sein hinsichtlich dessen, was niedergeschrieben werden wollte? Oder in Oscar Wilde, dem bis in die letzten Monate seiner Zuchthausstrafe nicht einmal ein Bleistift gestattet war?

Andere Arten von Schweigen. Das wahrhaft denkwürdige Gedicht oder Buch, eine unvergessliche Erzählung – danach wird der Autor oder die Autorin nicht wieder verlegt.* Trugen alle diese Schriftstellerinnen und Schriftsteller nur *ein* Werk in sich (war das Leben zu »dürr« für den herandrängenden Stoff, für Erneuerung), war ihr Respekt vor der Literatur zu groß, als dass sie sich hätten wiederholen wollen? War es »das Messer perfektionistischer Haltung in Leben und Kunst«[16], das sie an der Kehle spür-

* So Jean Toomer (*Zuckerrohr*), Henry Roth (*Nenn es Schlaf*), Edith Summers Kelley (*Weeds*).

ten? Waren die für die Entwicklung kreativer Gewohnheiten erforderlichen Bedingungen nicht gegeben (eine junge Colette, die keinen Willy hatte, der sie Tag für Tag in ihrem Zimmer einschloss)? Oder gab es – wie sich anhand unzähliger Beispiele belegen ließe – andere Anforderungen, andere Verantwortlichkeiten, so dass das Schreiben nicht an erster Stelle stehen konnte? (Schreibende einer Klasse, eines Geschlechts oder einer Hautfarbe, die in der Literatur nur am Rande vertreten sind – für sie ist es eine erschöpfende Leistung, trotz verschwindend geringer Chancen eine »schriftliche« Stimme gefunden zu haben.) Es ist ein aufschlussreicher Sachverhalt, dass das Verstummen nach nur *einem* Buch auf die meisten schwarzen Schriftstellerinnen und Schriftsteller zutrifft: »Von zweiundsechzig Romanciers, die zwischen 1853 und 1952 geschrieben haben, haben vierzig – oder zwei Drittel – nur einen Roman veröffentlicht. Elf weitere haben nur zwei Romane und nur elf mehr als zwei veröffentlicht.«[17]

Es gibt ein allgemein verbreitetes Schweigen, das ich nur im Vorübergehen erwähnen möchte: das Fehlen von Kreativität, wo sie einst vorhanden war; keine große Literatur mehr schaffen zu können, selbst wenn Jahr für Jahr weitere Bücher erscheinen. Jener Selbstmord des kreativen Prozesses, wie ihn Hemingway so präzise in *Schnee auf dem Kilimandscharo* geschildert hat:

> Er hatte seine Begabung damit zerstört, dass er sie nicht benutzt, dass er sich selbst und das, woran er glaubte, verraten hatte, dass er so viel trank, bis die Schärfe seiner Wahrnehmungen litt, durch Faulheit, durch Trägheit, durch Snobismus, durch Hochmut und durch Vorurteil [...]. Er hatte in der

> einen oder anderen Form Vitalität verkauft sein ganzes Leben lang, […] und er hatte alles, was von seinem alten Leben übrig war, verschachert. Er hatte es verschachert für Sicherheit, auch für Luxus […].[18]

Nein, nicht Scott Fitzgerald. Hier geht es nicht um den Tod der Kreativität, nicht um Verstummen, sondern darum, was geschieht, wenn man sein Talent opfert: »Ich bin kein bedeutender Mensch, aber manchmal denke ich, dass die unpersönliche und objektive Qualität meines Talents und seine stückweise Aufopferung, um den Wert seines Wesens zu bewahren, eine Art epische Größe besitzen. Zu später Stunde jedenfalls nähre ich mich mit Wahnvorstellungen dieser Art.«[19]

Fast unbemerkt ist das Schweigen im Vorfeld, *vor* der Leistung. (Als Emerson Whitmans Genius bejubelte, riet er ganz richtig, dass hinter der großen Laufbahn »schon ein weites Feld der Vorbereitung liegen muss, nach solch einem Start zu urteilen«.[20]) George Eliot, Joseph Conrad, Karen Blixen, Sherwood Anderson, Dorothy Richardson, Elizabeth Madox Roberts, A. E. Coppard, Angus Wilson, Joyce Cary – alle kurz vor oder in ihren Vierzigern, bevor sie veröffentlicht wurden; Lampedusa, Maria Dermoût (*Die zehntausend Dinge*), Laura Ingalls Wilder, die »Kinderbuchautorin«, erst in ihren Sechzigern.* Ihre Leistung lag schon früh darin, »einer der Menschen zu sein, denen nichts entgeht«;[21] auch nicht die Qualitäten anderer Autoren. Nicht alle waren, so wie Anderson, in

* Andere Fallbeispiele für Schweigen im Vorfeld: Elizabeth (Mrs) Gaskell, Kate Chopin, Cora Sandel, Cyrus Colter, Hortense Calisher.

diesen Jahren des »weiten Felds der Vorbereitung« gequält und gepeinigt; einige bedurften der Lähmung durch eine langwierige Krankheit oder eines schweren Verlusts oder der plötzlichen Aufhebung von Verantwortung, die Schreiben notwendig, die Schreiben möglich machte; andere warteten auf glücklichere Umstände, auf Ermutigung (George Eliot und ihr Partner George Henry Lewes; Laura Ingalls Wilder und das Insistieren ihrer Tochter Rose Wilder Lane, sie möge ihr erzählerisches Talent dem Papier überantworten).

Eng verwandt mit dem Schweigen der letzteren Gruppe ist das Schweigen dort, wo Menschen überhaupt nicht zum Schreiben kamen. Darunter die stummen, unrühmlichen Miltons; jene, deren wache Stunden ganz dem Kampf ums Überleben galten; die kaum Gebildeten; die Analphabeten; Frauen. Ihr Schweigen ist das Schweigen der Jahrhunderte darüber, wie das Leben für den größten Teil der Menschheit verlief und noch immer verläuft. Natürlich finden sich Spuren ihrer Tätigkeit in Volksliedern, Wiegenliedern und Fabeln, in der Sprache selbst, in Witzen und Sprüchen, im Aberglauben – doch von den Schöpfern oder wie es ihnen erging, wissen wir nichts. Bei der Phantasievorstellung eines im tiefsten Afrika geborenen Shakespeare (da es ja wenigstens *einen* solchen Shakespeare gegeben haben muss) bedeutete das Ritual, die mündliche Erzählkunst Erfüllung? Oder war da eine innere Unruhe, ein unbestimmtes Sehnen, ein Gefühl der Beengung? War es so, wie es Virginia Woolf in *Ein eigenes Zimmer* von den Frauen vermutete?

> Dennoch muss es sowohl unter Frauen wie auch in der Arbeiterklasse eine Art von Genie gegeben ha-

> ben. [...] Aber gewiss schlug es sich nie aufs Papier nieder. Wenn man jedoch von einer Hexe liest, die ertränkt wurde, von einer Frau, die von Teufeln besessen war, von einer weisen Frau, die Kräuter feilhielt, oder sogar von einem außergewöhnlichen Mann, der eine Mutter hatte, dann, denke ich, sind wir einer verhinderten Romanschriftstellerin auf der Spur, einer unterdrückten Dichterin, einer stummen und unbekannten Jane Austen, einer Emily Brontë, die sich auf dem Moor den Schädel einschlug oder Fratzen schneidend auf den Landstraßen umherirrte, wahnsinnig von der Folter, der sie durch ihre Begabung ausgesetzt war.[22]

Auch Rebecca Harding Davis, deren Werk dem Vergessen anheimgefallen ist (als eine Frau, die vor hundert Jahren lebte, war sie nahe daran, selber stumm zu bleiben), stellte Vermutungen über Schweigende in Zeiten des Zwölfstundentags, der Sechstagewoche an. In *Life in the Iron-Mills* schreibt sie über einen des Lesens und Schreibens unkundigen Hüttenarbeiter, der große Formen in die Schlacke meißelt: »[...] sein unbändiger Durst nach Schönheit – sie zu erkennen, sie zu erschaffen; etwas zu *sein* – er weiß nicht, was –, etwas anderes, als er ist. Es gibt Augenblicke, da ihn eine vorüberziehende Wolke, die Sonne, die auf lila Disteln erglänzt, ein freundliches Lächeln, das Gesicht eines Kindes mit leidenschaftlichem Schmerz erfüllt [...]«;[23] Margret Howth in der Textilfabrik:

> In der Welt gab es Dinge, die, wie sie selbst, beschädigt waren – die nicht verstanden – Hunger nach Wissen hatten. [...] Andere Dinge sahen ihre

> Augen schneller als unsere: zarte oder gewaltige Linien, die sie unbewusst fortwährend suchte – in den unscheinbarsten Dingen […]. War es Schwäche oder Unwissenheit, die ihr alles, was sie sah oder berührte, näher, menschlicher erscheinen ließ als Ihnen oder mir? Sie gewöhnte sich nie daran, so wie andere Leute zu leben […].[24]

Sie gewöhnte sich nie daran, so wie andere Leute zu leben. War es zum Beispiel so?

Dies nur einige Beispiele für Schweigen in Fällen, wo das Bedürfnis und die Fähigkeit, zu schaffen, von hoher Bedeutung war, eine unvollständige Auflistung des Unvollständigen.

Was nun ist das schöpferische Werk, was sind die Umstände, die es braucht, um sich voll entfalten zu können – festgehalten in Tagebüchern, Briefen, Notizen der Praktizierenden selbst: Henry James, Katherine Mansfield, André Gide, Virginia Woolf; in den Briefen Flauberts, Rilkes, Joseph Conrads; in Thomas Wolfes *Geschichte eines Romans*, Valérys *Antrittsvorlesung zum Kolleg über Poetik am Collège de France*? Inwieweit können sie das Schweigen erklären?

»Unaufhörliche Arbeit ist das Gesetz der Kunst wie das des Lebens«,[25] schrieb (und demonstrierte) Balzac:

> Nun kommt aber das Erzeugen, das Hervorbringen, das mühselige Aufziehen des Kindes. Es muss jeden Abend genährt, schlafen gelegt, jeden Morgen mit unerschöpflicher Mutterliebe wachgeküsst, gereinigt und hundertmal in schöne Kleider gehüllt werden, die immer wieder zerreißen. Den tollen Wirrwarr des Lebens zu bändigen und

> in einem Meisterwerke der Skulptur, Malerei, Dichtkunst oder Musik zu neuem Leben wiedererstehen zu lassen, das zu allen Menschen spricht, das heißt künstlerisches Schaffen.[26]

»Ohne Amt, fast ohne Verkehr«, berichtet Rilke. »Ich kam dann zu den Freunden nach Schweden, die mir alles boten, was die offenste Gastfreundlichkeit geben kann, aber doch das nicht geben konnten, dieses unbegrenzte Alleinsein, dieses Jeden-Tag-wieder-ein-Leben-Nehmen, dieses Mit-allem-Sein, kurz den Raum, den man nicht absieht und in dem man mitten drinnen steht, von Unzähligem umkreist.«[27]

Unbegrenztes Alleinsein, wie es Joseph Conrad erlebte:

> Ich weiß einzig, dass ich zwanzig Monate hindurch [...] wie der Prophet alter Zeiten »mit dem Herren gerungen« hatte, gerungen um meine Schöpfung [...]. Das mögen starke Worte sein, doch ist es schwierig, auf andere Weise die Innigkeit und die Anspannung der schöpferischen Bemühungen anzudeuten, welche den Geist, die Seele und das Bewusstsein Stunde um Stunde und Tag um Tag völlig in Anspruch nimmt [...]. Denn auch das ist ein Ringen des Menschen mit der Macht seines Schöpfers; es vollzieht sich ohne die Annehmlichkeiten und Tröstungen des Lebens, in völliger Abgeschiedenheit von der Welt, ein einsamer Kampf [...].
>
> Ich nehme an, dass ich gelegentlich zu Bett gegangen und ebenso oft wieder aufgestanden bin. Wahrscheinlich schlief ich und wahrscheinlich

> aß ich auch das, was man vor mich hinstellte, redete auch bei passender Gelegenheit zusammenhängend zu meinen Mitbewohnern. Doch war ich mir des gleichmäßigen Ablaufes der Tage keinen Augenblick bewusst, den eine stille, wachsame, unermüdliche Liebe mir leicht und geräuschlos regelte.[28]

Demnach bedarf es häuslicher Unterstützung, des gleichmäßigen Ablaufes der Tage, leicht und geräuschlos geregelt.

»Ach, das schreckliche Gesetz des Künstlers«, sagt Henry James, »das Gesetz der Befruchtung, der Fruchtbildung, das Gesetz, durch das alles Wasser auf seine Mühle wird – kurz, das Gesetz von der Annahme aller Erfahrung, allen Leidens, *allen* Lebens, *aller* Eingebung, Empfindung und Erleuchtung [...]: Dies und dies allein kann die einzige Lehre sein, die ich aus *allem* ziehe. [...] Kombinationen und Inspirationen durch tiefe und beharrliche Aufmerksamkeit und Überlegung ins Leben zu locken –, das ist das Einzige – und ich verleugne es bei weitem zu oft [...].«[29]

Thomas Mann schreibt von »dieser Last, diesem Druck, dieser Gewissensqual, diesem Meer, das auszutrinken, dieser furchtbaren Aufgabe, die sein Stolz und sein Elend, sein Himmel und seine Verdammnis war«.[30]

> Ahnte man, wie viel Zucht und Selbstüberwindung ein Satz, ein strenger Gedanke ihn kostete? [...] Vom ersten rhythmischen Drange innerer Kunst nach Stoff, Materie, Möglichkeit des Ergusses – bis zum Gedanken, zum Bilde, zum Worte, zur Zeile: welch Ringen! welch Leidensweg![31]

Erhellt das allmählich, was Melvilles Pierre so bitter empfand und was die Literaturgeschichte bestätigt – dass die meisten großen Werke der Menschheit einem Leben abgerungen sind (sein können), das aufgeopfert und dargebracht wurde? Wie anders ließe sich die unaufhörliche Arbeit, die furchtbare Aufgabe, das schreckliche Gesetz, die Beharrlichkeit ertragen? Die Fülle des Ichs: das bedeutet die Fülle der Zeit immer dann, wenn das Werk sie benötigt. (Jene Fülle der Zeit, für die sich Emily Dickinson aus der Welt zurückzog.)

Doch was, wenn sich jene Fülle der Zeit nicht ergibt, ganz zu schweigen von der Fülle des Ichs? Was, wenn Schriftstellerinnen und Schriftsteller, wie in einigen dieser Fallbeispiele des Schweigens, neben ihrer eigentlichen Berufung einem regulären Beruf nachgehen müssen – wie heute nahezu alle Kunstschaffenden in den Vereinigten Staaten?

Ich kenne die Theorie (verwandt mit dem Satz »In der Dachstube Hunger leiden bringt große Kunst hervor«), der zufolge ebendiese Umstände der Kreativität förderlich seien. Ebenso weiß ich, dass eine Berufstätigkeit jungen Anfängern, denjenigen, die ein solches Bedürfnis verspüren, einen wertvollen Zugang zum Leben verschaffen kann, den sie andernfalls nicht hätten. Einige (ich denke an die Ärzte, die unvergleichlichen: Anton Tschechow und William Carlos Williams) können, aus besonderen Gründen, beides bewältigen. Doch die Wirklichkeit bezeugt: Substanzielle schöpferische Arbeit erfordert Zeit, und bis auf seltene Ausnahmen haben nur »Vollzeitarbeitende« sie zuwege gebracht. Wo die Erfordernisse des Schaffens nicht an erster Stelle stehen, sind die Ergebnisse kümmerlich: unvollendete Arbeiten; unbedeutende Anstrengungen und unwesentliche Leistungen; Schweigen. (Die Verzweiflung, die in dem sonderbaren System des bloßen Existenzminimums, das wir uns für unsere Kunstschaffenden ausgedacht haben, jene Berge von Bewerbungen um Stipendien der Stiftungen – ungeteilte Zeit – erklärt.)

Über der Abfassung des Romans *Das Narrenschiff* vergingen zwanzig Jahre, in denen Katherine Anne Porter, die eigentlich nur zwei benötigt hätte, versuchte, »an den Schreibtisch zu gelangen, an die Schreibmaschine, weg von meinen Aufgaben: zu unterrichten, durchs Land zu reisen und den Haushalt zu führen«.[32] »Wissen Sie, wie Sie Ihre Erinnerungen angereichert, Ihren Figuren etwas hinzugefügt haben? Oder geschah das im Unterbewusstsein? Haben Sie diesen Figuren weitere Einzelheiten hinzugefügt, so wie eine Perle Schicht um Schicht wächst?«, wurde sie gefragt und antwortete: »Ich finde, das ist eine großartige Frage – dass Sie als Romanschriftsteller mich das fragen! Sie wissen ganz genau, dass alles damit beginnt, ja, wie das irritierende kleine Sandkorn, das Schichten ausbildet und zur Perle wird. Das kleine Sandkorn habe ich natürlich ummantelt, so dass jeder es vergisst.«[33]

Mag sein, mag sein, aber ich möchte es bezweifeln. Unterirdische Kräfte können einen dazu zwingen, zu warten, doch sind sie sehr wählerisch, was die Art des Wartens betrifft. Bevor sie die Schöpferin nähren, müssen sie selbst genährt, leidenschaftlich genährt werden mit dem, woran gearbeitet werden muss. »Wir halten unser Verlangen vor uns hin, so wie man einen Magneten über ein Gemisch von zusammengesetztem Staub hält, aus welchem sich plötzlich ein Eisenkörnchen lösen wird«,[34] sagt Paul Valéry. Ebendas bedeutet aufnahmebereites Warten ohne Anforderungen, die »ein unabgelenktes Zentrum des Seins«[35]

verhindern. Und wenn sich die Reaktion einstellt, müssen Sie sofort für die Arbeit verfügbar sein. Wenn Sie nicht sofort an die Arbeit gehen, könnte sich alles verflüchtigen wie ein Traum; schlimmer noch, künftige Werke könnten gefährdet sein – denn nur die Verarbeitung und Entwicklung des Materials setzt die schöpferischen Kräfte für künftige Werke frei.

Es gibt ein Leben, in dem all das dokumentiert ist: Franz Kafkas. Für jeden hier angeführten Eintrag aus seinen *Tagebüchern* gibt es fünfzig weitere, die auf ebenso unerträgliche Weise von der verzweifelten Anstrengung zeugen, Zeit zu gewinnen, von (uns) verloren gegangenen Werken, von der Beeinträchtigung der Schaffenskraft (und des Körpers), weil Werke abgewehrt, unterbrochen, verschoben, beseitegelegt, dem Tod überantwortet werden müssen.

»Diesem Literarischen kann ich mich nun nicht vollständig hingeben, wie es sein müsste, und zwar aus verschiedenen Gründen nicht«, erklärt Kafka im Jahre 1911. »Abgesehen von meinen Familienverhältnissen könnte ich von der Literatur schon infolge des langsamen Entstehens meiner Arbeiten und ihres besonderen Charakters nicht leben [...].«[36] Daher sei er Beamter in einer Sozialversicherungsanstalt.

> »Nun können diese zwei Berufe einander niemals ertragen und ein gemeinsames Glück zulassen. Das kleinste Glück in einem wird ein großes Unglück im zweiten. Habe ich an einem Abend Gutes geschrieben, brenne ich am nächsten Tag im Bureau und kann nichts fertigbringen. Dieses

Hinundher wird immer ärger. Im Bureau genüge ich äußerlich meinen Pflichten, meinen innern Pflichten aber nicht, und jene nichterfüllte innere Pflicht wird zu einem Unglück, das sich aus mir nicht mehr rührt.[37]

1911

Ich glaube, diese Schlaflosigkeit kommt nur daher, dass ich schreibe. Denn so wenig und so schlecht ich schreibe, ich werde doch durch diese kleinen Erschütterungen empfindlich, spüre besonders gegen Abend und noch mehr am Morgen das Wehen, die nahe Möglichkeit großer, mich aufreißender Zustände, die mich zu allem fähig machen könnten [...]. Jetzt aber verursacht mir dieser Zustand neben schwachen Hoffnungen nur Schaden, da mein Wesen nicht genug Fassungskraft hat, die gegenwärtige Mischung zu ertragen, bei Tag hilft mir die sichtbare Welt, in der Nacht zerschneidet es mich ungehindert. [...]
Das Bewusstsein meiner dichterischen Fähigkeiten ist am Abend und am Morgen unüberblickbar. Ich fühle mich gelockert bis auf den Boden meines Wesens und kann aus mir heben, was ich nur will. Dieses Hervorlocken solcher Kräfte, die man dann nicht arbeiten lässt [...].«[38]

... die man dann nicht arbeiten lässt ...

1911

Nichts bringe ich fertig, weil ich keine Zeit habe und es in mir so drängt.[39]

1911

Ich ziehe, wenn ich nach langer Zeit zu schreiben anfange, die Worte wie aus der leeren Luft. Ist eines gewonnen, dann ist eben nur dieses eine da und alle Arbeit fängt von vorne an.[40]

1914

Gestern zum ersten Mal seit längerer Zeit in zweifelloser Fähigkeit zu guter Arbeit. Und doch nur die erste Seite des Mutterkapitels [...]. Wieder eingesehn, dass alles bruchstückweise und nicht im Laufe des größten Teiles der Nacht (oder gar in ihrer Gänze) Niedergeschriebene minderwertig ist und dass ich zu diesem Minderwertigen durch meine Lebensverhältnisse verurteilt bin.[41]

1915

Die fortwährenden Versuche, durch viel Schlaf am Nachmittag die Fortsetzung der Arbeit bis tief in die Nacht zu ermöglichen, waren sinnlos, denn ich konnte doch schon nach den ersten vierzehn Tagen sehn, dass es mir meine Nerven nicht erlauben, nach ein Uhr schlafen zu gehn, denn dann schlafe ich überhaupt nicht mehr ein, der nächste Tag ist unerträglich, und ich zerstöre mich.[42]

1915

Die Zerstreutheit, die Gedächtnisschwäche, die Dummheit! [...]
Nutzlos verbrachte Tage, sich im Warten verbrauchende Kräfte und trotz allem Nichtstun die wehenden und bohrenden Schmerzen im Kopf. [...]

> Immer diese hauptsächliche Angst: Wäre ich 1912 weggefahren, im Vollbesitz aller Kräfte, mit klarem Kopf, nicht zernagt von den Anstrengungen, lebendige Kräfte zu unterdrücken![43]

Zernagt bis zur Tuberkulose. Als er sich selbst und Zeit zum Schreiben gefunden hatte, konnte sein Körper nicht länger leben. Er wurde einundvierzig.

Ich denke an Rilke, der schrieb: »[...] und wenn ich Verantwortung gesagt habe, so meinte und ersehnte ich Verantwortung für das tiefste innerste Dasein einer lieben, mit mir unzerstörbar zusammenhängenden Wirklichkeit [der des Schreibens]«,[44] und der ebenfalls schrieb: »[...] alles Lebendige, das *Anspruch* macht, stößt in mir auf ein unendliches Ihm-recht-Geben, aus dessen Konsequenzen ich mich dann schmerzlich wieder zurückziehen muss, wenn ich gewahre, dass sie mich völlig aufbrauchen«.[45] Dies traf auch auf Kafka zu, so verschieden ihrer beider Leben verlief. Wenn sich Rilke solcherart über Verantwortung äußert, so will er damit erklären, weshalb er weder eine Stelle annimmt, um Frau und Kind zu ernähren, noch mit diesen zusammenleben will (Jahre später wird er nicht zur Hochzeit seiner Tochter kommen, ihr nicht erlauben, ihm auf ihrer Hochzeitsreise einen zweistündigen Besuch abzustatten – sie soll ihn nicht in der Einsamkeit stören, in der er der dichterischen Inspiration harrt). Das »unendliche Ihm-recht-Geben« ist seine Erklärung dafür, weshalb er es nicht einmal ertragen kann, einen Hund zu haben. Extrem – aber gerechtfertigt. Er wollte seine Schaffenskraft schützen.

Kafkas, Rilkes »unendliches Ihm-recht-Geben« und alles andere, was hier über die Erfordernisse des Schaffens gesagt wurde, beleuchtet das jahrhundertelange Schweigen von Frauen. Ich möchte nicht wiederholen, was in Virginia Woolfs *Ein eigenes Zimmer* steht, sondern mich auf die letzten anderthalb Jahrhunderte konzentrieren, in denen Frauen damit begonnen haben, eine Stimme in der Literatur zu sein. (In Osteuropa fällt die Zeitspanne kürzer aus, in vielen Teilen der Welt ist es noch gar nicht so weit.)

Im vergangenen Jahrhundert haben von den Frauen, deren Leistungen für uns auf die eine oder andere Weise Bestand haben,* fast alle nie geheiratet (Jane Austen, Emily Brontë, Christina Rossetti, Emily Dickinson, Louisa May Alcott, Sarah Orne Jewett) oder erst spät in ihren Dreißigern (George Eliot, Elizabeth Barrett Browning, Charlotte Brontë, Olive Schreiner). Mir fallen nur vier ein (George Sand, Harriet Beecher Stowe, Helen Hunt Jackson und Elizabeth Gaskell), die als junge Frauen heirateten und Kinder bekamen.** Alle hatten Bedienstete.

In unserem Jahrhundert ist es bis in die jüngste Zeit nicht viel anders gewesen. Die meisten Schriftstellerinnen heirateten entweder gar nicht (Selma Lagerlöf, Willa Cather, Ellen Glasgow, Gertrude Stein, Gabriela Mistral, Elizabeth Madox Roberts, Charlotte Mew, Eudora Welty, Marianne Moore) oder blieben, falls sie doch verheiratet waren, kinderlos (Edith Wharton, Virginia Woolf, Katherine Mansfield, Dorothy Richardson, H. H. Richard-

* In *Eine von zwölf* findet sich eine umfangreichere Liste bedeutender Schriftstellerinnen [vgl. in diesem Band, S. 70].

** Ich würde noch eine fünfte hinzufügen, Kate Chopin, ebenfalls ein Schweigen im Vorfeld.

son, Elizabeth Bowen, Karen Blixen, Katherine Anne Porter, Lillian Hellman, Dorothy Parker). Colette hatte ein Kind (als sie vierzig war). Wenn ich Sigrid Undset, Kay Boyle, Pearl Buck und Dorothy Canfield Fisher einbeziehe, dann kommen wir auf eine kleine Gruppe von Schriftstellerinnen, die mehr als ein Kind hatten. Sie alle verfügten über Haushaltshilfen oder lebten in besonderen Verhältnissen.

Wiederhole ich nur die vermoderte Theorie, dass Frauen nicht das Bedürfnis, einige würden sagen: nicht die Fähigkeit haben, Kunst zu schaffen, weil sie Kinder »schaffen« können? Und ein zusätzlicher Beweis dafür sei genau der, dass die wenigen Frauen, die Kunst hervorgebracht haben, fast alle kinderlos geblieben sind? Nein.

Das Vermögen und das Bedürfnis, etwas zu erschaffen über die Fortpflanzung hinaus, ist Frauen wie Männern angeboren. Wenn die Begabten unter den Frauen (und den Männern) stumm geblieben sind oder nie die volle Fähigkeit erlangt haben, dann lag es an den Umständen, den inneren oder äußeren, die den Erfordernissen des Schaffens entgegenstanden.

Ein Leben, ganz aufgeopfert und dargebracht; Zeit, die für das Werk benötigt wird; die Fülle des Ichs. Frauen aber werden traditionell dazu erzogen, die Bedürfnisse anderer an die erste Stelle zu setzen, diese Bedürfnisse als ihre eigenen zu empfinden (das »unendliche Ihm-recht-Geben«); ihre Sphäre, ihre Befriedigung soll darin bestehen, es anderen zu ermöglichen, sich ihrer Fähigkeiten zu bedienen. Dies hatte Virginia Woolf im Sinn, als sie, bereits eine bedeutende Schriftstellerin, in ihrem Tagebuch schrieb:

> Vaters Geburtstag. Er wäre heute 1928 – 1832 = 96 ja, 96 geworden; & er hätte 96 werden können, wie andere Leute, die man gekannt hat; wurde es aber gnädigerweise nicht: Sein Leben hätte meinem ein absolutes Ende gesetzt. Was wäre passiert? Kein Schreiben, keine Bücher; – unvorstellbar.[46]

Um mehr als nur eine Schriftstellerin zu befreien und ihr zu einer eigenen Entwicklung zu verhelfen, brauchte es die Todesfälle in der Familie.* Emily Dickinson befreite sich selbst, wies alle Verpflichtungen zurück, die von einer Frau in ihrer sozialen Stellung erwartet wurden, mit Ausnahme der Verpflichtungen gegenüber der engsten Familie; und was diese betrifft, so hatte sie das Glück, sie mit einer Schwester und Bediensteten zu teilen. Wie viel über die unterschiedlichen Umstände und das Schicksal ihrer eigenen, ebenso ausgeprägten Fähigkeiten in den Tagebüchern (und im Leben) jener weiblichen Blutsverwandten großer Schriftsteller ans Licht kommt: Dorothy Wordsworth, Alice James, Tante Mary Moody Emerson.

Und wo es keine Bediensteten oder Verwandten gibt, die die Verantwortung für das Alltagsleben übernehmen?

* Unter ihnen George Eliot, Helen Hunt Jackson, Mrs. Gaskell, Kate Chopin, Lady Gregory, Karen Blixen. Ivy Compton-Burnett sieht den absurden Grund für das Aufkommmen britischer Romanschriftstellerinnen nach dem Ersten Weltkrieg in Folgendem: »Nun ja, ich denke, es liegt daran, dass die Männer tot waren, verstehen Sie, und die Frauen nicht so viel heirateten, weil es niemanden gab, den sie heiraten konnten, und so hatten sie Muße, und ich glaube, in vielen Fällen auch Geld, weil ihre Brüder gefallen waren, und all das musste dazu führen, dass man schreibt, nicht wahr, da sie alleinstehend waren und etwas Geld und Zeit hatten – und keine Männer, verstehen Sie?« [Kay Dick: *Ivy and Stevie. Ivy Compton-Burnett and Stevie Smith. Conversations and Reflections.* London: Duckworth, 1971. S. 7.]

Hören Sie Katherine Mansfield in der Frühzeit ihrer Beziehung mit John Middleton Murry, als beide davon träumten, bedeutende Schriftsteller zu werden:*

> [...] die Hausarbeit nimmt so viel Zeit in Anspruch, wenn man sie nicht irgendwie systematisch betreibt. Ich meine: Wenn ich zweimal hintereinander aufräumen oder außer der Reihe irgendeinen unnötigen Abwasch machen muss, macht mich das schrecklich ungeduldig, und ich möchte an meiner Schreibarbeit sein. Letzte Woche hörte ich so oft, wie Ihr, Gordon und Du, Euch unterhieltet, während ich Geschirr spülte. Na ja, jemand *muss* Geschirr abwaschen und einkaufen gehen. Sonst: »Es ist wieder nichts zu essen im Haus außer Eiern.« Jawohl, ich hasse, hasse, *hasse* es, diese Dinge tun zu müssen, die Du von mir erwartest, wie alle Männer sie von ihren Frauen erwarten. Ich mache nur sehr widerwillig den Dienstboten. Das mag ja alles recht und gut sein für Frauen, die nichts anderes zu tun haben ... und dann sagst Du, ich sei ein Tyrann, und wunderst Dich, dass ich abends müde bin! Das Missliche bei Frauen wie mir ist, dass sie sich von allem, was sie gerade tun, innerlich nicht lösen können! Montags, wenn Du mit Gordon und Lesley fort bist, laufe ich umher, und im Kopf spritzen nur Pfannen und Öfen und die Frage herum: »Werden wir auskommen, mit dem, was wir dahaben?« ...

* Dies bereits zu jener veränderten Zeit, als bei fast allen, die gebildet genug waren, um Literatur zu verfassen, Dienstpersonal nicht unbedingt Teil der Ausstattung war.

> und Du rufst, ganz egal, was ich gerade tue: »Tig, wie steht's mit dem Tee? Es ist fünf Uhr!« – als ob ich ein säumiges Dienstmädchen wäre.
> Ich hasse mich selber heute. Ich verabscheue diese Frau, die Dir »den Haushalt führt« und die herumhastet, Türen zuschlägt und Wasser verschüttet – [...] Dich anschreit: »Du könntest wenigstens den Eimer ausleeren und die Teekanne ausspülen!« Ja, es ist kein Wunder, dass Du dann »verstummst«.
> O Jack, ich wünschte, es würde ein Wunder geschehen – dass Du mich in Deine Arme nimmst und meine Hände küsst und mein Gesicht und alles an mir und dass Du sagst: »Es ist alles gut, liebe Kleine. Ich habe ja vollstes Verständnis für Dich.«[47]

Weit entfernt von Conrads günstigen Umständen für künstlerisches Schaffen: dem gleichmäßigem Ablauf der Tage, leicht und geräuschlos geregelt.

Und wenn es zusätzlich zu dem unendlichen Ihm-recht-Geben, zu den Alltagsverpflichtungen, auch noch Kinder gibt?

Balzac, Sie erinnern sich, beschrieb das Schaffen als eine Art Mutterschaft. Ja, es bestehen Ähnlichkeiten mit intelligenter, leidenschaftlicher Mutterschaft, und zwar in mehrfacher Hinsichten als nur der Mühsal und Geduld. Die Inanspruchnahme vollständiger Hingabe; das Wiedererleben und die neue Nutzung der Vergangenheit; das Begreifen; die Faszination, das Darin-Aufgehen, die Intensität. Dies alles der nahezu sichere Tod jeder Schöpferkraft – (bis jetzt).

Nicht weil die Fähigkeit oder das Bedürfnis zu schaffen nicht länger besteht (obwohl das Bedürfnis, wie bei jeder Fülle des Lebens, eine Zeit lang verdeckt sein mag), sondern weil die Umstände anhaltendes Schaffen fast unmöglich machen. Das Bedürfnis darf nicht an erster Stelle stehen. Es darf allenfalls das halbe Ich, die halbe Zeit in Anspruch nehmen. (Es sei denn, jemand anders übernimmt die Aufzucht der Kinder. Lesen Sie Dorothy Fishers »Babushka Farnham« in *Fables for Parents*.) Mehr, ja überwältigend mehr als jede andere menschliche Beziehung bedeutet Mutterschaft, jederzeit gestört zu werden, ansprechbar, verantwortlich zu sein. Kinder brauchen einen *jetzt* (und vergessen Sie nicht, dass die Familie in unserer Gesellschaft oft versuchen muss, jener Mittelpunkt für Liebe und Gesundheit zu sein, der die Außenwelt nicht ist). Die Tatsache, dass dies echte Bedürfnisse sind, dass man sie als die eigenen empfindet (Liebe, nicht Pflicht), *dass es niemanden sonst gibt, der für diese Bedürfnisse verantwortlich ist*, verleiht ihnen Vorrang. Abgelenktsein, nicht tiefes Nachdenken wird zur Gewohnheit; Unterbrechung statt Kontinuität; sporadische statt stetiger Arbeit. Alles andere ist bereits gesagt worden. Unterbrochene, verschobene, aufgegebene Arbeit führt zu Blockaden – bestenfalls zu geringerer Leistung. Ungenutzte Fähigkeiten verkümmern, vergehen.

Als Henry Handel Richardson (d. i. Ethel Florence Lindesay Richardson), die den australischen Klassiker *Ultima Thule* schrieb, gefragt wurde, weshalb sie – deren Kinderfiguren, wie alle ihre Charaktere, so überzeugend gestaltet sind – nicht selber Kinder habe, antwortete sie: »Frauen, die Kinder gebären und aufziehen können, gibt es genug. Ich kenne niemanden, der meine Bücher schreiben kann.«[48] Ich weiß noch, wie ich aufsässig dachte: Ja, und ich kenne niemanden, der meine Kinder gebärt und aufzieht. Aber die Literaturgeschichte ist auf ihrer Seite. Fast nie haben Mütter – genauso wenig wie irgendwelche Teil-Zeit-, Teil-Ich-Personen – Literatur geschaffen, die Bestand hat ... noch nicht.

Wenn ich jetzt kurz von meinem eigenen Schweigen spreche – nach allem, was bisher gesagt wurde, geradezu vermessen –, dann deshalb, weil individuelle Erfahrung bestimmte Aspekte hinzufügen kann.

In den zwanzig Jahren, als ich meine Kinder zur Welt brachte und aufzog, zumeist auch noch einer bezahlten Arbeit nachgehen musste, existierten nicht einmal die einfachsten Voraussetzungen für literarisches Schaffen. Dennoch war das Schreiben, war die Hoffnung auf das Schreiben die »Luft, in der ich atme, solange ich atmen soll«.[49] Dank dieser Hoffnung gab es ein bewusstes Abspeichern, gab es erhaschte Lektüre, Ansätze zum Schreiben und stets »jene zahllosen geheimen und feinen Wurzeln eines Bezugssystems [...], das die Schöpfungen mit Blut und Leben erfüllt«.[50]

Als das jüngste unserer vier Kinder in die Schule kam, neigten sich die Anfänge dem Ende zu. Es war eine Zeit, wie Kafka sie geschildert hat: »Wie ein Eichhörnchen im Käfig. Glückseligkeit der Bewegung, Verzweiflung der Enge, Verrücktheit der Ausdauer, Elend-Gefühl vor der Ruhe des Außerhalb.«[51]

Glückseligkeit der Bewegung. Ein ausgedehntes Familienleben, meine Arbeitswelt (Transkriptorin in einer Firma für Molkereiausstattung) und das Schreiben, das ich auf irgendeine Weise bei der Arbeit und im Haus mit mir herumtragen konnte. Die Zeit, die ich im Bus verbrachte, selbst wenn ich stehen musste, reichte dafür; die gestohlenen Momente auf der Arbeit reichten; die tiefen Nachtstunden, solange ich mich wach halten konnte, wenn die Kinder im Bett, die Aufgaben im Haus erledigt waren, mitunter auch während der Hausarbeit. Es ist kein Zufall, dass das erste Werk, bei dem ich an eine Veröffentlichung dachte, so begann: »Ich steh hier und bügle, und was Sie von mir hören wollen, gleitet gequält mit dem Bügeleisen hin und her.«[52]

Was ich in jenen Jahren schrieb, schrieb ich in solchen Augenblicken; dann aber kam eine Zeit, da dieses dreifache Leben nicht länger durchzuhalten war. Die fünfzehn Stunden täglicher Notwendigkeiten waren eine zu große Ablenkung, um noch schreiben zu können. Ich verlor die Verrücktheit, die die Ausdauer verlangte. Was hätte sein können – ich weiß es nicht; ich bewarb mich um ein Stipendium, das mir acht Monate Zeit zum Schreiben verschaffte, und erhielt es auch. Noch immer ein volles Familienleben, all die Haushaltspflichten, aber ich brauchte keinen Achtstundenjob mehr anzunehmen. Es gab Kontinuität, drei volle Tage, manchmal mehr – und in jenen Monaten gelang mir die mysteriöse Wende: Ich wurde zu einer Schriftstellerin, die schrieb!

Dann musste ich wieder zurück in die Welt der Arbeit, fremdbestimmter Arbeit, neun Stunden am Tag, fünf Tage die Woche.

Es war eine Zeit des Schwärens und der Überlastung. Einige Monate lang konnte ich schreiben, wovon ich so erfüllt war, konnte es vor den Anforderungen ebenjener Arbeitstätigkeiten schützen, bei denen ich Kompetenz beweisen musste, durch die Freuden, Pflichten und Widrigkeiten des Familienlebens hindurch. Einige Monate lang. Stets wachgerüttelt vom Schreiben, stets davon abgehalten. »Ich konnte es nicht niederschreiben. Es verkampfte sich und starb in mir. Ich werde dafür bezahlen müssen.«

Mein Werk starb. Was danach verlangte, geschrieben zu werden, wurde nicht geschrieben. Es schäumte, brodelte, tobte, Figuren beherrschten mich. Schließlich verlagerte es sich in die Stunden, die zum Schlafen gedacht waren. Inzwischen arbeitete ich ganztags als Aushilfe, als Kelly- bzw. Western-Agency-Mädchen (Mädchen!),[53] wanderte von Büro zu Büro, immer in der Hoffnung, zwei, drei Monate zum Schreiben vor mir zu haben. Schließlich fand ich die Zeit dafür.

Ich sagte: stets wachgerüttelt vom Schreiben, stets davon abgehalten. Nun musste ich wie eine frigide gemachte Frau lernen, darauf zu reagieren, dieser Möglichkeit der Befruchtung, die es vorher nicht gegeben hatte, auch wirklich zu trauen. Jede Störung machte mich benommen und ließ mich verstummen. Ich brauchte lange, um mich dem zu überlassen, was ich zu schreiben versuchte, Henry James' Leidenschaft, Frömmigkeit, Geduld[54] heraufzubeschwören, bevor ich in der Lage war, mich wieder dem Werk zu widmen.

Als ich das Schreiben erneut aufgeben musste, verlor ich das Bewusstsein. Eine Zeit der Betäubung. Zwar hörte eine Art automatisches Notieren nicht auf, doch es war, als hätte das Schreiben selbst nie stattgefunden. Kein Fieber, keine Überlastung, kein Schwären. Ich hörte auf, von Figuren beherrscht zu werden, konnte gut und traumlos schlafen, nahm eine »feste« Stelle an. Die wenigen Texte, die veröffentlicht worden waren, schienen sich ebenso verflüchtigt zu haben wie jene, die ich noch gar nicht verfasst hatte. Ich schrieb an jemanden (schickte den Brief aber nicht ab): »So lange haben sie einander genährt – mein Leben und das Schreiben, das Schreiben oder die Hoffnung darauf und mein Leben –, doch jetzt beginnen sie mich zu zerstören.« Ich wusste es, konnte die Zerstörung aber nicht *fühlen*.

Ein Ford-Literaturstipendium, für das andere mich nominiert hatten und das mir zugesprochen wurde, kam fast zu spät. Zeit, die einem zugebilligt wird, fällt nicht unbedingt mit der Zeit zusammen, die voll genutzt werden kann, so wie die überlastete Zeit der Fülle genutzt worden wäre. Immerhin waren es zwei Jahre.

»Ertrinken ist nicht so erbärmlich / Wie auftauchen zu wollen«,[55] schreibt Emily Dickinson. Ich stimme ihr nicht zu, aber ich weiß, wovon sie spricht. Lange Zeit war ich jene ausgezehrte Überlebende, die zitternd am Strand liegt und nicht aufstehen und loslaufen kann. Anders ausgedrückt, auf jenem verwüsteten Boden gelang mir nur das schwächste, dürftigste Wachstum. Unkraut, das wie Unkraut verbrannt oder als Kompost verwendet werden musste. Als ich die Gewohnheit des Schaffens endlich wiedererlangt hatte, ging ein Buch an den Verlag, und ich wagte es, mit meiner derzeitigen Arbeit zu beginnen. Sie wurde mein Zentrum, darauf eingraviert: »Böse ist, was ablenkt.«[56] (Inzwischen hatten sich die Gestehungskosten für mein Familienleben, meine Teilhabe am Leben als Mensch bemerkbar gemacht.) Ich werde nicht von dem »Restvermögen« dessen reden, was mir »verpachtet, überlassen und übertragen wurde«, als ich das Werk mitten im Fluss abermals im Stich lassen musste, um zum Herrn über die Zeit zurückzukehren, dem Geschäfts- und Juristenjargon. Dieses schädlichste Schweigen liegt hinter mir, doch noch bin ich nicht wieder gesundet; vielleicht werde auch ich nach nur *einem* Buch verstummen.

Wie immer es darum bestellt sein mag, wir leben mehr und mehr in einer Zeit des verborgenen Schweigens und des Schweigens im Vorfeld, wir Frauen *und* Männer. Mehr von uns, denen ein volles Leben als Schreibende verwehrt ist, werden versuchen, »durch die Nacht« (jene Nacht der halben Zeit, des halben Ichs) »den himmlischen Funken zu nähren«, doch mir scheint, als müssten sie zuallererst »in Flammen Flammen zeugen«[57] und danach über die notwendige Zeit verfügen wie über genug eigenes Ich, über die unversehrte Fähigkeit zur Wiederaufnahme der furchtbaren Aufgabe. Daran möchte ich glauben – hinsichtlich dessen, was sich noch nicht in die Literatur eingeschrieben hat. Freilich kann es nicht wettmachen, was durch unnatürliches Schweigen bereits verloren gegangen ist.

2.

Eine von zwölf: Frauen unter den Schreibenden

Ein Vortrag, gehalten 1971 auf der Grundlage von Stichworten vor dem *Modern Language Association Forum on Women Writers in the Twentieth Century*. Im Oktober des Folgejahres erschien er erstmals in einer überarbeiteten Druckfassung.

Glücklicherweise ist uns einiges des Folgenden mittlerweile mehr oder minder vertraut. Damals war es noch Neuland.

Der Ton, so merklich anders als jener in *Das Schweigen in der Literatur*, gehört klar in dieses Jahr der geballten Erkenntnis. Einige Zitate daraus, damals unvermeidlich, in diesem Band Wiederholungen, wurden im Text belassen.

Es ist die Frauenbewegung gewesen, Teil der anderen Bewegungen unserer Zeit, die ein uneingeschränkt menschenwürdiges Dasein anstreben, die ein neuerliches, oft sogar erstmaliges Interesse am Schreiben und an den Schreibenden unseres Geschlechts geweckt hat.

Neben den wiederbelebten alten Frauenklassikern hat diese Bewegung binnen dreier Jahre eine gewaltige Menge neuer Zeugnisse zusammengetragen, neuer Erkenntnisse darüber, was es heißt, eine Frau zu sein. Fälle von Ungerechtigkeit, Einschränkung, Bestrafung, Abweisung und Ausnutzung sind mit quälender Genauigkeit dokumentiert, abträgliche Unterschiede in den Lebensumständen und in der Behandlung im Gegensatz zu Männern belegt, Beschränkungen, zugefügtes Leid und ein Gefühl des Unrechts beim Namen genannt worden.

Im Licht und Schatten dieser Zeugnisse möchte ich heute mein Thema betrachten: das Leben und Schaffen schreibender Frauen unseres Jahrhunderts (wobei ich mich hauptsächlich auf jene beschränke, die in englischer Sprache und Prosa schreiben).*

Verglichen mit den zahllosen Jahrhunderten weiblichen Schweigens, verglichen mit dem Jahrhundert, das dem unseren vorausging – dem ersten, in dem Frauen überhaupt

* Umso ärmer sind darum meine Ausführungen.

in merklicher Zahl schrieben –, ist das unsrige ein günstiges gewesen.

Der Weg wurde schon vor vielen Jahren gebahnt, wie uns Virginia Woolf in Erinnerung ruft,

> von Fanny Burney, von Aphra Behn, von Harriet Martineau, von Jane Austen, von George Eliot – vielen berühmten Frauen und noch vielen anderen mehr, die unbekannt und vergessen sind [...]. So fand ich, als ich zu schreiben anfing, kaum wesentlich konkrete Hindernisse auf meinem Weg. Das Schreiben war eine achtbare und harmlose Betätigung.[1]

Vorgänger, Vorfahren, ein Bestand an literarischen Werken, ein anerkanntes Anrecht aufs Schreiben: jeder einzelne Punkt allein schon ein Vorteil.

In diesem zweiten Jahrhundert stehen uns Berufsfelder und Lebenserfahrungen offen, die uns bislang verwehrt geblieben sind: Wir genießen höhere Bildung, leben länger und gesünder und sind zum ersten Mal in der Menschheitsgeschichte des Zwangs enthoben, Kinder auszutragen; es herrschen freiere Körperkultur und freiere Einstellungen zur Sexualität; zunehmend erleichtert uns die Technik die Haushaltsführung; und – von größter Wichtigkeit für jemanden wie mich, die einer langen Ahnenreihe analphabetischer Frauen entstammt – immer mehr Frauen sind schriftkundig, und das in immer höherem Grade. *Jeder einzelne dieser Punkte ein gewaltiger Gewinn.**

* Das ist zurückhaltend formuliert und enorm verdichtet. Jeder dieser Punkte verlangt nach einem Buch, ja nach Büchern, die aufzeigen, wie segensreich er

Und das Ergebnis?

Produktivität: Bücher jeden Inhalts, jeder Art. Nach meiner eigenen groben Stichprobe, notgedrungen zustande gekommen ohne die Unterstützung durch Forschungsassistenten, einen Sekretär, Studien (die noch gar niemand unternommen hat) oder einen Computer (beispielsweise gefüttert mit den kompletten *Books in Print [Verzeichnis lieferbarer Bücher]* und dem Literaturkalender), kommen gegenwärtig auf jedes veröffentlichte Buch einer Frau vier bis fünf von Männern.*

Einnahmen im Vergleich: keine belastbaren Zahlen vorhanden.

Erfolg, gemessen an dem, was ihn vermeintlich ausmacht: Vorkommen in Seminaren zur Literatur des 20. Jahrhunderts, Lektürekanons, Lesebüchern, seriösen Anthologien, in den Jahresbestenlisten, den Bestenlisten der letzten zehn Jahre, den Bestenlisten der letzten fünfzig Jahre, Besprechungen durch Kritiker oder im Feuilleton – *eine Frau auf zwölf Männer* (8 Prozent Frauen, 92 Prozent Männer). Stellen Sie ein, zwei Wochen lang Ihre eigene Statistik auf, wenn Sie zu einer Kurzgeschichtensammlung greifen, zu einer Seminar-Bibliographie, Qualitätszeitschrift oder Vierteljahresschrift, wenn Sie die Buchbesprechungen aufschlagen oder ein literaturkritisches Werk.

sich auf die von Frauen geschriebene Literatur ausgewirkt hat – angefangen mit der schieren Anzahl von Frauen, denen Schreiben nun möglich ist.

* Richard Altick beziffert in seinem Aufsatz *Sociology of Authorship* das Verhältnis Autorinnen zu Autoren in Großbritannien für den Zeitraum 1800 bis 1935 annähernd konstant mit 20 Prozent. Seine Berechnung beruht auf der Anzahl erschienener Bücher, nicht auf der öffentlichen Wahrnehmung oder Anerkennung.

Das von mir ermittelte Verhältnis von eins zu zwölf ergibt sich vor allem aus dem Spektrum der angebotenen Seminare zur Literatur des 20. Jahrhunderts sowie aus der Zahl der Autorinnen und Autoren, die als würdig gelten, in Büchern und Aufsätzen besprochen zu werden. Sonst hätte mein Ergebnis eher bei eins zu sieben gelegen.

Doch selbst ein Verhältnis von eins zu sechs oder eins zu fünf würde nichts Grundlegendes ändern. Jedes Verhältnis außer eins zu eins fordert die Frage heraus: Warum? Was genau ist es, was auf Frauen, aber nicht auf Männer zutrifft und diesen gewaltigen Unterschied erzeugt? (Demnach können hier jene anderen traditionellen Stimmenunterdrücker der Menschheit – Klasse bzw. wirtschaftliche Umstände und Hautfarbe – nur insoweit relevant sein, als sie gerade die weibliche Hälfte der jeweiligen Gruppe betreffen.)

Warum werden so viel mehr Frauen zum Verstummen gebracht als Männer? Warum sind die wenigen Werke von Frauen, die es immerhin gibt (eine von vier oder fünf Veröffentlichungen), so wenig bekannt, werden sie so spärlich im Unterricht behandelt, ausgezeichnet? Welcher Natur sind die Prämissen der Literaturkritik, die (gemeinsam mit den speziellen Zwängen weiblichen Lebens) das Verhältnis stetig schrumpfen lassen von eins zu drei in Sammelbänden studentischer Arbeiten auf eins zu siebzehn in den Lektürelisten der Literaturseminare?

*Dieser Vortrag, der sich eigentlich dem Schreiben, den Leistungen schreibender Frauen unseres Jahrhunderts widmen sollte, geriet stattdessen zu diesem Fragenkatalog. Doch obwohl er so ein Stück weit trauriger, zorniger, ja stolzer ist, dreht er sich immer noch um das Schreiben, um die Leistung.**

* Kursive Passagen 1976 von der Verfasserin für die Druckfassung ergänzt.

Auf eine erfolgreiche Schriftstellerin kommen zwölf ebenso eingestufte Schriftsteller. Dient dies wieder einmal zum Beweis – selbst in diesem uns deutlich wohlwollender gesinnten Jahrhundert –, dass Frauen von Natur aus weniger zu kreativer Leistung befähigt sind?

Erst vor ein paar Monaten (im Juni 1971) stellte Diana Trilling in einer vom Radcliffe College initiierten Gesprächsrunde zum Thema »Frauenbefreiung – Mythos oder Wahrheit?« die Frage, warum Frauen

> noch nicht einmal einen Bruchteil der geistigen, wissenschaftlichen oder künstlerisch-kulturellen Beiträge von Männern geleistet haben,

und gelangte abermals zu dem bewährten Schluss, dass

> es nicht ausreicht, die Stellung der Frau in der Kultur oder die Kultur selbst an den Pranger zu stellen, weil damit bestimmte grundsätzliche Fragen unbeantwortet bleiben [...], womit sich zwangsläufig die Frage nach den biologischen Aspekten des Problems stellt.

Biologie: der alte Unterschied.* Offensichtlich sind ihr und den anderen, die ihre Schlussfolgerung teilen, all die vorgeschichtlichen Jahrhunderte entweder unbekannt oder unwichtig, in denen Biologie und gerechte Vertei-

* Auch in biologischer Hinsicht hat sich für Frauen enorm viel verändert: Lebenserwartung (USA) 78 Jahre – im Vergleich zu 48 Jahren anno 1900. Nahezu weitere 48 Jahre nach jenen, in denen man »eine Frau ist«, also »fähig, ein Kind zu empfangen und auszutragen« (zumal das Kinderaustragen zunehmend zu einem freiwilligen Akt wird).

lung einander nicht widersprachen, genau wie *der andere entscheidende Unterschied* – der *nicht* biologische –, der in den Folgejahrhunderten zwischen Männern und Frauen herrschte, nämlich die *besondere Vergangenheit der Frauen* – die jedem Menschen, besonders aber jeder Frau bewusst sein sollte (genau wie schwarzen Menschen die vierhundert Jahre Leibeigenschaft, Kolonialismus, Sklavenhandel bewusst sind).

Zunächst Arbeit:

> In unseren Leibern [...] trugen wir das Geschlecht; [...] durch uns ward es gebildet, ernährt und bekleidet. Mühsamer und endloser war unsere Arbeit als jene des Mannes [...].[2]

> Keine Arbeit war zu hart, keine Mühe zu anstrengend, als dass die Frauen sie nicht hätten verrichten können.[3]

Auf die meisten Frauen auf dieser Welt trifft das immer noch zu.

Unrein, tabu. Das Einfallstor des Teufels.[4] Die drei Schritte Abstand; die im Fluss ertränkten Säuglingsmädchen, das auf den Rücken gebundene Baby. Mit dem Gebieter lebendig begraben, Witwenverbrennung bei lebendigem Leib, als Hexe auf dem Scheiterhaufen verbrannt. Als Ehebrecherin gesteinigt. Geschlagen, vergewaltigt. Verschachert. Gekauft und verkauft. Konkubinat, Prostitution, Mädchenhandel. Die Jagd, die sexuelle Beute. »Nun bin ich in der Tat verloren! O die arme Clarissa!«[5] Parda, der islamische Schleier, häusliche Gefangenschaft. Lese- und schreibunkundig. Perspektivlos. Ausgeschlossen, ausgeschlossen,

ausgeschlossen von Ratsversammlung, Ritual, Handlung, Bildung, Sprache, obwohl es für diesen Ausschluss weder biologische noch wirtschaftliche Gründe gab.

Religion, als alle glaubten. Unter Schmerzen sollst du Kinder gebären. Möge der Leib deiner Frau immer Frucht tragen. Und der Mann ist nicht geschaffen um der Frau willen, sondern die Frau um des Mannes willen. Eine Frau lerne in der Stille, in aller Unterordnung. Gegen alle biologischen Tatsachen der Geburt: Adams Rippe. Das jüdische Morgengebet für Männer: Danke, dass du mich nicht zur Frau gemacht hast. Schweigen an heiligen Stätten, abseits gesetzt oder gar der Zutritt verwehrt; Kastration von Knaben, weil Frauen zu profan sind, in der Kirche zu singen.

Und was die vergleichsweise geringe Zahl von Frauen betrifft, die in die privilegierte Klasse hineingeboren wurden: Sein, nicht tun; der Mann tut, die Frau ist;[6] zu euch sagt die Welt: *arbeitet*, und zu uns sagt sie: *macht Eindruck.*[7] Gott ist dein Gesetz, du meines.[8] Isoliert. Umschränkt, gepfercht, umpfählt,[9] in die private Sphäre verbannt. Abgebundene Füße: geschnürt, gehätschelt, geschmückt; den eigenen Körper verwehrt. Machtlosigkeit. Angst vor Vergewaltigung, männlicher Kraft. Angst vorm Altern. Unterworfen. Angst, ihre Fähigkeiten zu zeigen. Sanfte, anziehende Anmut: der Spiegel, um die Gestalt des Mannes in doppelter Größe wiederzugeben.[10] Ehe als Eigentumsordnung. Die Laster von Sklaven:[11] heucheln, schmeicheln, manipulieren, beschwichtigen.

Unterstützen. Leben aus zweiter Hand, Infantilisierung, Trivialisierung. Schmarotzertum, Eigenwilligkeit, Wahnsinn. Sei still, du bist nur ein Mädchen. O meine Tochter, ich wünschte, du wärst ein Junge.[12] Für Frauen des 20. Jahrhunderts: Rollen, Diskontinuitäten, Teil-Selbst, Teilzeit, Konflikt, aufgezwungene »Schuld«; »ein Mann kann sich seinem Beruf mit voller Kraft widmen, eine Frau nicht«.

> Wie kommt es, dass Frauen noch nicht einmal einen Bruchteil der geistigen, wissenschaftlichen oder künstlerisch-kulturellen Beiträge von Männern geleistet haben?

Ausschließlich im Kontext dieses sanktionierenden Unterschieds in den Voraussetzungen, der Geschichte zwischen den Geschlechtern; dass diese verborgene oder auch unverborgene Vergangenheit (obwohl objektiv überholt – ja, selbst die Plackerei und der Geburtenzwang sind vorbei) *so furchtbar, so bestimmend fortlebt, ausschließlich in diesem Kontext lässt sich die Frage beantworten oder mein heutiges Thema verstehen: die schreibende Frau unseres Jahrhunderts – eine von zwölf.*

Wie viel doch nötig ist, um zu schreiben. Neigung (viel verbreiteter als angenommen), die rechten Umstände, Zeit, die Entwicklung des eigenen Handwerks – aber darüber hinaus: wie viel Überzeugung von der Wichtigkeit des eigenen Worts, des eigenen Rechts, es auszusprechen. Und der Wille, der unerschöpfliche Vorrat an Glauben an sich selbst, um die eigenen Lebenserkenntnisse zu finden, ihnen treu zu bleiben, sie in die richtige Form zu gießen. Schwer genug für jeden Mann, der nicht in eine Klasse hineingeboren wurde, die solches Selbstbewusstsein züchtet. Fast unmöglich für ein Mädchen, eine Frau.

Von klein auf wird ihr der Glaube an sich selbst, der Wille ausgesaugt, werden ihre Fähigkeiten demontiert. Höchst spärlich ist die Literatur darüber, wie kleinen Mädchen die

Entfaltung ihrer angeborenen Gaben als Menschenwesen verweigert wird, die da sind: aktive, kraftvolle Körper; die Ausübung der Macht, zu tun, zu schaffen, zu erforschen, zu erfinden, Hürden zu überwinden, sich Angriffen auf die eigene Person zu widersetzen; die Gaben des Denkens, Schöpfens und Wählens; die Gabe, sich Gemeinschaft zu erwerben, Selbstvertrauen zu erlangen. Wenig ist geschrieben worden über den Schaden, den die Erziehung zur beständigen Sorge um die äußere Erscheinung anrichtet, zum Zwang, zu gefallen, zu unterstützen; die Einübung ins Hinnehmen, Aufschieben. Wenig hat unser Jahrhundert George Eliots *Mühle am Floss* hinzuzufügen gehabt, was die Auswirkungen der unterschiedlichen Behandlung von Jungen und Mädchen – das »Klima der Erwartung« – angeht.

Aber diese Auswirkungen sind real, wenn man sie nur zwischen den Zeilen zu lesen versteht, und unauslöschlich im entstandenen Schaden. Eine – von zwölf.

Anders als ihre Schwestern in den vergangenen Jahrhunderten besuchen schreibende Frauen in ihren verletzlichen Mädchenjahren die höhere Schule.* Was das für eine Erfahrung sein mag, wird in Elaine Showalters bahnbrechendem Essay *Women and the Literary Curriculum* (*Frauen und der literarische Lehrplan*)** auf frappierende Weise doku-

* Dies trifft fast ausnahmslos auf die schreibenden Frauen in *Twentieth Century Authors* und *Contemporary Authors* zu.

** *College English*, Mai 1971. Ein Jahr darauf (im Oktober 1972) erschien in *College English* eine umfangreiche Untersuchung über Lesebücher für das erste Semester von Jean Mullen. In den 112 am meisten verwendeten Textsammlungen stammten 92,47 Prozent (5795 Texte) von Männern, dagegen 7,53 Prozent (472 Texte) von Frauen (eine von zwölf) [vgl. Jean S. Mullen: *Freshman Textbooks. Part I: Women Writers in Freshman Textbooks.* In: *College English. Women, Writing and Teaching*, 34.1., Okt. 1972. S. 80]. Mullen vertiefte Showalters

mentiert: Erstsemesterlektüren, in denen Frauen, wenn überhaupt, kaum einen Platz haben; die ganze Sprache, sämtliche Leistungen, alles, was den Menschen betrifft, ist in männlichen Begriffen geprägt – *Der Mann in Krisensituationen, Der Einzelne und seine Welt.* 313 schreibende Männer stehen auf dem Plan, 17 schreibende Frauen: jener Klassiker adoleszenter Auflehnung, *Porträt des Künstlers als junger Mann*, und Heldensagen von der (männlichen) Identitätssuche (wobei nach Erikson, dem Vater dieses Modells, die Frage der Identität von Mädchen lediglich umfasst, wie sie sich zu attraktiven Wesen für den richtigen Zukünftigen machen*). Der Löwenanteil der Lektüre (wenn auch durchaus nicht die gesamte) ist verfasst von Männern ohne universellen, sondern mit beschränkt männlichem Blickwinkel (wie Mary Ellmann, Kate Millett und Dolores Schmidt hervorgehoben haben); in unseren Tagen nehmen die oberflächlichen, feindseligen, eindimensionalen Frauendarstellungen zu.

Gerade in jungen Jahren sind Schreibende außerordentlich empfänglich für Blick und Stil der Großen. Dazu denke man sich noch die stillschweigende, jeden eigenen Traum im Keim erstickende Annahme, ob nun bewusst oder unbewusst (doch täglich verstärkt durch Lehrende und Lektüre), dass – wie Virginia Woolf schon vor Jahren feststellte – schreibende Frauen, die Erlebniswelt von

Einsichten in den unterschwellig schädlichen Einfluss, den Inhalt und Sprache sowie der minimale Anteil weiblicher Autoren auf die jungen Studierenden ausüben.

* Ganz konform mit seiner These der 1950er und 1960er Jahre vom angeblich charakteristisch weiblichen biologisch-evolutionären Bedürfnis, sich durch den Dienst an anderen zu verwirklichen [vgl. Erik H. Erikson: *Jugend und Krise. Die Psychodynamik im sozialen Wandel.* Übers. v. Marianne v. Eckhard-Jaffé. Stuttgart: Klett-Cotta, [5]2003. S. 297 u. 278–279].

Frauen und von Frauen verfasste Literatur per Definition weniger bedeutend sind. (Mailer lässt noch nicht einmal das »weniger bedeutend« gelten, da nach ihm »ein guter Romancier so ziemlich auf alles verzichten kann, nur nicht auf den letzten Rest seiner Hoden«.[13] Kein Wunder, wenn Showalter feststellt:

> Frauen [gemeint: Studentinnen] sind ihrer eigenen Erfahrung entfremdet und unfähig, deren Form und Authentizität wahrzunehmen, zum Teil deswegen, weil diese Erfahrung in der Literatur augenscheinlich nirgends widergespiegelt wird, nirgends widerhallt. Vielmehr wird von ihnen verlangt, sich [...] mit einer männlichen Erlebniswelt [...] zu identifizieren, die als allgemeinmenschliche vorgeführt wird; [...] sie trauen nicht der Gültigkeit ihrer eigenen Wahrnehmungen und Erfahrungen, da sie kaum je erleben, wie diese in der Literatur bestätigt oder von der Literaturwissenschaft ernst genommen wird. [...] Es ist sattsam bekannt, dass Frauen das glückliche Selbstvertrauen fehlt, das überschäumende Bewusstsein vom Wert der eigenen, individuellen Beobachtung [...], die es Männern ermöglichen, sich der Gefahr auszusetzen, um eines Gedankens willen sich zum Narren zu machen.[14]

Schäden, die schwer zu überwinden sind. Gleichwohl gibt es einige junge Frauen (für andere ist es bereits zu spät), die sich ihren leidenschaftlichen Schreibwunsch erhalten – genährt von ebenjenen Herrlichkeiten in manchen Teilen derselben Literatur, die sie kleinhält.

Doch noch andere tückische Würmer haben das Bett der rosigen Lust ausfindig gemacht.* Selbstzweifel; all jene Stunden, in denen die eigene Ernsthaftigkeit hinterfragt, sich über das eigene Aussehen verrückt gemacht, die Konzentration in Fetzen gerissen wird, bis nichts bleibt als der Wunsch, anzuziehen, anziehend zu sein; der verzehrende, wahrhaftige Drang nach der Arbeit, die Liebe zu ihr, abgetan mit Wörtern heuchlerischen Selbstbetrugs (»Ich bin nicht wirklich mit Leib und Seele bei der Sache«), da nur das für schätzenswert gilt (und ist), was auf Männer attraktiv wirkt. Hehre Ziele und alle Leistungen auf dem Weg dorthin – abgetan von der herrschenden Auffassung, dass, da Mädchen ja vermutlich heiraten werden (während die Tatsache, dass Jungen vermutlich heiraten werden, keine Rolle spielt), die Schriftstellerei nicht mehr ist als ein Beitrag zur Mitgift, die später für die Bedürfnisse und Anforderungen ihrer wahren Berufung auszugeben sein wird: nämlich Gatte und Familie. Das zunehmende Sichabfinden damit, dass Weiterschreiben andere Bedürfnisse gefährdet wie die, zu lieben und wiedergeliebt zu werden: Man denke an Sylvia Plaths Beobachtung, eine Frau habe, um Gelehrte (oder Schriftstellerin) sein zu können, »jeden Anspruch auf Weiblichkeit und Familie opfern«** müssen.

Und die quälende Furcht – besonders der Frauen um die Jahrhundertmitte, während die Schwestern aus vorfreu-

* »O Rose, du krankst! / Der tückische Wurm, / Der fliegt in der Nacht / Im heulenden Sturm, / Fand aus dein Bett / Voll rosiger Lust, / Seine düstere Liebe / Zernagt dir die Brust« (William Blake: *Die kranke Rose*). [In: Ders.: *Lieder der Unschuld und der Erfahrung*. Übers. v. Walter Wilhelm. Frankfurt a. M.: Insel, 1975. S. 90.]

** Ein Brief von Sylvia Plath an Marcia B. Stern vom 21. März 1956, aus der Zeit ihres Aufbaustudiums [*The Letters of Sylvia Plath*. Bd. 1: 1940–1956. Hrsg. v. Peter K. Steinberg u. Karen V. Kukil. London: Faber & Faber, 2017. S. 1153].

dianischen, vorjungianischen Zeiten ihr noch entronnen sind – vor dem, was Anaïs Nin als die Unvereinbarkeit von »Schöpfertum und Weiblichkeit«* beschreibt:

> Der aggressive Akt des Erschaffens. [...] Schuldgefühl. Allenthalben. Ich wollte nicht mit dem Mann rivalisieren. [...] Ich wollte dem Mann seine Schöpfung nicht rauben, ihm nicht den Wind aus den Segeln nehmen. [...] Ich musste sie [meine Brüder] beschützen, nicht sie überstrahlen.**

Das aller eigenen Erfahrungswirklichkeit widersprechende Hinnehmen der sexistischen Vorstellung, dass die Schöpfungskraft einer Frau nicht wie beim Mann natürlich aus ihr selbst stammt, sondern stattdessen in einer widernatürlichen Aggressivität wurzelt, in Rivalität, Neid oder sexuellen Blockaden.

In allem, was üblicherweise am College gelehrt wird – in Englisch, Geschichte, Psychologie, Soziologie –, findet sich kaum eine Handreichung für die junge Frau, die begreifen will, wo die Quelle, worin die Natur dieses unerklärlichen lähmenden Selbstzweifels zu finden ist, dieses schwindenden Ehrgeizes, schrumpfenden Selbstvertrauens.

All das findet sich verdichtet in Plaths *Glasglocke*, jenem (unzureichenden***) Porträt der Künstlerin als junger Frau

* *Die Tagebücher der Anaïs Nin.* Bd. 3: 1939–1944 [Hrsg. v. Gunther Stuhlmann. Übers. v. Maria Dessauer. München: dtv, 1979. S. 274].

** Eine Aussage [ebd.], über die sich Austen, die Schwestern Brontë, Mrs Gaskell, Eliot, Stowe, Alcott etc. sehr verwundert gezeigt hätten. Sie spürten die Einschränkungen auf andere Weise.

*** Unzureichend insofern, als das schreibende Ich (»›Stummsein heißt Kranksein‹ für mich«) nicht gezeigt wird. Wie präsent hingegen ist es in Plaths *Briefen nach Hause* [übers. v. Iris Wagner. München: Hanser, 1979. S. 212]!

(bemerkenswerterweise eines der wenigen, die wir besitzen) – vom vagen Gefühl der Berufung hin zur lähmenden Überzeugung (die sie später etwas abweichend formulierte):

> Vollendung ist furchtbar, sie kann keine Kinder
> haben.
> Kalt wie Schneehauch tamponiert sie den Schoß.[15]

Und tatsächlich stammten in unserem Jahrhundert, wie auch im letzten, bis in jüngste Zeit noch alle herausragenden Werke von kinderlosen Frauen: Willa Cather, Ellen Glasgow, Gertrude Stein, Edith Wharton, Virginia Woolf, Elizabeth Bowen, Katherine Mansfield, Isak Dinesen, Katherine Anne Porter, Dorothy Richardson, Henry Handel Richardson, Susan Glaspell, Dorothy Parker, Lillian Hellman, Eudora Welty, Djuna Barnes, Anaïs Nin, Ivy Compton-Burnett, Zora Neale Hurston, Elizabeth Madox Roberts, Christina Stead, Carson McCullers, Flannery O'Connor, Jean Stafford, May Sarton, Josephine Herbst, Jessamyn West, Janet Frame, Lillian Smith, Iris Murdoch, Joyce Carol Oates, Hannah Green, Lorraine Hansberry.

Die meisten von ihnen haben jene Sonderbedingungen, unter denen Frauen, nicht aber Männer Leistung erbringen müssen, nie hinterfragt oder haben sie zumindest hingenommen (einige wenige haben sie sogar gerechtfertigt). Kaum eine hat die sich aufdrängende grundsätzliche Frage nach der Gleichheit des Menschen gestellt wie Elisabeth Mann Borgese, die Tochter Thomas Manns, als sie mit achtzehn Jahren zu einem Psychiater geschickt wurde, der ihr helfen sollte, über eine unglückliche Liebesgeschichte hinwegzukommen (und dabei auch ihren Ehrgeiz enthüllte, eine große Musikerin zu werden, obwohl doch »Frauen keine großen Musiker sein« können). »Treffen Sie eine Entscheidung«, riet ihr der Psychiater. »Wählen Sie zwischen der Kunst und dem Mann, zwischen Ihrem Selbst und dem einfachen Durchschnittsfrauenleben.« »Glatter Unsinn«, dachte sie. »Hätte man je Toscanini oder Bach gesagt, er müsse zwischen der Musik und der Familie wählen, zwischen der Kunst und einem normalen Leben?«[16] Ungerechtigkeit allenthalben. Nicht, wo man die freie Wahl hat. Aber wo sie aufgezwungen wird von den Umständen, in die man nur aufgrund des Geschlechts hineingeboren wurde – während Männer der gleichen Gesellschaftsschicht keine solche Wahl treffen müssen, um ihrem Beruf nachzugehen –, dann ist das keine Wahl, dann ist das eine Zwangswirkung sexistischer Unterdrückung.*

Man mag sich fragen, wie erheblich es denn für die Literatur sein kann, ob eine Schriftstellerin jetzt kinderlos bleibt – ob aus freien Stücken oder nicht –, besonders angesichts der Wunderwerke, die diese kinderlosen Frauen geschaffen haben.

Könnte es nicht noch weitere Wunderwerke gegeben haben oder weitere Dimensionen dieser Wunderwerke? Könnte es da nicht noch weitere, tiefgreifende Gesichtspunkte und Einsichten ins menschliche Leben geben, die bislang in der Literatur nicht vertreten sind?

* »Die Dichterdamen dürfen nicht heiraten, Kumpel«, schrieb der Dichter John Berryman, selbst mehrfach verheiratet [*Dream Song 187*, in: *The Dream Songs*. New York: Farrar, Straus, Giroux, 1969. S. 206]. Die alte patriarchale Verfügung: Frau, du betrittst die Männerzone. Wenn du dort unbedingt eindringen willst, dann mach dich geschlechtslos – und rechne mit Hindernissen, die dir in den Weg gelegt werden. Umgekehrt hat man ebendiese Ehelosigkeit und Kinderlosigkeit herangezogen, um Frauen als unerfüllt, unzulänglich und in irgendeiner Weise anormal darzustellen.

Vor allem in den letzten zwanzig Jahren unseres Jahrhunderts haben immer mehr Schriftstellerinnen ihr Recht auf Arbeit *und* ein Familienleben eingefordert.* Ihr Hervortreten bezeugt die veränderten Umstände, die ihnen ermöglichen, was für die Frauengenerationen davor (bis auf seltenste Ausnahmen) unmöglich war. Ich hoffe auf die Folgen und fürchte sie zugleich. Ich hoffe (und glaube), dass die Literatur dadurch eine neue, vielschichtige Dimension gewinnen wird; ich fürchte sie, weil die Arbeit dieser Schriftstellerinnen so gut wie gewiss behindert, geschmälert, bruchstückhaft sein wird. Weil die Grundsituation unverändert besteht. Anders als schreibende Männer, die heiraten, werden die meisten weder das gesellschaftliche Äquivalent einer Ehefrau haben – noch (in einer Gesellschaft, die heranwachsendem Leben feind ist) irgendwen außer sich selbst, der ihren Kindern die Mutter ersetzt. Selbst jene, die sich Unterstützung leisten kön-

* Unter jenen mit Kindern: Harriette Arnow, Mary Lavin, Mary McCarthy, Tess Slesinger, Eleanor Clark, Nancy Hale, Storm Jameson, Janet Lewis, Jean Rhys, Kay Boyle, Ann Petry, Dawn Powell, Meridel LeSueur, Evelyn Eaton, Dorothy Canfield Fisher, Pearl Buck, Josephine Johnson, Caroline Gordon, Shirley Jackson; hier eine Stichprobe aus jenen beispiellosen letzten zwei Jahrzehnten: Doris Lessing, Nadine Gordimer, Margaret Laurence, Grace Paley, Hortense Calisher, Edna O'Brien, Sylvia Ashton-Warner, Pauli Murray, Franchise Mallet-Joris, Cynthia Ozick, Joanne Greenberg, Joan Didion, Penelope Mortimer, Alison Lurie, Hope Hale Davis, Doris Betts, Muriel Spark, Adele Wiseman, Lael Wertenbaker, Shirley Ann Grau, Maxine Kumin, Margaret Walker, Gina Barriault, Mary Gray Hughes, Maureen Howard, Norma Rosen, Lore Segal, Alice Walker, Nancy Willard, Charlotte Painter, Sallie Bingham. (Heute würde ich noch Clarice Lispector, Ruth Prawer Jhabvala, June Arnold, Ursula Le Guin, Diane Johnson, Alice Munro, Helen Yglesias, Susan Cahill, Rosellen Brown sowie Alta und Susan Griffin hinzufügen.) Einige schrieben, bevor sie Kinder bekamen, manche erst im mittleren Alter oder noch später. Nur wenige haben unmittelbar das Material verwertet, das sich ihnen durch die Mutterschaft eröffnete.

nen, gute Schulen, Sommercamps, könnten (könnten!) erleiden, was vor fünfzig Jahren W. E. B. Du Bois »die Verdammnis der Frauen« nannte: dass »die Mehrheit heutiger Frauen nur um den Preis ihrer Intelligenz und der Gelegenheit, ihr Bestes zu schaffen, Kinder gebären kann«.[17]

> Substanzielle schöpferische Arbeit erfordert Zeit, und bis auf seltene Ausnahmen haben nur »Vollzeitarbeiter« sie zuwege gebracht.*

Ich zitiere mich hier selbst aus *Das Schweigen in der Literatur*, einem Vortrag, den ich vor neun Jahren gehalten habe, über Mutterschaft, wie sie eben strukturiert ist:

> Nicht weil die Fähigkeit oder das Bedürfnis zu schaffen nicht länger besteht (obwohl das Bedürfnis, wie bei jeder Fülle des Lebens, eine Zeit lang verdeckt sein mag), [ist der Tod jeder Schöpferkraft nahezu sicher,] sondern weil die Umstände

* Vgl. *Das Schweigen in der Literatur*, in diesem Band, S. 38–39 – Damit soll nicht gesagt sein, dass diese Vollzeitschriftsteller Einsiedler gewesen seien oder sich ein gesellschaftliches oder persönliches Leben versagt hätten (man denke an James, Turgenjew, Tolstoi, Balzac, Joyce, Gide, Colette, Yeats, Woolf etc. etc.); auch haben sie nicht – außer wenn die Inspiration sie einmal überwältigte – täglich so viele Stunden auf ihre Arbeit verwandt wie jene, die gewöhnlichere Tätigkeiten verrichten. Drei bis sechs Stunden am Tag haben üblicherweise die Norm gebildet (»die ruhigen, großzügigen, geduldigen Morgen werden es bringen« [Henry James: *Tagebuch eines Schriftstellers. Notebooks.* Übers. v. Astrid Claes. Köln u. Berlin: Kiepenheuer & Witsch, 1965. S. 229]). Zola und Trollope sind berühmte Beispiele des vergangenen Jahrhunderts für den Vierstundentag; in den Interviews in der *Paris Review* finden sich zahlreiche zeitgenössische. – »Vollzeit« bedeutet nicht die tatsächliche Zahl der am Schreibtisch verbrachten Stunden, sondern dass die Schriftstellerei der Hauptberuf ist, der regelmäßig ausgeübt wird in einer von Zwängen befreiten, geschützten, ungestörten Zeit, solange und wann man ihrer bedarf.

> anhaltendes Schaffen fast unmöglich machen. Das Bedürfnis darf nicht an erster Stelle stehen. Es darf allenfalls das halbe Ich, die halbe Zeit in Anspruch nehmen. [...] Mehr, ja überwältigend mehr als jede andere menschliche Beziehung bedeutet Mutterschaft, jederzeit gestört werden zu können, ansprechbar, verantwortlich zu sein. Kinder brauchen einen *jetzt* (und vergessen Sie nicht, dass die Familie in unserer Gesellschaft oft versuchen muss, jener Mittelpunkt für Liebe und Gesundheit zu sein, der die Außenwelt nicht ist). Die Tatsache, dass es echte Bedürfnisse sind, dass man sie als die eigenen empfindet (Liebe, nicht Pflicht), *dass es niemanden sonst gibt, der für diese Bedürfnisse verantwortlich ist*, verleiht ihnen Vorrang. Abgelenktsein, nicht tiefes Nachdenken wird zur Gewohnheit; Unterbrechung statt Kontinuität; sporadische statt stetiger Arbeit. [...] Unterbrochene, verschobene, aufgegebene Arbeit führt zu Blockaden – bestenfalls zu geringerer Leistung. Ungenutzte Fähigkeiten verkümmern, vergehen.

Es gibt noch weitere Schwachstellen, die für Niederlagen, Herabsetzungen angreifbar machen. Den meisten schreibenden Frauen ist (da sie eben Frauen sind) von Geburt an die »unbegrenzte Belastbarkeit« angezüchtet worden, das, was Virginia Woolf (nach der Heldin eines berühmten viktorianischen Gedichts) den »Engel im Haus« nannte, der »bezaubern«, »begütigen« und »schmeicheln« muss, »voll inniger Einfühlsamkeit« ist, »unendlich liebenswürdig«, »gänzlich selbstlos«, »unübertroffen in den schwierigen Künsten des Familienlebens« und es immer vorzieht,

»mit den Köpfen und Wünschen anderer übereinzustimmen«. Diese Engelsfrau

> war es, die sich immer wieder zwischen mich und mein Papier drängte […]. Sie war es, die mich störte und mir die Zeit stahl und mich so quälte, dass ich sie schließlich umbrachte. […] Hätte ich sie nicht getötet, dann sie mich. Sie hätte mir das Herz aus meinem Schriftwerk gerissen.[18]

Es gibt noch einen weiteren Engel, demütig bis zur Unsichtbarkeit, obwohl ohne ihn keine Kunst, kein menschliches Unterfangen auch nur einen Tag lang durchzuhalten wäre – den *unentbehrlichen Engel*, mit dem Virginia Woolf (wie die meisten Schriftstellerinnen, die noch der privilegierten Klasse angehörten) sich nicht herumschlagen musste – den Engel, der die handfesten Verpflichtungen des täglichen Lebens verrichten muss, des schlichten Lebensunterhalts wegen.

Fast immer hat diese Engelsfrau in der einen oder anderen Gestalt (üblicherweise zweifach engelhaft in Gestalt der Gattin) im Haus eines Mannes verweilt. Sie war es, die es Joseph Conrad ermöglichte, »mit dem Herrn zu ringen« um seine Schöpfung,

> welche den Geist, die Seele und das Bewusstsein Stunde um Stunde und Tag um Tag völlig in Anspruch nimmt […]. Doch war ich mir des gleichmäßigen Ablaufes der Tage keinen Augenblick bewusst, den eine stille, wachsame, unermüdliche Liebe mir leicht und geräuschlos regelte.[19]

Die Engelsgestalt, die so »wesentlich« war für Rilkes »große Aufgabe«:

> der Mensch, der schwesterliche!!! (ach ach), der dann das Haus besorgt und gar keine Liebe hat oder so viel, dass er nichts verlangt, als wirkend und verhütend an der Grenze des Unsichtbaren da zu sein.[20]

Männer (selbst Teilzeitautoren, die abseits des Schreibens berufstätig sein müssen*) hatten und haben diesen unschätzbaren produktivitätssteigernden Vorteil. Ich komme nicht umhin zu bemerken, wie seltsam abwesend diese beiden Engelsgestalten, diese Wirkerinnen und Verhüterinnen an der Grenze des Unsichtbaren, in den meisten von Männern verfassten Büchern sind, das Widmungsblatt vielleicht einmal ausgenommen:

Für meine Frau, ohne die …

Ich schweife ab und eben doch nicht, denn die Nichtbeachtung dieser hilfreichen Hausengelsfrau, das offenkundige Fehlen jeder Ahnung von ihr, sei es in der Literatur oder sonst irgendwo, hat die Literatur um große Beiträge von den so Beschäftigten oder zeitweise so Beschäftigten gebracht. Indem die Literatur kein aufrüttelndes Bewusstsein entstehen ließ (wie es ihr in anderen Bereichen gelungen ist), hat jene Nichtbeachtung ferner dazu beigetragen, die Überwindung dieser technisch und sozial völlig überholten, menschenverschwendenden Fronarbeit quälend lange zu verzögern: eine Überwindung, wie sie anklingt in Virginia Woolfs Traum von der mittlerweile längst mög-

* Wie es auch viele schreibende Frauen müssen.

lichen »wirtschaftliche[n], mächtige[n] und tüchtige[n] Zukunft [...], in der die Häuser durch einen Stoß heißen Windes gereinigt werden«.[21]

Gelegentlich erscheint dieser hilfreiche Hausengel in Büchern von Frauen,* trotz der Überzahl von Heldinnen in »weißen Kleidern, die nie gewaschen werden müssen«[22] (wie Rebecca Harding Davis es vor hundert Jahren formulierte). Manchmal wird der Engel in der Dichtung als häusliches Bild zugelassen, einige putzen ihn zum Inbild der Weiblichkeit heraus; Sylvia Plath konnte ihm nur durch Selbstmord entrinnen:

> Nun fliegt sie ...
> Über den Motor, der sie getötet hat –
> Das Mausoleum, das Wachshaus.[23]

Zum ersten Mal in der Literaturgeschichte begann eine Dichterin von Format, seit Jahren gewöhnt an die Routine schöpferischer Arbeit, das Leben der meisten ihrer Geschlechtsgenossinnen zu führen, das der Honig-Aschenbrödel:[24] der geflügelten, unzauberhaften Zweifach-Engel, wirbelnden Mutter-Kümmerinnen, wie es den meisten nicht privilegierten Frauen so vertraut ist. Eine Situation ohne Unterstützung oder Ehemann, aber mit Rund-um-die-Uhr-Verantwortung für zwei kleine, innig geliebte Menschenwesen in ihrer faszinierendsten und forderndsten

* Unter anderem bei Harriette Arnow, Willa Cather, Dorothy Canfield Fisher, H. H. Richardson (Verfasserin von *Ultima Thule*), Ruth Suckow, Elizabeth Madox Roberts, Sarah Wright, Agnes Smedley; überdeutlich bei Emily Dickinson; Sylvia Plath, manchmal bei Christina Stead und Doris Lessing (heute würde ich Edith Summers Kelley mit *Weeds* und *The Devil's Hand* hinzufügen, Marge Piercy mit *Small Changes*, außerdem meine eigene Erzählliteratur).

ten Phase. Die Welt war blutheiß und persönlich. Die Bedürfnisse der Schöpfung auf ihrem Höhepunkt. Sie verließ das Bett um

> vier Uhr morgens [...] – in der noch blauen, fast ewig währenden Stunde vor dem Kindergeschrei,[25]

um überhaupt schreiben zu können.* Nach dem langen, ermüdenden Tag des Sichkümmerns, Versorgens, Putzens, Sicherfreuens, Wäschewaschens, Fütterns, Auf-den-Markt-Gehens, Entzücktseins und Kinder-Auslüftens kam sie sich vor wie

> ein sehr wirksames Werkzeug oder [eine] Waffe, ständig gebraucht und zum Einsatz bereit. [...] Die Nächte sind auch schlecht [zum Schreiben]. Zu dem Zeitpunkt bin ich schon zu müde für alles, was mehr Anstrengung erfordert als Musik und Brandy und Wasser.[26]

Der Smog vom Kochen, der Smog der Hölle umschwebte ihren Kopf. Das Lächeln der Kühltruhe vernichtete. Es gab Gestank nach Fett und Babykacke; Boshaftigkeit in der Küche! Und das Blutstromgedicht (für das niemals Zeit und Selbst genug war außer in jener noch blauen Stunde vor dem Kindergeschrei), stillen konnte man es nicht:**

* In der langen Tradition der Frühaufsteherinnen, hier und da mal eine Stunde, oder der zur Nachtzeit schreibenden Mütter von Mrs. Trollope über Harriette Arnow bis heute, wo sich in den vierundzwanzig Stunden des Tages jede mögliche Arbeitszeit zwangsläufig nach Haushalt, Versorgung und Kinderbedürfnissen richtet.

** Ein Cento aus Plaths Gedichten »Lesbos« [in: *Ariel. Urfassung*. Übers. v. Alissa Walser. Frankfurt a. M.: Suhrkamp, 2008. S. 89 u. 91], »Eine Erschei-

> Das hat in diesen letzten Wochen nichts zu tun mit dem Konflikt zwischen den Ansprüchen des Femininen und der Agonie des Kunstwerks im Leben einer Frau.[27]

Elizabeth Hardwick, eine Frau, bringt es fertig, über Sylvia Plaths Selbstmord zu sagen:

> Jeder Künstler ist entweder ein Mann oder eine Frau, und der Kampf ist für beide so ziemlich derselbe.[28]

Ein Kommentar, der die Realitäten zweifacher Engelhaftigkeit (»demütig bis zur Unsichtbarkeit«) ebenso ausblendet, wie es die ahnungslosen männlichen Mutmaßungen tun: dass der Suizid entweder in Papis Tod vor dreiundzwanzig Jahren wurzeln müsse, einer alten Wunde, wieder aufgerissen und noch vertieft durch den Ehemann, der sie verließ,[29] oder aber *Die Geschichte der O* (jenes elegante Stück Pornographie) in realem Gewand sei, der sakramentale Höhepunkt einer Selbstaufzehrung durch Ekstase (wobei hier eben die Lyrik die Stelle der Lust einnehme):

> Der Stolz der völligen Selbstaufgabe (wie der Stolz der O, nackt und in Ketten gelegt, in ihrer Eulenmaske, wie sie Sir Stephen um den Tod bittet [...].*

nung« [in: *Übers Wasser. Nachgelassene Gedichte*. Übers. v. Judith Zander. Wiesbaden: Luxbooks, 2013. S. 37] und »Milde« [in: *Ariel. Gedichte*. Übers. v. Erich Fried. Frankfurt a. M.: Suhrkamp, 1974. S. 169].

* Richard Howard: *Sylvia Plath: »And I Have No Face, I Have Wanted to Efface Myself ...«* [in: Ders.: *Alone With America. Essays on the Art of Poetry in the United States Since 1950*. New York: Atheneum, 1969. S. 421–422].

Wenn selbst in einer so umfassend analysierten Notlage die tiefgehenden Realitäten weiblicher Lebensumstände unbeachtet bleiben, wie sollen sie dann erst wahrgenommen werden, begriffen, mitberücksichtigt, wenn sie weniger bekannte schreibende Frauen in ihrem weit gewöhnlicheren Alltag betreffen, insbesondere wenn sie weniger augenfällig sind?

Im Jugendalter: Das Selbstvertrauen und jede Vision gehen verloren, der Ehrgeiz erstickt. Im Erwachsenenalter: sporadische Anstrengungen und unfertige Arbeiten; Frauen werden zu »mittelmäßigen Sachwalterinnen ihres Talents«, will heißen: Schreiben geht nie vor. Die Engel-im-Haus-Situation; vermutlich auch der unentbehrliche Engel, die Zwänge des täglichen Lebensunterhalts; in unserem Jahrhundert immer häufiger dazu noch Erwerbsarbeit und für immer mehr schreibende Frauen obendrein der jahrelange erschöpfende Strudel der Mutterschaft. Förmlich mit der Hand zu greifen ist also die Erklärung für die ungeheure Zahl der Verfasserinnen nur gelegentlich gelungener Erzählungen, der Ein-Buch-Autorinnen; für das herausragende, aber schmale Œuvre anderer (zum Beispiel von Janet Lewis oder Ann Petry); für die langen Jahre, die viele Frauen an einem einzigen Buch schreiben mussten (dreißig Jahre stecken in Margaret Walkers *Flieht wie ein Vogel auf eure Berge*, zwanzig in Marguerite Youngs *Miss Macintosh My Darling*); für die allmählich wachsende Zahl von Frauen, die erst nach ihrem vierzigsten, fünfzigsten, sechzigsten Geburtstag ihr erstes Werk veröffentlichen (Dorothy Richardson, Hortense Calisher, Theodora Kroeber, Linda Hoyer – John Updikes Mutter); für die Frauen, die mit Kinderbüchern, Mädchenbüchern einsteigen (Maxine Kumin) und dann nur in Einzelfällen, wie etwa Cid Ricketts Sumner (*Tammy, das Mädchen vom Mississippi*), den Sprung zur Belletristik schaffen, die ihre Lebenserfahrung für Erwachsene umfasst; und vor allem für die unbefriedigende Qualität so vieler Bücher, von denen jedes einzelne den Mangelstempel des Teilzeit- und Teil-Selbst-Schreibens trägt und auf deren Verfasserinnen noch nach siebzig Jahren zutrifft, was Sarah Orne Jewett an die junge, unter den Zwängen der Teilzeit und des Teil-Selbst arbeitende Willa Cather schrieb:

> Wenn Sie Ihre Stärke nicht bewahren und behüten und reifen lassen und vor allem keine Zeit und Ruhe haben, Ihr Werk zu vervollkommnen, dann werden Sie in Zukunft kaum Besseres schreiben, als Sie es vor fünf Jahren getan haben. [...] Ansonsten bleibt, was Kraft hätte sein können, bloß Rohheit, und was Einsicht hätte werden können, bloße Beobachtung; Empfindung gerinnt zu Sentimentalität – Sie werden über das Leben schreiben können, aber nie das Leben selbst.[30]

Ja, der Qualitätsverlust, das geringere Werk, das verborgene Schweigen, all das betrifft in unserem Jahrhundert eine jede schreibende Frau nach der anderen.* Wir wer-

* Verglichen mit männlichen Kollegen von vergleichbarem Ansehen und Alter haben nur wenige Schriftstellerinnen eine lebenslange ununterbrochene Produktivität vorzuweisen oder ein »Gesamtwerk« hinterlassen. Für die meisten von uns sind frühe Anfänge kennzeichnend, gefolgt von Schweigen, oder ein gedrängtes Spätwerk (mit Schweigen im Vorfeld) bzw. lange Brachzeiten zwischen den Büchern (verborgenes Schweigen). Autorinnen wie Colette, Wharton, Glasgow, Millay, Lessing, Oates bilden die Ausnahme.

den nie das Œuvre schaffen, das wir hätten erreichen können. Die Fäulnisplage, sagte Blake, hat noch jedem Baum geschadet:

> Und wenn die Plage einen Baum nicht umbringt und er dennoch weiter Frucht trägt, dann sage da keiner, die Frucht sei Folge der Plage gewesen.[31]

Was mich angeht, die ich fünfzig Jahre brauchte, um mein erstes Buch zu veröffentlichen, die Kinder ohne Haushaltshilfe oder Unterstützung durch die »Erhabenheit der Technik«[32] großzog (die Atombombe war schon im Bau, bevor es den ersten Waschautomaten gab), die ich außerdem etliche außerhäusliche Nebentätigkeiten verrichtete (wie über die Hälfte aller Frauen heutzutage, obwohl eine erwerbstätige Frau außer in der Rolle des Dienstmädchens oder der Prostituierten in der Literatur noch immer rar gesät ist), die ich den unentbehrlichen Engel nicht umbringen konnte (wer hätte ihr die Arbeit abgenommen?), auch – selbst wenn ich es gekonnt hätte – die umsorgende Seite des Woolf'schen Engels niemals umgebracht hätte, stand ich doch den Großteil meines Lebens der Welt der Literatur so fern, wie die Literatur (auch inhaltlich) meiner Lebenswelt fernsteht:

All die Jahre, in denen ich hätte schreiben sollen, waren meine Hände, mein Selbst mit anderen unentrinnbaren Aufgaben beschäftigt. Und wenn sie auch um vieles leichter geworden sind: Wenn ich heute diese Aufgaben verrichten muss, in die der Großteil meines Lebens geflossen ist, dann zahle ich – wie die alte Mutter, die Großmutter in meiner Geschichte *Erzähl mir ein Rätsel*, die es nicht über sich bringt, ein Baby anzufassen – einen seelischen Preis dafür: »Und ein langes Zittern beginnt und Schweißperlen auf ihrer Stirn.«[33] Die Gewohnheiten eines ganzes Lebens, in dem alles andere Vorrang hatte vor dem Schreiben, lässt man nicht so einfach hinter sich, selbst wenn die Umstände es heute häufiger gestatten, dem Schreiben den Vorrang zu geben. Die Gewohnheiten so vieler Jahre – das ständige Angesprochen- und Abgelenktwerden, Verantwortlichsein für die alltäglichen Dinge –, sie bleiben einem erhalten, zeichnen einen, verschmelzen mit einem. Der Preis für die »Diskontinuität« (jenes Muster, das Frauen immer noch aufgezwungen wird) ist ein solches Gewicht an Ungesagtem, ein solch gewaltiger Berg an Material, dass das eine in mir das andere lostritt; und an dem, woran ich Wochen schreiben sollte, sitze ich bisweilen Monate und an dem, was in Monaten zu sagen wäre, Jahre.

Ich erzähle von mir selbst, um hier jene anderen ins Bewusstsein zu rücken, denen in ebendiesem Moment dasselbe passiert (unnötigerweise passiert, denn es muss nicht, darf nicht weiter passieren), und um uns jene in Erinnerung zu rufen (um ein Haar wäre ich eine von ihnen gewesen), die überhaupt nie zum Schreiben kommen.

Wir dürfen nicht von den schreibenden Frauen unseres Jahrhunderts sprechen (wie wir überhaupt nicht von Frauen sprechen dürfen, die auf irgendeinem gesellschaftlich anerkannten Gebiet Leistungen erbracht haben), ohne zugleich von jenen unsichtbaren Frauen zu sprechen, die von Natur aus genauso befähigt gewesen wären: von denen, die in die falschen Umstände hineingeboren wurden – kleingemacht, ausgeschlossen, zerschellt, zum Schweigen gebracht.

Wir, die wir schreiben, sind Überlebende, »*Einzige*«.* *Eine von zwölf.*

Ich muss jetzt einen Schnelldurchlauf machen, komprimieren und fortlassen (so viel ist bereits komprimiert und fortgelassen worden), zur Arbeit selbst übergehen, den Arbeitsbedingungen.

Abwertung: Noch in unserem Jahrhundert gehen große Werke von Frauen an Unbekanntheit zugrunde oder fristen ein seltsames Schattendasein, und zwar in weitaus größerer Zahl als bei den Männern. Ich denke da an die Autorinnen Kate Chopin, Mary Austin, Dorothy Richardson, Henry Handel Richardson (*Ultima Thule*), Susan Glaspell (*Jury of Her Peers*), Elizabeth Madox Roberts (*Seit Menschengedenken*), Janet Lewis, Ann Petry, Harriette Arnow (*The Dollmaker*), Agnes Smedley (*Daughter of Earth*),

* Für mich umfasst der Begriff »Überlebende« auch seinen anderen Sinn: eine, die Zeugnis ablegen muss für jene, die untergegangen sind; eine, die versuchen muss, zu berichten, wie und warum es dazu kam, dass jene, ebenfalls des Lebens würdig, *nicht* überlebten. Und die Überlebensstrategien weitergeben und berichten muss von unserem willkürlichen Glück, unseren besonderen Bedingungen.

»Einzige« ist ein Ausdruck aus der Bürgerrechtsbewegung der 1950er Jahre, als der junge Ralph Abernathy seiner Kirchengemeinde in Birmingham von seiner Reise in den Norden, wo er Unterstützung suchte, Bericht erstattete:

> Ich komme nach Seattle, und da heißt es: »Bruder, den und den musst du treffen, das ist der einzige schwarze Bundesrichter im Nordwesten«; ich komme nach Chicago, und da heißt es: »Bruder, den und den musst du treffen, das ist im ganzen Land der einzige schwarze ordentliche Professor für Soziologie«; ich komme nach Albany, und da heißt es: »Bruder, den und den musst du *unbedingt* treffen, das ist doch der einzige schwarze Senator im Staatsparlament …« [lange Kunstpause] … Wir wollen keine Einzigen.

»Einzige« werden benutzt, um zurechtzuweisen (»Sei Vorbild«), um das Unrealistische zu suggerieren: »Schau, du kannst es schaffen, du brauchst nur Willen und Leistung!« Eine Situation von »Einzigen« hinzunehmen bedeutet: die Ungleichheit der Verhältnisse fortbestehen lassen.

Christina Stead, Kay Boyle, Jean Rhys – jede Einzelne hoch packend, einige tragen das Siegel der Dauerhaftigkeit.* Wie vergleichsweise wenig gelesen, unterrichtet werden Autorinnen von so anerkanntem literarischem Rang wie Edith Wharton, Ellen Glasgow, Elizabeth Bowen, Dorothy Parker, Gertrude Stein, Katherine Mansfield – sogar Virginia Woolf, Willa Cather und Katherine Anne Porter.**

Haltungen der Kritik: Noch nach zwei Jahrhunderten findet sich, was Cynthia Ozick als das ewige Phänomen des »tanzenden Hundes«[34] beschrieb: die abschätzige Reaktion auf ein Buch nicht aufgrund seiner Qualität oder seines Inhalts, sondern aufgrund der bloßen Tatsache, dass es von einer Frau verfasst wurde – mit sich daraus ergebender Missdeutung, Misshandlung.***

Noch ein Wort zum »Lob« in der Tonart: »Sie schreibt wie ein Mann« bzw. »mit männlicher Kraft«. Kraft wird selten auch nur als solche erkannt, wenn ihr Gegenstand für »weiblich« gilt; dann ist sie vielmehr nebensächlich, bewegend, atmosphärisch, instinktiv, feinfühlig. »Sie war feinfühlig im selben Sinne, in dem ein Seziermesser fein-

* 1976: Einige dieser Schriftstellerinnen treten allmählich ins Licht. Aber Glaspell, Mary Austin, Roberts und H. H. Richardson sind immer noch vergriffen. Ebenso das meiste von Christina Stead.

** Schattendasein, Abwertung, Vernachlässigung sind das Ergebnis der Literaturkritik, eines überwiegend von Männern besetzten Wirkungsbereichs. Die schädlichste – und immer noch vorherrschende – Haltung der Kritik bleibt die, dass weibliche Lebenserfahrung und von Frauen geschriebene Literatur per Definition minderwertig seien. Tatsächlich werden schreibende Frauen von einer beträchtlichen Anzahl männlicher Autoren, Kritiker und Literaturwissenschaftler gar nicht erst in Betracht gezogen (vgl. die »Eine von zwölf«-Statistiken in diesem Band, ab S. 201).

*** Genießen sie Mary Ellmanns unvergleichliches Buch *Thinking About Women* [New York: Harcourt, 1968].

fühlig ist«,* kommentiert Katherine Anne Porter eine solche verfälschende Beschreibung von Katherine Mansfields Kunst. Und instinktiv?

> Meiner Ansicht nach entspringt ihr Werk in hohem Maße dem intelligenten Einsatz ihrer geistigen Fähigkeiten, ihrer bewussten Pflege eines unter Mühen sich angeeigneten Handwerks, einem Triumph der Disziplin [...].**

*Das Klima innerhalb literarischer Kreise für jene, die sich darin bewegen.**** Wer schreibt, weiß, wie wichtig es ist, ernst genommen, mit Respekt für die eigene Vision und Redlichkeit behandelt zu werden, mit anderen Schreibenden kameradschaftlich zu verkehren, nach dem eigenen Werk beurteilt zu werden und nicht nach anderen Maßstäben, aber auch, welchen Zufälligkeiten Anerkennung und Veröffentlichung unterworfen sind. Heute von alldem zu sprechen würde den Rahmen sprengen, doch die allermeisten schreibenden Frauen sind hier im Nachteil.

Einschränkung: So viel freier unser Leben in diesem Jahrhundert auch ist, so deutlich sich unser Zugang zu Beruf, Bildung, Reisen und Breite der Erfahrungen auch verbessert haben mag, noch immer herrschen einschränkende Verhältnisse in Bezug auf die Weite des Sichtraums, den Themenumfang, das soziale Umfeld und jene Art des Verstehens, die nur in außerprivaten Situationen zu erwerben

* *The Art of Katherine Mansfield*. In: *The Collected Essays and Occasional Writings of Katherine Anne Porter* [New York: Delacorte, 1970. S. 50].

** [Ebd., S. 49–50.]

*** Vgl. Carolyn Kizers *Pro Femina* in ihrem Gedichtband *Knock Upon Silence* [Garden City, NY: Doubleday, 1965].

ist. (Was Charlotte Brontë vor 125 Jahren so schmerzlich als Verweigerung von »Möglichkeiten der Beobachtung« und von einer »Weltkenntnis« empfand, die Schriftstellern wie »Thackeray, Dickens [...] eine Bedeutung und einen Abwechslungsreichtum schenkt, die weit über das hinausgehen, was ich der Öffentlichkeit bieten kann«.*) Der Blick aus zweiter Hand gleicht das nicht aus.

Einengung wird nicht immer als das erkannt, was sie ist. Die uralte Gewohnheit, Frauen in eine eindimensionale Form zu zwängen, ist noch immer so fürchterlich wie bestimmend. Nach wie vor setzen sich schreibende Frauen dem Verdacht des Widernatürlichen aus, sobald sie sich mit Aspekten ihrer Erfahrungswirklichkeit, ihrer Interessen, ihres Seins beschäftigen, die über den traditionell umzirkelten weiblichen Bereich hinausgehen. Hortense Calisher sorgt sich, dass schreibende Frauen,

> die womöglich mühsam ein die ganze Welt umfassendes Empfindungsvermögen anstreben oder eines, das dem schweifenden Gewissen der Männer gleicht [...], auf alles [verzichten], was an ihrem Empfinden oder ihrer Erfahrung eindeutig weiblich [ist, ... oder] vor dem Bild [flüchten], das die Gesellschaft von [ihnen] zeichnet.**

Aber Gewissen und universales Empfindungsvermögen sind Frauen ebenso angeboren wie Männern; Männern

* Brief an ihren Verleger W. S. Williams, 4. Okt. 1847 [*The Letters of Charlotte Brontë*. Bd. 1. Hrsg. v. Margaret Smith. Oxford: Clarendon, 1995. S. 546].

** Hortense Calisher: »... *No Important Woman Writer, I Think, Has Really Wanted to Write ›Like a Man.‹ They Had Too Much Taste*« [in: *Mademoiselle*, 70 (Febr. 1970). S. 271–272.]

steht es lediglich in höherem Maße frei, sie zu entfalten und auszuüben. Tatsächlich ist eines der Hauptmerkmale der von Frauen geschaffenen Literatur (sosehr sie auch vergessen oder herabgewürdigt worden sein mag) gerade das Gewissen, das Achten auf das Unrecht, das Menschen in ihrer Zeit widerfährt – vom ersten in unserer Sprache von einer Frau verfassten Roman, Aphra Behns *Oroonoko*, dem ersten gegen die Sklaverei gerichteten Werk überhaupt, über Harriet Martineau, Elizabeth Gaskell, George Sand, Harriet Beecher Stowe, Elizabeth Barrett Browning, Rebecca Harding Davis, Helen Hunt Jackson, Olive Schreiner, Ethel Voynich, Charlotte Perkins Gilman bis hin zu Gabriela Mistral, Virginia Woolf (die Essays), Nelly Sachs, Anna Seghers, Rachel Carson, Lillian Hellman, Lorraine Hansberry, Theodora Kroeber (*Der Mann, der aus der Steinzeit kam*), Agnes Smedley, Harriette Arnow, Doris Lessing, Nadine Gordimer, Sylvia Ashton-Warner.

Im Widerspruch zum weiten Horizont ihrer eigenen hervorragenden Erzählliteratur definiert Calisher »die weibliche Grunderfahrung, von der Pubertät bis ins Wochenbett«,[35] als das naturgegebene Thema der Frau:

> Für mich: der Feminismus, der direkt aus dem Bauch, aus dem Bett, aus dem Wochenbett kommt. Ein Empfindungsvermögen, das sich selbst traut als das, was es ist: die *andere* Hälfte des Lebensalltags.*

* Die hier gebrachten Auszüge und meine Einreden gegen sie werden diesem ausgezeichneten Aufsatz nicht voll gerecht, den ich ursprünglich in einem Exemplar las und aus ihm zitierte, in dem – von mir unbemerkt – eine wesentliche Seite fehlte. Ich bitte Hortense Calisher beschämt um Entschuldigung [ebd., S. 274].

Einengung auf die stereotype biologische Frau (Brutkasten, Sexualpartnerin). Ignoriert werden nicht nur (wie bei männlichen Schreibern üblich) fortwährende Mutterschaft, der hilfreiche Hausengel wie auch jener andere Engel, welche die bestimmende Grunderfahrung der meisten Frauen bilden, kaum dass sie sich aus dem Bett, aus dem Wochenbett erheben, sondern auch andere gewöhnliche weibliche Lebenswirklichkeiten.*

Und ignoriert wird auch der ganze Rest der biologischen Mitgift des als Frau geborenen Menschen (darunter die Schaffenskraft, aus der schreibende Frauen wie Männer schöpfen). *Eben dieses Vorenthalten der Begabung zum vollen menschlichen Dasein*, diese Verbannung der Frau in eine eigene Sphäre waren es, die im letzten Jahrhundert die Frauenrechtsbewegung hervorgebracht haben (nachdem sie unsere Calishers jahrhundertelang am Schreiben hinderte): einen aus dem Humanismus geborenen Feminismus.

Die Billigung dieser überkommenen, einengenden Definitionen der Frau zu einer Zeit, als sie mit der wahren Lebenswelt der meisten Frauen so wenig zu tun haben wie nie zuvor – und gar nicht mehr damit zu tun haben müssten –, bleibt auch für heute schreibende Frauen ein kom-

* Darunter: wie angeborene menschliche Triebe und Fähigkeiten (Intellekt, Kunst, Ordnungskraft, Erfindungsgeist, Gerechtigkeitssinn, Schönheitsempfinden, Leben, Mut, Anpassungsfähigkeit, Widerständigkeit, das Bedürfnis nach Gemeinschaft) unterdrückt und eingeschränkt werden und dennoch um Ausdruck und Einsatz ringen; die Vorgänge in der Arbeitswelt; Sanktionen für das Altern; die tiefe Erfahrung des Kinderhabens – und die Seelenqual, die es bedeutet, Kinder in einer Welt großzuziehen, die noch nicht für Menschen gemacht ist; was es heißt, als alleinstehende Frau zu leben; Kinder allein großziehen zu müssen; ferner: Gründe für Nervenzusammenbrüche bei Frauen, die nicht ins Schema der psychiatrisch anerkannten Ursachen passen. Die Liste ließe sich endlos fortsetzen.

plexes Problem. (Wie Mary Wollstonecraft es formulierte: »Der Wunsch, stets Frau zu sein, zeigt genau das Denken, das dem weiblichen Geschlecht die Würde nimmt.«[36])

Auch Anaïs Nin lässt sich freiwillig einengen auf ein weibliches Empfinden, das nur ja nicht die Männer bedroht. Verharren im Privaten, im Inneren; endlose Stimmungsklaviatur; Schreiben über das Gedämpfte, Exquisite, Sinnliche, Unterirdische – in ihrer Erzählliteratur jedenfalls. In ihren *Tagebüchern* sehen wir (neben dem Narzisstischen) das Öffentliche, das Gesellschaftliche; die Kraft der Charakterisierung, den schonungslosen Blick, den scharfen Intellekt, breit gefächerte Erfahrungen und Beziehungen; Schönheiten aller Art. Eine Qualität und Vielschichtigkeit, die in ihrem erzählenden Werk nicht zum Vorschein kommen – zu dessen Nachteil.

Um ein anderes Beispiel zu nennen: Die *Bold New Women*[37] (so der Titel einer jüngst erschienenen Anthologie) sind die alten Klischeefrauen, die sich konsequent innerhalb der literarischen Gettomauern des Sexuell-Kreatürlichen, Biologisch-Fraulichen bewegen und sich dabei irrtümlich für neu halten, weil der Sex bei ihnen so offensiv beschrieben wird wie gegenwärtig im männlichen Genre, wobei Dar- und Vorstellung der weiblichen Sexualität unmittelbar aus Lawrence oder Miller übernommen sind. Doris Lessing erinnert daran, dass es ganze Bereiche in ihr gebe, »die durch eine Art von Erfahrung entstanden sind, die andere Frauen vor mir nicht gemacht haben«.[38] »Die Freiheit ist das Recht, nicht zu lügen«, sagt Camus.[39]

Dieser Zwang zur Zensur, zur Selbstzensur; der Zwang, tief eingewurzelte Einstellungen hinzunehmen, sich ihnen zu fügen und damit die eigene Wirklichkeit, Bandbreite,

Vision, Wahrheit, Stimme zu verfälschen, all das betrifft schreibende Frauen im extremen Maße (und hängt tatsächlich eng zusammen mit der Angst, mit dem Gefühl der Ohnmacht, die manche unserer Bücher durchziehen, und mit dem »Es soll vor allem unterhalten«-Ton anderer). Die eigene Wahrheit nicht finden oder in der eigenen Arbeit nicht einsetzen zu können oder selbst die einmal ausgesprochene Wahrheit noch »schräg sagen«[40] zu müssen raubt einem den Antrieb, die Überzeugung, stutzt im Vorhinein das eigene Format, führt zu Verlusten an der Literatur und allem, was wir dank ihr zu begreifen hoffen.*

Meine Zeit ist um, und ich muss schließen.

Ihr, die ihr unterrichtet: Lest schreibende Frauen. Es wartet eine ganze Literatur darauf, neu bewertet, neu geschätzt zu werden. Einige Werke werden sich, wie das Leben ihrer Verfasserinnen, als vergänglich erweisen – sie sprachen nur zu ihrer Zeit. Andere, die heute vergessen, verschattet, vernachlässigt sind, werden für uns zu neuem Leben erwachen.

Lest und lauscht lebenden Schriftstellerinnen, unseren neuen ebenso wie den etablierten, aber oft wenig beachteten. Kein Publikum zu haben ist eine Art Tod.

Lest uns Schriftstellerinnen in unserer ganzen unendlichen Bandbreite. Nicht nur jene, die uns von uns selbst als der »anderen Hälfte« erzählen, sondern auch die, die von den anderen menschlichen Dimensionen, Lebenswelten schreiben.

* Hinzu kommt erschwerend, dass Erfahrungen und Erkenntnisse, die bislang in der Literatur ausgeschlossen bleiben mussten (vor allem wenn sie dem Kanon nicht entsprachen), äußerst schwer zu finden, zu bestätigen, zum legitimen literarischen Stoff zu erklären sind – ganz zu schweigen davon, sie in Kunst auszudrücken.

Lehrt Frauenleben anhand des Lebens der Frauen, die die Bücher geschrieben haben, wie auch anhand der Bücher selbst sowie mittels Autobiographien, Biographien, Tagebüchern, Briefen. Da sich der Großteil der Literatur mit dem Leben der Wenigen beschäftigt, lernt und lehrt von den wenigen Büchern, die dem Leben der Vielen näherstehen. Es sollte nicht sein, dass Harriette Arnows *The Dollmaker*, Elizabeth Madox Roberts' *Seit Menschengedenken*, Grace Paleys *Die kleinen Widrigkeiten des Lebens* im Taschenbuch vergriffen sind, dass eine Zora Neale Hurston erst jetzt neu aufgelegt wird, dass Agnes Smedleys Klassiker *Eine Frau allein** vierzig Jahre lang nicht lieferbar, ungelesen, unbekannt war – ein Buch, das auch für jene Studierenden von allergrößter Bedeutung ist, die als erste Generation ihrer Familien eine Hochschule besuchen.

Seid kritisch. Frauen haben das Recht zu sagen: Dies ist oberflächlich, das verfälscht die Wirklichkeit, jenes würdigt herab.

Helft dabei, Schriftstellerinnen zu schaffen, werdet vielleicht sogar selbst welche. Es gibt so viel Ungeschriebenes, das noch geschrieben werden muss. Da sind noch andere neben den zum Verstummen gebrachten elf von zwölf, die zur Literatur beitragen könnten, was ihr jetzt fehlt. Jene erste eine Hochschule besuchende Familiengeneration, wie ich einer Welt entstammend, die (nach Camus) »Empfindung ohne Maß«[41] gibt, stellt dabei eine besondere Hoffnung dar. Es ist ganz gleichgültig, ob das, was anfangs entsteht, große Literatur ist oder nicht einmal (im landläufigen Sinne) »gutes« Schreiben.

* Im Jahre 1976 sind diese Bücher alle wieder lieferbar.

> Ob das Literatur ist oder nicht, maße ich mir nicht an zu entscheiden,

schrieb Virginia Woolf in ihrem Vorwort zu *So haben wir gelebt: Englische Arbeiterinnen erzählen*,

> aber dass es viel erklärt und viel enthüllt, ist gewiss.[42]

Literarische Größe steckt nicht nur in den großen, den guten Schriftstellerinnen und Schriftstellern, sie steckt auch in dem, was viel erklärt und viel enthüllt* (was zugleich der Nährboden für große Literatur ist).

Ob nun Nährboden oder Blüte: Die Hoffnung und das Ziel ist es, dass wir vor dem Ausgang unseres zweiten Schreibjahrhunderts allmählich ebenso viele schreibende

* Doris Lessings Charakterisierung des Romans (in ihrem Nachwort zu Schreiners *Geschichte einer afrikanischen Farm*) bezieht sich auf dieses Schreiben, das »viel erklärt und viel enthüllt«: Der Roman ist »entstanden, weil ein bestimmter Teil unseres Bewusstseins unentwegt versucht, sich selbst zu enträtseln und ans Licht zu treten. Nicht auf dem Niveau, das von der Dichtung bedient wird oder von der Musik, der Mathematik, der Hochkultur, nein, auf der untersten, alltäglichsten Ebene, wie ein Regenwurm, der die Erde umgräbt, damit wieder etwas sprießen kann« [Olive Schreiner: *Die Geschichte einer afrikanischen Farm.* Übers. v. Viola Siegemund. S. 559–560]. Doch es gibt noch andere Ausdrucksformen, die das und noch mehr erreichen: das Tagebuch, Briefe, Erinnerungen, persönliche Aussprüche – denn diese fallen den meisten Menschen natürlich zu, werden wahrscheinlicher genutzt, geformt – und werden, *in den eigenen Worten*, zur Quelle, tragen bei zum wahrhaften Fundus des menschlichen Lebens, der menschlichen Erfahrung. Der unschätzbare Wert dieser Dokumente, ihr Hervortreten als literarische Form wird erst allmählich gewürdigt. Vorläufig gibt es in der Literatur nichts, was dem Ehrenplatz entspräche, den in der Musik »Folk« bzw. »Volksmusik« und in der bildenden Kunst die Laienmalerei bzw. der »Primitivismus« einnimmt.

Frauen haben, wie es unserer inneren Befähigung entspricht – mindestens zwölf auf jede einzelne heute anerkannte Schriftstellerin.*

* Doch sei nicht vergessen: Auf alle zwölf, denen Anerkennung zuteil wird, kommen stets zahllose andere, die immer noch kleingemacht oder zum Schweigen gebracht werden – so lange, wie die anderen althergebrachten Stimmenunterdrücker der Menschheit, Klasse und/oder Hautfarbe, weiter dominieren.

3.

Dem Schweigen auf der Spur

Das Schweigen, von dem ich spreche, ist unnatürlich: die unnatürliche Vereitelung dessen, was sich abmüht, ins Leben zu treten, dies aber nicht vermag. [...] wenn der Same auf Stein fällt; wenn der Boden nicht nahrhaft, der Frühling trügerisch, die Zeit von Dürre, Mehltau oder Parasitenbefall gekennzeichnet ist; wenn der Frost verfrüht einsetzt.

Das Schweigen der großen Gestalten der Literatur (vornehmlich in ihren eigenen Worten)

*Thomas Hardy (1840–1928)**

»Zu weniger und weniger / Schrumpfen die Visionen, die groß in mir waren«,[1] *schreibt Thomas Hardy, dreißig Jahre nachdem er angesichts der Gehässigkeit des viktorianischen England gegenüber seinem* Jude the Obscure *aufgehört hatte, Romane zu schreiben. (»[…] so endete sein Prosabeitrag zur Literatur […]. Die Erfahrungen der wenigen letzten Jahre hatten all sein Interesse an dieser Form […] völlig zerstört.«)*[2]

Es war eine Zerstörung, die achtundzwanzig Jahre währte. Jedes Ziel, jedes Bestreben, das Hardy bei der Abfassung von Romanen leitete (außer dass er davon leben konnte), wurde vereitelt. Er hatte versucht, über nichts Geringeres als die »Substanz des Lebens« zu schreiben, über Arbeiter, über Frauen, hatte ihre beengten Verhältnisse beleuchtet, ihnen und ihrem Leben Vieldimensionalität und Tragik verliehen und Geschichten »nahe an der Poesie« verfasst. Doch so hartnäckig er sich auch bemühte, stets endete es damit, dass er außerstande war, ein »künstlerisches Ganzes« zu schaffen, oder dieses beschädigen musste.

* Vgl. *Das Schweigen in der Literatur*, in diesem Band, S. 26.

In den frühen Jahren seiner Existenz als Schriftsteller hatte er (aufgrund seiner Herkunft) weder über das Selbstvertrauen noch über die Mittel verfügt, zu schreiben, was oder wie er es wollte. Später, selbst bei *Tess*, ja selbst bei *Jude*, den großen reifen Romanen, die entstanden, als er seinen Verlegern finanziell weniger ausgeliefert war, blieb immer noch die umfassende soziale und sexuelle (d. h. sexistische) Zensur seiner Zeit; angesichts der fest umgrenzten Romanform, wie sie damals praktiziert wurde, gab er sich geschlagen. Er war achtundfünfzig, als er, »völlig zerrieben von der ständigen Abnutzung des Holzes«,[3] alle imaginative Prosa aufgab; dabei lagen vor ihm noch dreißig weitere Jahre Schaffenskraft.

Die folgenden Aufzeichnungen sind seine eigenen Statements, eigentlich eher Understatements – war er doch einer der zurückhaltendsten Schriftsteller. Ob in der ersten oder dritten Person verfasst, dies alles sind Hardys eigene Worte:*

1873

> Er erkannte, dass er […] durch die Umstände zum Romanschreiben als regelrechtem Gewerbe verurteilt war; und dass er daher wie andere Romanciers auch bei Sitten und Gebräuchen – im gewöhnlichen modernen gesellschaftlichen Leben – nach Stoff suchen musste. Aber er interessierte sich nicht für Sitten und Gebräuche, sondern nur für die Substanz des Lebens. Was er bis

* Entnommen dem *Life of Thomas Hardy. 1840–1928*, anscheinend von Florence Emily Hardy verfasst, tatsächlich aber von Hardy selbst diktiert oder aus seinen Notizbüchern und Briefen ausgewählt (mit Ausnahme der Darstellung seines letzten Lebensjahrs).

dahin geschrieben hatte, entsprach nicht dem, was man üblicherweise unter einem Roman verstand.[4]

1884

The Mayor of Casterbridge [...] war eine Geschichte, von der Hardy glaubte, sie im Interesse der Zeitung, in der sie in Fortsetzungen erschien, leichtfertiger als jeden seiner anderen Romane als künstlerisches Ganzes beschädigt zu haben, denn sein Bestreben, in fast jeder wöchentlichen Fortsetzung einen spannenden Vorfall einzubauen, veranlasste ihn nach eigenem Urteil, dem Erzählfluss allzu freizügig »Begebenheiten« hinzuzufügen.[5]

1887

Wahrscheinlich haben Sie bemerkt, dass das – eher angedeutete als ausgesprochene – Ende der Geschichte [*The Woodlanders*] darin besteht, dass die Heldin zu einem unglücklichen Leben mit einem untreuen Ehemann verdammt ist. Aufgrund der Konventionen der Bibliotheken usw. konnte ich das im Buch nicht stärker herausarbeiten. Seit die Geschichte geschrieben wurde, wird Figurentreue jedoch nicht mehr ganz so sehr als literarisches Verbrechen angesehen wie früher [...].[6]

1889/90

[...] im Oktober [1889] wurde, was davon [*Tess von den d'Urbervilles*] geschrieben war, dem Ersten angeboten, der danach gefragt hatte, dem Herausgeber von *Murray's Magazine*. Das Manuskript wurde abgelehnt und zurückgeschickt [...], im

Grunde wegen seiner anstößigen Explizitheit. Sogleich wurde es an den Zweiten, den Herausgeber von *Macmillan's Magazine*, weitergeschickt und [...] praktisch aus demselben Grund abgelehnt. Nun hätte Hardy es vorgezogen, die Geschichte zu Ende zu schreiben und ausschließlich in Buchform herauszubringen, doch gab es Gründe, warum er sich das nicht leisten konnte [...]. Einige Kapitel oder Kapitelteile [wurden] also herausgenommen [...], bis sie beim Druck des Romans in Buchform wieder eingefügt werden konnten. Darüber hinaus wurden etliche Passagen abgeändert. [...] Aber das Werk war die reinste Plackerei.[7]

1890

Wenn der wahre Künstler jemals weint, dann über den schrecklichen Preis, den er für das Privileg, in englischer Sprache schreiben zu können, entrichten muss, einen Preis, der nichts Geringeres ist als das völlige Erlöschen eines anteilnehmenden Glaubens an seine Romanfiguren im Kopf eines jeden reifen und durchdringenden Lesers.[8]

1891

Ein Zwischenfall, der sich gegen Jahresende während der Veröffentlichung von *Tess* als Fortsetzungsroman in *The Graphic* ereignete, hätte ihn [Hardy] auf gewisse Ereignisse vorbereiten können, die folgen sollten. Der Herausgeber nahm Anstoß an der Schilderung, wie der Sohn des Reverends, Angel Clare, Tess und die drei mit ihr befreundeten Milchmädchen in seinen Armen

über einen überschwemmten Feldweg trägt. Er deutete an, dass es schicklicher und für die Seiten einer als Familienlektüre gedachten Zeitschrift angemessener sei, die jungen Frauen würden in einer Schubkarre über den Feldweg geschoben. So wurde denn auch verfahren.
Zudem weigerte sich *The Graphic*, das Kapitel zu drucken, in dem die Taufe von Tess' Kind geschildert wird. Dieses [...] wurde später wieder in den Roman aufgenommen und galt als eine seiner schönsten Passagen.[9]

1892

[...] die Mühsal der Textänderungen und Wiederherstellungen hatte dazu geführt, dass er des Romans überdrüssig wurde.[10]

1893 bis 1895, während der Arbeit an *Jude the Obscure* (der »Tragödie unerreichter Ziele«[11]), einem Roman, der acht Jahre lang heranreifte und ihm von allen seinen Romanen am meisten am Herzen lag, musste Hardy abermals ständig Veränderungen vornehmen, sich Ersatzszenen ausdenken und eine Prosa schreiben, die sich für die Publikation als Fortsetzungsroman eignete.

1894

»Wegen der Anstrengung, *Jude the Obscure* so zu ändern, dass sich der Roman für den Zeitschriftenabdruck eignete, und ihn dann wieder zurückzuändern, habe ich die Kraft verloren, das Original so zu überarbeiten und zu verbessern, wie ich es vorhatte.«[12]

1895

> Sie können sich kaum vorstellen, wie arm und schwach mir das Buch vorkommt, so wie es ausgeführt ist, im Vergleich zu der Vorstellung, die ich mir von ihm gemacht hatte.[13]

1896, mitten in seiner persönlichen Verzweiflung über das Versagen, *Jude* zu dem Buch zu machen, das ihm vorgeschwebt hatte, und über die öffentliche Schmähung des Romans, schrieb er in seinen Notizbüchern:

> Poesie. Vielleicht kann ich jene Gedanken und Gefühle, die den trägen, verhärteten und felsenfesten Meinungen zuwiderlaufen, an deren Unterstützung die breite Masse ein eigennütziges Interesse hat, besser in Versen ausdrücken. [...] Hätte Galilei in Versen gesagt, dass sich die Erde doch bewegt, vielleicht hätte ihn die Inquisition in Ruhe gelassen.[14]

1897

> [...] und so endete sein Prosabeitrag zur Literatur [...]. Die Erfahrungen der letzten Jahre hatten all sein Interesse an dieser Form kreativer Arbeit, die gegenüber seinem Interesse an Lyrik schon immer zweitrangig war, völlig zerstört.[15]

1897/98

> Die [öffentlichen] Falschdarstellungen der letzten zwei oder drei Jahre [...] zwangen ihn quasi dazu, jedenfalls nach seinem eigenen Urteil, eine Form der literarischen Kunst, die er schon lange hatte

> aufgeben wollen, jetzt sofort hinter sich zu lassen, wenn er sich noch einen Rest von Selbstachtung bewahren wollte [...].
>
> Schließlich war die Veränderung nicht so groß, wie es den Anschein hatte. Es war ja nicht so, dass er ein Autor von Romanen im eigentlichen Sinne gewesen wäre, Romanen, so wie man sie damals verstand, d. h. ein Autor von Geschichten über das moderne künstliche Leben und seine Sitten und Gebräuche, die einer gewissen Raffinesse in der Behandlung nicht entbehrten. Er hatte vor allem darauf abgezielt, seine Geschichten nahe am natürlichen Leben zu erzählen und so nahe an der Poesie, wie die Umstände es erlaubten, und oft bedauert, dass die Umstände es ihm nicht erlaubten, noch näher dranzubleiben.[16]

Wie sehr er in seinen Büchern lebte, während er sie schuf! Der jüngere Schriftsteller war von ihnen geradezu besessen:

> So schrieb Hardy weiter an *Far from the Madding Crowd* – manchmal im Haus, manchmal im Freien, wo er genau in dem Moment, als er ganze Bände hätte füllen können, nicht einmal einen Bogen Papier zur Hand hatte. In solchen Fällen benutzte er große abgefallene Blätter, von den Holzfällern zurückgelassene weiße Späne oder Steinbrocken und Schieferstücke, die sich gerade fanden.[17]

Wie unauslöschlich seine Schöpfungen in ihm weiterlebten! In seinen Notizbüchern finden sich Einträge über Vorfälle oder Begegnungen, die ihn an seine Schöpfungen erinnerten, über andere Erinnerungen, die in ihm aufstiegen. Und bei einer Sondervorstellung von *Tess* bei sich zu Hause saß der alte, alte Hardy, er war fast sechsundachtzig, mit Tränen in den Augen da; stumm formten seine Lippen die Worte, die er siebenunddreißig Jahre zuvor geschrieben hatte; nach der Aufführung bestand er darauf, »bis zur letzten Minute mit uns zu reden. Er sprach von Tess, als sei sie eine wirkliche Person, die er gekannt und sehr, sehr gerngehabt hatte.«[18] So sprach er von ihr auch gegenüber Virginia Woolf, als diese ihn 1926 besuchte: »Hin & wieder sah ich jemanden mit ihrem Gesichtsausdruck.«[19]

Doch die großartige Poesie, die er bis an sein Lebensende schrieb, genügte nicht, um jene gewaltigen Visionen zu erhalten und fortzuentwickeln, die fünfundzwanzig Jahre lang ihren Ausdruck von Roman zu Roman gefunden hatten. Menschen, Lebenslagen, Beziehungen, Landschaften – in Gedicht um Gedicht verlangen sie nach jenem umfassenderen Leben.

*Gerard Manley Hopkins (1844–1889)**

Bei Hopkins waren es nicht die schrumpfenden Visionen, sondern eine andere Folter. Sieben Jahre lang hielt er sein religiöses Gelübde, keine Gedichte zu schreiben, konnte er auch das Auge des Dichters nicht schließen: »Erwähltes Schweigen, sing mir vor / Und schlag mir an das Wirtelohr.«[20] »Mein Ohr ist lange vom Echo eines neuen Rhythmus verfolgt worden, den ich in-

* Vgl. *Das Schweigen in der Literatur*, in diesem Band, S. 26.

zwischen zu Papier gebracht habe«,[21] *schrieb er über das erste Gedicht, dem er gestattete, das siebenjährige Schweigen zu beenden. Doch die Dichtung (»Dies zu horten ungehört, / Hören ungehütet«)*[22] *konnte nur die geringste und letzte seiner schweren priesterlichen Pflichten sein. Neunzehn Gedichte, mehr vermochte er in seinen letzten neun Lebensjahren nicht hervorzubringen – für uns Fülle, für ihn jedoch, der von sich sagte: »Es bringt mich um, Eunuch der Zeit zu sein, der niemals zeugen kann«,*[23] *eine über alle Maßen schmerzhafte Tortur.*

Die kürzestmögliche Zusammenfassung jener Qual:

- Jahre, in denen Gedichte darum flehten, niedergeschrieben zu werden, und doch abgewiesen werden mussten.
- Kaum jemals dem Schreiben förderliche Umstände – ein Leben voll schierer, harter, alle Kraft beanspruchender Arbeit.
- Wenn er doch schrieb, dann im Bewusstsein der Sünde – des Verrats an seinen tiefsten Überzeugungen und Verpflichtungen als jesuitischer Priester.
- Die drückende Bürde der entsetzlichen Lebensumstände gewöhnlicher Menschen, die er im Laufe seiner Tätigkeit in Liverpool, Glasgow, Dublin empfand.
- Das Gefühl des Exils: »Der Fremde scheinen ist mein Los, mein Leben / Unter Fremden.«[24]
- Das einsame Wissen um seine bedeutende und originelle Leistung – von niemandem außerhalb seiner Person bestätigt. *Dies zu horten ungehört.*
- Die gescheiterte Hoffnung, noch zu Lebzeiten veröffentlicht zu werden; der tiefsitzende Hunger nach Wertschätzung, nach Anerkennung seiner Leistung, und sei es nur in Form einer verständnisvollen Wür-

digung seines Werkes durch einige wenige ausgewählte Dichter von Rang. *Hören ungehütet.*

Die folgenden Passagen ließen sich vielfach vermehren. Alle stammen aus Briefen an einige wenige ausgewählte Dichter von Rang. In jedem Fall war es Hopkins, der die Korrespondenz begann und aufrechterhielt.*

Die Jahre 1875 (als er wieder Gedichte zu schreiben begann) bis 1879 bescherten Hopkins günstige Lebensumstände. Er hielt sich in Wales auf, einem Land, das er liebte und wo er fast mit der Leichtigkeit seiner früheren Jahre schrieb – in drei Jahren fünfundzwanzig Gedichte. Zu dieser Zeit fing er an, seine Arbeiten dem Dichter Robert Bridges zu schicken; da er sein Werk erläutern und verteidigen musste, schrieb er auch an Richard Watson Dixon.

1877 an Bridges

> [...] dass es keine denkbare Freiheit gibt, die ich nicht rechtfertigen könnte, dass ich in all meinen

* Zwischen Hopkins und Emily Dickinson gibt es starke Parallelen: Beide waren zu Lebzeiten nahezu unveröffentlicht; beide zählen zu den originellsten und bedeutendsten Dichtern ihrer Zeit; beide waren versessen auf Ruhm, der ihnen, wie sie zu Recht erwarteten, zustand (Ruhm, wie Hopkins ihn definierte: »Anerkennung, die dem Werk selbst gebührt«); beide wandten, ja klammerten sich an die wenigen in der Literaturwelt anerkannten Menschen, die sie ernst nahmen, die ihnen eine Antwort zukommen ließen. Noch immer wird Thomas Wentworth Higginson (meiner Ansicht nach unverdient) mit Verleumdungen überschüttet, weil er nicht dafür sorgte, dass Dickinson publiziert wurde – nicht hingegen Robert Bridges, der zum englischen Poeta laureatus aufstieg. Zusätzlich zu dem, was aus den hier angeführten Briefauszügen ersichtlich wird, wartete Bridges nach Hopkins' Tod neunundzwanzig Jahre, bevor er dessen Gedichte zu veröffentlichen begann, und dann legte er in einem apologetischen und herablassenden Vorwort Hopkins' »arge Fehler« dar.

Freiheiten oder eher: Gesetzen strenger bin als Sie, ich könnte sagen: strenger als irgendjemand, den ich kenne. Mit Ausnahme der *Bremen*-Strophe, die, glaube ich, nach zehnjährigem Schweigen und bevor ich meine Prinzipien festgelegt hatte, niedergeschrieben wurde, sind meine Reime unnachgiebig gut – fürs Ohr – [...].[25]

1878 (das Jahr, in dem Hopkins ordiniert wurde) an Dixon

[...] hätte ich Werke verfasst und publiziert, deren außergewöhnliche Schönheit der Autor selbst am stärksten spürt, und wären diese [...] fast ganz unbekannt geblieben, dann, sage ich, empfände ich einen gewissen Trost, wenn ich erführe, dass sie jedenfalls von *einem* Menschen, einem Fremden, zutiefst geschätzt und also nicht vergebens publiziert worden wären. Viele wunderbare Werke [...] haben schließlich doch noch Ruhm erlangt [...], doch wie viele müssen ganz und gar aus dem Blick geraten sein.[26]

1878, wieder an Dixon

Wenn ich von Ruhm gesprochen habe, so dachte ich nicht an den Schaden, den er bei Menschen als Künstlern anrichtet: Vielleicht richtet er, wie Sie sagen, Schaden an, aber das, glaube ich, bewirkt vielleicht auch ein Mangel an Ruhm, falls denn zutrifft: »Ruhm ist Ansporn, den mehrt der klare Geist / [...] / Um Wonnen zu verschmähen und mühevolle Tage zu ertragen«[27] – ein Ansporn, für den sich schwerlich ein Ersatz finden lässt und ohne den es nicht geht. [...]

> Was ich bedauere, ist der Verlust der Anerkennung, die dem Werk selbst gebührt. […]
> […] Denn Entäuschung und Demütigungen verbittern das Herz, dass es schmerzt bis auf die Knochen.[28]

1878, wieder an Dixon

> Sie fragen, ob ich auch selbst Verse schreibe. Was ich geschrieben hatte, verbrannte ich, bevor ich Jesuit wurde und nicht weiterzuschreiben beschloss, da es nicht zu meiner Profess gehört, es sei denn, es geschähe auf Wunsch meiner Superioren; so schrieb ich denn sieben Jahre lang gar nichts bis auf zwei oder drei kleine Vortragsstücke, wie sie der Anlass verlangte. Doch als im Winter 75 die *Deutschland* in der Mündung der Themse Schiffbruch erlitt und fünf infolge der Maigesetze aus Deutschland vertriebene Franziskanerinnen an Bord ertranken, war ich von der Meldung sehr betroffen und vertraute mich meinem Pfarrer an. Er sagte, er wünschte, jemand würde ein Gedicht über das Sujet schreiben. Auf diesen Wink hin machte ich mich an die Arbeit, und obwohl mir meine Hand zunächst nicht gehorchen wollte, produzierte ich eins. Mein Ohr ist lange vom Echo eines neuen Rhythmus verfolgt worden, den ich inzwischen zu Papier gebracht habe.[29]

1880 (Beginn schwerer Pflichten in Manchester, Liverpool und Glasgow) an Dixon

> Die Gemeindearbeit in Liverpool ermüdet Körper und Geist und lässt mir nur ein Fitzelchen Zeit.

Das hat seine Vorzüge, aber für die Muse ist kaum Platz, und tatsächlich sind 26 Zeilen alles, was ich in mehr als einem halben Jahr geschrieben habe, seit ich aus Oxford wegging.[30]

1880 an Baillie

Ich glaube nicht, dass ich lange hierbleiben kann; bis jetzt bin ich nirgendwo lange geblieben. In meinem Bezirk bin ich mit tiefster Armut und Misere konfrontiert.[31]

1881 an Bridges

Jeder Impuls, jeder Antrieb für Kunst scheint in mir abgestorben zu sein bis auf den für Musik, und dem folge ich zwar, aber es ist fast unmöglich, voranzukommen.[32]

1881, wieder an Bridges

Doch die Stimmung, hervorgerufen von einem ländlichen Anblick oder einem Gefühl der Freiheit oder Muße (Sie wissen gar nicht, welche Sklaverei es für Geist und Herz bedeutet, mein Leben in einer Großstadt zu verbringen), ließ bald nach, und ich weiß nicht, ob ich sie wieder herbeibeschwören kann. Eines Nachts, als ich in einem Fieberzustand wach lag, kamen mir einige leuchtende Gedanken und Verszeilen, die ich aber nicht aufschrieb, und ich fürchte, dass sie zu wenig oder nichts verblassen werden. Manchmal bin ich von mir selbst überrascht: welch langsames, mühsames Ding ein Vers für mich geworden ist [...].[33]

1881 an Dixon

Ich sage: Meine Berufung gibt mir einen so hohen Maßstab vor, dass sich ein höherer nirgendwo finden lässt. Insofern ist für mich die Frage nicht, ob ich gewillt bin (wenn ich raten darf, was Ihnen durch den Kopf geht), Hoffnungen auf Ruhm zu opfern (nehmen wir einmal an), sondern ob ich mich nicht dem strengen Urteil Gottes unterwerfen muss – wegen des Widerwillens, den ich dabei an den Tag gelegt habe, wegen der Vorbehalte, die ich in meinem Herzen hege, wegen der Blicke, die ich, die Hand am Pflug, zurückgeworfen habe, wegen der Zeitvergeudung, welche die Kompositionen, die Sie bewundern, verursacht haben könnten, und der geistigen Inanspruchnahme, die heiligeren oder bindenderen Pflichten gebührte, wegen der inneren Unruhe und der prahlerischen Gedanken, zu denen sie Anlass gaben. Von außen mag ein Ziel glatt und vollkommen wirken, von innen aber ist es zerfranst und halbherzig. Was meine Berufung anbelangt, so habe ich nie geschwankt, doch ich bin ihr nicht gerecht geworden. Die Verse, die ich geschrieben hatte, als ich der Societas beitrat und nichts mehr schreiben wollte, habe ich vernichtet; mit der *Deutschland* begann ich nach einer langen Pause auf zufällige Anregung meines Superiors, doch nun, da sie fertig ist, stellt sich die Frage, ob ich gut daran tat, noch anderes zu schreiben. Allerdings werde ich in meiner gegenwärtigen Geistesverfassung auch weiterhin Gedichte verfassen, sofern sich ein geeigneter Anlass bietet, was, wie ich fürchte, nur selten der Fall sein wird und tatsächlich in den vergangenen Jahren kaum je der Fall war [...].[34]

1881 an Dixon

Meine Erfahrungen in Liverpool und Glasgow haben mir eine Überzeugung eingeflößt, eine wahrhaft niederschmetternde Überzeugung von dem Elend, welches das Stadtleben für die Armen und mehr als nur für die Armen bedeutet, von dem Elend der Armen im Allgemeinen, ja von der Erniedrigung der Menschheit, von der Sinnlosigkeit der Zivilisation in diesem Jahrhundert: Die Dinge, die ich sah, täglich aufgedrängt zu bekommen hat das Leben zu einer Bürde für mich werden lassen.[35]

1883 an Bridges

Einige meiner Reime bedauere ich, aber es lässt sich nichts mehr daran ändern, Larven in Bernstein; es gibt nur wenige davon;
andere sind unanfechtbar;
dann wiederum gibt es welche, an der Böswilligkeit herumkritteln mag, die die Musen jedoch lieben.[36]

1884, wieder an Bridges

Mr Patmore haben meine Gedichte im Großen und Ganzen nicht gefallen, er hat sich nicht zu ihnen bekehrt [...]. UND WAS IST ÜBERHAUPT VON BELANG? [...] Ich bin einer großen Schwäche verfallen [...].[37]

1885 an Baillie

> Die Schwermut, der ich schon mein ganzes Leben lang unterworfen bin, hat in den letzten Jahren tatsächlich nicht zu heftigeren Anfällen geführt, eher ist sie gleichmäßiger verteilt, dauerhaft und lähmend. Eine Form, die mildeste, aber eine sehr lästige, ist die tägliche Sorge um die Arbeit, die erledigt werden muss, was dazu führt, dass ich alles, was außerhalb dieser Arbeit liegt, abbreche oder nicht zu Ende bringe. Es ist sinnlos, mehr darüber zu schreiben: Wenn es mir am schlimmsten ergeht, ähnelt mein Zustand dem des Wahnsinns, auch wenn mein Urteilsvermögen nie beeinträchtigt ist. Ich sehe keinen Grund zu der Annahme, dass ich jemals darüber hinwegkommen oder es jemals schaffen werde, etwas Belangvolles zu tun, das mir nicht aufgezwungen wird.[38]

1885 (unter Beifügung von Bruchstücken des Gedichts »Die Quelle der Heiligen Winifred«) an Bridges

> Früher habe ich viel von diesen Bruchstücken gehalten, ich weiß nicht, ob ich es jetzt noch tue. Aber A und B gefallen mir recht gut. [...]
> Sie werden sehen, dass der Rhythmus freier & »füllungsfreier« wird, je mehr das Gefühl anschwillt: Ich glaube, ich habe nie etwas Kraftvolleres geschrieben als einige dieser Zeilen. [...]
> [...] Wäre ich anders, als ich bin, würde es mich anfeuern und an die Arbeit schicken, doch in dem Sarg der Schwäche und Niedergeschlagenheit, in dem ich lebe, ohne auch nur die Hoffnung auf Veränderung, weiß ich nicht, ob ich etwas zuwege

bringen kann oder, falls doch, ob ich die Anstrengung, besser zu lernen, aufrechterhalten könnte.[39]

1885

Liebster Bridges,
ich muss etwas schreiben, wenngleich nicht so viel, wie ich mitzuteilen habe. Die lange Verzögerung war der Arbeit geschuldet, der Sorge und der Trägheit von Körper und Geist – die sein muss und sein wird; […] ich glaube, dass meine Anfälle von Trauer, auch wenn sie mein Urteilsvermögen nicht beeinträchtigen, dem Wahnsinn ähneln. Veränderung ist die einzige Erleichterung, und die wird mir nur selten zuteil.
[…] wir schreiben bruchstückhaft, und was ich hier und da verfasst hatte, schloss ich ab und verschickte es als Probe, um zu sehen, ob ich ermutigt würde weiterzumachen – und ich wurde ermutigt; will sagen, von Ihrem letzten Brief, denn davor glaubte ich, dass Sie glaubten, sie genügten nicht. In Angelegenheiten von Gewicht gibt es bei mir einen Punkt, an dem ich unbedingt auf Ermutigung angewiesen bin, so wie Feldfrüchte auf Regen; danach bin ich unabhängig. In meinen gewöhnlichen Umständen jedoch bin ich trotz aller Ermutigung außerstande, mit der *Winifred* oder sonst etwas fortzufahren. Nach langem Schweigen habe ich zwei Sonette geschrieben […]; sollte jemals etwas in Blut geschrieben worden sein, dann eines von diesen.[40]

1885, wieder an Bridges

[…] wenn ich nur weitermachen könnte, wenn ich nur Arbeit produzieren könnte, würde es mir nichts ausmachen, wenn sie begraben, zum Schweigen gebracht und keine Verbreitung finden würde; aber es bringt mich um, Eunuch der Zeit zu sein, der niemals zeugen kann. Immerhin verzweifle ich nicht, die Dinge könnten sich ändern, alles Mögliche könnte geschehen; nur hat es überhaupt nicht den Anschein. Inzwischen verspüre ich, da ich Urlaub hatte, neue Lebenskraft, wenn auch nicht sehr stark; ich fürchte, dass ich bald wieder zermürbt sein werde, in einem Zustand wie letzten Frühling und Sommer, als meine Lebensgeister so gebrochen waren, dass sich der Wahnsinn zu nähern schien – und niemand war schuld als ich selbst, teils weil ich nicht besser mit mir zurechtkam und keine Veränderung bewerkstelligen konnte.[41]

1886 an Dixon

Ich habe ein paar Sonette geschrieben; das ist alles, was ich seit einigen Jahren an Poesie hervorgebracht habe.[42]

1886, wieder an Dixon

Mit erschöpftem Geist und in beständiger Angst ist es mir nicht möglich, irgendetwas an Lyrik zu schreiben, es sei denn ein Sonett, und auch das nur selten; aber es gibt Dinge, an denen ich, soweit es mir die Zeit erlaubt, arbeiten kann, wenn auch nur in kleinen Schritten.[43]

1887 an Bridges

> Es war […] ganz richtig, mir mitzuteilen, was Woolridge dachte – genau das wollte ich wissen –, und es als Abraten zu verwenden, wenn Sie denn mögen; aber nicht als Entmutigung (Ihr eigenes Wort): Entmutigung ist nicht, was mein Leiden meiner Meinung nach benötigt. Unsere Einrichtung bietet uns Mittel der Entmutigung, und auf mich jedenfalls haben sie alle die Wirkung gehabt, die man erwarten oder wünschen könnte, eher mehr.[44]

1887, wieder an Bridges

> Morgen früh bin ich drei Jahre in Irland, drei schwere, ermüdende, verzehrende, vergeudete Jahre. ([…] sie sollten mein Herz und meine lebenswichtigen Organe sehen, alles zottig mit dem weißesten Haar.) In diesen Jahren habe ich (im Wesentlichen) Gottes Willen getan und viele, viele Prüfungsunterlagen ausgefüllt. […] Ich brauche nur eins – funktionierende Gesundheit, funktionierende Kraft […].[45]

1888, wieder an Bridges

> Bei dem Gedanken, dass Sie und der Kanonikus mein letztes Sonett nicht deuten konnten, dass er Sie um eine wörtliche Übersetzung bitten musste, habe ich oft und unverhohlen gelacht, allerdings sehr bitter. Es ist klar, dass ich diesen Weg nicht weiterverfolgen darf: Wenn Sie und er mich nicht verstehen können, wer dann?[46]

Hopkins starb 1899 im Alter von fünfundvierzig Jahren.

Nur welches Wort
Weisest mein Herz brütet, hemmt des Schwarzhimmels blockender
Bann, schluckt das Gellen der Hölle. Dies zu horten ungehört,
Hören ungehütet, macht mich zu einem einsamen Begann.[47]

Sieh, Damm und Dickicht,
Laubicht, jetzt wie dicht! litzig sie wieder sind
Mit, guck, Gewirk aus Kerbel und Frischwind schüttelt
Sie; Vögel baun – doch nicht bau ich; nein, rackere ab,
Eunuch der Zeit, und brüte nicht ein Werk, das wacht.
Mein, Gott des Lebens Du, schick meinen Wurzeln Regen.[48]

*Herman Melville (1819–1891)**

»Ach, wer wird die Schrecken der Armut für die hohe Kunst der Schriftstellerei enthüllen?«[49]

1849

Doch wenn ein armer Teufel schreibt, umschwärmt von Eintagsfliegen, die über die Stuhl-

* Vgl. *Das Schweigen in der Literatur*, in diesem Band, S. 27–28.

lehne blicken – & auf seiner Feder hocken & in seinem Tintenfass tanzen – wie die Teufel um den hl. Antonius – was kann man von diesem armen Teufel erwarten? – Was sonst als das armselige *Redburns erste Reise*![50]

1851

[...] so sehr werde ich von den obwaltenden Umständen hin und her geworfen. Die Ruhe, die kühle Gelassenheit, die stille, graswachsende Stimmung, die man *eigentlich* zum Schreiben braucht, – die, fürchte ich, ist mir leider nur selten vergönnt. Ich stehe unter dem Bannfluch des Dollars; und der Laufbursche des Teufels steht, arglistig grinsend, auf ewig in meiner Tür und hält sie halb offen [...] – am Ende werde ich abgenutzt und verschlissen sein, wie eine alte Muskat-Reibe, völlig zerrieben von der ständigen Abnutzung des Holzes, beziehungsweise der Muskatnuss. Was mich am meisten zu schreiben drängt, das unterliegt dem Bann – es zahlt sich nicht aus. Aber auf jene so ganz *andere* Weise zu schreiben, das kann ich nicht. Also ist das Ergebnis am Ende ein Mischmasch, und alle meine Bücher sind Flickwerk.[51]

1863 waren alle Versuche, von der Schriftstellerei zu leben, gescheitert. Melville erlag dem Schweigen, mit Ausnahme von Gelegenheitsdichtung; er verbrannte Werke, die niemand hatte veröffentlichen wollen (»Hab ich euch nicht geschützt vor düstrem / Diebstahl, Nichtbeachtung?«),[52] und schrieb darüber – und über Werke, die noch geschrieben werden wollten – das Gedicht »Brandopfer«:

O Kinder meiner fröhlicheren Blüte,
Als *eine* bei mir wohnte und voll Güte
Den Regenbogen spannte – ein Fanal.
Die *Hoffnung*: eure Mutter, mein Gemahl!
  Gestillt mit süßer Landluft, dann genährt
Mit Blumen, Licht und morgendlichem Tau
Der grünen Wiesen – ach, gewährt, gewährt
Mir Nachsicht, tadelt nicht, nicht sollt ihr rügen,
Dass ich nicht leben konnt in vollen Zügen.
Besorgt um euer Los, hab ich verdrossen
In euer Schicksal euch jetzt eingeschlossen.
[…][53]

1865–1885 (Fragmente aus den Jahren der Gelegenheitsdichtung)

Camoens I
(*vorher*)

Rastlos, rastlos, Rast ersehnend,
Muss ich denn stets das Feuer schüren
Und stets in Flammen Flammen zeugen?
Ja, denn der Gott nimmt Bestes nur.
Die Welt ist höchster Schönheit trächtig,
Und neue Welten schafft dein Traum:
Drum jag' die flüchtige Schau der Schemen
Und fächle, fächle fort dein Feuer,
Bis das geschmolz'ne Erz erscheint,
[…].[54]

Camoens im Spital II
(*nachher*)

Wozu der Prunk der Verse nun,
Lorbeer und Schwert mit Tanz und Ton?
Falsch ist die Welt, und mancher klagt,
Wie Höchstes lohnt gemeiner Hohn.
Wozu der Eifer und das Feuer?
Irrsinnig ist's und kranke Sucht.
Der Parzen Dolch zerreißt die Leier.
[…][55]

Die ausgestellte amerikanische Agave
[die alle hundert Jahre einmal blüht]

Kaum jemand kam, sie zu bestaunen,
  Die Pflanze »Einmal im Jahrhundert«:
Zehn Cent der Eintritt – was Sie zahlen
  Für Bonbons, die man mehr bewundert.

[…]

Des Nachts, allein, seufzt die Agave,
  Es stöhnt und ächzt der greise Stamm:
»Zuletzt erblüht! Doch fühl ich Freude,
  Bin stolz, dass ich zur Blüte kam?

Der Mangel bleibe, der mich hindert,
  Der Strauß zu werden, den sie wollten.
Ihr Rosen aber, längst verblichen,
  Habt bloßes Unkraut mich gescholten!«[56]

Dein Ziel

Dein Ziel, dein Ziel?
In Staub und Lärm und Wüste
Willst du ein Ziel erringen
Durch eine Tat, die Beifall zündet?
So hüte dich und übe dich,
Dass Neid dich nicht betrübe
Und deine Müh durch Schmach ersticke.
Streb tapfer voran, voran immerzu,
Bis das Ziel erreicht!
Wenn du dann lebend eine Flamme erzeugst,
Sei dein Lohn deine Blume,
Nichts als eine Blume,
Die Blume des Erfolgs,
Eine Blume, im Nu geknickt. –

Doch ist dir der Erfolg zu gering
Und du adelst im Tod einen Namen –
Ist's wiederum eine Blume nur!
Nur eine Blume,
Eine Grabesblume,
Eine Blüte des Todes aus Proserpinas Schoß –
Die späte Grabesblume des Ruhms.[57]

Die späte Grabesblume des Ruhms.

*Willa Cather (1876–1947)**

1906, als das erste erzählende Werk der zweiunddreißigjährigen Willa Cather, *The Troll Garden*, erschien (darin zwei unvergängliche, von Nebraska und Pittsburgh inspirierte Erzählungen: *A Wagner Matinee* und *So stand es mit Paul*), hatte sie bereits jahrelang geschrieben und publiziert. (Ihre früheren Schriften füllen bereits zwei dicke Bände einer Sammelausgabe.) Eine Zukunft stetiger, immer bedeutenderer Produktivität schien gesichert.

Doch in jenem Jahr versiegte der üppige Strom. In den folgenden fünf Jahren produzierte sie *eine* (nahezu James'sche) Erzählung pro Jahr, Erzählungen, von denen sie sich später distanzierte und deren Wiederveröffentlichung sie untersagte. 1912 gab es einen (ebenfalls James'schen) Roman, *Alexanders Brücke*, den sie – wie die Erzählungen – später verwarf, charakterisierte sie ihn doch als Versuch, auf akzeptable Weise literarisch, das heißt nach Themenbehandlung und Milieu »vornehm« zu sein; geschrieben, weil:

> [...] der junge Schriftsteller muss gewöhnlich eine Affäre mit dem äußerlichen Material haben, das er begehrt; muss die Meister, die er am stärksten bewundert, nachahmen und danach streben, ihnen zu folgen, bis er feststellt, dass er nach Realität dürstet und nicht länger damit fortfahren kann. Dann lernt er, dass es nicht das Abenteuer ist, das *er* suchte, sondern das Abenteuer, das *ihn* suchte, welches bleibende Spuren in ihm hinterlassen hat.[58]

* Vgl. *Das Schweigen in der Literatur*, in diesem Band, S. 30.

Der Meister, den sie 1906 am meisten bewunderte, war Henry James. Cather hatte ihm, zusammen mit einem Brief, den soeben erschienenen *Troll Garden* zugeschickt. James antwortete nicht. Als Cather erfuhr, dass ihr Freund Witter Bynner James kannte (nachdem er James *sein* erstes Buch zugeschickt hatte), bat sie ihn, sich nach dem Erhalt zu erkundigen. Bynner folgte der Bitte auch, trotz einer Bemerkung von James über »Romanschriftstellerinnen, die eine gleichgültige Öffentlichkeit schikanieren«. James schrieb zurück:

> Ich besitze Ihren würdevollen Brief über das Buch *The Troll Garden*, das mich vor einiger Zeit ordnungsgemäß erreichte (wie mich viele Erzählwerke ordnungsgemäß erreichen); und wenn ich schamlos gestehe, dass ich es nicht nur noch nicht gelesen habe, sondern nicht einmal vorhatte, es zu lesen (bis Ihre Worte darüber eintrafen), halte ich nicht mehr als die heilige Wahrheit fest. Die heilige Wahrheit ist, dass mir, der ich fast in meinem 100. Lebensjahr stehe [Henry James war dreiundsechzig] und lange und beschwerliche Erfahrungen mit derartigen Angelegenheiten hinter mir habe, wirre Erzählliteratur zuwider geworden ist und ich es für das Schwerste von der Welt halte, auch nur *irgendeinen* neuen Roman zu lesen. Irgendein Roman ist schwer genug, das Schwerste aber ist ein Roman aus den unschuldigen Händen junger Frauen, vielleicht vor allem junger amerikanischer Frauen. Dies – mein angeschlagenes, zynisches, allzu sachverständiges Aussitzen solcher Möglichkeiten – ist ein Thema, über das

> ich mich beredt auslassen könnte; doch habe ich keine Zeit und werde ein andermal klarer und ausführlicher darauf eingehen. Jetzt habe ich nur so viel Zeit, um zu sagen, dass ich also (trotz dieser Geständnisse) mein Bestes für Miss Cather tun werde – damit Sie mich nicht beschämen, indem Sie *Ihr* Bestes tun.[59]

Cather erhielt diese Antwort; wartete. Es kam nie ein Brief. (Vielleicht hat James das Buch ja nicht einmal aufgeschlagen; aus Respekt vor seinem literarischen Urteil möchte ich das jedenfalls glauben.)

Danach begann die »Verengung« ihres Schreibens (ein wahrhaft verborgenes Schweigen).

Willa Cathers Entwicklung entsprach nicht der des jungen Schriftstellers, den sie weiter oben beschreibt. Sie musste sich nicht durch Nachahmung vorarbeiten; sie hatte – ganz unbefangen – gleich damit begonnen, jene »Realität« zu schreiben, die »bleibende Spuren« in ihr hinterließ. Doch ihre Landschaften und ihre Figuren, die Vision, die sie davon hatte, was an ihnen bedeutsam war, sogar ihre unmittelbare, kraftvolle Stimme lagen, wie man ihr zunehmend zu bedenken gab,* außerhalb der herrschenden, der bewunderten Norm. James selbst, das Vorbild, stand – nach

* »Da ich dieses Buch nur für mich schrieb, ignorierte ich all die Situationen und Schwerpunkte, die damals gemeinhin für notwendig gehalten wurden. Der ländliche Roman (»novel of the soil«) war hierzulande noch nicht in Mode gekommen. Als angemessener Schauplatz eines Romans galt das Gesellschaftszimmer, und die einzigen Figuren, über die zu lesen sich lohnte, waren elegante oder intelligente Menschen.« Willa Cather: My First Novels [There Were Two]. [In: Dies.: *On Writing: Critical Studies on Writing as an Art*. New York, NY: Alfred A. Knopf, 1976. S. 93.]

Haltung, Inhalt, Form (nicht Leistung) – in eklatantem Widerspruch zu allem, was zu schreiben ihr am meisten am Herzen lag. Als sie ihm *The Troll Garden* schickte, dürstete sie nach der Bestätigung, dass ihre »Realität« Material war, das sich für Kunst eignete; nach Ermutigung, weiterzumachen. Seine scheinbare Geringschätzung war eine Belastung, die zu dem fast unerträglichen Druck hinzukam, ihr eigenes Material, ihre eigene Kraft zu verschmähen und zu verneinen – zu schreiben nach einer Art und über Dinge, die nicht die ihren waren; sich als ernst zu nehmende Schriftstellerin fast aufzugeben.*

Es gibt ein Postskriptum. Wieder ein »Meister« oder eher eine »Meisterin«, wieder ein entscheidender Brief. Sara Orne Jewett (Autorin des Klassikers *Das Land der spitzen Tannen*), deren Werk Cather unter anderem deswegen schätzte, weil es bei der gewöhnlichen Landbevölkerung einen Schatz des Lebens und Empfindens enthülle, der unter der ausgemergelten Oberfläche liege.[60] Jewett freundete sich in den Jahren der »Verengung« mit Cather an, glaubte an sie, und es war ihr Brief (auszugsweise zitiert

* Zu dieser Zeit schämte sich Cather des *Troll Garden* so sehr, dass sie seine Existenz leugnete. Als ihre Freundin Elizabeth Shepley Sergeant von dem Buch hörte und um ein Exemplar bat, weigerte sich Cather und tat die Geschichten als »unreif« ab. Cather sagte ihr »immer nur abfällig, ironisch, dass sie Geschichten über Nebraska niemals schreiben könne – in New York seien Schweden und Böhmen Lachnummern – alle würden nur lachen«. [Elizabeth Shepley Sergeant: *Willa Cather. A Memoir*. Athens: Ohio University Press, 1992. S. 72.]
Jahre später, in »My First Novels [There Were Two]« (1931), wiederholte Willa Cather, dass *Unter den Hügeln die kommende Zeit* »ausgerechnet in Nebraska spielt. Wie jedermann weiß, ist Nebraska als literarischer Schauplatz eindeutig *declassé*. […] *Unter den Hügeln die kommende Zeit* handelte nicht nur einfach von Farmern in Nebraska; die Farmer waren auch noch Schweden!« [Willa Cather: *My First Novels {There Were Two}*. In: Dies.: *On Writing: Critical Studies on Writing as an Art*. New York, NY: Alfred A. Knopf, 1976. S. 94.]

in *Eine von zwölf*) mit seinem Anliegen, Willa Cather solle bei *McClure's Magazine* kündigen, »Zeit und Ruhe« finden, »um Ihr Werk zu vervollkommnen [...], das Leben selbst zu schreiben«,[61] der Cather, als sie ihn nach Jewetts Tod im Jahre 1911 in deren gesammelten Briefen gedruckt wiederlas, den »Mut« (das Selbstvertrauen) gab, neuerlich um schreibfreundliche Umstände zu kämpfen, neuerlich ihre »Realität« zu schreiben – die erste Blüte davon war *Unter den Hügeln die kommende Zeit*.

*William Blake (1757–1827)**

Etwa 1807–1827, in den »Jahren der Vergessenheit« und den letzten Lebensjahren.

Klassenfragen und die repressiven Zeiten.

*Jane Austen (1775–1817)***

Die Jahre 1800–1811.

Frauenfragen: In allen größeren ihr Leben betreffenden Entscheidungen war sie machtlos, einschließlich der Herbeiführung von Umständen, die dem Schreiben förderlich waren.

Wenn selbst die anerkannten großen Gestalten der Literatur, die über eine innere Bestätigung ihrer Leistungen verfügen, manchmal auch robuste Besitzer habitualisierter Produktivität und/oder der Anerkennung von außen, zum Schweigen ge-

* Vgl. *Das Schweigen in der Literatur*, in diesem Band, S. 29.

** Vgl. *Das Schweigen in der Literatur*, in diesem Band, S. 29–30.

bracht werden können – was verrät uns das unweigerlich über die Macht der Umstände?

Was enthüllt es uns Übrigen über mögliche Ursachen – außerhalb unser selbst – unseres Strauchelns, unseres Versagens, unseres unnatürlichen Schweigens?

Spielarten des Schweigens

Nun blüh' ich wieder, da ich grau,
Leb' nach vielen Toden, schreibe ein Gedicht;
Riech' Regen noch einmal und Tau,
Freu' mich am Reimen. O mein einzig Licht,
Unmöglich kann
Ich sein der Mann,
Den nachts dein Sturm gemacht zunicht.[62]

– George Herbert

*Schweigen aufgrund von Zensur**

Unmoralisch! Unmoralisch!

Unmoralisch! Unmoralisch! Unter diesem Deckmantel verbergen sich die Laster des Reichtums ebenso wie die große unausgesprochene Schwärze der Armut und des Unwissens, und zwischen diesen muss sich der kleine Romanschriftsteller bewegen, wählt weder Wahrheit noch Schönheit, sondern eine nur halb durchdachte Phase des Lebens, die mit dem Ganzen der Natur oder mit

* Vgl. *Das Schweigen in der Literatur*, in diesem Band, S. 30.

dem Menschen keine wirkliche Ähnlichkeit aufweist.[63]

– Theodore Dreiser

Selbstzensur

Wenn man nicht die Wahrheit über sich selber sagt, kann man sie nicht über andere Leute sagen. Als das neunzehnte Jahrhundert seinen Verlauf nahm, merkten die Schriftsteller, dass sie sich selbst verstümmelten, ihren Stoff verkleinerten, ihren Gegenstand verfälschten. »Wir sind dazu verdammt«, schrieb Stevenson, »die Hälfte des Lebens zu meiden, das an uns vorüberzieht.« Was für Bücher hätte Dickens schreiben können, wenn man ihn gelassen hätte! Denken Sie sich Thackeray so ungehemmt wie Flaubert oder Balzac! Was für Bücher hätte ich selbst schreiben können?[64]

– Virginia Woolf

Zurückgehaltene Arbeiten: zu Lebzeiten überhaupt nicht veröffentlicht (Mark Twain) oder in Erwartung einer veränderten Atmosphäre jahrelang zurückgehalten (E.M. Forsters *Maurice*). Sind weitere Werke anderer Schriftsteller beiseitegelegt oder am Aufkeimen gehindert worden aus Angst, ihr Inhalt könnte ihre Veröffentlichung vereiteln?

Verlagszensur: Autoren und Autorinnen von Erzählungen oder Novellen werden zum Schweigen gebracht – oder zur Romanform getrieben –, weil »es für Erzählungen keinen Markt gibt«.

Politisches Schweigen*

Engagement: Wenn politisches Engagement Vorrang hat, obwohl Schreibdrang und die Liebe zur Literatur anhalten. Jede Freiheitsbewegung hat ihre Ehrenliste von Schriftstellerinnen und Schriftstellern, die auf Kosten ihrer literarischen Tätigkeit an ihr teilnehmen.

Von Regierungen vollständig zum Schweigen gebracht

Leben der Dichter

Otto-René Castillo, geboren
1936 in Quezaltenango,
Guatemala,
und dort getötet
im März 1967 im Kampf
an der Seite der Revolutionären
Streitkräfte.
Das Gedicht
von Javier Heraud, geschrieben
1963 in La Paz,
Bolivien,
war eines der letzten des Dichters
vor seinem Tod.
Der Peruaner
wurde im Alter
von 21 Jahren getötet,
als er für die
Befreiung

* Vgl. *Das Schweigen in der Literatur*, in diesem Band, S. 30.

seines Landes kämpfte.
Leonel Rugama, auch er ein junger
                    lateinamerikanischer
Märtyrer, wurde ermordet
im Januar 1970
in Managua,
                    Nicaragua.
Das Haus,
in dem er und zwei Genossen sich versteckten,
wurde umstellt von 1500
Nationalgardisten, und die Schlacht
währte 4 Stunden. Bevor
sie es stürmten,
um ihn umzubringen, reagierte Rugama
auf die Forderung, sich zu ergeben,
mit »*¡Que se rinde*
                    tu madre!«
Carlos Maria Gutierrez ist
                    Uruguayer,
wohlbekannt
als revolutionärer Journalist.
Diario del Cuartelo
entsprang seiner
                    Gefängnis-
erfahrung 1969
und ist sein erster
und einziger Gedichtband. Sein erster
und einziger
                    Gedichtband.*

* Ein »gefundenes Gedicht«. Es stammt aus Margaret Randalls *Part of the Solution. Portrait of a Revolutionary* [New York, NY: New Directions, 1973], wo es als biographische Einführung zu Randalls Übertragungen revolutionärer la-

*Politisches Schweigen: eine weibliche Form**

Marina Zwetajewa, die russische Dichterin, im Exil:

> Bald ist Weihnachten. Ehrlich gesagt bin ich vom Leben so abgehetzt, dass ich nichts fühle. Im Laufe der Jahre (1917–1927) ist nicht mein Verstand abgestumpft, sondern meine Seele. Eine erstaunliche Beobachtung: gerade für die Gefühle braucht es Zeit, nicht für die Gedanken. Der Gedanke ist ein Blitz, das Gefühl – der Lichtstrahl eines weit entfernten Sterns. Das Gefühl braucht Muße, es lebt nicht in Angst. Ein einfaches Beispiel: während ich anderthalb Kilo kleine Fische im Mehl wende, kann ich denken, aber nicht fühlen: der Geruch stört! Der Geruch stört, die klebrigen Hände stören, das spritzende Fett stört, der *Fisch* stört: jeder einzelne und die anderthalb Kilo zusammen. Das Gefühl ist anscheinend anspruchsvoller als der Gedanke. Entweder alles oder nichts. Meinem kann ich nichts bieten: weder Zeit noch Stille noch Einsamkeit: ich bin *ständig* unter Menschen, von 7 Uhr morgens bis 10 Uhr abends, und um 10 bin ich so müde, dass von Gefühlen keine Rede sein kann! Gefühle brauchen *Kraft*. So setze ich mich einfach hin und stopfe: Sachen von Mur, von S. Ja., von Alaa und mir – 11 Uhr, 12 Uhr, 1 Uhr – S. Ja. kommt mit dem letz-

teinamerikanischer Lyriker dient, und wurde von Lillian Robinson als Gedicht arrangiert: »Ich habe keine Änderungen vorgenommen, außer dass ich Randalls Worte in Verse gesetzt und den letzten Halbsatz wiederholt habe.«

* Vgl. *Das Schweigen in der Literatur*, in diesem Band, S. 30.

> ten Zug, ein kurzes Gespräch – und schlafen, d. h. liegend lesen bis 2 Uhr, halb 3 – die Bücher sind gut, aber ich würde bessere schreiben, wenn – […] Über Wasser hält mich natürlich das Heft.[65]

»Das Messer perfektionistischer Haltung in Leben und Kunst«[66]

Diese eindringliche Formulierung, die im ursprünglichen Vortrag nicht enthalten war, stammt aus *What the Woman Lived* (1973), ausgewählten Briefen der unübertrefflichen Dichterin Louise Bogan – für mich einer unserer schwerwiegendsten Fälle »verborgenen Schweigens«. (Weibliche, ökonomische, perfektionistische Gründe – alle unentwirrbar miteinander verknüpft.)

*Das Schweigen der Marginalisierten**

Schreibende einer Klasse, eines Geschlechts oder einer Hautfarbe, die in der Literatur nur am Rande vertreten sind – für sie ist es eine erschöpfende Leistung, trotz verschwindend geringer Chancen eine Stimme gefunden zu haben.

»Von zweiundsechzig [schwarzen Romanciers], die zwischen 1853 und 1952 geschrieben haben, haben vierzig – oder zwei Drittel – nur einen Roman veröffentlicht. Elf weitere haben nur zwei veröffentlicht und nur elf mehr als zwei.«**

* Vgl. *Das Schweigen in der Literatur*, in diesem Band, S. 31.

** Robert A. Bone: *The Negro Novel in America* [New Haven, CT: Yale University Press, 1958, [3]1966. S. 253].

Das Jahr 1952 war offenbar eine Zäsur. Seit 1960 hat es *in jedem einzelnen Jahr* mehr als neun Romane schwarzer Schriftsteller und Schriftstellerinnen gegeben, die deren zweites, drittes oder viertes Buch sind.

Sie profitierten von den (hart erkämpften) Vorteilen, die damit zusammenhängen, dass sie in den günstigeren 1930er, 1940er, 1950er Jahren geboren wurden statt in der Generation ihrer Eltern. Sie wuchsen auf in einer Zeit zunehmenden Wohlstands (noch immer auf niedrigem Niveau, aber für mehr Menschen liegt er über einer alles konditionierenden ökonomischen Notwendigkeit); eines immer höheren Bildungsstandes (so schmerzlich er errungen wurde); kürzerer Arbeitstage; der Massenmigration von Menschen auf der Suche nach humaneren Lebensbedingungen; sichtbarer Kämpfe; und, in den fünfziger Jahren, eines Wiederaufflammens schwarzen Bewusstseins – das alles sorgte für einen fruchtbareren Boden und ein günstigeres Klima.

Privat publizierte Romane wurden von Bone nicht berücksichtigt; ebenso wenig standen ihm jüngere Bibliographien (wie etwa *Black American Writers*)[67] zur Verfügung, die eine Fülle von zumeist nach 1920 geborenen Schriftstellerinnen und Schriftstellern nennen – und beredt darauf verweisen, was in den Generationen zuvor (und in ihrer eigenen Generation) zum Schweigen gebracht wurde – (»Leben, die nie zum Schreiben fanden«).

Diese Bibliographien lassen außerdem erkennen, wie anfällig fast alle (zumal Autoren der ersten Generation) dafür waren, sich schmälern und zum Schweigen bringen zu lassen; sie legen die hohe Zahl an Gedichten und Geschichten offen, die nie in Buchform erschienen sind, sowie den großen zeitlichen Abstand zwischen den einzelnen Werken – *die Narben aller marginalisierten Schriftstellerinnen und Schriftsteller.*

Außer durch Rückschlüsse decken sie allerdings nicht jene »verschwindend geringen Chancen« auf. Noch hat niemand *Ein eigenes Zimmer* für Autoren geschrieben, die, obwohl keine Frauen, in der Literatur nur am Rande vertreten sind. Es gibt keine Bibliographien für Schriftstellerinnen und Schriftsteller, deren Herkunft und Lebensumstände die von gesellschaftlichen Außenseitern sind. Klassenzugehörigkeit bleibt der größte unerforschte Faktor.

*»Stückweise Aufopferung [meines Talents], um den Wert seines Wesens zu bewahren«**

F. Scott Fitzgerald: »Aber hundertzwanzig Geschichten …«

> Die Rollschuhe regnen die Straßen hinab.
> Die schwarzen Autos glänzen zwischen den Blättern.
> Deine Stimme, weit weg […].
> Ich habe meinen Gefühlen eine Menge abverlangt – hundertzwanzig Geschichten. Der Preis war hoch, wie der für Kipling, denn da war *ein* kleiner Tropfen von etwas – kein Blut, keine Träne, nicht mein Samen, sondern in jeder Geschichte etwas Intimeres von mir als diese; es war das bisschen Extra, das ich besaß. Jetzt ist es verschwunden, und ich bin so wie du.
> Früher war die Phiole voll – hier ist die Flasche, in der es kam.

* Vgl. *Das Schweigen in der Literatur*, in diesem Band, S. 32.

Warte, da ist ja noch ein Tropfen … Nein, es war nur der Einfall des Lichts.
Aber deine Stimme am Telefon. Hätte ich Wörter nicht so missbraucht, vielleicht hätte, was du sagtest, etwas bedeutet. Aber hundertzwanzig Geschichten …
Über alles legt sich der Aprilabend, ein verwischtes Purpurrot, zurückgelassen von einem Kind, das den ganzen Farbkasten aufgebraucht hat.[68]
– F. Scott Fitzgerald

Abwesenheiten, die eine Art Schweigen sind (»Aber hundertzwanzig Geschichten …«)

»Halten Sie die Sache um jeden Preis in Gang«, sagte Henry James, der genau das tat, »als die einzig wahre Grundlage von Freiheit und Vernunft.«[69]

Erfreulicherweise sind einige Schriftsteller dazu in der Lage – und zwar indem sie ihre besten Arbeiten (manchmal *die* beste) schreiben. (Denken Sie in unserer Zeit an Ernest Hemingway, Thornton Wilder, Robert Penn Warren, John Hersey, Saul Bellow, John Cheever, Bernard Malamud, Nabokov, Salinger, Joyce Carol Oates, John Updike, E. L. Doctorow, allesamt Bestsellerautoren.)*

Es gibt andere professionell Schreibende, die ebenfalls mit hohen Ansprüchen und Fähigkeiten beginnen und damit enden, dass sie die Sache nur noch am Laufen halten – allerdings unter Fitzgeralds »stückweiser Aufopferung [meines Talents], um den Wert seines Wesens zu bewahren«.

* Ich sehe: eine von zwölf.

Leicht zu unterscheiden von den Dirnenhaften, den Schmierigen (zusammen mit den gewissenhaften, fähigen Freischaffenden), produzieren sie im täglichen Strom der Veröffentlichungen gute Sachen: auf Bestellung Gefertigtes, Aktuelles, Populäres, Unterhaltendes, Arbeiten als Ghostwriter – die gegenwärtigen Haupterzeugnisse. Wie Rebecca Harding Davis bleiben sie ernst zu nehmende Schriftsteller – sind eingeschworen auf Substanz, respektieren Sprache und Handwerk. Können sie auch nicht aus jeder Arbeit Kunst machen, so gestalten sie sie doch so lesenswert, glaubwürdig und bereichernd wie nur möglich. Manchmal sind ihre Werke – insbesondere im Bereich der Science-Fiction, der Schauerliteratur, der Detektiv- und Kriminalromane – so hervorragend, dass sie eine neue Literaturform begründen.

Da sie imstande sind, Menschen zu erreichen und zu berühren, wirken sie oft unmittelbar auf ihre Zeit, wie es nur wenige »anspruchsvolle« Schriftstellerinnen und Schriftsteller vermögen. Doch viele *sind* ein Schweigen – das heißt eine *Abwesenheit* von profunderer, dauerhafterer Literatur.*

* Gail Godwin schreibt von einer solchen professionellen Schriftstellerin, ihrer Mutter, die echte Bekenntnisse und Frauenliteratur schrieb, um sich und ihre Kinder zu ernähren. Sie machte ihre Geschichten »lebensecht«, kämpfte (ohne Erfolg) um glaubwürdige Ausgänge, schrieb das Beste, was sie wagen konnte (manchmal mithilfe einer Wendung von Katherine Mansfield oder Virginia Woolf). (In einem Essay, in dem sie den Mangel an starken weiblichen Vorbildern in der Romanliteratur beklagt, erkannte Godwin nicht, dass sie soeben eines beschrieben hatte – im Leben.) Was der Mutter zu vollbringen nicht vergönnt war, der Tochter ist es möglich.

*Aggressive Zerstörer: vorzeitige Mundtotmacher**

doch ach! jede Heimsuchung
lähmt, was die Natur bei der Geburt mir gab,
meine formende Kraft der Imagination.[70]
– Samuel Taylor Coleridge
in seiner »verwirrten, verdüsterten«[71] Zeit

Die Moral ist mir keine Stütze. Ich bin der geborene Antinomist. Ich gehöre zu denen, die für die Ausnahmen geschaffen sind, nicht für die Regel. Doch während ich weiß, dass in dem, was man tut, nie ein Unrecht liegt, sehe ich ein, dass in dem, was man wird, Unrecht liegen kann. Es ist gut, das gelernt zu haben.[72]
– Oscar Wilde**

Ein schädlicher Nimbus umgibt und schützt jene aggressiven Zerstörer von Fähigkeiten, jene vorzeitigen Mundtotmacher: Alkoholismus, Drogenmissbrauch bis hin zur Abhängigkeit, Selbstmord. Sie stehen im Gegensatz zu dem tatsächlichen Leben der meisten großen Gestalten der Literatur und sind dem künstlerischen Wesen nicht notwendig inhärent – auch wenn sich gewisse Anhänger des »wüsten Gottes«[73] diesen Glauben zu eigen machen.

Coleridges, Baudelaires, Rimbauds, Artauds Zeiten in der Hölle – ihr Leiden an dem, »was man wird« (ersichtlich aus ihren eigenen Zeugnissen und aus ihrem Leben

* Vgl. *Das Schweigen in der Literatur*, in diesem Band, S. 30–33.
** Nein, Wilde bezog sich nicht auf Homosexualität, sondern auf eine ungeordnete, narzisstische, isolierte Lebensweise.

und Sterben, ja, und aus dem Leben und Sterben allzu vieler anderer Schriftsteller: Dylan Thomas, John Berryman – andere, die noch leben, will ich nicht nennen) –, sind verdunkelt. Was folgt, sind nicht neue Formen oder Intensitäten, ein gesteigerter visionärer Sinn; für sie bedeutet es Verwüstung und Auslöschung ihrer geistigen Kapazitäten; Verlust der Arbeitsfähigkeit, Beeinträchtigung ihres Urteilsvermögens, Logorrhö, Verschwommenheit oder Dürre; vorzeitiger Tod; Selbstmord.

»Ich leide an einer schrecklichen Krankheit des Geistes. Mein Denken verlässt mich auf allen Stufen«,[74] schrieb Antonin Artaud, als ihm kohärentes Denken noch möglich war.

> Es gibt also ein Etwas, das mein Denken zerstört; ein Etwas, das mich nicht hindert, zu sein, was ich sein könnte, sondern das mich, wenn ich so sagen darf, in der Schwebe lässt. Ein verstohlenes Etwas, das mich der Worte, *die ich gefunden habe*, beraubt, das meine geistige Spannkraft herabsetzt, das nach und nach die Gesamtheit meines Denkens in seiner Substanz zerstört, das mich sogar der Erinnerung an Redewendungen beraubt, mit denen man sich ausdrückt [...].
> Geben Sie meinem Geist die Konzentration seiner Kräfte wieder, den ihm fehlenden Zusammenhalt, die Beständigkeit seiner Spannkraft, die Festigkeit seiner eigenen Substanz.[75]

Und noch einmal Rimbaud:

> Hatte ich *einst* nicht eine liebenswerte Jugendzeit, heldisch, märchenhaft, auf goldene Blätter

> zu schreiben – zu viel Glück! Durch welche Schandtat, durch welchen Irrtum habe ich meine jetzige Ohnmacht verdient? Ihr, die ihr vorgebt, dass Tiere Seufzer des Kummers ausstoßen, dass Kranke verzweifeln, Tote schlecht träumen, versucht ihr meinen Sturz und meinen Schlaf zu erzählen. [...] *Ich kann nicht mehr sprechen!*[76]

Ich kann nicht mehr sprechen.

Baudelaires Rechenschaftslegung ist obligatorische Lektüre. Die Fähigkeit zu kontinuierlichem Arbeiten war für ihn unerlässlich.

> Ich weiß nicht, wie oft Du mir gegenüber schon *meine Leichtigkeit* erwähnt hast! [...] Leichtigkeit der Erfindung? oder Leichtigkeit des Ausdrucks? Ich habe nie weder die eine noch die andere besessen, und es muss in die Augen springen, dass das Wenige, was ich zustande gebracht habe, das Ergebnis sehr mühsamer Arbeit ist.[77]

In diesem Sinne kritisierte er auch Alfred de Mussets »totale Unfähigkeit, zu verstehen, durch welche Arbeit etwas Erträumtes zum Kunstwerk wird«.[78]

Kontinuierliches Arbeiten aber wurde ihm immer unmöglicher:*

* »Sein Leben wäre voller und reicher gewesen, wären die materiellen Sorgen von seinen Schultern genommen worden; denn zu viel von seiner Energie und Imagination sollte von nun an auf die Planung verwandt werden, wie er sich Gläubiger vom Leibe halten und seiner Kunst die Mittel abtrotzen konnte, um sein alltägliches Leben fortzuführen.« [Enid Starkie: *Baudelaire*. Harmondsworth: Penguin, 1971. S. 159.]

> [...] sind die Nerven eines Menschen von einer Vielzahl von Sorgen und Leiden sehr geschwächt, so schleicht sich trotz aller guten Vorsätze allmorgendlich der Teufel in Form des folgenden Gedankens in sein Gehirn: Warum soll ich mich nicht einen Tag lang ausruhen und alles vergessen? Heute Nacht werde ich alle dringenden Dinge auf einmal erledigen. – Und dann kommt die Nacht, der Geist ist entsetzt über die Unzahl unerledigter Dinge, eine überwältigende Traurigkeit führt zu Unfruchtbarkeit, und am nächsten Tag wird die Komödie von neuem gespielt, in gutem Glauben, mit derselben Zuversicht und derselben Gewissenhaftigkeit.[79]

Es begannen endlose Zeitpläne über fertigzustellende Arbeiten; danach die wiederkehrende Trostlosigkeit von *Mein entblößtes Herz*, als – zusätzlich zu dem Unglück der Jahre – selbst die physische Grundlage, seinen Willen oder sein Werk durchzusetzen, eingebüßt war. Die demütigende Litanei »HYGIENE. MORAL. LEBENSFÜHRUNG. [...] METHODE« verfing nicht. »Zu spät vielleicht!«[80]

*Schweigen im weiten Feld der Vorbereitung**

Emersons Brief an Whitman (dem mein Ausdruck entnommen ist) vom Juli 1855:

> Ich bin nicht blind gegen den Wert der wunderbaren Gabe Ihrer *Grashalme*. Ich halte sie für die

* Vgl. *Das Schweigen in der Literatur*, in diesem Band, S. 32–33.

außerordentlichste Probe von Geist und Weisheit, die Amerika noch je beigebracht hat. Sie zu lesen, macht mich sehr glücklich, denn große Kraft macht uns glücklich. Das Buch begegnet sich mit der Forderung, die ich seit jeher gegen unsere anscheinend so unfruchtbare und karge Natur erhebe, in dem Sinne, dass zu viel Handarbeit oder ein allzu wässriges Temperament unsern westlichen Geist gedunsen und gemein macht. Ich beglückwünsche Sie zu Ihren freien und tapferen Gedanken. Ich habe große Freude daran. Ich finde unvergleichliche Dinge unvergleichlich gut gesagt, just so, wie es richtig ist. Ich finde jene Kühnheit der Behandlung darin, die uns so entzückt und zu der nur eine starke Empfindung begeistern kann.
Ich grüße Sie zum Beginn einer großen Laufbahn, hinter der indessen irgendwie schon ein weites Feld der Vorbereitung liegen muss, nach solch einem Start zu urteilen. […] Es hat das Beste, was ein Buch haben kann, nämlich es stärkt und ermutigt.[81]

*Schweigen, wo das Leben nie zum Schreiben findet**

Was hat die Menschheit nicht alles eingebüßt allein aufgrund der Unterdrückung und Unterwerfung des schwächeren Geschlechts […]? Wir haben einen Shakespeare; aber was ist mit den potenziellen Shakespeares, die wir hätten haben

* Vgl. *Das Schweigen in der Literatur*, in diesem Band, S. 33.

können, die ihr Leben von Jugend an damit verbrachten, für fette Krautjunker Johannisbeerwein zu brauen und Pasteten zu backen, ohne auch nur einen flüchtigen Blick auf die Freiheit des Lebens und des Handelns zu erhaschen, die vonnöten ist, und sei es nur, um in grünen Hainen Rehe zu wildern, erstickt, ohne eine einzige Zeile geschrieben zu haben, nur weil das Leben ihnen als dem schwächeren Geschlecht keinen Raum zum Handeln und keinen Zugriff auf das Leben gewährte? Hier und da, wo Königinnen als Herrscherinnen geboren wurden, haben sich die ungeheure Kräfte und die Weitsicht gezeigt, die das Geschlecht zur Staatsführung besitzt; doch was ist mit den Millionen Geschlechtsangehöriger jeder Altersgruppe, deren ungeheure Kräfte an Intellekt und Einsicht und Schöpfertum uns entgangen sind, weil sie das körperlich schwächere Geschlecht waren, dessen Lebenslinie ihnen unnachgiebig nach dem Willen des stärkeren zugewiesen wurde, welches ihr Gesellschaftsgefüge bestimmte? Welche Staatsfrauen, welche Herrscherinnen und Führerinnen, welch schöpferische Intelligenz sind der Menschheit entgangen, weil es keinen freien Handel mit den Befugnissen und Begabungen des an Muskelkraft kleineren und schwächeren Geschlechts gegeben hat?*

* Olive Schreiner: *From Man to Man or Perhaps Only* … [London: Fisher Unwin, 1926. S. 219–220]. (Eine wenig beachtete Vorläuferin Virginia Woolfs und deren klassischer Überlegung in *Ein eigenes Zimmer*, wie Shakespeares Leben verlaufen wäre, wäre er in einen weiblichen Körper hineingeboren worden.)

Schöpferische Arbeit und die Umstände, die sie benötigt, um ungehindert funktionieren zu können*

Kunst

In heitrer Stund reift froh heran
So mancher mutige, luftige Plan.
Doch Leben zeugen, Form verleih'n
Zwingt Widerspenstiges zum Verein:
Hochglut im Schmelzen, Wind im Frost;
Geduld im Leid, Mühsal im Trost;
Demut – und dennoch Stolz und Spott;
Genie und Fleiß, Liebe und Hass;
Kühnheit und Ehrfurcht, Licht und Dunst,
Gepaart mit Jakobs mystischer Brunst,
Zu ringen mit dem Engel – Kunst.[82]

– Herman Melville

* Vgl. *Das Schweigen in der Literatur*, in diesem Band, S. 35–40.

Aus Tagebüchern, Berichten, Briefen der »Praktizierenden selbst« (eine persönliche Auswahl)

- Virginia Woolf: *Tagebücher*. (Inzwischen haben wir auch die Briefe.)
- Anton Tschechow: bestimmte Briefe; seine *Tagebücher, Notizbücher*.
- Katherine Mansfield: *Briefe, Tagebücher, Kritiken*.
- Franz Kafka: *Tagebücher*, sämtliche Briefe (*Briefe an Milena* etc.).
- Albert Camus: *Tagebücher 1935–1951*.
- *Joseph Conrad on Fiction*; die Vorworte; bestimmte Briefe.
- Herman Melville: Auszüge aus *Pierre oder Die Doppeldeutigkeiten*; bestimmte Briefe und Marginalien.
- André Gide: *Aus den Tagebüchern, 1889–1939*.
- Rainer Maria Rilke: Briefe; Passagen aus *Die Aufzeichnungen des Malte Laurids Brigge* und aus den Gedichten.
- Henry James: *Tagebuch eines Schriftstellers*; Vorworte.
- F. Scott Fitzgerald: *The Crack-Up*.
- Gustave Flaubert: viele seiner Briefe.
- Cesare Pavese: *Das Handwerk des Lebens. Tagebuch 1935–1950*.
- Jessamyn West: *Hide and Seek: A Continuing Story*.

Ebenso unschätzbar: Thoreaus *Tagebücher*; van Goghs *Briefe* (nach wie vor sind die *Briefe an seinen Bruder* die beste Sammlung). Viele Briefsammlungen von Autoren und Autorinnen: die von Sherwood Anderson; jene des jüngeren D. H. Lawrence; Malcolm Lowrys Briefe an seinen Verleger über *Unter dem Vulkan* in *Briefe: 1928–1957*; die von

Louise Bogan. Dostojewskis Notizbücher im Zusammenhang mit *Der Idiot* und *Schuld und Sühne* oder Gides *Journal des Faux-Monnayeurs*, zusammen mit den Romanen selbst, sind eine faszinierende und suggestive Lektüre.

*»Unaufhörliche Arbeit ist das Gesetz der Kunst wie das des Lebens«**

> Ein Künstler muss sich kopfüber in sein Werk stürzen wie Curtius in den Abgrund, wie der Soldat auf eine Schanze, ohne Überlegung; er muss in der Enge arbeiten wie der Bergmann im Schutt seines Schachtes; er muss alle Schwierigkeiten niederkämpfen wie der verliebte Ritter im Märchen den ewig sich wandelnden Zauberer, bis er seine Prinzessin befreit. Sonst bleibt das Werk ein Torso, der noch in der Werkstatt wieder zerfällt, wo das Schaffen zur Unmöglichkeit und der Künstler am Selbstmord seines Talents schuldig wird. […] Die Lösung dieses schweren Problems findet man nur in stetiger, unermüdlicher Arbeit […]. Daher warten auch die großen Künstler, die vollkommenen Dichter weder Aufträge noch Käufer ab, sie setzen ihre Kinder heute, morgen, immer in die Welt. Daraus folgt die Gewöhnung an die Arbeit, das unaufhörliche Wissen um die Schwierigkeiten, das ihre Ehe mit der Muse, mit den schöpferischen Kräften aufrechterhält.[83]
>
> – Honoré de Balzac

* Vgl. *Das Schweigen in der Literatur*, in diesem Band, S. 35.

*Unbegrenztes Alleinsein**

Ich bezweifle, ob es mir gelingen wird, einen weiteren Band von Grandfather's Library zu schreiben, solange ich auf der Farm bleibe. Ich habe nicht jenes Gefühl vollkommener Abgeschiedenheit, das unentbehrlich ist für meine Fähigkeit, irgendetwas hervorzubringen.[84]

– Nathaniel Hawthorne

*Häusliche Unterstützung (die Conrad-Wahrheit)***

Du weißt, wie sehr ich Plato geliebt habe. Erst heute weiß ich, dass er log. Denn die irdischen Dinge spiegeln keine Ideale wieder, in ihnen verbirgt sich schwere, blutige Arbeit der Menschen. Wir, wir haben die Pyramiden gebaut, wir brachen Marmor für Gotteshäuser, und wir zertrümmerten die Steine für die Straßen des Imperators, wir haben die Galeeren gerudert und die Pflüge geschleppt – während sie ihre geistreichen Dialoge und Dramen schrieben [...]. Wir waren dreckig und starben. Sie waren die Ästheten und diskutierten.***

– Tadeusz Borowski

* Vgl. *Das Schweigen in der Literatur*, in diesem Band, S. 36.

** Vgl. *Das Schweigen in der Literatur*, in diesem Band, S. 37.

*** Auf seine Art wird dies auf den letzten Seiten von George Orwells *Der Weg nach Wigan Pier* ausgedrückt. [Tadeusz Borowski: *Bei uns in Auschwitz ...* In: Ders.: *Bei uns in Auschwitz. Erzählungen.* Aus dem Polnischen übers. v. Vera Cerny. München: Piper, 1963, ²1982. S. 172.]

Die unaufhörliche Arbeit, das schreckliche Gesetz, die furchtbare Aufgabe

Von acht Uhr früh bis halb fünf Uhr abends sitzt Pierre dort in seinem Zimmer; – acht Stunden und eine halbe! [...]
Inmitten all der Lustbarkeiten der wechselnden Jahreszeiten hat Pierre sich mit dem Gram der Ewigkeit umringt. Pierre ist ein unverrückbarer Berggipfel im Herzen der Zeit. [...]
Er will nicht, dass man ihn besucht; er will nicht, dass man ihn stört.[85]

Gilt denn all diese Arbeit einem einzigen Buch, das in sehr wenigen Stunden gelesen ist und, weit häufiger, in einer Sekunde gänzlich verworfen wird und das am Ende, ganz gleich, wie es ist, ohne Zweifel den Würmen anheimfällt?
Nicht doch; was jetzt Pierres Zeit und Leben frisst, ist nicht das Buch, sondern es sind die schlichten Anfangsgründe der Bändigung jener seltsamen Dinge, die, während er versucht, das Buch zu schreiben, in seiner Seele aufgewallt und emporgesprudelt sind. Zwei Bücher sind im Entstehen, von denen die Welt nur eines sehen soll, und obendrein noch das verpfuschte. Das größere und unendlich viel bessere Buch ist für Pierres eigenes, privates Bücherregal bestimmt. Dies ist dasjenige, dessen unauslotbare Sehnsucht ihm das Blut aussaugt; das andere fordert bloß seine Tinte. [...]
Wer könnte all die Gedanken und Gefühle beschreiben, die Pierre in jenem jammervollen,

eisigkalten Raum bestürmten, als ihm endlich bewusst wurde, dass seine Hoffnungen auf Brot umso geringer wären, je mehr Weisheit und Tiefe er erlangte [...].[86]

Doch sein Hunger ist einer, der alle Nahrung verabscheut. Er muss sich zwingen, etwas zu sich zu nehmen. Er hat den natürlichen Tag gemordet, wie sollte er da mit Appetit essen können? Wenn er sich niederlegt, kann er nicht schlafen; er hat die unendliche Wachsamkeit in sich erweckt, wie sollte er da schlummern können? Noch immer kreist wie ein riesiger, schwerfälliger Planet das Buch in seinem schmerzenden Kopf. Er kann ihm nicht befehlen, von seiner Bahn zu weichen; wie gern würde er sich köpfen, um eine Nacht lang Ruhe zu finden. Endlich rücken die schweren Stunden voran, und die schiere Erschöpfung übermannt ihn, und er liegt still – nicht schlafend, wie Kinder und Tagelöhner schlafen – er liegt nur mit beruhigtem Puls und hält für diese Spanne den Schnabel des Geiers fest in seiner Hand und lässt ihn nicht eindringen in sein Herz.
Der Morgen kommt; wieder das geöffnete Oberlicht, das eisige Wasser, die Badebürste, das Frühstück, die heißen Ziegelsteine, die Tinte, die Feder, das Von-acht-bis-halb-fünf, und die ganze allgemeine Hölle jenes vergangenen Tags ist mit dabei. Ah! wie er da Tag um Tag in seinen Hüllen und Mänteln zittert, ist das der heißblütige Bursche, der einst der Welt vom tropischen Sommer sang?[87]

– Herman Melville

Jeden Morgen setze ich mich gewissenhaft hin, ich sitze jeden Tag acht Stunden – und das ist alles. Im Verlauf des achtstündigen Arbeitstages schreibe ich drei Sätze, die ich ausradiere, bevor ich verzweifelt den Tisch wieder verlasse. Manchmal braucht es all meine Entschlusskraft und all meine Selbstbeherrschung, um mich davon abzuhalten, den Kopf gegen die Wand zu schlagen. [...] Nach solch einer Verzweiflungskrise döse ich stundenlang, immer im Bewusstsein dessen, dass es da diese Geschichte gibt, die ich nicht zu schreiben fähig bin. Dann wache ich auf, versuche es erneut und gehe schließlich ins Bett, völlig fertig. So vergehen die Tage [...]. Am Morgen stehe ich auf mit dem Entsetzen dieser Machtlosigkeit angesichts eines Tages vergeblicher Anstrengungen. [...] Ich scheine jedes Gefühl für Stil verloren zu haben, und dennoch werde ich von der Notwendigkeit für Stil verfolgt. Und diese Geschichte, die ich nicht schreiben kann, webt sich in alles hinein, was ich sehe, was ich spreche, was ich denke, in die Zeilen jedes Buches, das ich zu lesen versuche. *Ich habe seit Tagen nichts gelesen. Sie wissen, wie schlimm es ist, wenn man die eigene Leber oder Lunge spürt.* Ich spüre mein Gehirn. Ich bin mir deutlich des Inhalts meines Kopfes bewusst. Meine Geschichte ist da, in einer fließenden – einer sich entziehenden Form. Ich kann sie nicht fassen. Es ist alles da – um herauszubrechen, doch ich kann sie genauso wenig greifen, wie man eine Handvoll Wasser greifen kann.[88]

– Joseph Conrad

Ich wollte niemals langsam sein. Der Stoff kommt in seiner eigenen Geschwindigkeit heraus. Ich bin immer bereit, ihn niederzuschreiben [...], das Problem ist, dass ich leider zu oft auf einen Satz, auf ein Wort zu warten habe.
[...] das Schlimmste ist, dass, während ich zu kraftlos bin, um zu produzieren, meine Vorstellungskraft ausgesprochen aktiv ist, ganze Absätze, ganze Seiten, ganze Kapitel gehen mir durch den Sinn. Alles ist da: Beschreibungen, Dialoge, Reflexionen, alles, alles außer dem Zutrauen, der Überzeugung, dem Einzigen, was nötig ist, um zu schreiben. Ich habe einen Band pro Tag mir ausgedacht, bis ich mich krank in Kopf und Herz fühlte und zu Bett ging, völlig fertig, ohne eine Zeile geschrieben zu haben. Die Anstrengungen, die ich unternehme, sollten Meisterwerke gebären, groß wie ein Gebirge, und sie gebären nur dann und wann eine lächerliche Maus.[89]

Sie [zwei andere Geschichten] geistern in meinem Kopf herum, müssen aber eingefangen und in eine Art Form gemartert werden.[90]

– Joseph Conrad in Briefen

Dieser unbegreifliche Herr namens Arbeit

Was die Arbeit angeht, so behauptete er [Cézanne], er hätte bis zu seinem vierzigsten Jahre als Bohémien gelebt. Da erst, in der Bekanntschaft mit Pissarro, wäre ihm der Geschmack an der Arbeit aufgegangen. Aber dann auch so sehr, dass er die

späteren dreißig Jahre seines Lebens nur noch gearbeitet hat. Ohne Freude eigentlich, wie es scheint, in fortwährender Wut, im Zwiespalt mit jeder einzelnen seiner Arbeiten, deren keine ihm das zu erreichen schien, was er für das Unentbehrlichste hielt. [...] alt, krank, von der gleichmäßigen täglichen Arbeit jeden Abend bis zur Ohnmacht verbraucht (so sehr, dass er oft um sechs beim Dunkelwerden nach einem sinnlos eingenommenen Abendbrot schlafen ging), böse, misstrauisch, jedes Mal auf dem Weg zu seinem Atelier verlacht, verspottet, misshandelt, [...] hoffte er von Tag zu Tag vielleicht doch noch das Gelingen zu erreichen, das er als das einzige Wesentliche empfand. [...]
Und macht (wie van Gogh) seine »Heiligen« aus solchen Dingen; und zwingt sie, *zwingt* sie, schön zu sein, die ganze Welt zu bedeuten und alles Glück und alle Herrlichkeit, und weiß nicht, ob er sie dazu gebracht hat, es für ihn zu tun. Und sitzt im Garten wie ein alter Hund, der Hund dieser Arbeit, die ihn wieder ruft und ihn schlägt und hungern lässt. Und hängt doch mit allem an diesem unbegreiflichen Herrn [...].[91]

– Rainer Maria Rilke

Unterirdische Kräfte*

Bevor sie [die unterirdischen Kräfte] die Schöpferin nähren, müssen sie selbst genährt, leidenschaftlich genährt werden mit dem, woran gearbeitet werden muss. Das bedeutet aufnahmebereites Warten ohne Anforderungen, die »ein unabgelenktes Zentrum des Seins«[92] *verhindern. Und wenn sich die Reaktion einstellt, müssen Sie sofort für die Arbeit verfügbar sein. Wenn Sie nicht sofort an die Arbeit gehen, könnte sich alles verflüchtigen wie ein Traum; schlimmer noch, künftige Werke könnten gefährdet sein – denn nur die Verarbeitung und Entwicklung des Materials setzt die schöpferischen Kräfte für künftige Werke frei.*

> Etwas ist vermutlich darin verborgen – etwas, das ich nur hervorlocken muss. Ich muss eine Weile damit leben – muss es locken; wenn ich auch hier in reinem, himmlischem *tâtonnement* ein oder zwei Wochen lang jeden Morgen geduldig sitzen muss.[93]
>
> – Henry James

> Dieses oder jenes Werk zum Beispiel ist die Frucht langer Bemühungen und sammelt in sich eine Fülle von Versuchen, von Rückgriffen, von Weglassungen und Wahlakten. Es hat Monate und sogar Jahre der Überlegung verlangt [...].[94]
>
> – Paul Valéry

* Vgl. *Das Schweigen in der Literatur*, in diesem Band, S. 39–40.

Deine Sachen sind hässlich – gut – lass sie hässlich sein – es wird Dir unlieb sein, Dich aber nicht entmutigen [...].
Aber die Natur verlangt eine gewisse Hingabe, und sie verlangt eine Zeit des Ringens mit ihr.[95]

Arbeitet man unaufhörlich nach der Natur, ohne sich vorher zu sagen, ich will dies oder jenes machen, als würde man Stiefel erst mal ohne Absätze schustern, so wird man nicht immer etwas Gutes machen. Gerade an den Tagen aber, wo man es am wenigsten vermutet, findet man ein Motiv, das sich neben den Arbeiten unserer Vorgänger sehen lassen kann.
[...] nur Erfahrungen und die kleine Arbeit eines jeden Tages lassen einen reifen und ermöglichen Vollkommenes und Wichtiges.[96]

– Vincent van Gogh

Kümmere dich sorgsam um deine Gedanken. Sie kommen unerwartet wie ein Vogel, den du in deinen Bäumen siehst und der, wenn du dich deiner gewöhnlichen Tätigkeit zuwendest, verschwindet, und du wirst diesen Anblick nie wieder haben. Nie, sage ich, vielleicht auf Jahre nicht, und ich weiß nicht, was für Ereignisse und was für Welten zwischen dir und seiner Rückkehr liegen.[97]

– Ralph Waldo Emerson

Ein Satz folgt, springt aus dem andern, und während ich fühle, wie er in mir sich formt, wie er schwellt [sic], empfinde ich eine fast körperliche

Wonne. Ich glaube, dass dieses artesische Sprudeln das Ergebnis einer langen unbewussten Vorbereitung ist. Es kommt wohl vor, dass ich später noch einige Retuschen anbringe, aber sehr wenige.[98]

– André Gide

Unterirdische Kräfte – und schöpferische Arbeit unter Bedingungen, die vollständiges Funktionieren ermöglichen

Virginia Woolfs *The Waves (Die Wellen)*

Auszüge aus ihren *Tagebüchern* (1927–1931):

Juni 1927

Ich las – einerlei welchen Schund. […] Langsam begannen die Ideen zu tröpfeln, & dann plötzlich legte ich los […] & erzählte die Geschichte der ›Moths‹ [später *The Waves*] wieder, die ich wohl sehr schnell schreiben werde […]. Ich glaube, dass die ›moths‹ ganz gut das Gerüst ausfüllen könnten, das ich hier hingeworfen haben: die Idee eines Drama-Poems: die Idee von einem fortlaufenden Strom, nicht nur von menschlichen Gedanken, sondern von dem Schiff, der Nacht &c, die alle zusammenfließen: unterbrochen von der Ankunft der leuchtenden Falter. Ein Mann & eine Frau sollen an einem Tisch sitzen & reden. Oder sollen sie still bleiben? Es soll eine Liebesgeschichte sein: sie wird schließlich den letzten großen Falter hereinlassen. […] Aber es muss erst reifen. Ich arbeite abends ein wenig daran, wenn das Grammophon späte Beethovensonaten spielt.[99]

November 1928

Was mein nächstes Buch betrifft, werde ich mich mit dem Schreiben zurückhalten, bis es unmittelbar herauswill: schwer geworden in meinem Geist wie eine reife Birne; herabhängend, schwanger, darauf wartend, dass man sie abschneidet, ehe sie abfällt. The Moths verfolgen mich immer noch, sie erscheinen immer ungebeten zwischen Tee & Dinner, während L. das Grammophon spielen lässt. Ich forme ein oder zwei Seiten; & zwinge mich, aufzuhören.[100]

Dezember 1929

[...] mein Herumgestolper mit The Waves. Ich schreibe zwei Seiten kompletten Nonsens, unter Anstrengung; ich schreibe Variationen von jedem Satz; Kompromisse; Fehlschüsse, Möglichkeiten, bis meine Schreibkladde wie der Traum einer Irren aussieht. Dann verlasse ich mich auf ein wenig Inspiration beim Wiederdurchlesen; & kritzele es zu einem gewissen Sinn zurecht. Dennoch bin ich nicht zufrieden. [...] Ich dränge auf mein Zentrum zu. Es ist mir einerlei, ob alles durchgestrichen ist. [...] & dann, wenn das zu nichts führt – habe ich jedenfalls die Möglichkeiten ausprobiert. Aber ich wünschte, es würde mir mehr Spaß machen. Ich habe es nicht den ganzen Tag im Kopf wie The Lighthouse & Orlando.[101]

Januar 1930

Und gerade brach es aus mir heraus, und jetzt fällt mir gar nichts mehr ein. Dank meiner Standhaftigkeit & meinem Fleiß kann ich jetzt kaum aufhören, an The Waves weiterzuarbeiten […], nach 6 Monaten Herumgeschmiere […].[102]

Januar 1930

Ich kann noch nicht wie selbstverständlich in meinem neuen Zimmer schreiben, weil der Tisch nicht die richtige Höhe hat […]. Alles muss genau so sein, wie ich es gewöhnt bin.
[…] Ich stecke fest in diesem Buch – ich meine, klebe fest darin, wie eine Fliege am Fliegenpapier. Manchmal verliere ich den Kontakt; mache aber weiter; dann wieder habe ich das Gefühl, dass ich endlich, dank Gewaltmaßnahmen – als würde man sich durch Ginster hindurchkämpfen – meinen Finger auf etwas Zentrales gelegt hätte. […] Aber wie ich es zusammenziehen, es kompostieren – zu einem Ganzen pressen soll – das weiß ich nicht […].[103]

Februar 1930

Wenn ich noch vierzehn Tage im Bett bleiben könnte (aber dafür besteht keine Chance), würde ich, glaube ich, das Ganze von The Waves sehen. […] Ich glaube, dass diese Krankheiten in meinem Fall etwas – aber wie soll ich das ausdrücken? – etwas Mystisches haben. Etwas passiert in meinem Kopf. Er weigert sich, weiterhin Eindrücke zu registrieren. Er verschließt sich. Er puppt sich ein. Ich liege völlig betäubt da, oft mit akuten körperlichen Schmerzen [...]. Dann springt plötzlich etwas auf. [...] Ideen strömen herein; oft geschieht das allerdings, ehe ich meinen Geist oder meine Feder beherrschen kann. [...] mein Geist arbeitet im Müßiggang. Nichts zu tun ist oft der ergiebigste Weg für mich.[104]

März 1930

Ja, aber dieses Buch ist eine sehr kuriose Angelegenheit. Einen Tag war ich wie im Rausch, als ich sagte, Kinder sind nichts verglichen mit dem hier: als ich [...] den Druck der Form erlebte – das Glänzende & Großartige – wie ich sie – vielleicht, noch nie erlebt habe. Aber ich werde es nicht im Rausch durchpeitschen. Ich bossele weiter daran; & empfinde es als das komplexeste & schwierigste aller meiner Bücher. [...] Ich beherrsche die Sprechstimme noch nicht. [...] & ich beabsichtige, weiter daran zu bosseln, hingebungsvoll, & es dann umzuschreiben, viel davon laut lesend, wie ein Gedicht. [...] Jedenfalls habe ich meine Hürde genommen.[105]

April 1930

Aber ich habe noch kein Buch geschrieben, das so voller Löcher & Flickwerk ist; es wird umgebaut werden müssen, nicht nur umgestaltet.[106]

Mai 1930

Ich beginne zu verstehen, was ich im Sinn hatte; & möchte anfangen, massenweise Irrelevantes herauszuschneiden, & zu lichten, die guten Sätze zu schärfen & sie auf Glanz zu bringen. Eine Welle nach der anderen.[107]

Februar 1931

Hier muss ich, in den wenigen Minuten, die bleiben, das Ende von The Waves festhalten, dem Himmel sei Dank. Ich habe die Worte O Tod vor fünfzehn Minuten niedergeschrieben, nachdem ich durch die letzten zehn Seiten mit Momenten solcher Intensität & Berauschtheit getrudelt bin, dass mir schien, ich stolperte nur noch meiner eigenen Stimme hinterher, oder fast einer Art von Sprecher (wie als ich verrückt war). Ich bekam beinahe Angst, weil ich mich an die Stimmen erinnerte, die mir früher manchmal vorausflogen. Jedenfalls ist es geschafft; & ich sitze hier die letzten 15 Minuten in einem Zustand der Glorie, & Ruhe, & ein paar Tränen. [...] Wie körperlich dieses Gefühl von Triumph & Erleichterung ist! Ob nun gut oder schlecht, es ist geschafft; & jedenfalls am Schluss fühlte ich, es ist nicht nur beendet, sondern abgerundet, vervollständigt, die Sache ist zum Ausdruck gebracht – wenn auch hastig, wenn auch fragmentarisch, ich weiß; aber ich meine, dass ich diese Flosse in der Wasserwüste ins Netz bekommen habe, die mir erschienen war, über den Marschwiesen aus meinem Fenster in Rodmell, als ich To the Lighthouse beendete.*

* Am 30. September 1926 [Virginia Woolf: *Tagebücher 4, 1931–1935*. Gesammelte Werke. Übers. v. Maria Bosse-Sporleder. Hrsg. v. Klaus Reichert. Frankfurt a. M.: S. Fischer, 2003. S. 27–28].

*Unterirdische Kräfte**

> Es ist das viele Nichtgemachte, was mit seiner Schwere auf dem liegt, was aus der Erde kommen möchte.[108]
>
> – Rainer Maria Rilke

»Das Thema, das ich suche, wird kommen – wird kommen ›in seiner Herrlichkeit‹; die ruhigen, großzügigen, geduldigen Morgen werden es bringen«,[109] schrieb Henry James im *Tagebuch eines Schriftstellers* – Morgen, an denen man sich einlässt auf das »heranbrandende Chaos des Unausgedrückten«.[110] Hätte es andere Anforderungen, andere Verantwortlichkeiten gegeben, so dass das Schreiben nicht an erster Stelle stehen konnte; hätte er (oder Virginia Woolf) solch einen Morgen nur gelegentlich oder nie gehabt; hätte Conrad sich nicht »jeden Morgen [...] gewissenhaft« hingesetzt und »jeden Tag acht Stunden« gesessen mit seiner »Verzweiflungskrise«[111] – hätten sie dann ein Œuvre geschaffen? Wäre Pierre (Melville) von acht Uhr früh bis halb fünf Uhr abends einer Arbeit nachgegangen, statt in seinem jammervollen, eisig kalten Raum zu sitzen, wie lange wäre sein unvollendetes Buch in seinem Kopf gekreist?

* Vgl. *Das Schweigen in der Literatur*, in diesem Band, S. 39–40.

Wenn die Erfordernisse des kreativen Schaffens nicht an erster Stelle stehen können*

Doch was, wenn sich jene Fülle der Zeit nicht ergibt, ganz zu schweigen von der Fülle des Ichs?

Die Situation für die meisten Schriftstellerinnen und Schriftsteller:

> Aber glaube mir, die Unzufriedenheit mit mangelhafter Arbeit, das Missglücken der Sachen, die Schwierigkeiten der Technik können furchtbar melancholisch machen. [...] Und dann muss man sich die Verzweiflung und Melancholie verbeißen, muss mit sich, so wie man ist, Geduld haben, nicht, um sich auszuruhen, sondern um sich weiter zu bemühen, trotz Tausender Mängel und Fehler und trotz der Ungewissheit ihrer Überwindung – und das ist die Ursache, weshalb ein Maler in gewissem Sinn auch wieder nicht glücklich ist.
> Der Kampf mit sich selbst – das Sich-selbst-Verbessern – die Notwendigkeit, seine Energie ständig zu erneuern – und dies alles noch erschwert durch die materiellen Schwierigkeiten. –

* Vgl. *Das Schweigen in der Literatur*, in diesem Band, S. 38.

[…] man arbeitet genauso schwer wie ein Lastträger – trotzdem kommt man zu kurz […].[112]

– Vincent van Gogh

Ich spreche nicht von meiner Laune, ich bin ziemlich in die Binsen gegangen, das versteht sich von selbst, seitdem ich mir das Leben eines Waschlappens verdiene.
Eine ganz schöne Qual ist diese objektive Unmöglichkeit, zu denken und also auch zu arbeiten, denn hier arbeitet man den ganzen Tag, sieben tödliche Stunden an einem Stück, und danach marschiere ich zwei Stunden, und danach esse ich, und beim Dessert falle ich vor Müdigkeit in Schlaf.[113]

– Paul Valéry

Ich kann materielle Sorgen nicht vertragen, sie ängstigen mich, weil ich spüre, wie rätselhaft unabhängig meine Ausdruckskraft von mir ist. […] ich bin nicht so wie die Handwerker, die ihr Werkzeug einfach aufheben und ablegen können. Ich bin sozusagen nur das Agens eines unzuverlässigen Herrn.[114]

– Joseph Conrad

Es ist mir klar, dass ich, um weiterzukommen auf meinem Wege, Hilfe brauche. […]
Und nun, im Herbst will ich nach Paris gehen […]. Das ist die äußere Seite dessen, was ich zunächst will, ein kleiner Teil jenes tiefen Wollens, das zu meinem Werke geht und zu seiner fortwährenden Verwirklichung.

Was kann einer, der viel will, von diesem Wollen sagen, ohne an ihm Verrat zu tun und zum Prahler zu werden? Hier bringt jedes Wort einen Misston mit und eine Kränkung dessen, was es meint. Man kann nur sagen, dass man immer mehr dazu kommt, dieses Wollen, das zu tiefen und wichtigen Dingen geht, zu schützen, dass man sich immer aufrichtiger, herzlicher danach sehnt, ihm alle Kraft und alle Liebe zu geben und alle Sorge an ihm zu erleben und nicht an den kleinen quälenden Zufällen, von denen das Leben in Armut voll ist. Ich bin sehr arm. Ich leide nicht an der Armut, weil sie mir im Grunde nichts versagt. Diesen Winter aber, zum ersten Mal, stand sie monatelang wie ein Gespenst vor mir, und ich verlor mich und alle lieben Ziele und alles Licht aus dem Herzen und war nahe daran, irgendeinen kleinen Beamtenposten anzunehmen, und das hätte geheißen: zu sterben und eine Seelenwanderung anzutreten voll Heimatlosigkeit und Wahnsinn. [...] Ich bin ja kein Anfänger mehr, der sich in die Zukunft wirft aufs Geratewohl. Ich habe gearbeitet, seit Jahren, und wenn ich mir etwas erarbeitet habe, ist es der Glaube an das Recht, das Beste, das ich in mir habe, zu heben und das Bewusstsein von den Schätzen im Sesam meiner Seele, die ich nicht mehr vergessen kann. Und ich weiß ja auch schon, dass meine Feder stark sein wird, mich zu tragen: nur darf ich sie nicht in zu früher Zeit missbrauchen und muss ihr Zeit lassen auszuwachsen.[115]

Für das Meine gibt niemand Brot, und ich weiß, dass ich nicht Kräfte genug habe, um mich zu teilen, in einen, der verdient, und einen, der schafft. Und selbst wenn ich alle Kräfte der Welt hätte, so müsste ich *alle* Kräfte dem Wichtigen in mir geben: es hat ein Recht darauf. [...] ich weiß, dass ich nicht aufgegeben bin; aber die kleinen und fortwährenden Gedanken an den Alltag und seine unwichtigsten Dinge verwirren mich so, dass ich mich des Meinen nicht mehr entsinnen kann. Wie soll ich Ihnen das sagen: Früher vernahm ich alle meine Stimmen in mir; jetzt ist es so, als hätte jemand die Fenster geschlossen nach dem Garten, in dem meine Lieder leben; fern, fern hör ich etwas und horche und kann es nicht mehr unterscheiden. Mein Kopf ist voll lächerlicher Additionen. Und kaum ist ein Verdienst da, und ich denke daran, dass ich mich nun sammeln darf zu dem Eigenen, – da ist es auch schon wieder Zeit, an den *nächsten* zu denken und wo er zu finden sein wird und wie ich ihn erringen könnte. Darüber geht meine Nervenkraft hin, meine Zeit, mein Mut, und ich versäume mich, Tag für Tag, und bin dort, wo ich nicht mehr hinreiche, voll überblühter Blumen, deren welkende Düfte mich mit Last erfüllen.[...]

Aber nun habe ich kaum Pläne mehr; nun scheint es mir ein unendlicher Übermut, Pläne zu haben, da doch das Allernächste so bang, so dunkel und so voll kleinster Fragen ist. Es scheint mir, als wäre ich mitten in Netzen; ich fühle diese Netze an meinen Händen bei jeder Gebärde, die sich frei erheben will.

[…] dann wieder suche ich nach irgendeinem Menschen, der meine Not versteht, ohne mich für einen Bettler zu halten: wovor ich am meisten Furcht habe.[116]

– Rainer Maria Rilke in zwei Briefen, 1902 und 1903

Angefangen damit, immer Arbeit zu tun, die man nicht tun mochte, und sie wie eine Sklavin zu tun […]; und dann der Gedanke, dieses eine Talent, das zu verstecken den Tod bedeutete […], könnte zugrunde gehen und mit ihm mein Ich, meine Seele – all das wurde wie Rost, der die Blüte des Frühlings zerfrisst, den Baum in seinem Mark zerstört.[117]

– Virginia Woolf

Acht Stunden am Tag habe ich bezahlt, die letzten fünf Jahre als Werbetexter gearbeitet und gleichzeitig versucht, genug Nervenkraft und Mut zu sparen, um andere Formen des Schreibens zuzulassen. Es ist mir teuer zu stehen gekommen: gute Laune zerstört, seltene Projekte missraten wegen der mangelnden Kraft, sie voranzutreiben.[118]

– Sherwood Anderson

»Ungefähr 10 Monate lang habe ich, was die Literatur angeht, nichts getan […]; jetzt muss ich zumindest in mir Kraft finden, um haltzumachen. […] Falls es mir gelingt, meine Auftragsarbeiten im Januar abzuliefern, werde ich anschließend nach Paris oder an einen noch exotischeren Ort

fahren müssen, um dort meine überlastete Seele aufzurichten und wirklich zu arbeiten. Diese Erwägungen und vor allem der Umstand, dass im Jahr 1926 meine einzige Rettung im Geldverdienen liegt, zwingt uns, über unser künftiges Schicksal nachzudenken [...].
Berücksichtige, dass man mir aus der Klemme, in der ich stecke, heraushelfen [...] muss.«[119]

Ich kann nicht für ein oder zwei Monate nach Paris fliegen und danach nach Moskau hetzen – dem Geld hinterher, Geld, das nur dann zu bekommen ist, wenn man arbeitet, während ich im Augenblick dermaßen gebeutelt und zermartert bin, dass ich nicht arbeiten kann.[120]

– Isaak Babel

Ich bin so verzweifelt [...], weil ich nicht über die Stunden verfüge, die nötig sind, um irgendetwas in mir reifen zu lassen.[121]

Nach der Tagesarbeit habe ich sehr, sehr wenig Zeit übrig, die ich darauf [auf das Schreiben] verwenden kann [...].[122]

Aber ein Langgedicht wie dieses [»The Bridge«] braucht ununterbrochene Zeit und eingehende Konzentration, und meine gegenwärtige Lebensroutine gestattet mir nur Fragmente. (Es gibt Tage, an denen ich an meinem Schreibtisch regelrecht »auf mir draufsitzen« muss, um Rhythmen und Melodien auszusperren, die zu diesem Gedicht gehören und die nie geschrieben worden sind, weil es mir im Verlauf der Tagesarbeit nur allzu gut gelungen ist, einen solchen Gedankengang auszuschließen und zu unterdrücken.) Dann wieder gibt es Perioden, da die ganze Welt die Vorhaben und Schönheiten dieses Werks nicht aussperren könnte – und ein bisschen davon bringe ich zu Papier. So ist es in letzter Zeit gewesen. Und das macht mich glücklich.[123]

– Hart Crane

Ich glaube, ich habe nur etwa zehn Prozent meiner Energien aufs Schreiben verwandt. Die anderen neunzig Prozent sind dafür draufgegangen, meinen Kopf über Wasser zu halten.[124]

– Katherine Anne Porter

Zur literarischen Situation:*

»Es ist das viele Nichtgemachte, was mit seiner Schwere auf dem liegt, was aus der Erde kommen möchte.«[125] – *»[…] dem Geld hinterher, Geld, das nur dann zu bekommen ist, wenn man arbeitet.«*[126] – *»[…] ich weiß, dass ich nicht Kräfte genug habe, um mich zu teilen, in einen, der verdient, und einen, der schafft.«*[127] – *»Abgesehen von meinen Familienverhältnissen könnte ich von der Literatur schon infolge des langsamen Entstehens meiner Arbeiten und ihres besonderen Charakters nicht leben […].«*[128] – *»Stückweise Aufopferung [meines Talents], um den Wert seines Wesens zu bewahren.«*[129]

* Vgl. *Das Schweigen in der Literatur*, in diesem Band, S. 30–40.

> Ich habe keine Geduld mit dieser schrecklichen Idee, dass, was immer man in sich hat, herauskommen muss, dass man wahres Talent nicht unterdrücken kann. Menschen *können* zerstört werden; sie können verbogen, verzerrt und vollständig verkrüppelt werden.
> [...] Trotz aller gegenteiligen Poesie, aller gegenteiligen Philosophie sind wir nicht wirklich Herren unseres Schicksals. Wir richten unser Leben nicht wirklich ununterstützt und ungehindert aus. Unser Sein ist allen Zufällen des Lebens unterworfen.[130]
>
> – Katherine Anne Porter

Die Kosten, die sporadisches oder gelegentliches Schreiben, am Wochenende oder während eines Sabbatjahrs, für die Literatur bedeuten (vielleicht braucht es ein ganzes Sabbatjahr, um den Schaden wettzumachen und die Kraft zum Arbeiten wiederzugewinnen), sind unvollendete Werke, geringere Anstrengungen und Leistungen, Schweigen – wo es doch zu einer Blüte hätte kommen können.

Und einige Schriftstellerinnen und Schriftsteller werden »völlig zerrieben von der ständigen Abnutzung des Holzes«.[131] Sind für immer verloren. Andere werden schmerzlich zum Schweigen gebracht wie Edwin Louis Wallant – ein früher Tod durch schiere Überarbeitung; eine Vollzeitstelle *und* Schreiben.

Die literarische Situation (1976)*

*(»Was, wenn Schriftstellerinnen und Schriftsteller […] neben ihrer eigentlichen Berufung einem regulären Beruf nachgehen müssen – wie heute nahezu alle Kunstschaffenden in den Vereinigten Staaten?«)***

John Leonard von der *New York Times* schätzt, dass es hierzulande nur etwa hundert Schriftstellerinnen und Schriftsteller geben dürfte, die von ihren Büchern tatsächlich leben können. Dennoch werden Leonard zufolge von Publikumsverlagen alljährlich 1300 bis 1400 ernste Romane veröffentlicht (2000 – wenn Western, Krimis, Science-Fiction und Schauerromane mitgezählt werden). Das (keinesfalls vollständige) *Directory of American Fiction Writers* führt mehr als 800 Autoren und Autorinnen ernster erzählender Literatur auf.

– *Poets & Writers Newsletter*, 1976

* Vgl. Malcolm Cowley: *The Literary Situation*. New York, NY: Viking Press, 1954. Die nachfolgenden Bemerkungen bestätigen seine früheren Befunde. Es ist nicht besser geworden.

** Vgl. *Das Schweigen in der Literatur*, in diesem Band, S. 38.

In den Jahren 1971/72 führte das PEN American Center eine Umfrage unter seinen Mitgliedern durch. Dabei handelte es sich um Autorinnenen und Autoren mit professionellem Status (Biographen, Dichter, Essayisten, Journalisten sowie Romanciers) und hinreichendem Renommee, um ins PEN-Zentrum aufgenommen zu werden.

In einem Jahr, in dem der angemessene *Mindest*lebensstandard einer vierköpfigen Familie bei $ 7300 lag, hatte ein Drittel dieser etablierten Schreibenden nicht einmal $ 3000 verdient; mehr als die Hälfte verdiente weniger als $ 6000. Ein Drittel konnte sich ein Einkommen von $ 10 000 oder mehr sichern.

Eine frühere Umfrage (1969) unter Writers-in-Residence der MacDowell Colony (für das Aufenthaltsstipendium müssen künstlerische Leistungen nachgewiesen werden) ergab, dass die Hälfte mit ihrem Schreiben $ 1000 pro Jahr oder weniger verdiente; ein Viertel nahm zwischen $ 1000 und $ 5000 ein, und nur ein Viertel konnte mehr als $ 5000 verbuchen.*

»Bemerkenswert am ökonomischen Aspekt des Lebens von Künstlerinnen und Künstlern ist nicht, wie wenig sie verdienen, sondern wie viel sie trotz karger Einkünfte schaffen«, kommentiert der Autor des betreffenden Artikels. »›Kunst wird‹, wie eine der Koloniebewohnerinnen [ich!] zutreffend formulierte, ›von Künstlerinnen und Künstlern subventioniert‹« – mit ihrem Leben.

Was die Unterstützung durch Stiftungen betrifft, so hatten weniger als zehn Prozent der MacDowell-Autorinnen und -Autoren jemals zuvor irgendein Stipendium erhalten,

* Vgl. Russell Lynes: *The Artist as Uneconomic Man*. In: *Saturday Review*, 28. Febr. 1970.

und die Hälfte der Stipendien betrug weniger als $ 2500. Eineinhalb Prozent erhielt Stipendien in Höhe von $ 5000 oder mehr.

Fast alle waren »durch den Druck, ein angemessenes Einkommen zu erzielen, regelmäßig gezwungen, ihr schöpferisches Werk beiseitezulegen«, oder bejahten, dass es sich bei den meisten der mit ihnen befreundeten Künstlerinnen und Künstler so verhielt.

Vergessen Sie nicht, dass sich die oben angeführten Summen auf Schriftstellerinnen und Schriftsteller beziehen, denen bereits Anerkennung zuteilgeworden ist. Was würde eine ähnliche Umfrage unter den 800 derjenigen enthüllen, die im *Directory of American Fiction Writers* von CODA aufgeführt werden (wobei ein Eintrag lediglich *eine* wie auch immer geartete Publikation voraussetzt), oder eine Umfrage bei einem Querschnitt aller Autorinnen und Autoren?

> [...] um Individuen ist es so bestellt wie um Nationen vollkommene Kunstwerke lassen sich nur dort hervorbringen wo der Mensch entweder in Wohlstand lebt oder der Sorge um ihn entbunden ist Armut ist der Narrenstab der sich schließlich gegen den Träger selbst richtet das ist ein Letztes Gericht wenn Männer echter Kunst regieren & Prätendenten stürzen Manche Leute & nicht wenige Künstler haben behauptet dass der Maler dieses Gemäldes keine so gute Leistung erbracht hätte wäre er nicht richtig ermutigt [gefördert] worden Mögen jene die so denken über die Lage von Nationen in Armut & ihre Unfähigkeit zur Kunst reflektieren obwohl Kunst über bei-

dem steht ist das Argument für Wohlstand besser als das für Armut & obwohl er kein bedeutenderer Künstler gewesen wäre hätte er doch bedeutendere Kunstwerke hervorgebracht proportional zu seinen Mitteln Ein Letztes Gericht dient nicht dem Zweck schlechte Menschen besser zu machen sondern dem Zweck sie daran zu hindern die guten mit Armut & Pein zu unterdrücken vermittelst so niederträchtiger Argumente & Unterstellungen[132]

Wer wird zu behaupten wagen dass [schöne] ›vornehme‹ Kunst ermutigt oder erwünscht oder toleriert wird in einer Nation wo die Gesellschaft für die Ermutigung von Kunst duldete dass Barry ihnen seine Arbeit umsonst gab Eine Gesellschaft die sich aus der Blüte des englischen Hoch- & Landadels zusammensetzt – [Eine Gesellschaft] die duldete dass ein Künstler hungerte während er tatsächlich unterstützte was sie unter dem Vorwand der Ermutigung zu unterdrücken suchten – Barry erzählte mir dass er während er diese Arbeit verrichtete – von Brot & Äpfeln lebte[133]

Liberalität! Wir wollen keine Liberalität wir wollen einen fairen Preis & angemessenen Wert & eine allgemeine Nachfrage nach Kunst
Lasst die Nation wo etwas Geringeres als Nobilität der Lohn ist nicht vortäuschen Kunst werde von dieser Nation ermutigt: Kunst ist das Erste bei Intellektuellen & sollte das Erste sein bei Nationen[134]

– William Blake vor 175 Jahren

Was nun folgt, ist Katzenjammer. Autorinnen, Autoren, lest es nicht. Ihr wisst es ohnehin, ihr lebt es; vermutlich habt ihr es auf die eine oder andere Weise, an der einen oder anderen Stelle schon früher gelesen und besser ausgedrückt. Dies ist für Leserinnen und Leser gedacht, für die es neu sein mag. Ein nicht überarbeiteter Entwurf ist alles, wozu ich mich durchringen kann.

Der bereits zitierte van Gogh sprach auch für die meisten passionierten Schriftsteller, als er schrieb:

> Aber glaube mir, die Unzufriedenheit mit mangelhafter Arbeit, das Missglücken der Sachen, die Schwierigkeiten der Technik können furchtbar melancholisch machen. [...]. Und dann muss man sich die Verzweiflung und Melancholie verbeißen, muss mit sich, so wie man ist, Geduld haben, nicht, um sich auszuruhen, sondern um sich weiter zu bemühen, trotz Tausender Mängel und Fehler und trotz der Ungewissheit ihrer Überwindung [...] – und dies alles noch erschwert durch die materiellen Schwierigkeiten. –
> [...] man arbeitet genauso schwer wie ein Lastträger – trotzdem kommt man zu kurz [...].[135]

Ach, wenn das nur alles wäre!

»Wer wird mich lesen, wer wird sich etwas aus mir machen?« Es reicht nicht, dass das Werk vollendet ist; das bereits abgeschlossene Werk ist von Schweigen und Gleichgültigkeit umgeben – falls es überhaupt veröffentlicht wird. Nur wenigen Bücher wird die Aufmerksamkeit einer Rezension zuteil – ob gut oder schlecht. Noch weniger Bücher stehen länger als ein paar Wochen in den Regalen der Buchhandlungen, wenn sie es denn überhaupt dorthin schaffen. Ständig kommen neue Bücher herein. Ob anspruchsvoll oder ephemer – wenn ein Buch nach drei oder vier Wochen keinen Bestsellerstatus erlangt hat, wenn es nicht in die Buchklubs vorgedrungen ist (meist ein und dasselbe) – hinaus mit ihm! Es muss Platz geschaffen werden. In der kommerziellen Welt der Literatur herrscht immerfort Herbst, und Bücher sind die fallenden Blätter. Noch weniger Bücher (wiederum ungeachtet ihrer Qualität) werden von Kritikern oder Hochschullehrern, die genau das leisten könnten, am Leben erhalten. »Eine Menge von Volksstämmen, Religionen, Sprachen, Kulturen ist spurlos verschwunden – verschwunden, weil es keine Historiker und Biologen gegeben hat. So verschwindet vor unseren Augen eine Menge von Menschenleben und Kunstwerken, dank dem absoluten Fehlen einer Kritik«[136] (oder zumindest Bücher, Erzählungen, Gedichte, die ein Leben verdient hätten). Das schrieb Tschechow vor fast neunzig Jahren. Werden sie überhaupt wahrgenommen? Kritiker und Hochschullehrer neigen dazu, aus der feierlichen Riege der Autoren das immerselbe Dutzend anzuführen, als gäbe es niemanden sonst, der erwähnenwert wäre, oder als hielten sie es nicht für nötig, jemand anders zu lesen. Anthologien, Lehrbücher, Kurse, die sich mit zeitgenössischer Literatur befassen, bestehen meist aus lebenden Autoren, deren Namen Wiedererkennungswert haben (gewöhnlich deckungsgleich mit Autoren, die von ihren Verlagen beworben werden). Ein namhafter Preis oder das Gütesiegel eines Stipendiums ist hilfreich. Öffentliche Bibliotheken, die an Geldmangel leiden, schaffen immer weniger Bücher an. Veröffentlichte Autorinnen und Autoren guter Bücher, die aber keine Kassenschlager sind, finden zunehmend keinen Verlag mehr für ihr neuestes Buch. Jüngere Schriftstellerinnen und Schriftsteller (will sagen, neuere jeden Alters) müssen feststellen, dass immer weniger Debüts publiziert werden. Der Zeitschriftenmarkt für Belletristik ist in den vergangenen zwei Jahrzehnten – um was? um 75 Prozent? – geschrumpft.

Ich sehe, es gibt eine ganze Menge von diesem »immer weniger«.

Zu einer Zeit, da mehr imaginative Literatur geschrieben und gelesen wird als zu irgendeinem anderen Zeitpunkt in der Geschichte der Menschheit (und der Markt von Büchern überschwemmt wird), zu einer Zeit, da es ein größeres potenzielles Lesepublikum gibt als je zuvor, fällt es ernst zu nehmenden Schriftstellerinnen und Schriftstellern immer schwerer, veröffentlicht zu werden oder, wenn sie denn veröffentlicht werden, bis zu den Leserinnen und Lesern vorzudringen.

Um es anders auszudrücken:

In einer profitorientierten Volkswirtschaft sind Schreibende eine Ware, die es auszubeuten gilt, deren Werke vermarktet werden müssen und dementsprechend beurteilt und behandelt werden. Was in glücklicherer schizophrener Zeit manchen Verlagen gelang, notwendigen Profit mit einem Engagement für anspruchsvolle Literatur zu kombinieren, ist immer weniger möglich. Heute gehören fast alle Verlagshäuser Mischkonzernen, die sie zu Investitionszwecken aufgekauft haben (oh, die kennen die hohen Kosten von Druck, Papier, Versand etc.) und deren einzige Sorge (notwendigerweise) hohe Erträge sind. Wozu diversifizieren, Risiken eingehen, sich mit bescheidenen Erträgen begnügen, sich Mühe geben? – und Literatur *ist* Mühe. Verkaufbarkeit – bei maximalem Profit – führt zu – nun, zu vielen der bereits erwähnten Phänomene und zu anderen Konsequenzen, die zu erörtern hier nicht der richtige Ort ist und wonach mir auch nicht der Sinn steht.

Der Druck, zu publizieren, »immer wieder vor dem Publikum in Erscheinung zu treten«

Goncourt beschwert sich über die Zeiten: »Heute müssen Sie, wenn Sie nicht vergessen werden wollen, ein Meisterwerk pro Jahr veröffentlichen [...].«[137]

Die Literatur ist ein Metier, in dem man immer wieder von neuem beweisen muss, dass man Talent hat, und zwar den Leuten, die keines haben.[138]
– Jules Renard

Die literarische Atmosphäre

[...] dieser elende Handel mit Ruhm [...], und zwar mit einem Ruhm, der beneidet, umkämpft, wie von Mund zu Mund immer höher gehoben wird; [...] dieses ewige Reden über Literatur [...], und darüber so töricht zu reden, als wär's ein echter Beruf, den ganzen Tag verplanend, Kritiken schreibend, Dinge versprechend, sich selber lobend, Personen und Schriften preisend, die sich in Mildtätigkeit üben – all das entmutigt mich so, dass ich, hätte ich nicht die Zuflucht der Nachwelt und die Gewissheit, dass mit der Zeit alles seinen rechten Platz einnehmen wird (eine illusorische Zuflucht, aber die einzige und notwendigste für

> den wahren Literaten), die Literatur tausendmal zum Teufel wünschen würde.[139]
>
> – Giacomo Leopardi

Eine literarische Atmosphäre, die Schriftsteller gegeneinander aufrechnet, ruft das Gefühl hervor, dass diese in Konkurrenz zueinander stehen. Im Extremfall Hemingways Gefühl, Maßstab für Erfolg sei ein Sieg im Boxring:

> Ich fing ganz verhalten an, und ich schlug Mr Turgenjew. Dann trainierte ich hart, und ich schlug Mr de Maupassant. Gegen Mr Stendhal kämpfte ich zweimal unentschieden, und ich glaube, beim zweiten Mal war ich überlegen. Aber niemand wird mich in einen Ring mit Mr Tolstoi kriegen, es sei denn, ich bin verrückt oder ich werde besser.[140]

Preisverleihungen, die oft eher Tauschgeschäfte und Kompromisse sind als wirkliche Ehrungen. Stipendien, verheerend wenige für die erstaunlich vielen, die ihrer nachweisbar würdig sind* – Stipendien, die heute so sehr mit Ehre, Status, Legitimation in Verbindung gebracht werden, dass diejenigen, die sie gar nicht benötigen, um ihre Arbeit zu verrichten, sie auf Kosten derer, die sie benötigen, anstreben (und mitunter erhalten); das Leid der Bewerbungen, das Bemühen, es nicht als Verdammung der eigenen Fähigkeiten zu empfinden, wenn man übergangen wird. Das Schubladendenken von »bedeutend/unbedeutend«. Beurteilungen, die nichts mit wahrer Literaturkritik zu tun haben; die ungerechtfertigte Bösartigkeit und Ignoranz vieler

* … und für die eine Verweigerung günstiger Umstände eine nicht mehr gut zu machende Minderung der Literatur bedeutet.

Rezensenten, ihr überlegener Tonfall, ihre Tendenz, den Leitmedien zu folgen: der *New York Times Book Review* und der *New York Review of Books*.

> [...] Entäuschung und Demütigungen verbittern das Herz, dass es schmerzt bis auf die Knochen.[141]
>
> In Angelegenheiten von Gewicht gibt es bei mir einen Punkt, an dem ich unbedingt auf Ermutigung angewiesen bin, so wie Feldfrüchte auf Regen; danach bin ich unabhängig.[142]
>
> Vielleicht richtet er [Ruhm bei Künstlern], wie Sie sagen, Schaden an, aber das, glaube ich, tut vielleicht auch ein Mangel an Ruhm, falls denn zutrifft: »Ruhm ist Ansporn, den mehrt der klare Geist / [...] / Um Wonnen zu verschmähen und mühevolle Tage zu ertragen«[143] – ein Ansporn, für den sich schwerlich ein Ersatz finden lässt und ohne den es nicht geht.[144]
>
> – Gerard Manley Hopkins

Die Isolation, die Einsamkeit der Schrifstellerin oder des Schriftstellers.

Die Einstellung, niemand schulde Ihnen (der Schriftstellerin) irgendetwas; die Welt habe nie von Ihnen verlangt, dass Sie schreiben.

Meine alte und noch immer instinktive Antwort: Was ist verkehrt mit der Welt, dass sie nicht verlangt – und ermöglicht –, dass Menschen das Beste, das in ihnen steckt, ans Licht heben und beisteuern?

Ich kann nicht weiterschreiben.

Ich kann's aber auch nicht dabei bewenden lassen. Ich klinge wie gewisse etablierte Autoren in Foren und auf Konferenzen (manchmal sogar in Kursen), die nicht etablierten Autoren eifrig die Nachricht verkünden, wie schrecklich und schwierig und unmöglich das alles ist – nicht etwa im ermutigenden Geist der Solidarität und des Widerstands oder indem sie ein Gleichgewicht zum Übrigen herstellen: zu den Freuden und Belohnungen, die dafür sorgen, dass man weiterschreibt.

(Autorinnen, Autoren, ab hier könnt ihr weiterlesen.)

Die Dichter

Ihr toten Dichter, zwar entflohn dem Leben,
Unsterblich seid ihr im Gedicht;
Und ihr, ihr lebenden, trotz allem Streben,
Seid tot, beachtet man euch nicht.
Sagt an, ob nicht in finstrer Stund, wenn Blut
Und Schweiß von eurer Dornenkrone quillt,
Wenn ihr euch quält, wenn euch verlässt der Mut,
Ihr froh seid, dass ihr das Gebot erfüllt.
Ja, denn dem Amt, der Gabe des Gesangs
Wohnt etwas göttlich Süßes inne:
Es lindert dies die Bitterkeit des Zwangs.
Nicht im Gelärm der Gasse, im Gejage,
Im Jubel und Applaus der Zinne –
In uns nur ist Triumph und Niederlage.[145]

– der kaum noch zitierte
Henry Wadsworth Longfellow

Ja.

> Nur bei der Kunst liegt der Sinn allein schon in der Anstrengung, unabhängig vom Erfolg.[146]
>
> – Joseph Conrad

(Ich denke, das trifft auf alle Formen menschlicher Anstrengung zu, doch belassen wir es dabei.)

Die *Wonne*; der rettende Trost; die freudigen Energien, Stolz, Liebe, Wagemut, Ehrfurcht vor dem Ringen mit dem Engel – Kunst –

> Verschiedene kleine Möglichkeiten tauchen undeutlich auf und schweben mir vor – entwickeln sich leise in der himmlischen Art, der teuren, alten, gesegneten, heilsamen, tröstenden Art, in der sie *immer* dem wirklichen Anruf antworten [...].[147]
>
> – Henry James

> [...] ich gehe spazieren & denke mir Sätze aus; ich sitze da & erfinde Szenen; kurzum, ich bin inmitten der größten Wonne, die ich kenne [...].[148]
>
> – Virginia Woolf

> Ein Satz folgt, springt aus dem andern, und während ich fühle, wie er in mir sich formt, wie er schwellt [sic], empfinde ich eine fast körperliche Wonne.[149]
>
> – André Gide

Merkwürdiger, geheimnisvoller, vielleicht gefährlicher, vielleicht erlösender Trost des Schreibens: das Hinausspringen aus der Totschlägerreihe, Tat-Beobachtung.[150]

– Franz Kafka

Ja.

Die amerikanischen Sänger sollen durch Großmut, Wohlwollen und durch die Ermutigung ihrer Gefährten gekennzeichnet sein. Sie sollen, ohne Ausschließlichkeit und Heimlichkeit, welthaltig sein; sie sollen glücklich sein, jedem alles zu übermitteln – Tag und Nacht dürstend nach Wesensgleichen.*

– Walt Whitman[151]

* Erneut bestätigt bei den National Book Awards 1974, als sich Lyrikpreisträgerin Adrienne Rich »den Bedingungen patriarchalischen Wettbewerbs« widersetzte und als Individuum die Auszeichnung ablehnte, sie jedoch im Namen aller Frauen akzeptierte (in einer zusammen mit Audre Lord und Alice Walker, zwei weiteren Nominierten, verfassten Erklärung): »Wir [...] akzeptieren diese Auszeichnung gemeinsam im Namen all der Frauen, deren Stimmen verstummt sind und die in einer patriarchalischen Welt noch immer nicht gehört werden, und im Namen jener, die, wie wir, in dieser Kultur als Alibifrauen toleriert worden sind, oft zu hohen Kosten und unter großen Schmerzen. [...] Wir schließen uns symbolisch zusammen, um uns den Bedingungen patriarchalischen Wettbewerbs zu widersetzen und zu erklären, dass wir diesen Preis teilen werden, um ihn, so gut wir können, für Frauen zu nutzen. [...] Wir widmen diesen Anlass dem Kampf aller Frauen – jeder Hautfarbe, Identifikation oder sozial benachteiligten Klasse – um Selbstbestimmung [...], den Frauen, die verstehen, was wir hier tun, und denen, die noch nicht verstehen: den stummen Frauen, deren Stimmen uns vorenthalten worden sind, den wortgewandten Frauen, die uns die Kraft gegeben haben, unsere Arbeit zu tun.«

O ja.

Die Wahrheit unter Gischt und Rost. Literatur ist ein Ort für Großmut und Zuneigung und Durst nach Wesensgleichen – kein Kampfring für Preisboxer. Von jeder guten Schriftstellerin, von jedem guten Schriftsteller, von jeder großen Leistung werden wir erhöht, in unserem Medium bestätigt, angespornt, unser Bestes zu geben. Wollen wir wirklich auch nur eine gute Schriftstellerin, einen guten Schriftsteller, ein gutes Buch weniger? Der Eindruck, dass Schreibende gegeneinander ausgespielt werden, rührt vor allem von den Mechanismen des kommerziellen Marktes her und von Kritikern, die einen Schriftsteller auf Kosten eines anderen loben, gleichzeitig aber die Existenz von nahezu allen leugnen. Was – zusätzlich zu allem vorher Gesagten – entmutigt, schwächt, vergiftet, ist das Vorhandensein und mitunter der Erfolg der Schmierigen, der Käuflichen, der Verschlagenen.

Dürsten nach Wesensgleichen. Die substanzielle Bedeutung, die einige Schriftstellerinnen und Schriftsteller persönlich füreinander haben, und die Hilfe, die ihre besten Werke darstellen.

Dürsten nach Wesensgleichen. Der Kampfgeist jener Schriftstellerinnen und Schriftsteller, die schon seit Längerem arbeiten, die mehr Probleme gelöst haben, die etablierter sind; die den neueren jetzt die Hand reichen, denjenigen, die das geliebte Medium fortführen müssen.

Die kleinen Verlage und Zeitschriften, die Werke zugänglich machen.

Etablierte Autorinnen und Autoren, die sich bemühen, nicht etablierte bekannt zu machen oder ihnen zu Publikationen zu verhelfen. Oder die, eine andere Form der Unterstützung, in Ausschüssen für andere Schreibende wirken.

Poets and Writers (CODA), die durch ihren *Newsletter*, ihr Mitgliederverzeichnis, ihre Dienstleistungen ein Gemeinschaftsgefühl unter den Schreibenden herstellen. Den Marginalisierten.

Sogar jene, die es aus Liebe zur Literatur in die Verlagswelt zieht, die noch immer tun, was sie können.

Der außergewöhnliche Verleger, Anthologe, die außergewöhnliche Kritikerin, Buchhändlerin.

Lehrerinnen und Lehrer, die zur Literatur anstacheln.

Unsere einfühlsamen Leserinnen und Leser – Teilhaberinnen.

Die kraftspendende Existenz von Autorinnen und Autoren, deren Werk und Leben wir achten – und lieben – können.

Eine wenig bekannte Schriftstellerin:

> Einiges von dem, was ich für meine besten Arbeiten halte, wird nie veröffentlicht werden. [...] viele der Projekte, die mir am meisten am Herzen liegen, werden nie zur Reife gelangen, viele meiner Bestrebungen für immer unerfüllt bleiben. Ich bin immer wieder überrascht, wenn ein Fremder meinen Namen kennt. [...] dabei werden meine Werke seit mehr als einem halben Jahrhundert veröffentlicht. [...] mit 77 bin ich mehr denn je mit Schreiben beschäftigt, und ich gehe davon aus, dass ich damit fortfahren kann, bis ich sterbe. [...] Als ich jung war, wollte ich eine große Dichterin werden [...], jetzt freue ich mich, dass ich endlich einen Band [Gedichte] veröffentlicht habe. [...] Auch wollte ich eine berühmte Kurzgeschichtenautorin und Romanschriftstellerin

werden. Wie viele Jahre der Enttäuschung, des Aufbegehrens und des Kummers, bis ich begriff, dass nichts dergleichen sein würde; [es gibt nur] mein Dutzend Bücher, bescheidene Anerkennung auf zwei oder drei spezialisierten Gebieten.
Was du erstrebst, nicht, was du erreichst, ruft das, was du erreichst, ins Leben. Setze dir nie zu niedrige Ziele. [...]
Es ist keine Schande, sich zu uns Fast-Schriftstellerinnen zu gesellen. Wenigstens ein bisschen von dem, was wir zu sagen hatten, ist gesagt worden, und ein paar haben uns gehört und uns sogar zugehört.[152]

– Miriam Allen De Ford, 1973

Und eine berühmtere:

Ich habe einen so großen Teil meines Lebens mit Unterricht, Lehrveranstaltungen und Lektüre zugebracht [...], dass ich nicht die Zeit oder die Energie hatte, die Dinge zu schreiben, die ich eigentlich schon angefangen hatte. Bei mir liegen 3 unvollendete Bücher; sie waren der wichtigste Zweck meines Lebens. Ich bin 85 Jahre alt, ich arbeite wie eine Wilde, um eine Abgabefrist einzuhalten; natürlich bin ich etwas spät dran, aber diesmal ist die Abgabefrist Gott sei Dank meine eigene. Ich genieße es, die Zügel in der Hand zu halten. Es weckt Erinnerungen an die alten Zeiten, als ich nicht wie ein Ochse, sondern wie ein Pferd vor den Göpel gespannt war, angetrieben, immer im Kreis zu laufen. Und ohne den An-

schein erwecken zu wollen, als würde ich eine Vergangenheit voller Dorngestrüpp und Kakteen mit Rosen schmücken – es war nicht gar so schlecht; ich habe überlebt. Meine Arbeit hat mir Spaß gemacht, sie war mein einziges Glück. [...] Es lohnte sich, für sie zu leben, und ich habe noch immer die vielleicht ungestüm wirkende Hoffnung, dass ich wenigstens das Buch, an dem ich gerade arbeite, vollenden werde. Und die anderen 2 sind noch am Leben und fangen an, um Aufmerksamkeit zu ringen wie gesunde Kinder in einer unbequemen Wiege.
Meine lieben Künstlerkolleginnen, ich schlage vor, dass ihr vorangeht und eure Arbeit tut, und zwar so, wie es euch gefällt, und dass ihr euch weigert, irgendeinem Zwang, irgendeinem Einfluss (will sagen, irgendeinem Lektor oder Verleger) zu erlauben, sich in euer Leben einzumischen oder eure Arbeit herabzuwürdigen. Ihr praktiziert eine Kunst, und sie betreiben ein Geschäft – behaltet das immer im Sinn.[153]

– Katherine Anne Porter, 1976

»Wir dürfen uns nicht gegenseitig im Stich lassen; schon hat man uns Wunden geschlagen.«[154]

Die literarische Situation.

4.

Elf von zwölf – wer fehlt

Niemals ist die Plage einem Baum förderlich … und wenn ein Baum dennoch weiter Frucht trägt, dann sage da keiner, die Frucht sei Folge der Plage gewesen.[1]

– William Blake

… und doch trug der Baum Frucht.

Die Plage: ihr ältester Ausdruck*
(frühes 17. Jahrhundert)

Nie ruht' ich auf der Musen Lagerstatt,
Nie trank mein Federkiel aus ihren Quellen,
Zu rohe Bildung meine Muse hat,
Zum Gipfel des Parnass emporzuschnellen.

Drum Funken nicht mit deiner Sonn' vergleich:
Der Weiber Werk kaum je Vollendung zeigt.
Nur heit're Stirn den reinen Reim ergibt;
Mein Kummer ist's, der meine Verse trübt,
Und harsche, mühevolle Haushaltslast:
Wo dieses drückt, macht keine Muse Rast.[2]

– Mary Oxlie of Morpet an
William Drummond von Hawthornden

* Vgl. *Eine von zwölf*, in diesem Band, S. 82.

Ein Gefühl des Unrechts beim Namen genannt*

Hintergrund

Neben den wiederbelebten alten Frauenklassikern hat diese Bewegung binnen dreier Jahre eine gewaltige Menge neuer Zeugnisse zusammengetragen, neuer Erkenntnisse darüber, was es heißt, eine Frau zu sein. Fälle von Ungerechtigkeit, Einschränkung, Bestrafung, Abweisung und Ausnutzung sind mit quälender Genauigkeit dokumentiert, abträgliche Unterschiede in den Lebensumständen und in der Behandlung im Vergleich zu Männern belegt, Beschränkungen, zugefügtes Leid und ein Gefühl des Unrechts beim Namen genannt worden.

In diesen drei Jahren nahm auch eine stetig wachsende Anklageschrift gegen die Literatur als solche Gestalt an, ausgehend von Frauen-Bildern in der Literatur. Hier die »Frau in der Literatur« – da die Frau »in der Wirklichkeit«, so hatte Virginia Woolf einmal unterschieden.[3] »Sexualpolitik«, so definierte Kate Millett 1969 in *Sexus und Herrschaft* diesen Unterschied. Am Anfang standen vorsichtige Formulierungen, forschende Fragen:

* Vgl. *Eine von zwölf*, in diesem Band, S. 57–58.

> Ist der weibliche Charakter in der Literatur eine Abbildung kultureller Werte? Eines männlichen Blickwinkels? Und nicht genaue Wiedergabe der tatsächlichen weiblichen Lebenssituation und weiblicher Reaktionen darauf?
>
> Werden Frauen nur in ihren Beziehungen zu Männern dargestellt, Männer hingegen in verschiedenartigen Situationen?[4]

Bald wurde daraus eine Verlesung der Anklage:

> Der literarische Befund spricht für eine erhebliche Diskrepanz in der amerikanischen Kultur zwischen dem Leben der Frauen, wie es sich Männer vorstellen, und dem Leben von Frauen, wie es von Frauen ertragen wird.[5]
>
> Ohne es zu ahnen, hat die Literatur zur Verschwörung des Schweigens, der Vernachlässigung der Frage beigetragen, wie es um Leben und Dienste der Frauen bestellt ist.[6]
>
> Quer durch einen großen Teil unserer Literaturgeschichte haben Fantasiekonstrukte der Idealfrau, ihres Charakters und ihrer Psychologie, einen Schleier darüber gebreitet, wie sehr Frauen im wahren Leben eingeschränkt werden. Schlimmer noch: Sie haben Erwartungen genährt und Verhaltensweisen gefördert, die die Unterdrückung in der Wirklichkeit nur verstärkten.[7]

So begann die Suche nach anderen (wahrhaftigeren) Bildern von Frauen in der Literatur.* Immer mehr Schriftstellerinnen, die es vorher kaum in den literarischen Lehrplan geschafft hatten, wurden mit wachsender Gier gelesen und untersucht; »Frauen in der Literatur«-Seminare, die sich hauptsächlich auf Texte von Frauen konzentrierten, schossen aus dem Boden** und wurden zu (oft interdisziplinären) Seminaren in »Women's Studies«. Sie mussten gerechtfertigt und erstritten werden.

> Es gibt praktische wie auch verstandesmäßige Gründe dafür, Seminare eigens zur Literatur von Frauen einzuführen [...]. Wir können weder die Literaturgeschichte über Nacht ändern noch eine Tradition umdeuten. Wir können keine Autorinnen aus dem Boden stampfen, wo es keine gibt, und wir müssen anerkennen, dass es in der englischen Literatur vor dem 19. Jahrhundert kaum welche gab. Schreibende Frauen sollten nicht als fest umrissene Gruppe Gegenstand der Untersuchung werden, als ob sie alle gleich schrieben oder auch nur bestimmte stilistische Gemeinsamkeiten hätten, die eindeutig weiblich sind. Und doch haben Frauen eine eigene Literaturgeschichte, die der Analyse zugänglich ist, und dazu gehören solche komplexen Fragen wie [...] die Auswirkungen sozialer und politischer Veränderungen im Status

* Vgl. den Titel eines 1977 erschienenen Sammelbands, der diesbezüglich Pionierarbeit leistete: *Images of Women in Literature*. Hrsg. v. Mary Anne Ferguson [Boston u. a. O.: Mifflin, 1978].

** Rund 110 Lehrveranstaltungen im Jahr 1979/71 (1973 gab es allein 600 Literaturseminare).

> der Frau auf das Individuum sowie die Konsequenzen von Stereotypen der schreibenden Frau und der Einschränkungen ihrer künstlerischen Autonomie.[8]

> Der Beitrag schreibender Frauen ist zu lange ignoriert worden – das bloße Nachtragen einiger Frauennamen auf der Leseliste kann nicht ausreichen. Ein ganzer Kurs ist da sinnvoller, denn in der Serienuntersuchung treten in deren Texten und Erfahrungen Muster zutage, die bei einer Analyse im bloßen Zusammenhang mit männlichen Autoren kaum wahrzunehmen sind.*

»Nach welchen Maßstäben sollte Literatur (die Literatur selbst) beurteilt werden?«, ist gefragt worden. »Sollte bösartige oder irreführende Personendarstellung in die Bewertung von Literatur einfließen?«, wollte eine Seminarbeschreibung wissen. Ein älteres Kriterium der Literaturkritik – die Wahrhaftigkeit – kehrte zurück in die Kursräume, um sich dort neben der kritischen Analyse einzurichten. Die Seminare selbst wurden zur tiefgreifenden Erfahrung, aufgeladen mit intellektuell-emotionalen Entdeckungen. (»Denn die Träne ist ein geist-wirklich Ding«.[9])

Die feministische Literaturkritik fasste Fuß.

Die schreibende Frau entwickelte sich selbst zum Forschungsgebiet, zu dem eine wachsende Anzahl schreibender Frauen Beiträge lieferte, manche in erzählender Form.

* Dieses Zitat kann ich nicht zuordnen, so wenig wie einige der vorangehenden, doch habe ich sie mir alle 1971 aus Seminarbeschreibungen oder *Female Studies* notiert (*K. N. O. W.* und *Feminist Press*).

Die Erkenntnis, in welch überwältigendem Maß die Frauen vom »Malestream«[10] der Literatur ausgeschlossen waren, erweckte und ermutigte zu Ausdrucksformen aller Art: Lyrik, Erzählliteratur, Biographien, persönlichen Berichten, Aufsätzen, Anthologien.

Fünf Jahre später (1976) ist unübersehbar, welch bedeutende Erträge für die Literatur aus diesem Gefühl des Unrechts entsprungen sind: Sie ist vergrößert und neu belebt worden durch das Sichtbarmachen verborgener Autorinnen und das aufmerksame Wiederlesen weiblicher Klassiker; neue Erkenntnisse und Perspektiven sind gewonnen, der Literaturwissenschaft, -kritik, -theorie sind neue Denkschärfe, neue Tiefe eröffnet worden; bereits Schreibende lernen neue Freiheiten und neuen Freiraum kennen, während die erst heranwachsenden Autorinnen Unterstützung und Förderung erfahren – auf jedem Gebiet, in jeder Form der Literatur erwuchsen neue Texte.

Und zugleich: »Ungeschlüpft immer noch – / Schürf ich die Schale«.[11]

Frauen in der Literatur und in der Wirklichkeit: 1817–1976

1817: Jane Austen: »Bücher lasse ich als Beweismaterial nicht gelten.«

> »Ja, wir vergessen euch sicher nicht so schnell wie ihr uns. Vielleicht ist das eher unser Schicksal als unser Verdienst. Wir können nicht anders. Wir wohnen zu Hause, still und abgeschlossen, und werden das Opfer unserer Gefühle. Ihr seid

> gezwungen, euch zu betätigen. Ihr habt immer einen Beruf, Interessen, Beschäftigungen der einen oder anderen Art, die euch immer wieder in die Welt zurückführen, und ständige Inanspruchnahme und Abwechslung lässt alle Eindrücke bald verblassen.« [...]
> »[...] Aber lassen Sie mich wenigstens anmerken, dass alle historischen Fälle gegen Sie sprechen, alle Geschichten, in Prosa und in Vers. [...]«
> »[...] nein, nein, keine Anspielung auf Beispiele aus Büchern, wenn ich bitten darf. Männer haben immer den Vorteil vor uns gehabt, dass sie ihre eigene Version erzählen konnten. Sie haben die Vorzüge der Erziehung in viel größerem Maße genossen. Sie haben die Feder in der Hand gehabt. Bücher lasse ich als Beweismaterial nicht gelten.«[12]
>
> – Gespräch zwischen Anne und Captain Harville in Jane Austens *Überredung*

1871: Schon früh war sich Walt Whitman der Diskrepanz zwischen der Frau in der Literatur und der in der Wirklichkeit bewusst. In *Demokratische Ausblicke* (»die Literatur hat streng genommen das Volk nie beachtet«[13]) stellt er den

> stereotypen weiblichen Charakteren der zeitgenössischen Schriftsteller oder der ausländischen höfischen Gedichte (von all den Ophelias, Eniden, Prinzessinnen oder Ladies), die [...] auch von uns Männern als Idealbilder weiblicher Vortrefflichkeit übernommen werden,[14]

vier »typische« amerikanische Frauen gegenüber:

Ich habe eine junge amerikanische Frau aus einer großen Familie mit vielen Töchtern gesehen, die aus ihrer ärmlichen Heimat vor einigen Jahren in eine Stadt im Norden gezogen ist, um ihren Lebensunterhalt selbst zu verdienen. Sie wurde bald eine gute Näherin; […] kochte, […] ihre bloße Anwesenheit ist heilsam und verleiht Kraft; [… sie] bewahrt ihre Unabhängigkeit […].

Ich habe eine andere Frau gesehen, die aus Neigung und Not zugleich ins praktische Leben getreten ist, die einen Handwerksbetrieb führt, teilweise selbst darin arbeitet und mehr und mehr das wirkliche, harte Leben kennenlernt, durch die Derbheit dieser Berührung jedoch nicht überrascht ist. Sie weiß, wie man zugleich sicher und ruhig ist, sie wahrt ihre Position mit unverwüstlicher Gelassenheit und Anstand und nimmt es an jedem Tag mit den besten Zimmerleuten, Farmern und sogar mit Schiffern und Fuhrleuten auf.

[…]

Dann gibt es die Frau eines Mechanikers, Mutter von zwei Kindern, eine Frau von nur durchschnittlicher englischer Erziehung, aber von feinem Verstand […]. Niemals ihre eigene Unabhängigkeit aufgebend, sondern diese und alles, was dazugehört […], immer so liebenswert bewahrend […].

Meine liebe Mutter beschrieb mir einmal eine wundervolle Person […], die unter dem Namen der Friedensstifterin bekannt war. Sie war gut achtzig Jahre alt, von glücklichem und sonnigem Gemüt, hatte ihr ganzes Leben auf einer Farm verbracht, war angesehen in der Nachbarschaft, sen-

> sibel und diskret und besonders beliebt bei jungen, verheirateten Frauen. Sie hatte viele Kinder und Enkelkinder, war ungebildet, besaß aber eine natürliche Würde. Sie war stillschweigend zur Richterin, Schlichterin und Vermittlerin bei häuslichen Problemen geworden, zur Hirtin und Versöhnerin im ganzen Land.[15]

»Ich gebe zu«, ergänzt Whitman, »dass diese Charakterbilder erschreckend von den Vorbildern weiblicher Persönlichkeiten abweichen, wie wir sie gewöhnlich aus dem Ausland übernehmen.«[16]

1976

> Kurz nach der Veröffentlichung von Philip Roths Roman *Portnoys Beschwerden* nahm Charlotte [Baum] am Treffen eines Lesezirkels jüdischer Frauen teil. Sie war eingeladen worden, sich an einer Diskussion über diesen neuesten Angriff auf die jüdische Mutterschaft zu beteiligen. Obwohl Charlottes eigene Erfahrungen mit denen Alexander Portnoys wenig zu tun hatten, hatte sie vor, Roths Blickwinkel zu verteidigen und sein Recht, die sagenumwobene jüdische Familie zu entmythisieren.
>
> Die meisten Frauen in dem Zirkel waren in den Sechzigern, Töchter osteuropäischer Juden, entweder in Amerika geboren oder schon als Kinder eingewandert. Jetzt waren sie Frauen der oberen Mittelschicht, deren Gatten, von denen keiner studiert hatte, Fabrikanten waren oder mittelständische Gewerbe betrieben. Ihre Söhne waren Aka-

demiker oder arbeiteten im Familienbetrieb. Ihre Töchter waren Ehefrauen und Mütter, verheiratet mit erfolgreichen Männern. Die Frauen selbst waren alle in jüdischen Wohltätigkeitsgesellschaften wie Hadassah, ORT, B'nai B'rith oder den Synagogen-Schwesternschaften aktiv.

Die Frauen begannen, sich gegen Roths äußerst kritische Auffassung von der jüdischen Frau zu verteidigen, wie sie in der Figur der Sophie Portnoy verkörpert wird. Sie beschrieben ihre Opfer, ihre Kämpfe und Leiden, und Charlotte wusste, dass sie die Wahrheit vernahm. Sie erinnerte sich an alte Geschichten aus ihrer eigenen Vergangenheit, über ihre Tanten, die in der Arbeiterbewegung engagiert waren, über die Freundinnen ihrer Mutter, die Untermieter aufgenommen hatten, um das Familieneinkommen aufzubessern, und an ihre eigene Mutter, die achtzehn Stunden am Tag im Lebensmittelgeschäft gestanden hatte. Unwillkürlich musste sie diesen jüdischen Frauen recht geben: Wenn hier irgendwer Beschwerden vorzubringen hatte, dann doch sie! […]

Warum gab es keine jüdischen Romanautorinnen, die die Erfahrungen dieser Frauen und ihre eigenen niederschrieben? Hatten die Töchter dieser Frauen solchen Seelenschaden davongetragen, dass sie gar nicht fähig waren, eine eigene Stimme zu entwickeln?[17]

– Aus dem Vorwort zu
The Jewish Woman in America

Alphabetisierung*

Zwei Drittel der Lese- und Schreibunkundigen in der heutigen Welt sind Frauen.

Frederick Douglass konnte uns das Vermächtnis seines Lebens, seines Denkens hinterlassen, weil er sich dazu entschloss, es niederzuschreiben; Harriet Tubman und Sojourner Truth (und Truth zählte als Rednerin zu den sprachmächtigsten ihrer Zeit**) kennen wir nur gefiltert durch die Worte anderer, Worte, die sie weder lesen noch verbessern noch ändern konnten.

Faulkners reale »Dilsey« lebte und starb (im Alter von 107 Jahren) ganz in der Nähe des weltberühmten Schriftstellers, zu dessen Büchern, Sprache (und Wesen) sie so viel beigetragen hatte – ohne dass es ihr je möglich gewesen wäre, auch nur ein Wort zu lesen, das er geschrieben hatte, ganz zu schweigen davon, selbst zu schreiben, in ihrer eigenen mächtigen Sprache ihre eigenen Vorstellungen, ihre Wirklichkeit zu erzählen.

Camus' Mutter konnte nicht lesen, die von Dreiser ebenso wenig. Bemerkenswerte Frauen, wie ihre Söhne bezeugten. Verlorene Schriftstellerinnen?

* Vgl. *Eine von zwölf*, in diesem Band, S. 58–59.

** Ihre berühmte »Bin ich wohl keine Frau?«-Rede ist eine vollendete Stellungnahme der »realen Frau« in der Literatur – und im wahren Leben.

Wie viele von uns Schreibenden haben Mütter, haben Großmütter von begrenzter Bildung, die sich schwertun und sich unbehaglich fühlen mit dem geschriebenen Wort, so gewandt sie im gesprochenen auch sein mögen. Wären wir eine Generation früher geboren – wie leicht nur hätten wir wie sie sein können.

In *The Woman Within*[18] beschreibt die sterbende Ellen Glasgow die »Mammy« ihrer Kindertage, die als Erste ihre Liebe zur Sprache, ihre Vorstellungskraft weckte, nährte; die ihr endlose Geschichten erzählte und dazu ermunterte, ihre eigenen zu schaffen. Sie hatten eine Abmachung getroffen: Wenn das kleine Mädchen lesen und schreiben lernte, würde es dem schwarzen Kindermädchen das auch beibringen. Aber dazu kam es nie. Noch ein halbes Jahrhundert später sind Glasgows Tränen auf dem Papier zu spüren.

In den letzten Jahrzehnten haben wir begonnen, ein eindrucksvolles Korpus an Gefängnisliteratur aufzubauen, geschrieben von Männern, die vorher so gut wie Analphabeten waren (was hier jene einschließt, die nie ein Buch lasen und sich schriftlich nicht ausdrücken konnten). Schreibende Männer, nicht Frauen. Selbst unter Gefängnisbedingungen herrscht ein klarer Unterschied in Bezug auf das, was ermöglicht und gefördert wird.

Eine von zwölf: Statistiken zu Schriftstellerinnen und Schriftstellern, denen Würdigung zuteilgeworden ist*

*Verhältnis weiblicher zu männlichen Schreibenden***

Repräsentanz in Seminaren zur Literatur des 20. Jahrhunderts: 1:17 (6 % Frauen, 94 % Männer)

In 223 Kursangeboten und Literaturlisten des ersten Studiengangs an Community Colleges, staatlichen und privaten Universitäten und sonstigen Hochschulen kam im Zeitraum 1970–1976 eine Schriftstellerin auf siebzehn männliche Schriftsteller. Das Missverhältnis wäre noch ausgeprägter gewesen, hätte man auch die Daten der höheren Studiengänge berücksichtigt oder die Anzahl jener Autorinnen und Autoren mit herangezo-

* Vgl. *Eine von zwölf*, in diesem Band, S. 59–60.

** Es handelt sich um gerundete, grobe Schätzungen auf der Grundlage des Zahlenmaterials sowohl von 1971, das ich im ursprünglichen Vortrag benutzt habe, als auch von 1976, das die früheren Daten bestätigt. Die Ergebnisse von 1971 sind unverändert gültig; die meisten hier zitierten Titel stammen aus der Überarbeitung von 1976 und sind jenen Quellen entnommen, die in der verfügbaren kurzen Zeit greifbar waren.

gen, die als Thema für Masterarbeiten oder Dissertationen zugelassen wurden. Ich vermute: 2 % Frauen, 98 % Männer.

Literaturwissenschaft und Überblicksdarstellungen zur Belletristik: zwischen 1:13 und 1:30

Autorinnen/Autoren und Herausgeberinnen/Herausgeber literaturwissenschaftlicher Werke: 1:15 (7 % Frauen, 93 % Männer):
Von 76 im *Poets and Writers Directory* angeführten Werken waren 70 von Männern verfasst oder herausgegeben, vier von Frauen und zwei gemeinsam von Männern und Frauen. Einer der vier Bände von Frauen behandelte nur Schriftstellerinnen, was auch im Titel ausdrücklich so ausgewiesen war. Kein einziges Werk, das ausschließlich männliche Schreibende behandelte, trug das Wort »männlich« im Titel, um seinen Inhalt in ähnlicher Weise anzukündigen, auch wäre es ihren Verfassern nicht eingefallen, solches im Titel zu vermerken.*

* Einige der Titel: *Adversity and Grace. Studies in Recent American Literature* (»Widrigkeit und Gnade: Studien zur jüngeren amerikanischen Literatur«), *Beyond the Wasteland. A Study of the American Novel in the 1960s* (»Jenseits des wüsten Lands: Eine Studie zum amerikanischen Roman der 1960er Jahre«), *Contemporary American-Jewish Literature. Critical Essays* (»Kritische Aufsätze zur zeitgenössischen amerikanisch-jüdischen Literatur«) und *Literary Disruptions. The Making of a Post-Contemporary American Fiction* (»Literarische Diskontinuitäten: Vom Werden einer nachzeitgenössischen amerikanischen Erzählliteratur«).

Berücksichtigung in literaturwissenschaftlichen Werken:
Bloße Nennung in einer Namensliste ohne Behandlung des Werks: 1:13
*Eingeräumter Platz in Bezug auf Druckseiten: 1 von 30**
Zur Veranschaulichung: Tony Tanners *City of Words. American Fiction 1950–1970* umfasst 445 Seiten. Sylvia Plath wird auf zwei Seiten besprochen und außerdem dreimal erwähnt; Susan Sontag werden vier Seiten und drei Erwähnungen eingeräumt. Andere Frauen werden nicht behandelt. In Alfred Kazins *Bright Book of Life* (317 Seiten) sind 43 Seiten Schriftstellerinnen gewidmet, abgesondert in einem eigenen Kapitel – nicht zum Zweck der Erhellung, der Entdeckung, aufgrund thematischer oder stilistischer Ähnlichkeit (was alles legitime Gründe für eine gemeinsame Behandlung wären, mithin etwas ganz anderes als Segregation), sondern schlicht und einfach, weil sie Frauen sind. Im Kapitel über Schriftsteller des amerikanischen Südens kommen Flannery O'Connor und Carson McCullers zusammen auf einer einzigen Seite vor.
Nicht mehr als der zehnte Teil jener Schriftstellerinnen, die in *Eine von zwölf* namentlich erwähnt sind, werden in den erfassten literaturwissenschaftlichen Werken behandelt.

* Noch genauer wäre das Verhältnis gewesen, hätte man außerdem die Anzahl der Buchseiten berücksichtigt, auf denen ausschließlich männliche Schriftsteller behandelt werden.

Nachschlagewerke: ca. 1:11 (9 % Frauen, 91 % Männer)

Contemporary World Literature: 2519 Einträge, davon 178 zu Frauen. Universell gesehen demnach: 1:14 oder 15.
Contemporary Literary Criticism, Cumulative Index to Authors: 540 Einträge, davon 87 über Frauen.
Contemporary Novel. A Checklist of Critical Literature in Britain and America Since 1945: 181 Verzeichnungen, davon 30 Frauen.
Modern American Literature. A Library of Literary Criticism: ca. 290 Einträge, 42 Frauen.
Von wenigen Ausnahmen abgesehen, ist der Frauen eingeräumte Seitenumfang vergleichsweise mager.

Interviews (eine kritische Auswahl): *1:10 (10 % Frauen, 90 % Männer)*

Beispiel: die Interviews in der *Paris Review*, die als literarische Auszeichnung gelten. Unter 74 Interviews (bis Ende 1975) nur 7 Frauen.

Anthologien und Lesebücher: 1:11 (9 % Frauen, 91 % Männer)

Aufnahme in die Sammlung selbst: Die Stichprobe von 1976 ergab 90 Werke, von denen 12 ausschließlich männlichen Autoren gewidmet sind.* Eine

* Ich bin schon gespannt auf Anthologien und literaturwissenschaftliche Werke, die zwar ausschließlich Frauen behandeln, aber Titel tragen wie *Die hervorragendsten jungen Dichter*, *Innovative Belletristik. Erzählungen für die Siebziger*, *Amerikanische Literatur 1950–1975* oder *Aufsätze zur jüngeren amerikani-*

Aufstellung von 43 Anthologien nach Titel, Herausgeberin/Herausgeber und jeweiligem Anteil findet sich am Ende dieses Kapitels.
Herausgeberschaft: Annähernd 1:13 (8 % Frauen, 92 % Männer). 64 Sammelwerke verzeichnet das *Writers Directory* (*CODA*); davon sind 5 von Frauen herausgegeben und 1 von einer Frau mitherausgegeben.

*Aufnahme in thematische Schriftstellerverzeichnisse: ca. 1:7 (13 % Frauen, 87 % Männer)**

Dazu zählen *Contemporary Novelists* (Redaktion: durchwegs männlich), *200 Contemporary Authors* und *Twentieth Century Authors. World Authors (1950–1970)* – der letztere Band umfasst 960 Autoren, davon 125 Frauen.

Preise, Stipendien – eine von sechs? Sieben? Acht? (Das genaue Verhältnis ist schwer zu beziffern, da manche Auszeichnungen als gewichtiger gelten als andere.)

schen Literatur. Beziehungsweise umgekehrt, wenn sie ausschließlich männliche Autoren behandeln: *Die männliche Vorstellungskraft* oder *Schreibende Männer*.

* Die Prozentangaben vermitteln noch einen geschönten Eindruck. Der den Autorinnen auf der Druckseite eingeräumte Platz ist wesentlich geringer als der, den männliche Autoren einnehmen, nämlich grob geschätzt nur eine Seite zu achtzehn. – Insbesondere mit Blick auf einige der berücksichtigten Männer ist die Nichtaufnahme zahlreicher künstlerisch und inhaltlich wesentlich bedeutenderer Autorinnen durch nichts zu rechtfertigen. Auffällig ist das Fehlen schwarzer Schriftstellerinnen. (Sogar unter den berücksichtigten Frauen weisen mehrere Verzeichnisse ein unvorteilhaftes Ungleichgewicht zugunsten der auf den Massenmarkt ausgerichteten Schreiberinnen, Genreautorinnen und »literarischen Leichtgewichte« auf.)

Nobelpreis für Literatur	1920–1972	49 Empfänger 5 Frauen
Bollingen-Preis für Lyrik	1950–1973	24 Empfänger 4 Frauen
Pulitzer-Preise:		
Belletristik	1920–1973	47 Empfänger 16 Frauen
Theater	1920–1973	45 Mal vergeben 56 Empfänger 6 Frauen
Dichtung	1922–1973	51 Empfänger 11 Frauen
National Book Awards:		
Belletristik	1950–1973	26 Empfänger 3 Frauen
Dichtung	1950–1973	26 Empfänger 3 Frauen
Guggenheim-Stipendien: Belletristik, Theater, Dichtung (nicht näher unterschieden)	1926–1972	419 Empfänger 79 Frauen
	1975	21 Empfänger 6 Frauen
	1976	30 Empfänger 6 Frauen
American Academy/National Institute of Arts & Letters		
Goldmedaille	1922–1973	39 Empfänger 7 Frauen

Verdienstmedaille	1944–1973	16 Empfänger 7 Frauen
Literaturpreise	1941–1973	224 Empfänger 48 Frauen
Preise der Academy of American Poets	1946–1975	33 Empfänger 5 Frauen
O. Henry Awards, *erster Preis*	1919–1973	54 Empfänger 20 Frauen

Book Review Index (Rezensionsbibliographie), Stichproben aus den Jahren 1974, 1975, 1976: zwischen 1:6 und 1:7

Books in Print (Verzeichnis lieferbarer Bücher), 1975 (Stichprobe aus 100 Seiten): 1:5 bis 1:6. (Eine ähnliche Studie für das Jahr 1971 lieferte Werte zwischen 1:4 und 1:5. Eine computergestützte Analyse wäre willkommen.)

Mitgliedschaften in Schriftstellervereinigungen: ca. 1:4.

PEN American Center, 1970, 1971, 1975: ca. 1:4. Verzeichnung in den *Poets and Fiction Writers Directories/CODA*: zwischen 1:4 und 1:5 (20–25 % Frauen).

Veröffentlichte Belletristik allgemein:

Gesamtkatalog Belletristik (Stichprobe) 1971 bis 1974, ca. 1:4.

Anthologien studentischer Texte (Prosa, Lyrik): weniger als 1 von 3.

> Ausgewertet wurden u. a. *Intro, New Campus Writing* und *Twenty Years of Stanford Stories*. (Was mag nur aus diesen jungen Frauen geworden sein?)

Filme, Videokassetten (nach dem *Directory of American Fiction Writers*):

> Von 123 Filmen über Schriftstellerinnen/Schriftsteller handeln nur 9 von Frauen; in 5 weiteren werden Frauen mitbehandelt; von 287 Videokassetten haben 58 eine Frau zum Thema.

*Stichprobe: Verhältnis weibliche zu männlichen Schreibenden in Anthologien und Lesebüchern**

Literature for Our Time, hrsg. von Waite und Atkinson	5 von 107
How We Live, Contemporary Life in Contemporary Fiction, hrsg. von Hills und Hills	4 von 51
Modern Age Literature, hrsg. von Lief und Light	8 von 106
Modern Occasions, hrsg. von Rahv	*Prosa:* 1 von 10 *Lyrik:* 1 von 6
Scenes from American Life. Contemporary Short Fiction, hrsg. von Oates	5 von 20
The Single Voice. An Anthology of Contemporary Fiction, hrsg. von Charyn	2 von 32

* Die meisten der genannten Titel sind in *Poets and Writers Directory* aufgeführt.

Southern Writing in the Sixties. Fiction, hrsg. von Corrington und Williams	3 von 20
Statements. New Fiction from the Fiction Collective, hrsg. von Horowitz et al.	2 von 27
Writer's Choice. Twenty American Authors Introduce Their Own Best Story, hrsg. von Hills	1 von 20
Short Story Masterpieces, hrsg. von Warren und Erskine	8 von 36
Great English Short Stories, hrsg. von Isherwood	2 von 12
New Directions in Prose and Poetry, hrsg. von Laughlin	2 von 21
Twelve From the Sixties, hrsg. von Kostelanetz	2 von 12
Innovative Fiction, Stories for the Seventies, hrsg. von Klinkowitz und Somer	0 von 16
Stories of Modern America, hrsg. von Gold und Stevenson	4 von 23
The World of Short Fiction, hrsg. von Albrecht	2 von 21
Statements. New Fiction from the Fiction Collective, hrsg. von Horowitz	2 von 27
The Realm of Fiction, hrsg. von Hall	6 von 45
Ten Modern Masters, hrsg. von Davis	1 von 10
Fifty Best American Stories, O. Henry Prize Awards 1915–1965, hrsg. von Abrahams	13 von 50
Fifty Years of the American Short Story, hrsg. von Foley	8 von 36

Belletristik: Anthologien, Ethnische (gemäß Einteilung in *CODA/Poets and Writers Directory*)

Black Writers of America. A Comprehensive Anthology, hrsg. von Barksdale und Kinnamon	17 von 80

The Chicanos. Mexican American Voices, hrsg. von Ludwig und Santibanez	2 von 18
From the Roots. Short Stories by Black Americans, hrsg. von James	4 von 22
Literature of American Jews, hrsg. von Gross	3 von 39
The Man to Send Rain Clouds. Contemporary Stories by American Indians, hrsg. von Rosen	3 von 8
Out of Our Lives. A Selection of Contemporary Black Fiction, hrsg. von Stadler	7 von 17
Tales and Stories for Black Folks. Written by Black Authors, hrsg. von Bambara	8 von 15
Voices of Aztlan. Chicano Literature of Today, hrsg. von Harth und Baldwin	1 von 24
Soul Script, hrsg. von Jordan	14 von 54

Lyrikanthologien

Anthology of New York Poets, hrsg. von Padgett und Shapiro	1 von 27
Best Poems of 1973, Borestone Mountain Poetry Awards	26 von 74
Chief Modern Poets of Britain and America, hrsg. von Sanders	6 von 57
Contemporary American Poets, hrsg. von Strand	12 von 92
Contemporary American Poetry, hrsg. von Hall	2 von 25
A Controversy of Poets. An Anthology of Contemporary American Poetry, hrsg. von Leary und Kelly	8 von 59
The Norton Anthology of Contemporary Poetry, hrsg. von Ellmann und O'Clair	13 von 96
The Major Young Poets, hrsg. von Lee	0 von 8
New American Poetry, hrsg. von Monaca	5 von 21

Quickly Aging Here. Some Poets of the 1970's, hrsg. von Hewitt	8 von 35
31 New American Poets, hrsg. von Schreiber	8 von 31
Naked Poetry, hrsg. von Berg und Mazey	2 von 19
The Voice That Is Great Within Us, hrsg. von Carruth	23 von 114

Auf der Grundlage verbreiteter (unüberprüfter) Prämissen hat unlängst (März 1976) eine Rezensentin der *New York Times* Ellen Moers gerügt, die Verfasserin des grandiosen Bandes *Literary Women*, weil sie ihr Thema auf Frauen beschränkt und damit »die andere Hälfte des schreibenden Volks ins Exil geschickt«[19] habe. Wie die obigen Zahlen belegen, sind es die Frauen, die sich im Exil befinden. Nach der großzügigsten Schätzung der Anteile an veröffentlichter Erzählliteratur jedweder Art bilden Männer drei Viertel des »schreibenden Volks«, nach selektiverer und aussagekräftigerer Schätzung dagegen 88 bis 98 Prozent.

Der Säugling, das Kind-Mädchen, das Mädchen, die junge Schriftstellerin*

Von klein auf wird ihr der Glaube an sich selbst, der Wille ausgesaugt, werden ihre Fähigkeiten demontiert.

Kleine, ausgenutzte Schwestern [...]
Durch welches Schlüsselloch sind wir gerutscht,
welche Tür hat sich geschlossen? [...]
Alles ist passiert.[20]

– Sylvia Plath

[Baby] Bess, die den Deckel eines Einmachglases betastet hat – abwesend, unachtsam ihn hat fallen lassen – ergreift ihn wieder, ziellos über den Tisch tappend. Ein Blitz durchzuckt ihre Gedanken. Sie lässt los, packt wieder, lässt los, packt zu. Ich kann's. Peng! Ich hab das getan. Ich kann's. Ich! Ein Ausdruck Neandertalerischer Konzentration liegt auf ihrem Gesicht. Dieser Lärm! In triumphierender, erstaunter Glückseligkeit knallt sie den Deckel nieder. Peng, patsch, watsch. Loslassen, packen, peng, patsch, watsch. Jahrhunderte menschlicher Antriebskraft arbeiten in ihr;

* Vgl. *Eine von zwölf*, in diesem Band, S. 63–69.

menschliche Ekstase des Erfolgs; Befriedigung, tief und fundamental wie Sex: *Ich kann's, ich nutze meine Kräfte, Ich! Ich!* Wilder, verrückter, glücklicher werden die Schläge. Die stinkende, fieberhafte Luft tönt wider von [...] Bess' zahnlosem, triumphierendem Krähen. Das Hitzeelend, das Ausschlagselend, transzendiert.*

– Aus dem Roman *Yonnondio*

War am Anfang das Geschlecht?
Da war auch mal ein Jungenmädchen
(Wenn auch verfolgt von Vaterschmerz)
Geschlechtslos wie Baumtriebe strich es
Entlang scheinbar blütenloser Bäume

So sinnlich lag sie auf dem Baumstamm
Oder verwandelte sich, grub sich ein in
Schlick und Ufer. Einst: Sie, sträubend gezäumt
Ins Geschlecht eines Hengstes (nie der Stute),
Vorangetrieben mit Zügeln, einer Trense.

Hat das Er das Sie gelockt? (Im Schlaf
Hörte sie sich streiten, in ihre Träume
Wagte er sich nie.) ... Nie zweifle ich an
Ihm, schlangenschwankend wie ein Mensch,
  im Baum,
Der sie fortlockt von ihrem wahren Gott. [...][21]

– Sarah Appleton

* Verfasst von der jungen (zwanzigjährigen) Mutter-Schriftstellerin, die ich damals selbst war [Tillie Olsen: *Yonnondio*. Übers. v. Sibylle Koch-Grünberg. Darmstadt u. Neuwied: Luchterhand, 1979. S. 176].

Wenn ich heute auf Gedichte zurückblicke, die ich vor meinem 21. Geburtstag geschrieben habe, bin ich frappiert, denn hinter der absichtsvoll eingesetzten Handwerkskunst sehe ich etwas von der Kluft aufblitzen, die schon damals für mich spürbar war zwischen dem dichtenden Mädchen, das sich selbst als Dichterin definierte, und dem, das sich durch seine Beziehung zu Männern definierte […].[22]

– Adrienne Rich

[Ach, jene eifersüchtige, unruhige] Liebe zur Einsamkeit … Du Einsamkeit meiner Kindertage, du warst meine Zuflucht, mein Heilmittel, die Burg meines jungen Stolzes, mit welcher Kraft liebte ich dich, und wie sehr fürchtete ich, damals schon, dich zu verlieren! Ich zitterte um dich, schon wenn ich mir den roheren und alltäglicheren Rausch der Liebe vorstellte! Beim Gedanken, dich zu verlieren, fühlte ich mich im Voraus gemindert, und dennoch … Wer bringt es über sich, der Liebe nicht zu folgen? Nichts als eine Frau zu werden, das ist wenig, und doch wandte ich mich diesem allgemeinen Ziel zu. Habe ich eine Minute, eine einzige Minute geschwankt, als ich zwischen deinem geliebten Bild, Einsamkeit, und dem drohenden Schatten der Liebe stand? Vielleicht. Ich weiß es nicht […].[23]

– Colette

[…] da war sie in ihrer Not so einsam, als wäre sie das einzige Mädchen in der zivilisierten Welt

> jener Zeit gewesen, das aus seiner Schulzeit hervorgegangen war mit einer Seele, die ungeschult war für unvermeidliche Kämpfe; mit keinem anderen Anteil an ihrem Erbe an mühsam gewonnenen Gedankenschätzen, die Generationen in beschwerlicher Arbeit für die menschliche Rasse gesammelt haben, als Fetzen und Flicken von seichter Literatur und falscher Geschichte [...].[24]
>
> – George Eliot

Und in allem, was üblicherweise am College gelehrt wird [...], findet sich kaum eine Handreichung für die junge Frau, die begreifen will, wo die Quelle oder worin die Natur dieses unerklärlichen lähmenden Selbstzweifels zu finden ist, dieses schwindenden Ehrgeizes, schrumpfenden Selbstvertrauens.

Gerade in diesen Jahren wird das Verstummen noch auf andere, eindringliche Weise befördert. Was nötig wäre, um Bestätigung zu vermitteln, zu beleben, ist nur spärlich gewährt worden – und unverlässlich, zufällig. Das Amalgam aus dem, was aktiv verweigert, spaltet, beeinträchtigt, ist mächtig gewesen – und zwar durchgängig, institutionalisiert. Das junge beistandslose Wesen, gekettet durch die »ungeschlechtliche Fessel ans Geschlecht«, will sich befreien:

> [...] zu vergessen so den Ort,
> Wo das Geschick der Liebe Fessel sprengte, [...]
> Mich zu erregen zu solch sinnlicher Begier [...].

[...] so ferne allem Streite,
Welchen den Zwiespalt der Geschlechter zeugt
Und Hemmnis strebenden Lebens ist [...].*

[Es herrschte die] Vorstellung, in der ich erzogen wurde und an die ich glauben wollte, dass ich in einem einzelnen anderen Menschen nicht einfach Partnerschaft, sondern die *Lösung* für mein Leben finden sollte [...].
In Iowa [...] sagte mir ein Mitschüler, er finde, eine dichtende Frau zu sein sei ein »Widerspruch in sich«. [...]
Princeton [...] verstärkte mein eigenes Gefühl eines Zwiespalts zwischen »Frau« und »Dichter«. Ich kannte einige schreibende Männer, aber keine Frauen. In den zeitgenössischen Lyrikanthologien waren Frauen noch immer nur spärlich vertreten. [...] Männerlob weiblicher Lyrik schien nie wesentlich über Marianne Moore oder Elizabeth Bishop hinauszugehen, deren Werk ich bewunderte, aber damals nicht *nutzen* konnte in dem tiefen Sinn, dass Schreibende die Entdeckungen ande-

* Aus Herman Melville: *Nach der Lustbarkeit* [in: *Der Rosenzüchter und andere Gedichte*. Übers. v. Walter Weber. Hamburg u. Düsseldorf: Claassen, 1969. S. 112, 110 u. 113]. Wie viele derer, die die elf von den möglichen zwölfen bilden, scheitern hier? Häufiger als anerkannt wird, wurde in diesen Fällen die Literatur nicht aufgegeben, sondern vielmehr ein Weg gesucht, sie innerhalb der herkömmlichen weiblichen Gepflogenheiten zu bewahren und zu gebrauchen. So wird die Möglichmacherin geboren, die Mutmacherin, die Ehefrau, die Helferin, und wenn die wirtschaftliche Notwendigkeit es gebietet (jene Gigantin unter den Stimmenunterdrückern, die in diesem Buch nur angedeutet werden kann), die Lehrerin, Bibliothekarin, Lektorin. Und trotzdem stirbt der Drang zum Schreiben nicht ab, er wartet, wachend, schlafend, wachend.

rer Schreibender nutzen, um ihr eigenes Wachstum zu befördern. [...]
[...] Vom zweiundzwanzigsten bis zum sechsundzwanzigsten Lebensjahr arbeitete ich eifrig und mit großem Ernst an einem Gedichtband (an einem *Buch*, nicht bloß an Gedichten), nur um dann »das Dichten aufzugeben« und nie mehr zu versuchen, auch nur ein einziges Stück davon zu veröffentlichen. [...]
[...] »Hat ihnen denn nie jemand gesagt, dass Schreiben völlig in Ordnung war?«, fragte mich der Therapeut, der viel später kam. »Ja, aber nicht, Schriftstellerin zu sein.« Hinter mir lag jene Art von bürgerlicher Erziehung, die einen zum Schreiben ermutigt, zum Malen, zur Musik, zum Schauspiel, solange man all das nur nicht zu ernst nimmt, damit man sie beiseiteschieben kann, sobald beginnt, worum es im Leben wirklich geht.[25]

Nun ist sie immer noch nicht schön, noch
Rührender gleichwohl, denn ihre Zeit ist da,
Sie soll gerettet sein: Erlösung naht,
Es muss sie jemand haben, rühren doch,
Sonst schlagen Türen zu, Türlider fallen, hin-
stürzen Augenlügen. Sie lebt im Schaum
Der Dreifachwoge: Samen, Mann, Gefährtin
Brechen wie Flaggen an ihrem Küstensaum.

Nun muss die Ehe sie holen, oder ein list'ger Held,
Der sie zur Seefahrt lädt um seinetwillen,
Wird alle Festlandsinseln mit ihr teilen, ihre Welt,
Die sie mit keinem teilt, wird stillen

Eroberungslust. Die See spült fort die Fessel, die sie hält,
Durch ihre Schenkelstämme Schlangenfluten quillen.*

Alles ist passiert!

* »Eve«, verfasst 1947, als Jane Cooper 23 Jahre alt war, dann mit anderen Gedichten beiseitegelegt und erst 1974 in *Maps and Windows* veröffentlicht [New York u. London: Macmillan. S. 61].

Die Verdammnis der Frau*

Von der Verfügung betroffen

Vollendung ist furchtbar, sie kann keine Kinder haben. / Kalt wie Schneehauch tamponiert sie den Schoß

Stimmt es wirklich, dass die meisten hervorragenden Schriftstellerinnen die patriarchale Verfügung,** »diese Sonderbedingungen, unter denen Frauen, nicht aber Männer Leistung erbringen müssen, nie hinterfragt« oder zumindest hingenommen (manchmal sogar gerechtfertigt) haben?

Einige haben sie gerechtfertigt, ja. Willa Cather:

> Die Kunst jeder Art ist ein eifersüchtiger Gebieter, eifersüchtiger noch als Jehova. Er sagt nur: »Du sollst keine anderen Götter haben vor mir.« Kunst, Wissenschaft, Literatur rufen: »Du sollst überhaupt keine anderen Götter haben.« Sie dulden nur Menschenopfer.[26]

* Vgl. *Eine von zwölf*, in diesem Band, S. 73.

** »Wählen Sie zwischen der Kunst und dem Mann, zwischen Ihrem Selbst und dem einfachen Durchschnittsfrauenleben.« – »Die Dichterdamen dürfen nicht heiraten, Kumpel« [vgl. *Eine von zwölf*, in diesem Band, S. 71 bzw. 71 {Fußnote}].

Für Ellen Glasgow stand das noch nicht einmal zur Debatte. Sie kommentierte die Bemerkung eines Literaten, der ihr sagte:

> »Ich kann Ihnen nur raten, dass Sie das Schreiben an den Nagel hängen, in den Süden zurückkehren und ein paar Kinder bekommen. [...] Die größte Frau ist nicht die, die das beste Buch geschrieben hat, sondern die mit den besten Kindern«,

mit den Worten: »Ich wollte Bücher schreiben, und ich verspürte nie auch nur den leisesten Wunsch nach Kindern.«[27]

Henry Handel Richardson (bereits zitiert in *Das Schweigen in der Literatur*) und Katherine Anne Porter fügten sich; man musste sich entscheiden:

> Frauen, die Kinder gebären und aufziehen können, gibt es genug. Ich kenne niemanden, der meine Bücher schreiben kann,

schrieb Richardson. Porter sagte in einem Interview:

> Ich bin ja nun sehr für das menschliche Leben, und ich bin sehr für Ehe und Kinder und das ganze Drumherum, aber sehr häufig geht das einfach nicht zusammen mit dem, was man eigentlich erledigen muss. Die Kunst ist ein Beruf, nicht weniger als andere Tätigkeiten. [...] Vielleicht nicht so lebensnotwendig wie Luft und Wasser, aber wie Nahrung und Wasser. Aber wissen Sie, wir führen tatsächlich ein ziemlich klösterliches Leben [...].[28]

Gab es in jener langen Liste kinderloser Schriftstellerinnen, die den Preis dafür zahlten, ihr Bestes schaffen zu können, nicht eine, die das als Verdammnis empfand? Nicht eine? Schweigen, Zurückhaltung, bis in unserem Jahrhundert bei Katherine Mansfield und Virginia Woolf der Kummer, die Sehnsucht nach Kindern ihren Ausdruck finden. Ausschließlich in privaten Tagebüchern und Briefen.

Virginia Woolf, die als junge Frau über die Gründe für ihr Abgleiten in die Geisteskrankheit schreibt:

> [...] und alle Teufel kamen zum Vorschein – haarige schwarze Teufel. 29 und unverheiratet zu sein – eine Versagerin – kinderlos – verrückt auch noch, keine Schriftstellerin. [...][29]

Mit achtunddreißig:

> Warum ist das Leben so tragisch; wie ein schmales Stückchen Trottoir über einem Abgrund. [...] Es ist, weil ich keine Kinder habe, getrennt von meinen Freunden wohne, es mir nicht gelingt, gut zu schreiben [...].[30]

Mit vierundvierzig:

> Wachte etwa gegen 3 auf. O es fängt an, es kommt – das Entsetzen – physisch wie eine schmerzhafte Welle, die um das Herz anschwillt – mich hochschleudert. Ich bin unglücklich, unglücklich! Nieder – Herrgott, ich wünschte, ich wäre tot. Pause. Aber warum fühle ich das? Ich will beobachten,

> wie die Welle steigt. Ich beobachte. Vanessa.* Kinder. Versagen. Ja; das entdecke ich. Versagen, Versagen. (Die Welle steigt.)[31]

Es war nur noch ein Monat bis zu ihrem sechsundvierzigsten Geburtstag, als sie endlich schreiben konnte:

> Und doch wünsche ich mir sonderbarerweise jetzt kaum eigene Kinder. Dieses unstillbare Verlangen, etwas zu schreiben, bevor ich sterbe, dieses zerrüttende Bewusstsein von der Kürze & Fieberhaftigkeit des Lebens, bewirken, dass ich mich wie ein Mann an einen Fels, an meinen einen Anker klammere: Ich mag die Körperlichkeit nicht, die das Haben eigener Kinder bedeutet. Das kam mir in Rodmell in den Sinn; aber ich habe es nicht aufgeschrieben. Ich kann die Elternrolle spielen, zweifellos. Und vielleicht habe ich das Gefühl instinktiv abgetötet; wie es die Natur vielleicht tut.[32]

Wie es die Natur vielleicht tut. Erst mit achtundvierzig, an einem

> Tag […] wie im Rausch […], als ich dasaß & das ganze fertige Buch [*Die Wellen*] überblickte […], den Druck der Form erlebte – das Glänzende & Großartige – wie ich sie – vielleicht, noch nie erlebt habe[33]

* Ihre Schwester, Künstlerin und dreifache Mutter.

– da konnte sie schließlich schreiben, ohne jede Einschränkung:

> Kinder sind nichts verglichen mit dem hier [...].[34]

Erst 1971 entsteht ein Gedicht darüber:

> Mein Körper weiß, dass er nie gebären wird.
> Was kann ich meinem Körper nun sagen,
> Dieser gebrauchten Geige?
> Jede Nacht schreit er verzweifelt auf
> Aus seiner verborgenen Höhle.
> Alter Körper, alter Freund,
> Warum kannst du nicht verzeihen?[35]
> – Jane Cooper, *Maps and Windows*

*Könnte es nicht noch weitere Wunderwerke gegeben haben?**

Man mag sich fragen, wie erheblich es denn für die Literatur sein kann, ob eine Schriftstellerin jetzt kinderlos bleibt – ob aus freien Stücken oder nicht –, besonders angesichts der Wunderwerke, die diese kinderlosen Frauen geschaffen haben.

Könnte es nicht noch weitere Wunderwerke gegeben haben oder weitere Dimensionen dieser Wunderwerke? Könnte es da nicht noch weitere, tiefgreifende Gesichtspunkte und Einsichten ins menschliche Leben geben, die bislang in der Literatur nicht vertreten sind?

* Vgl. *Eine von zwölf*, in diesem Band, S. 71.

Das war nicht alles, was ich 1971 vor dem *Modern Language Association Forum* sagte, und eine Frage war es auch nicht – sondern meine feste Überzeugung.

Ich sprach vom Verlust nicht nur für die Literatur, sondern auch für andere Gebiete menschlichen Wissens und Wirkens, weil die Erkenntnisse, zu denen man aus der Mutterrolle heraus gelangen kann *(darunter, neben so vielem anderen, über die grundlegende Natur, die Bedürfnisse, das grenzenlose Potenzial des menschlichen Wesens – und die alltäglichen Dinge, die all das verzerren, entmutigen, einschränken, auslöschen)*, umständehalber nie mächtige, unumstößliche, sinnvolle Ausdrucksform annahmen, sondern unausgereift, fragmentarisch, unformuliert (und leider unbestätigt) blieben.

Aber ich habe kaum mehr als an der Oberfläche dessen gekratzt, was hätte gesagt werden müssen. Nicht nur, weil ich scheinbar abgeschweift bin oder begrenzte Redezeit hatte. Ich hatte mich auf fast schon tabuisiertes Gebiet begeben, zu dem letzten Rückzugsort des Sexismus, dorthin, wo der am wenigsten verstandene, der am wenigsten und spätesten erforschte, quälend komplexe Kern der weiblichen Unterdrückung (wie auch Verzückung) lag und liegt – der Mutterschaft. Ein Gelände ohne Wegweiser.

Auch war mir sehr bewusst, wie viele kinderlose Frauen anwesend waren (berufstätige Frauen, gezwungen, sich der patriarchalen Verfügung zu unterwerfen). Ein nicht ausreichend kontextualisierter Vortrag über den Gewinn, den Mutterschaft selbst unter fordernden Bedingungen bedeuten kann, wäre womöglich als neuerliches Beispiel eines altbekannten missbräuchlichen Musters verstanden worden: als Zurechtweisung und Abwertung ihrer hart erarbeiteten Lebensleistungen, wiederum als Mahnung zur

Anpassung an den gesellschaftlichen Zwang; als Lob auf die Familie als einziges passendes weibliches Lebensmodell.

Es ist mir nicht gelungen, meine Bemerkungen rechtzeitig zum Redaktionsschluss von *College English* zu rekonstruieren. (Sie bleiben unveröffentlicht.)

Schreibende Mütter

*... dass »die Mehrheit heutiger Frauen nur um den Preis ihrer Intelligenz und der Gelegenheit, ihr Bestes zu schaffen, Kinder gebären kann«.**

> Wird ein Mann Autor, wechselt er vermutlich nur die Arbeit. Er nimmt sich einen Teil der Zeit, die bisher einem anderen Zweck oder einem Studium gewidmet war [...], und ein anderer Kaufmann, Jurist oder Arzt nimmt den frei gewordenen Platz ein, um seine Sache sicherlich ebenso gut zu machen wie sein Vorgänger. Doch keine andere kann die stillen und regelmäßigen Pflichten der Tochter, der Ehefrau oder Mutter so gut auf sich nehmen [...]. Die Hauptaufgabe im Leben einer Frau bleibt selten ihrer eigenen Wahl überlassen. Sie kann auch nicht die häuslichen Bürden, die ihr ganz persönlich übertragen worden sind, ablegen, um der Ausübung eines Talentes willen, und sei es das großartigste, das jemals verliehen wurde. Und doch darf sie nicht vor der zusätzlichen Ver-

* Abermals W. E. B. Du Bois: *The Damnation of Women* [vgl. *Eine von zwölf*, in diesem Band, S. 73].

antwortung zurückschrecken, die gerade darin besteht, dass sie eine solche Begabung besitzt. Sie darf ihr Licht nicht unter den Scheffel stellen, denn es ist dazu bestimmt, zu leuchten und anderen seinen Schimmer zu spenden. Demütig und ergeben muss sie sich bemühen, alles in ihrer Macht Stehende zu tun [...].[36]

Elizabeth Gaskell,
Das Leben der Charlotte Brontë,
1857 – und noch immer:

(Die Tatsache, dass es echte Bedürfnisse sind, dass man sie als die eigenen empfindet [...], *dass es niemanden sonst gibt, der für diese Bedürfnisse verantwortlich ist*, verleiht ihnen Vorrang.)[37]

– *Das Schweigen in der Literatur*, 1962

Die Grundsituation: ihr frühester Ausdruck (1838)

Ich fand sie mit dem Jüngsten auf dem Arm, die Zwillinge beaufsichtigend, die kaum erst fest auf den Füßen standen.
»Harriet«, fragte ich, »bist du mit deiner Erzählung für den ›Souvenir‹ fertig, die ich dem Redakteur für die nächste Woche versprochen habe? Heute ist der letzte Tag, der dir noch bleibt, dann brauche ich sie.«
»Wo denkst du hin, teuerste Freundin!«, lautete Harriets Antwort. »Warte wenigstens, bis ich mit dem Großreinemachen fertig bin und der Zahn vom Kleinen durch ist.«

»Das Reinemachen lässt sich um einen Tag verschieben, und bis der Kleine alle seine fälligen Zähne bekommen hat – nein, so lange können wir unmöglich warten! Hör zu, die Geschichte muss heute noch fertig werden. [...]«

»Unmöglich! Ein Kind habe ich auf dem Schoß, zwei andere krabbeln auf der Erde herum, in der Küche wird gebacken, die Vorbereitungen zum Reinemachen für die nächste Woche sind im Gange, und das neue Mädchen muss angelernt werden. Du musst zugeben, dass also gar keine Rede davon sein kann.«

»Das gebe ich durchaus nicht zu. Was wäre denn das für ein Genius, wenn er uns jetzt nicht aus der Klemme helfen wollte? [...] Setz dich an den Küchentisch, nimm Tinte und Feder, und während du Mina beaufsichtigst, füll die Pausen mit der Schreiberei aus!«

Sie ließ sich überreden. Nach zehn Minuten saß sie bei der Arbeit, neben ihr auf dem Tisch das Backbrett und Rollholz, Mehl, Speck, Ingwer, Eier, Schweinefleisch, weiße Bohnen und verschiedene Kochgerätschaften. Das Feuer brannte im Ofen [...].

[...] »Ich hab dir ja schon gesagt, Mina, was du tun musst, bis es Zeit ist, den Brotteig zu kneten. Ich muss einstweilen etwas schreiben. Wo ist denn das Tintenfass?«

»Hier an deinem Ellbogen, auf dem Teekessel«, sagte ich.

[Unterbrechungen]

Harriet lachte. »Du siehst, es geht nicht«, sagte

sie. »Mina ist das alles noch fremd, und sie kann nichts selbständig tun. Wir müssen die Schriftstellerei für heute aufgeben.«
»Nein, nein, lass uns noch einen Versuch machen. Diktier mir, und ich will schreiben! Den Kleinen setzen wir in den Waschkorb und geben ihm etwas zu spielen, damit er still ist. [...] Wie geht es nun weiter?
»Mina, gieß etwas Milch in die Pottasche«, sagte Harriet.[38]
... und so weiter ...

– Die 27-jährige Harriet Beecher Stowe (1811–1896) nimmt die Bedingungen, unter denen sie zu schreiben versucht, mit Humor

Harriet Beecher Stowe und Ein eigenes Zimmer

Nach einem weiteren Kind und nach zwei weiteren Jahren (1840) (»Ein Jahr lang habe ich die Feder nur in die Hand genommen, um die dringendsten Geschäftsbriefe zu erledigen«) war sie knapp einem Zusammenbruch entkommen. Fern von zu Hause, »unterbreitete sie ihrem Mann verschiedene literarische Pläne«, und auf seine zustimmenden Worte: »Liebe Frau, du musst Schriftstellerin werden«,[39] entgegnete sie:

Unsere Kinder kommen jetzt gerade in ein Alter, da sie meine Aufsicht nicht entbehren können. Sie sind körperlich zart, leicht erregbar und nehmen die Mutter ausschließlich in Anspruch. Habe ich

unter solchen Umständen wohl das Recht, meine Gedanken zwischen ihnen und der Schriftstellerei zu teilen?
Einen Vorschlag aber muss ich auf alle Fälle machen. Soll ich mich literarisch betätigen, so brauche ich ein besonderes Zimmer, das ich als mein Zimmer betrachten kann. Mrs. Whipples Stube wäre dazu geeignet, nur müsste ein Ofen hineingesetzt werden. Einen billigen Teppich habe ich bereits gekauft, und Möbel, um es bequem einzurichten, sind auch vorhanden. Ich würde dich nur bitten, die Glastür aus dem Kinderzimmer dort einsetzen zu lassen, dann hätten auch meine Pflanzen Licht genug, und ich würde mich ganz glücklich fühlen.
Im letzten Winter habe ich mich oft nach einem Plätzchen gesehnt, wohin ich mich zurückziehen könnte. Im Kinderzimmer hatte ich keine Ruhe – fortwährend wurde da der Tisch gedeckt und wieder abgeräumt, die Kleinen wurden gewaschen, an- und ausgezogen und hunderterlei andere Dinge vorgenommen. Auch dass sich so viel Ruß und Kohlenstaub auf alles im Zimmer lagerte, belästigte mich sehr. Kurz, es war mir beim besten Willen nicht möglich, mich dort wohl zu fühlen. Kam ich aber zu dir ins Wohnzimmer, so fürchtete ich immer, dich zu stören, und das war auch manchmal wirklich der Fall, wie du weißt.
Diesen Winter wollen wir nun den Kochofen in das untere Zimmer setzen und das Rohr durch die Decke nach oben leiten. […] Du arbeitest in der geheizten Wohnstube, und ich ziehe mit meinen

> Pflanzen und sonstigen Habseligkeiten in das andere Zimmer, wo ich auch alles, was ich für meine Tätigkeit brauche, aufbewahren und mich ordentlich einrichten will. Einen Teil des Tages widme ich dann regelmäßig den Kindern und hole sie zu bestimmter Zeit zu mir herunter.[40]
>
> [1841]

Pläne. Pläne. Sporadisches Schreiben für Zeitschriften und außerdem nur das, was zum Familienunterhalt beitragen würde.

Sechs Kinder und »Sorgen ohne Ende«[41] später (1846, sie war 35 Jahre alt) – wie Rebecca Harding Davis hatte sie »zu sehr in Beziehungen« gelebt, so dass ihr die »Ressourcen [ihrer] eigenen Natur fremd« wurden[42] – erlitt sie einen Zusammenbruch. Während eine Schwester bei ihr zu Hause das Ruder übernahm, ging sie für elf Monate nach Vermont, um den »erneuernden Quellen wieder Zeit [zu geben,] aufzusteigen«.[43]

> Ich kann wohl mit meiner Schriftstellerei jährlich vierhundert Dollar verdienen, aber ich möchte dies nicht als ein Muss betrachten. Wenn ich die Kinder unterrichtet, den Kleinen versorgt, Vorräte eingekauft, Kleider ausgebessert und Strümpfe gestopft habe, so bin ich zu müde, um mich noch hinzusetzen und für eine Zeitung zu schreiben.[44]

Wie Rebecca gewöhnte sie sich immer mehr an schnelle, unausgereifte Arbeit (überwiegend Auftragswerke). Ihr geplantes Buch, »woraus die ganze Nation erkennen sollte, wie fluchwürdig die Sklaverei ist«, wartete und wartete.

»Solange der Kleine nachts bei mir schläft, komme ich zu nichts, aber ich werde den Plan schon noch ausführen«,[45] schwor sie in einem Brief.

Viele Nächte mit dem Kind an ihrer Seite vergoss sie »heiße Tränen«, wenn sie »an die armen Sklavenmütter dachte, denen ihre Kleinen entrissen wurden«,[46] doch auf Papier gelangte nichts.

Sie war 39 Jahre alt, als sie zu *Onkel Toms Hütte* kam – endlich. Sie schrieb das Buch als Fortsetzungsroman für eine Zeitschrift – in ihren kurzen Pausen, wenn sie des Kinderunterrichts und Babybetreuens und Einkaufens und Flickens und Stopfens müde war, vieles davon am Küchentisch, wie es die jüngere Harriet Beecher Stowe getan hatte, als sie vierzehn Jahre zuvor ihre Texte hatte abliefern müssen. Der klare, fehlerfreie Stil ihrer Mädchenbriefe war verschwunden.

Wenn –

Noch ein frühes Beispiel für die schreibende Mutter in der Grundsituation

Elizabeth Stuart Phelps (1815–1852) aus der Perspektive ihrer gleichnamigen Tochter:

> Nun sitzt sie da und korrigiert Druckfahnen, und nun wieder malt sie Apostel für die erste Bibelstunde des Kleinen. Nun schreibt sie ihr neues Buch, und nun färbt sie mit der Weißeichenlasur irgendwelche Sachen kanariengelb – denn das Gehalt des Professors ist schmal und strengste Ökonomie [notwendig …]. Nun – denn ihr hand-

werklicher Einfallsreichtum war endlos – schnitzt sie kleine Holzfüßchen für die Kindersocken, um ihr Schrumpfen zu verhindern; und nun wieder liest sie uns an einem Winterabend aus der alten, roten Ausgabe von Hazlitts *English Poets* [...] vor. Nun ist sie eine bekannte Schriftstellerin, die ihre ersten Erfolge nicht fassen kann, deren Zukunft sich vor ihr auftut, und nun wieder eine erschöpfte, zärtliche Mutter, die ein krankes Kind tröstet, während das Manuskript ungedruckt auf dem Tisch liegt und die Verleger wünschten, die Gattin ihres Professors wäre eine freie Frau, kinderlos und alleinstehend, fähig, ihnen den Text so schnell wie gewünscht zu schicken.[47]

– aus Elizabeth Stuart Phelps Wards
Memoiren *Chapters from a Life*

Erst mit Mitte dreißig konnte ihre Mutter mit dem Schreiben anfangen. Sie hatte erstaunlichen Erfolg, anfangs mit Geschichten für Kinder. Doch binnen weniger Jahre war sie tot. Ihren Versuch, »den schwierigen Spagat zwischen Genialität und häuslichem Leben zu schaffen« (»ihr letztes Buch erschien zugleich mit ihrem letzten Baby, und sie brachten sie ins Grab«[48]), hat die Tochter in ihrem Klassiker *The Story of Avis* auf unvergessliche Weise literarisch verarbeitet.

Es war jedoch die Mutter, die mit ihrer Geschichte *The Angel Over the Right Shoulder** erstmals diese (damals) un-

* Diese Erzählung [Elizabeth {Wooster} Stuart Phelps: *The Angel Over the Right Shoulder, or, The Beginning of a New Year*. Andover: Warren F. Draper, 1852] bildet den Kern von Rebecca Harding Davis' *The Wife's Story* und ebenso von *The Story of Avis*.

lösbare Situation schilderte. Sie erzählt aus der Frauenperspektive Coventry Patmores viktorianisches Idealgedicht vom »Engel im Haus«* und beschreibt den Preis, den dieses Ideal der Frau abverlangt. In Phelps' Geschichte gibt es *zwei* Engel: den Engel über der rechten Schulter, der Gott jeden Beleg für gute Mutterschaft aufzeichnet, für »die getreuliche Verrichtung all jener kleiner Haushaltsaufgaben und Pflichten, die so unerlässlich waren für das Wohlbefinden und die Tugend ihrer Familie«,[49] und über der linken Schulter den Engel der Abscheu, der für Gott jeden Augenblick weinend verzeichnet, der nicht wohlgetan war, jedes Versehen, jede Unzulänglichkeit. Zwar ist es nach Ansicht der Mutter »gut und wichtig, ihren eigenen Geist, ihr eigenes Herz zu pflegen«,[50] doch tatsächlich geht selbst der kleinste »Partikel ihrer unterbrochenen Zeit«,[51] den sie nur unter gewaltiger Anstrengung (die wiederum einen Tribut fordert) den Verpflichtungen abtrotzen kann, auf Kosten ihrer Kleinen. Schließlich muss sie den Kampf aufgeben.

Am Kinderbett, in dem ihre kleine Tochter schläft, vergießt sie Tränen, und sie wünscht sich

> mit größtem Ernst, dass sie jenes Kind vor den Enttäuschungen und Fehlern und Selbstbezichtigungen bewahren könne, unter denen die Mutter gerade litt; dass die Kleine vielleicht ihr Leben dort würde ansetzen können, wo sie selbst es ihr in die Hände legen konnte – ganz geläutert von ihren eigenen Erfahrungen. Es wäre ihr ein Trost gewesen, zu spüren, dass sie diesen Kampf nicht

* Heute hauptsächlich bekannt durch Virginia Woolfs Bezugnahme darauf.

nur für sich selbst, sondern für sie beide gekämpft hat.*

Erdulden von Unterbrechungen, Aufschieben (1877)

Wohin ist sie entschwunden, die mächtige, großartige Inspiration?

Kaum war der Spachtel mit dem Kobaltblau ins Neapelgelb gefahren, als die Ateliertür erzitterte, sich bewegte und in ein gedehntes, vielsagendes Knarren ausbrach. Van gestattete seiner kleinen Nase probehalber Einlass und stieß einen tiefen, herzerweichenden Seufzer aus.
[...] »Mach die Tür zu, Van.«
Seine hübsche Mama hatte die unglückliche Angewohnheit, zu erwarten, dass man ihr folgte, was Vans kleines philosophisches System in empfindliche Unordnung versetzte. Mit kindlicher Eile und mit ebensolchem Nachdruck schloss er die Tür – samt Nase und allem anderen –, und die unmittelbaren Folgen waren jammervoll für beide Mitwirkenden dieses kleinen bürgerlichen Trauerspiels. Als endlich die Empörung überstanden und die Schluchzer verebbt und die Tränen fortgeküsst sind und der kleine Sünder getröstet auf dem verkrampften, verzeihenden Arm liegt –

* Solche Mühen – solche Anstrengungen – sind tatsächlich Kämpfe um beider willen. Doch der Kampf, der sich durch das lange Leben ihrer Tochter hinziehen sollte, ist noch immer nicht gewonnen. Die großzügige, produktive und erfolgreiche Elizabeth Stuart Phelps Ward hatte selbst nie Kinder [ebd., S. 22].

wohin ist sie entschwunden, die mächtige, großartige Inspiration? Wohin die behänden Finger, die danach verlangten, in dem eben erwachenden Leben des Wintermorgens ihren Befehlen zu gehorchen?
»Jetzt lauf wieder, Van, Mutter muss arbeiten.«
»Mama«, schwächlich, »ich hab mich auf ... irgendwas Weiches draufgesetzt. Ich bin ganz blau und bunt, Mama, hinten an der Hose. Das hab ich nicht gewusst, dass das deine Palette ist, Mama. Das wollte ich nicht.«[52]

Irgendwann später:

Avis ließ die unfertige Skizze oder das Gemälde geduldig zurück. Sie sagte: »Irgendwann später. Nach einer Weile. Ich muss ein bisschen warten.« Noch immer gelang es ihr, sich mit der Melodie dieses Refrains zu ködern, zu dem so viele hundert Frauenmünder sich zitternd geformt haben, während die Ohren nach einer sich verflüchtigenden Hoffnung oder einem wankenden Streben sich spitzten. Das Leben war eine einzige Abfolge von Erwartungssituationen geworden [...].
Frauen – und zwar im Grunde ausschließlich Frauen – wissen genau, was für ein trostloses Trugbild diese allgemeine alte Erfahrung, fast hätte ich gesagt: dieser Gemeinplatz, doch ist. »Wenn ich die Sachen für den Herbst genäht habe«, »Wenn das Baby gehen kann«, »Wenn der Hausputz erledigt ist«, »Wenn der Besuch weg ist«, »Wenn wir mit dem Keuchhusten durch sind«, »Wenn

ich wieder etwas zu Kräften gekommen bin« – dann werde ich das Gedicht schreiben oder die Sprache erlernen oder mich mit dem Altmeistergemälde beschäftigen oder die Symphonie durchdringen; dann werde ich handeln, wagen, träumen, wachsen.[53]

– *The Story of Avis*
von Elizabeth Stuart Phelps, 1877,
vor rund einem Jahrhundert

Erdulden von Unterbrechungen: ein Jahrhundert später

ein kind mit unzähmbarem blondem lockenschopf. ich nenne sie kia, pinienkernmensch & ihre augen so offen, als sie zusieht, wie ich versuche, sie einzufangen, ihr einen namen zu geben […]

[…] was ist mit der einsamen 7-jährigen (7½, mami!), die im vorzimmer fernsieht? was ist mit ihr?
Was ist mit gestern, als sie dem baby in mein zimmer nachgejagt ist & ich gebrüllt habe
RAUS RAUS RAUS HIER & sie gleich
geflüchtet ist, aber das baby blieb,
furchtlos. Wie fühlt es sich an, wenn
dein kind sich vor dir fürchtet, dein eigenes
kind, dein erstes kind, das,
das dir verzeihen muss, wenn auch nur einer von euch beiden überleben soll […]

& wie richtig ist es, sie aus dem zimmer zu sperren, damit ich über sie schreiben kann?
wie menschlich, wie liebevoll? wie kann
ich überhaupt versuchen
: ihr einen namen zu geben.[54]

– Altas *Momma.*
A Start on All the Untold Stories, 1974

Einer Frau mit Mann und Kindern ist es menschlich unmöglich, Vollzeit zu unterrichten und gleichzeitig zu schreiben

Immer wieder werde ich gefragt, wie ich neben meiner Familie und meinem Lehrerinnenberuf noch Zeit zum Schreiben finde. Tue ich nicht. Das ist einer der Gründe, weshalb ich so lange für *Jubilee* gebraucht habe. Wer schreibt, braucht dafür jeden Tag eine bestimmte Anzahl von Stunden. Das trifft besonders auf die Erzählliteratur zu, und für Romane ist es unabdingbar. Lyrik schreiben mag anders sein, aber ein Roman verlangt einfach viele Stunden täglich, regelmäßig, bis das Ding geschafft ist. Einer Frau mit Mann und Kindern ist es menschlich unmöglich, Vollzeit zu unterrichten und gleichzeitig zu schreiben. Die Wochenenden und Nächte und Urlaube reichen vielleicht zum Lesen, aber nicht zum Schreiben. Das ist ein Vollzeitjob, und solche ungeteilte Aufmerksamkeit habe ich eigentlich nur während der drei Jahre im *Writers' Project* aufbringen können, damals in der Wirtschaftskrise und dann später während dieses Jahres im Aufbaustudium, in dem ich *Jubilee* fertiggeschrieben habe.[55]

– Margaret Walker: dreißig Jahre (1938–1968)
vom Beginn der Arbeit an *Jubilee*
bis zur Fertigstellung, dazwischen vier Kinder
und sechsundzwanzig Jahre im
»Zaumzeug der Lehre«

Und trotzdem bereue ich nicht, wie mein Leben sich entwickelt hat: drei zeitgenössische schreibende Mütter erzählen

Meine Großmutter, die irgendwann einmal in ihrem Leben Kurzgeschichten geschrieben und verkauft hatte, bevor sie sechs Kinder großzog, pflegte mit einer gewissen Verbitterung zu sagen, dass das Gebären und Aufziehen von Kindern einer Frau die Kreativität aussaugten. Ihre Enttäuschung erinnert mich an mein eigenes Scheitern an dem Problem, Kinder und ganztägige Berufstätigkeit unter einen Hut zu bringen. Meine Energie habe ich nicht verloren, aber Zeit ganz bestimmt: Mindestens fünf der vergangenen zehn Jahre sind für die Geburt und Erziehung von drei Jungen »draufgegangen«, und ein Ende ist nicht in Sicht. Meine Arbeit beschränkt sich auf fünf bis sechs Stunden die Woche und ist ständigen Unterbrechungen oder Ausfällen unterworfen, und trotzdem bereue ich nicht, wie mein Leben sich entwickelt hat, obwohl ich es mir vor zehn Jahren nicht freiwillig ausgesucht hätte.

Ich glaube nicht, dass das Problem sich lösen lässt, oder zumindest glaube ich nicht an eine Lösung, die die damit verbundenen emotionalen Verwicklungen berücksichtigt. Ein kinderloses Leben wäre meinem Empfinden nach für die meisten Frauen ein ärmeres, doch ein Leben mit Kindern fordert von einem nicht nur Energie und Fantasie, sondern auch Zeit, und nicht alles kann delegiert werden – vorausgesetzt, dass da überhaupt jemand zum Delegieren zur Verfügung steht. [...] Die Reaktion einer Mutter auf die Krankheit eines Kindes ist Teil ihrer ganzen Beziehung zu dem Kind; diese Reaktion mag nicht unbedingt logisch sein, aber sie ist möglicherweise unabdingbar für das Vertrauen des Kindes, dass die Mutter sich um es kümmert. Ich kann mir nicht vorstellen zu arbeiten, während mein Kind hohes Fieber oder Schmerzen hat; ich wäre überhaupt nicht bei der Sache. Kaum besser kann ich mir vorstellen, das Kind von jemand anders betreuen zu lassen; ich müsste unaufhörlich daran denken.*

– Sallie Bingham, Autorin des eindrucksvollen Erzählbands *The Way It Is Now*, 1972[56] – und seitdem kein Buch mehr

* »Ich habe wieder das Gefühl wie früher, wenn die Kinder krank waren, die Hauptsorge vorüber zu gehn schien und ich ganz dicht bei ihnen war. Alles für sie machte, an keine Arbeit für mich dachte, nur da zu sein, körperlich, seelisch dicht um sie herum. Sie gesund pflegen. Dieses herrliche Gefühl dann des Zurückeroberns, das tiefe Glücksgefühl auf dem noch angsterregten Boden: Sie bleiben, ich halte sie.« – Käthe Kollwitz, ein Tagebucheintrag mit fünfzig Jahren [Käthe Kollwitz: *Die Tagebücher. 1908–1943*. Hrsg. v. Jutta Bohnke-Kollwitz. München: btb, 2007. S. 321. Eintrag v. 12. Juli 1917].

Warum sollte man Frauen dieses gigantische Verschlungenwerden ausreden, das doch das Wesen der Mutterschaft ist, diese irrsinnige Liebe (denn sie ist da, die Liebe einer Mutter zu ihrem Kind) und den Irrsinn, den die Mutterschaft darstellt? Damit sie sich wie ein Mann fühlen kann, frei von den Konsequenzen der Mutterschaft, von den fantastischen Ketten, die sie impliziert? Hier liegt vermutlich der Grund. Aber wenn ich entgegne, dass die Männer genau daran kranken, dass ihnen die einzige Möglichkeit des Menschen versagt bleiben muss, die Zersprengung des Ich zu erleben, was würde man mir entgegnen? Natürlich dass es der Mann war, der aus der Mutterschaft die monströse Last gemacht hat, die sie eben ist. Aber mir scheinen die historischen Gründe für die Belastung und die Plackerei die nebensächlichsten, denn gegen die gibt es Abhilfe. Und selbst wenn die Männer schuld sind an dieser versklavenden Form der Mutterschaft – ist das schon Grund genug, die Mutterschaft schlechthin zu verdammen?[57]

– Marguerite Duras in einem Interview

Ständig versuche ich nun zu begreifen, was Arbeit bedeutet, und mein Bedürfnis, es zu erlernen, mich inmitten meiner Familie als Künstlerin zu behaupten; und nach jedem Punkt, in dem ich Klarheit gewonnen habe, versuche ich, mir meine Zeit genauestens und bis ins kleinste Detail einzuteilen. In ihrem Buch über Mutterschaft[58] [in der Druckfahne gelesen] verwendet Adrienne Rich Ausschnitte aus frühen Tagebüchern, die sie geführt hat, als ihre Jungen klein waren. Immerzu teilt sie sich ihre Zeit ein. Ich darf mich nicht verabreden. Ich darf, wenn ich nicht bei den Kindern bin, nichts tun als arbeiten. Ich muss lernen, mit weniger Schlaf auszukommen. Genau so fühlt es sich an. Ich sitze zwischen allen Stühlen, stecke fest zwischen der Zukunft, in der Frauen einmal sich ihrer Arbeit werden widmen und zugleich Kinder und Liebe werden haben können … und der Vergangenheit, der körperlichen und seelischen Enge. Mein Schreibtisch steht mitten im Wohnzimmer, und die Wohnung gehört an wenigstens vier Tagen pro Woche vier Stunden lang mir* (nicht genug), aber gefühlt verziehe ich mich bloß in eine Ecke, um einen Gedanken festzuhalten und zu versprechen, ihn später zu einem Ganzem auszuarbeiten. Über dieses Muttersein gibt es so viel zu schreiben und darüber, wie es uns im Griff hält. […] Meine Kinder sind erst zwei und sechs Jahre alt, noch klein, und jeden Nachmittag sehne ich mich nach ihren Körpern, wenn ich sie abholen gehen muss.

– Brief von Jane Lazarre,
Verfasserin von *Der Mutterschaftswahn*,[59] 1976

In Einklang bringen – und ein Rückblick: eine Frage

*Wie Ihr meine leiblichen Kinder meine Aufgaben wart so auch meine andern Arbeiten***

* Bedingungen, wie sie heute noch die wenigsten schreibenden Mütter vorfinden.

** Das, was in Einklang gebracht werden muss: jenes Wort »andern« [Käthe

> Ich rücke allmählich in die Periode meines Lebens herein, wo Arbeit an erster Stelle steht. Als beide Jungen Ostern verreist waren habe ich fast nur gearbeitet. Dann noch geschlafen, gegessen, ein wenig spazieren gegangen. Aber vor allem gearbeitet. Und doch weiß ich nicht ob einer solchen Arbeit nicht der »Segen« fehlt. Durch keine andern Affekte mehr abgeleitet arbeite ich wie eine Kuh grast [...]. Vielleicht »schaffe« ich in Wahrheit dann wenig mehr. Die Hände arbeiten, arbeiten und der Kopf meint weiß Gott was zu produzieren und doch war ich früher in meiner so arg beschnittenen Arbeitszeit produktiver (?) weil ich sinnlicher war, lebte wie ein Mensch leben muss, mit Leidenschaft an allem interessiert.
> [...] Die Potenz, die Potenz lässt nach.[60]

Käthe Kollwitz, 42 Jahre alt, eine der wenigen, die eine große Künstlerin und Mutter zugleich war. Man fragt sich, welche Arbeiten uns verloren gegangen sind, zunichte gemacht von dieser »so arg beschnittenen Arbeitszeit«. Ihre größten Werke lagen noch vor ihr, doch auch ihre Kraft empfand sie dann immer stärker als »arg beschnitten«.

WENN – die erforderliche Zeit *und* Kraft gleichzeitig verfügbar wären, mit dem »Segen«, dem Leben, wie es »ein Mensch leben muss« ... (wie es, wenn sich etwas änderte, schon heute sein könnte).

Kollwitz: *Briefe an den Sohn. 1904 bis 1945*. Hrsg. v. Jutta Bohnke-Kollwitz. Berlin: Siedler, 1992. S. 104].

Der Engel im Haus*

Virginia Woolf und der Engel

Sie [die Gestalt des Engels] war es, die sich immer wieder zwischen mich und mein Papier drängte [...], die mich störte und mir die Zeit stahl und mich so quälte, dass ich sie schließlich umbrachte.

Doch jenen Aspekt des Engels, der »mit den Köpfen und den Wünschen anderer übereinzustimmen« verstand, brachte Virginia Woolf nie um: Er blieb – ein wesentlicher Teil ihres schriftstellerischen Handwerkszeugs (»Ich glaube, das Schreiben, mein Schreiben, ist etwas Mediales. Ich werde zu der jeweiligen Person«[61]). Und wie aus ihren Tagebüchern hervorgeht und aus den Erinnerungen jener, die ihr nahestanden, war dieser Aspekt gewöhnlich auch charakteristisch für ihre persönlichen Beziehungen.

Wichtiger noch: Woolf erkannte im Engel ein Künstlerwesen, das für und durch andere ausgedrückt werden musste; verstand seinen menschlichen Wert innerhalb einer patriarchalischen Struktur (hatte selbst von ihm profitiert).

In *Mrs Dalloway* und in der Figur der Mrs Ramsay aus

* Vgl. *Eine von zwölf*, in diesem Band, S. 75.

der *Fahrt zum Leuchtturm*, diesen unvergänglichen Porträts von auf den Engel reduzierten Frauen (dargestellt in ihrer tatsächlichen Machtlosigkeit, Aufspaltung, Erschöpfung, Einengung), feierte sie – voll Schmerz – deren Schöpferkraft (ihre Fähigkeit, »aus dem Augenblick etwas Bleibendes«[62] machen, »dem Individuum das Gefühl größerer Vollkommenheit, größerer Gegenwart«[63] verleihen zu können), ihre aktiven beruflichen Qualitäten (»Das häusliche Leben ist genau genommen ein Beruf [und sollte bezahlt werden], Mutterschaft ist eine anspruchsvolle Aufgabe«,[64] die »schwierigen Künste des Familienlebens«[65]), aber auch ihre Sehnsüchte und Unterschwelligkeiten – und dass sie zu einer Zeit, da für die allermeisten Frauen Leistung, nur durch andere vermittelt, erreicht werden konnte, sie ihre Erfüllung stellvertretend in verschiedenerlei Beiträgen für Dritte suchen mussten. Sie sah sie nicht als unterwürfig oder passiv an, sie verachtete sie auch nicht wegen ihrer eingeschränkten Entwicklung. Sie wusste, dass, wenn sie der Generation ihrer Mutter angehört hätte, ihre eigenen Möglichkeiten, ihr Leben fast unausweichlich genauso ausgesehen hätten, ja dass sie selbst in ihrer eigenen Generation eine große, gewagte Ausnahme darstellte.

Einige Erscheinungsformen des Engels (1800–1970)

Die erwidernden und widerhallenden Regungen

[…] das außerordentliche, stets willfährige und stets innige Mitempfinden, durch welches sie alles, was man ihr erzählen, beschreiben, aus fremden Schriftstellern zitieren konnte, gewissermaßen […] in den Gefühlen ihres Gegenübers mitschwingen ließ durch den offensichtlichen Eindruck, den es auf ihre eigenen Gefühle machte. Die Pulse des Lichts selbst sind nicht rascher, nicht zwangsläufiger in ihrem Flusse, ihrer Wellenbewegung, als es die erwidernden und widerhallenden Regungen ihrer mitfühlenden Aufmerksamkeit waren.[66]

– Thomas De Quincey über
Dorothy Wordsworth, 1839

Ein vollkommenes Mutterleben – das Leben einer vollkommenen Ehefrau

Sie ist heute nicht mehr ein Engel, als sie es immer war; doch ich kann nicht glauben, dass durch den Zufall ihres Todes all ihre unaussprechliche Zärtlichkeit für die Wesen, die sie so sehr liebte, verloren ist. […] Man kann für immer die unauslöschliche Schwingung ihrer Liebe empfinden. Ich fühle heute, dass ich in jenen letzten Wochen nicht zärtlich genug zu ihr war – dass ich blind war gegen ihre Liebenswürdigkeit und Güte. […] Als ich aus Europa zurückkam, war ich betroffen, wie matt und abgezehrt sie war, und jetzt weiß ich, sie war sehr müde. Sie ging ihren gewohnten Arbeiten nach, doch die Last des Lebens war schwer für sie geworden, und sie brauchte Ruhe. Es liegt etwas unaussprechlich Rührendes für mich in der Art, wie sie in diesen letzten Jahren ohne solche

Ruhe von Jahr zu Jahr weiterschaffte. Hätte sie nur leben können, sie hätte sie haben sollen, und es wäre eine Freude gewesen, sie dann zu sehen. Doch sie hat ihre Ruhe nun, die vollkommenste Ruhe. Keinen Sommer hat sie sich von Cambridge entfernt – es war Vater unmöglich, sein Haus zu verlassen. Das Land, das Meer, Luft- und Szenenwechsel waren ihr eine besondere Freude; doch sie trug den ständigen Verzicht darauf mit der größten Freundlichkeit und Geduld. Sie verbrachte Tag und Nacht in diesem trockenen, trüben, heißen, muffigen und widerlichen Cambridge und hatte dabei nie einen anderen Gedanken als den an Vater und Alice. Es war ein vollkommenes Mutterleben – das Leben einer vollkommenen Frau. Ihre Kinder auf die Welt zu bringen – sich jahrelang für ihr Glück und Wohlergehen zu opfern – dann, da sie selbständig geworden und in die Welt und ihre eigenen Interessen vertieft waren – sich mit ihren schwindenden Kräften niederzulegen und ihre reine Seele der himmlischen Macht anzubefehlen, die ihr diesen göttlichen Auftrag gegeben hatte.[67]

– Henry James in seinem *Tagebuch*
nach dem Tod der Mutter (1882)

William Butler Yeats, »Die Frau«

Lobt Gott, dass er die Frau sodann
Erschuf, uns ganz ergeben,
Denn solche Freundschaft fand kein Mann
Bei einem Mann im Leben,

Die alles deckt mit Fleisch und Bein,
Was er hervorgebracht,
Mischt sich nicht in Gedanken ein,
Die sie nicht selbst gedacht.[68]

Ihn schonen und so weiter

Ida, [...] ich will dich, wenn Du zu mir kommen kannst. Aber *nur folgendermaßen*. Wir müssten Jack täuschen. J. darf *niemals* erfahren, was ich zu tun habe. Er hilft mir, so gut er kann, aber eigentlich kann er mir gar nicht helfen, und das Resultat ist, dass ich meine ganze Kraft – jeden letzten Rest – zum bloßen Durchhalten brauche. Für Arbeit habe ich keine übrig. Ich bin mit meiner ganzen Arbeit im Rückstand, und ich *kann sie nicht tun*. Ich starre einfach in den Himmel. Sogar zum Denken bin ich zu müde. Wovon bin ich müde? Vom Aufstehen, davon, mich um alles zu kümmern, alles herzurichten, ihn zu schonen und so weiter. Die Reise hätte mich tatsächlich fast umgebracht. Er hatte keine *Ahnung*, dass ich überhaupt litt, und verstand gar nicht, warum ich »so schrecklich« aussah und warum alle anscheinend glaubten, ich sei furchtbar krank.[69]

– Katherine Mansfield
(Brief an ihre Freundin Ida Baker)

Katherine Anne Porter, auf folgende Frage einer Interviewerin:

INTERVIEWERIN: Aber haben Sie nie festgestellt, dass die Tatsache, dass Sie eine Frau sind, Sie als Künstlerin vor bestimmte, besondere Probleme gestellt hat? Mir scheint, dass große Bereiche der weiblichen Erziehung der Tendenz Vorschub leisten, das eigene Selbst in viele kleine Stückchen zu zerreißen, während die Ausübung jeder Art von Kunst doch gerade ein Einhegen und Konzentrieren dieses Selbst und seiner stets ungenügenden Kräfte erfordert.
PORTER: Ich glaube, das ist sehr wahr und sehr richtig. Man wächst auf mit dieser [...] seltsamen Vorstellung von weiblicher Verfügbarkeit in jeder geistigen Beziehung und dass man jedem, der es einfordert, zu Diensten sein muss. Und ich vermute, das ist auch der Grund, warum ich zwanzig Jahre gebraucht habe, diesen Roman zu schreiben; er ist von so ziemlich jedem unterbrochen worden, der es geschafft hat, sich irgendwie in mein Leben hineinzustemmen.[70]

– *Writers at Work, The Paris Review Interviews*

*Die Befreiung des unentbehrlichen Engels**

Virginia Woolfs Zukunftsvision:

Ich denke an Sussex in fünfhundert Jahren. [...] Dinge werden verbrannt, ausgemerzt worden sein. Es wird magische Tore geben. Luftzüge von

* Vgl. *Eine von zwölf*, in diesem Band, S. 75.

> elektrisch betriebenen Ventilatoren werden die Häuser reinigen. Helle und fest geführte Lichter werden über die Erde gehen und die Arbeit tun.
> […]
> […] Und dann war da das plötzliche tanzende Licht, das in der Zukunft aufgehängt war. […] »Seht, ich will eine kleine Figur zu eurer Zufriedenheit machen; hier kommt sie. Ob diese kleine Figur, die […] in die wirtschaftliche, mächtige und tüchtige Zukunft schreitet, in der die Häuser durch einen Stoß heißen Windes gereinigt werden, euch befriedigt?« […] Wir riefen zusammen aus: »Ja, ja«, als bestätigten wir etwas in einem Augenblick der Erkenntnis.[71]

Charlotte Perkins Gilman (*Frauen und Arbeit*, 1898;[72] *Unser Heim, sein Einfluss und seine Wirkung*, 1903[73]) ist die Pionierin und noch immer die fast alleinige Vertreterin von Methoden, durch die »diese technisch und sozial völlig überholte, menschenverschwendende Fronarbeit« überwunden (und der unentbehrliche Engel befreit) werden könnte, ohne die kleinen Alltagsfreuden der menschlich-immanenten Versorgung über Bord zu werfen. Diese wären dann freie, freiwillige Selbstverwirklichung und nicht mehr lebensverschlingende Notwendigkeit.

Gattinnen, Mütter, Möglichmacherinnen*

Für meine Frau, ohne die …

Üblicherweise treten Schriftstellergattinnen in Erscheinung wie etwa Katia Mann, die es als ihre Aufgabe ansah, dafür zu sorgen, dass Thomas Mann die besten Arbeitsbedingungen hatte. Gertrude Stein wurde von Alice B. Toklas der Rücken freigehalten.

Nur wenige Schriftstellerinnen hat es hingegen gegeben, die wie George Eliot das vollkommene Glück eines männlichen Partners kannten, der in ihr »jene Gesundheit beflügelt, aus der die größte Schaffenskraft entspringt«[74] – an schreibenden Männern, die in diesen Genuss dank ihrer Partnerinnen kommen und kamen, hat es jedoch nie gemangelt. Nicht nur Gattinnen standen ihnen zur Seite, auch Mütter, Schwestern, Töchter, Geliebte, Haushaltshilfen, Sekretärinnen, Wirkerinnen und Verhüterinnen.

Hier ist nicht der Ort, die Myriaden von Frauen aufzuführen, die zur Entwicklung und Schaffenskraft eines Schriftstellers einen bedeutenden, manchmal entscheidenden Beitrag geleistet haben.** *Aber wie viele von ihnen gehörten zu jenen unter den möglichen zwölf, die zum Verstummen gebracht wurden?*

* Vgl. *Eine von zwölf*, in diesem Band, S. 76.

** Wie jede aufmerksame Lektüre von Schriftstellerbiographien enthüllt.

Man erinnere sich an die jungen schreibenden Frauen, deren aufstrebendes Leben sich in der Liebe Fessel verfitzte – die ihre eigene Arbeit liegen ließen (seine Begabung ist wichtiger als meine*) im Glauben, sie würden die von der Geschichte geadelte »geliebte Muse« werden; und andererseits an diejenigen, die den festen Vorsatz hatten weiterzuschreiben – und es versuchten; beide werden für gewöhnlich subsumiert unter den Dienerinnen-Möglichmacherinnen, den Ehefrauen und Müttern von Kindern.** Allein die Mütter (nach meinem eingeschränkten Kenntnisstand), die als Mädchen oder junge Frauen (oder spät im Leben) ernsthaft geschrieben haben, würden eine ganze Seite füllen.***

Man denke auch an die unterstützenden Frauen, die berühmten Möglichmacherinnen: Margaret Anderson, Jane Heap, Harriet Monroe, Sylvia Beach, die sich – wenn auch nur im Autobiografischen oder in journalistischen Anlasstexten – als Autorin von Format zeigten. Ja und an Edith Mirrielees (Gründerin des Stanford Creative Writing Center) und all die namenlosen anderen großartigen Lehrerinnen, die andere auf die richtige Spur gebracht haben. Und an Martha Foley (die langjährige Herausgeberin der *Best*

* So sprechen Frauen, denen das Gefühl für das eigene Potenzial, das Selbstbewusstsein ohnehin schon geraubt wurde und die die alltäglichen Vorteile in den Lebensumständen der Männer nicht erkennen, ganz zu schweigen von ihren von Geburt an genossenen gewaltigen Vorteilen.

** Und, wenn ich hinzufügen darf, vielleicht als solche entsorgt.

*** Eine Auswahl berühmter Söhne dieses Jahrhunderts nennt T. S. Eliot, Jorge Luis Borges, Allen Ginsberg, John Updike. Man erinnere sich auch an Woolf: »Wenn man [...] von einem außergewöhnlichen Mann [liest], der eine Mutter hatte, dann, denke ich, sind wir auf der Spur einer verhinderten Romanschriftstellerin, einer unterdrückten Dichterin« [Virginia Woolf: *Ein eigenes Zimmer*. Übers. v. Heidi Zerning. In: Dies.: *Ein eigenes Zimmer. Drei Guineen. Zwei Essays*. Frankfurt a. M.: Fischer, 2001. S. 52].

American Short Stories), die mehr für die Kurzgeschichte getan hat als jede und jeder andere zu meinen Lebzeiten. »Ich wollte schon immer nur schreiben.« In jüngeren Jahren tat sie das auch. Doch (die vertraute Situation): Sie musste sich und ein Kind ernähren.

Ich bekomme die schreibenden Ehefrauen (oder lange verheirateten Frauen) männlicher Literaturgrößen nicht aus dem Kopf: Eleanor Clark, Janet Lewis, Caroline Gordon, Jane Bowles,* Elizabeth Hardwick, Mary Ellmann, Diana Trilling, Hope Hale Davis, Ann Birstein, Helen Yglesias.** So gut wie jede hat auf ihre eigene herausragende Art Qualität und Weitblick bewiesen wie auch die Fähigkeit, zur Literatur beizutragen, und zwar mindestens im selben Maße wie ihr Mann – nur eben bei deutlich geringerer Produktivität, geringerem Einfluss, geringerer Anerkennung.

... mit Fleisch und Bein

Wieder Melvilles *Pierre*:

> [...] Dann bringt Delly noch einen weiteren heißen Ziegelstein und tut ihn unters Tintenfass, damit die Tinte nicht erstarrt. Dann zieht Isabel das Feldbett näher zu ihm heran, auf dem zwei oder drei Bücher liegen, in die er womöglich den Tag

* »In den zwanzig Jahren, die wir jetzt hier [in Marokko] leben, habe ich nichts geschrieben außer zwei Kurzgeschichten. Für Paul ist es gut hier, für mich nicht« [zit. in: *World Authors 1950–1970*. Hrsg. v. John Wakeman. New York: H. W. Wilson Co., 1975. S. 203].

** Die Ehemänner: Robert Penn Warren, Yvor Winters, Allen Tate, Paul Bowles, Robert Lowell, Richard Ellmann, Lionel Trilling, Robert Gorham Davis, Alfred Kazin, Jose Yglesias.

über schauen möchte, dazu ein oder zwei Zwiebäcke und etwas Wasser, ein sauberes Handtuch und eine Schüssel. Dann lehnt sie einen Stock mit gekrümmtem Griff neben Pierres Ellbogen an das Brett. [...] Mit dem Krückstock kann Pierre [...], wenn er alleine ist und zufällig etwas benötigt, das sein Arm nicht zu erreichen vermag, das Gewünschte dicht zu sich heranziehen.

Pierre blickt langsam um sich; alles scheint in der rechten Ordnung zu sein; er schaut mit dankbarer, schwermütiger Zufriedenheit auf zu Isabel; eine Träne steigt ihr in die Augen, doch sie verbirgt sie vor ihm, indem sie ganz nah an ihn herantritt, sich nach vorn beugt und seine Stirne küsst. Es seien ihre Lippen, die dort die feuchte Wärme hinterlassen, nicht ihre Tränen, sagt sie.

»Jetzt muss ich wohl gehen, Pierre. Und lass nur, lass nur ja den Tag nicht wieder so lang werden. Ich komme um halb fünf zu dir. Du sollst deine Augen nicht im Zwielicht anstrengen.«[75]

Jorge Luis Borges:

Meine Mutter ist immer gastfreundlich gewesen. [...] Sie übersetzte später einige von Hawthornes Erzählungen, eines von Herbert Reads Büchern über Kunst und besorgte einige der Übersetzungen von Melville, Virginia Woolf und Faulkner, die mir zugeschrieben werden. Sie war für mich immer ein Kamerad [...] und eine verstehende und verzeihende Freundin. Jahrelang, bis vor Kurzem, erledigte sie alle meine Büro-Arbeiten, beantwortete

> Briefe, las mir vor, schrieb meine Diktate und reiste mit mir [...]. Sie war es [...], die still und wirksam meinen literarischen Werdegang förderte.[76]

Über Edmund Wilson:

> Der Wilson-Haushalt, das wär was für dich gewesen. Elena [seine vierte Ehefrau] hat Edmunds Leben wirklich völlig auf den Kopf gestellt. Und darüber hinaus liebt sie ihn richtig! Das kleine Mädchen, Helen, ist ganz entzückend; ich muss ihr ein *Orlando*-Buch[77] schicken. Das Haus ist ungemein einladend; und Elena hat ganz offensichtlich kräftig angepackt beim Renovieren, die Fußböden und Wände abgeschabt und Vorhänge genäht. Es gibt einen »Salon« mit jeder Menge klassizistischem Mahagoni (E.s Mutter), gelb bezogen; ein Esszimmer mit noch mehr Mahagoni vor blauen Wänden samt hübschem blauem Staffordshire-Porzellan und Tafelsilber; ein »Durchgangszimmer« mit weiteren blauen Wänden und blauen Baumwollstoffen und Leinen und Ed.s prächtiges Arbeitszimmer mit angeschlossenem Badezimmer sowie eine Treppe zum Dachboden, wo die Bücher stehen, die keinen Platz mehr gefunden haben. Zum ersten Mal hat der arme E. jemanden, der auf ihn achtet, viel Platz, und seine diversen Utensilien sind auch geschickt angeordnet – Mary [erste Ehefrau] hat sich in diesen praktischen Angelegenheiten nie wirklich nützlich gemacht; und E. hat all die Jahre ein ziemlich verwahrlostes Dasein geführt. Jetzt läuft alles wie am

Schnürchen: Tee auf dem Tablett für sein »Elf-Uhr-Päuschen«, absolute Stille während seiner Arbeitszeit und anständige Mahlzeiten in angemessenen Intervallen. – Elena war eine sehr gute Gastgeberin und hat mir gigantische Mittagessen serviert (eines mit Hummer), mit Highballs zum Tee. [...] Sie haben einen kleinen, sonnigen Garten neben dem Haus, und Elena hat ein kleines Gemüsebeet, sehr europäisch, mit Salat und Bohnen, die neben Kräutern und den Zinnien wachsen.[78]

– die unvergleichliche Dichterin Louise Bogan
(die nichts von alledem hatte, nur eine Tochter,
die sie allein aufzog);
aus einem Brief an May Sarton, 1954,
What the Woman Lived

INTERVIEWER: Schrieb er nach ihrer Verlobung denn sehr viel?
MRS. WILLIAM CARLOS WILLIAMS: Nein; nur ganz gelegentlich schickte er mir mal ein Gedicht. Aber er hatte ja auch so viel zu tun mit der neuen Praxis. Nach unserer Heirat schrieb er mehr. Ich habe dafür gesorgt, dass er die Zeit hatte [...].[79]

John Gardner:

GARDNER: [...] Wenn ich nicht genau weiß, was eine Figur sagen oder wie ein Zimmer aussehen könnte, dann frage ich meine Frau. Sie hat die Fähigkeit, einen Raum zu betreten, in dem sie keine Menschenseele kennt, und einem die Vornamen mehrerer Leute sagen zu können, einfach nur, weil sie aussehen wie ein Raymond oder eine Sheila. Mein Werk setzt diese beiden Vorstellungskräfte intensiv ein, seitenlang. Meine eigene Vorstellungskraft ist dichterisch und philosophisch. Ich konzentriere mich auf den Rhythmus der Sätze und Absätze und Kapitel und auf Ideen, die sich in den Figuren und ihren Handlungen verkörpern. Joans Denken ist sehr genau im psychologischen und soziologischen Sinn. Es durchzieht alles, was ich tue. Vielleicht hätte ich von Anfang an »John und Joan Gardner« auf die Titel setzen lassen sollen; vielleicht mache ich das in Zukunft auch so. Aber heutzutage wird ein solches Werk nicht wirklich als Kunst betrachtet. Die Vorstellung, Kunst müsse individuell, eine einzigartige schöpferische Vision sein, entspricht gar nicht dem Geist des Mittelalters oder der Antike. Im Mittelalter war es völlig normal, dass mehrere Leute an einem Kunstwerk arbeiteten: der Vulgata-Zyklus des 13. Jahrhunderts, also der Prosa-Lanzelot, hatte Hunderte von Autoren. Mir ist wohl bei dieser Herangehensweise, aber bislang war mir durchaus nicht wohl dabei, anderen zu erzählen, dass ich nach ihr verfahre. Je mittelalterlicher ich werde, desto eher werde ich wohl eingestehen, wie viele bei mir mitschreiben.

BELLAMY: Das klingt ja so, als sei Ihre Frau ihre Ko-Autorin. Stammen tatsächlich Teile der Bücher von ihr?

GARDNER: [...] Ich bediene mich bei einer Menge von Leuten, besonders bei Joan. Sie hat aber noch nie eine Zeile geschrieben, weil sie dafür zu faul ist. Aber sie ist bereit, Fragen zu beantworten. Der Umfang ihres Beitrags erreicht nicht ganz das, was man im modernen Sinn eine Gemeinschaftsarbeit nennen würde.[80]

– *The New Fiction. Interviews With Innovative American Writers*, 1974*

Wir, die wir schreiben, sind Überlebende – Einzige; eine von zwölf ... und müssen berichten von unserem willkürlichen Glück, unseren besonderen Bedingungen

Glücklich können sich jene unter uns nennen, die aus gebildeten, ehrgeizigen Familien stammen und keine Brüder haben; glücklich diejenigen, deren finanzielle Situation das gerade Notwendige übersteigt und die deshalb über Wahlmöglichkeiten verfügen; glücklich diejenigen, in deren Leben es einen anderen Menschen gibt, der »jene Gesundheit beflügelt, aus der die größte Schaffenskraft

* Ich zitiere Gardner mit gemischten Gefühlen; er spricht die Situation offen aus. Die wahren »Blutsauger« unter den Autoren – die ich lieber zitiert hätte – tun das nicht. Darüber hinaus teile ich seinen »mittelalterlichen« Ansatz: Ob jetzt Antike, Mittelalter oder Neuzeit, in der Kunst haben wir alle jemanden, der beiträgt, haben »Mitarbeiter«, »Mitarbeiterinnen«. Und – wenn eine Schriftstellerin hier frech nachfragen darf: Woran genau liegt es, dass eine begabte Frau »zu faul« ist, nur Zuarbeiterin ist und nicht mit eigener Stimme schreibt? Womit nicht gesagt sein soll, dass diese Frage im vorliegenden Fall unbedingt zutreffend sein muss oder dass jede schreiben kann und sollte – sondern dass es immer wichtig ist, diese Frage zu stellen. Erst ganz allmählich begreifen wir, wie Entmutigung passiert, wie sich die Unterdrückung von Stimmen vollzieht, wie manche zu denen werden, denen alles möglich gemacht wird, und andere zu Möglichmacherinnen.

entspringt«;* glücklich diejenigen, die Ermutigung, Anerkennung, Stipendien und Verlagsverträge bekommen, diese Rettungsanker, die das kenternde Schiff vor dem Untergang bewahren; glücklich diejenigen, die (wie hier angedeutet) in ein gesünderes literarisches Klima hineingeboren werden, in der durch eine entsprechende Bewegung der Boden für ein besonderes Interesse an Geschlechterfragen oder für das eigene Spezialthema schon bereitet wurde: glücklich nennen können sich diejenigen unter uns, die dort leben, wo Beziehungen und Chancen möglich sind, die nicht überall geboten werden.

Die Regel ist einfach: Wann immer jemand dieses bewussten Geschlechts und / oder Klasse und / oder Hautfarbe ohne alle Unterstützung eine anerkannte Eigenleistung hervorbringt, dann liegt das nicht an der besonderen Befähigung, an Mut und Entschlossenheit (die haben viele), sondern an all diesen Eigenschaften, gepaart mit willkürlichem Glück.

* Aber keines Menschen Entwicklung sollte mehr auf Kosten derjenigen eines anderen stattfinden.

Die Plage: unsichtbare Gründe des Verstummens

Zusammenbruch

In den ursprünglichen Vorträgen nur indirekt angesprochen:

Demontage der Fähigkeiten, Absaugen des Willens, des Glaubens an sich selbst, von frühester Kindheit an. Ablenkung, Abspaltung, Scham. Geraubter Ehrgeiz. Der Engel und der Versuch, ihn zu töten; harsche, mühevolle Haushaltslast. Verdammnis der Frau. Die Grundsituation. Wirtschaftliche Notwendigkeiten. Aufschieben, Erdulden von Unterbrechungen, unterbrochener Konzentration. Sporadische Anstrengungen; unfertige Arbeiten; unbefriedigende Werkqualität. Abwertung. Haltungen der Kritik. Gnadenloses Klima. Einschränkung. Einengung.

»Die Notwendigkeit, dem entgegenzutreten, [...] musste ihren Geist ermüden und ihre Lebenskraft schwächen.«[81]

In der Tat. Manchmal bis zum – Zusammenbruch.

Zusammenbruch – nicht eigentliche Geisteskrankheit, die unter Schriftstellerinnen selten ist; auch nicht Selbstmord, der noch seltener ist.*

* Der weithin rezipierten Theorie vom »grausamen Gott« zum Trotz, Wahnsinn und Selbstmord seien die unvermeidlichen Begleiterscheinungen kühner

Äußerste Not. Wenn die Last zu groß, man überanstrengt ist – und sei es zeitweise –, bricht man zusammen, gibt auf, geht unter, kann nicht weitermachen.

Verzweiflung an der Realität. Nichtigkeit. Überlebenswichtiger Rückzug. Toben. Oder Schmerzen, Verletzungen, im *Körper* gespürt, in ihn hineinverlegt, dort am Werk – wenn es keinen anderen Weg, keinen anderen Ort gibt, zu spüren, sich dem zu stellen, die Ursache zu beseitigen.

Nicht Neurosen oder Neurosensymptome wie üblicherweise (miss)verstanden, (fehl)behandelt. Natürlich. Äußerste Not. Geistige Gesundheit. Es wäre unwirklich (wahnsinnig), nicht so zu (re)agieren.

Im letzten Jahrhundert verstand man mehr davon. Hatte genauere Begriffe dafür. Fuller (bereits zitiert):

> Wenn irgendein Individuum zu sehr in Beziehungen lebt, so dass ihm die Ressourcen seiner eigenen Natur fremd werden, verfällt es nach einiger Zeit in einen Zustand der Ablenkung oder Schwäche, von dem es nur durch eine Zeit der Isolation geheilt werden kann, die den sich erneuernden Quellen Zeit gibt, aufzusteigen.[82]
>
> (wie es auf Fuller selbst zutraf)

Emily Dickinson:

> Liebste Schwester.
> Nannte ich Sie so?
> Ich kann mich kaum erinnern, alles ist so anders –

weiblicher Schöpfungsbestrebungen. In den wenigen Fällen von Wahnsinn oder Selbstmord werden die verborgenen Plagen kaum (wenn überhaupt) als Faktoren berücksichtigt.

Ich zögere bei der Wahl der Worte, weil ich nur wenige nehmen kann und jedes meist sein muss, weiß nur, dass der Welt drastischste Vorgänge in einer einzigen Silbe ruhen, ach was, in einem Blick –
Der Arzt sagt, ich litte an »nervlicher Entkräftung«.
Vielleicht – ich kenne die Namen von Krankheiten nicht. Die Krisis der Trauer zu vieler Jahre, sie ist's, die mich müde macht [...].
Bitte, Schwester, warten Sie –[83]

– Brief an Mrs. J. G. Holland, Ende 1883

Acht Samstagnachmittage ist es her, da buk ich mit Maggie Kuchen, als ich eine große Finsternis nahen fühlte und bis zum späten Abend von nichts mehr wusste. [...] Ich war in Ohnmacht gesunken und hatte zum ersten Mal in meinem Leben besinnungslos dagelegen. Darauf wurde ich sehr krank und bereitete den Meinen große Sorge, doch nun werde ich wohl bleiben. Der Doktor spricht von »Nervenübel«; doch wer außer dem Tod hätte ihnen Leids getan?[84]

– Brief an Louise und Frances Norcross, Anfang August 1884

Vincent Van Gogh:

Und vielleicht liegt da der tiefste Grund der Herzkrankheit, das würde mich gar nicht wundern. Man empört sich nicht mehr gegen die Dinge, man ist auch nicht in sein Schicksal ergeben, man

> ist krank, das geht nicht vorüber und lässt sich auch nicht richtig heilen.[85]

Olive Schreiner, über jene, die versuchen, ihrer Zeit vorauszuleben zu einer Zeit, da die gesellschaftlichen Veränderungen, die das ermöglichen würden, noch nicht vollzogen oder eben erst dabei sind, sich zu vollziehen (»eine Stunde, zu der nichts getan werden kann [...], wenn nicht Zoll um Zoll«[86]):

> Die Veränderungen in unserer Umgebung und dem, was wir wissen, sind so rasche, dass [... im] Innern dieses Menschen [...] in verstärkter Form derselbe Kampf, derselbe Konflikt und dieselbe Disharmonie [besteht], die in der Gesellschaft als Ganzes zwischen ihren verschiedenen Mitgliedern entsteht. Und es ergeben sich schmerzliche Momente für das Individuum, wenn es die Notwendigkeit, neue Wege einzuschlagen oder sich neuen Verhältnissen anzupassen, erkennt und sich doch noch von der Macht traditioneller Überzeugungen gefesselt fühlt. Männer und Frauen, die ihr Leben den neuen materiellen Verhältnissen anzupassen und mit den neuen Kenntnissen in Einklang zu bringen suchen, sind manchmal fast gezwungen, die Kontinuität ihres eigenen Seelenlebens zu durchbrechen.[87]

> Weil es keinen anderen Ort gab,
> wohin ich fliehen konnte,
> kam ich zurück zum Schauplatz der verwirrten Sinne

[…]
Alle haben mich verlassen,
nur meine Muse nicht,
die brave Pflegerin.[88]

Flieht auf eurem Esel,[89] *Annen, Annen,*
liebste Schwestern …

In ihrem Werk wie in ihren privaten Problemen war sie [Virginia Woolf] immer zivilisiert und vernunftgeprägt, was das Thema der Geisteskrankheit betraf. Sie schliff dieser speziellen Krankheit die Ecken ab, sie definierte sie als Krankheit und beraubte sie des bösen Zaubers, den sie durch furchtsames oder nachlässiges Denken erhalten hatte; das ist eines der Geschenke, für die wir ihr zu danken haben.[90]

Ja.

In ihrem Leben und ihren Tagebüchern: das unvergleichliche Protokoll (das uns allen Hilfe bietet) ihres Verhinderns, Abwendens, Bekämpfens, *Umgrenzens* der Krankheit (manchmal ein tatsächlicher Wahn, manchmal Zusammenbruch); ihres Verstehens, des Einsetzens desselben.

Obenstehendes stammt aus einer derzeit noch unlektorierten, unveröffentlichten Rede, die ich 1973 am MIT gehalten habe auf dem Höhepunkt der Wahn-und-Selbstmord-Esoterik. Sie begann mit der folgenden Namensliste:

Selbstmord
Charlotte Mew
Amy Levy
Sara Teasdale

Vielleicht Selbstmord
Sylvia Plath

Selbst gewählter Tod
Charlotte Perkins Gilman
Virginia Woolf

Kein Selbstmord
(obwohl manche, in Zeiten höchster Not, ihn versucht oder erwogen haben mögen)

Jane Austen
George Sand
Die Brontës
Mrs Gaskell
George Eliot
Emily Dickinson
Harriet Beecher Stowe
Elizabeth Barrett Browning
Kate Chopin
Olive Schreiner
Sarah Orne Jewett
Gertrude Stein
Willa Cather
Colette
Edith Wharton
Mary Austin
Ellen Glasgow
Susan Glaspell
Katherine Mansfield
Dorothy Richardson
Henry Handel Richardson
Edna St. Vincent Millay
Zora Neale Hurston
Dorothy Parker
Agnes Smedley
Dorothy Canfield Fisher
Louise Bogan
Gabriela Mistral
Elizabeth Madox Roberts
Elizabeth Bowen
(und viele andere)

Noch unter uns
(siebzig Jahre und älter)

Jean Rhys
Katherine Anne Porter
Nelly Sachs
Anaïs Nin
Kay Boyle
Christina Stead
Jessamyn West
Rebecca West

Arbeitsbedingungen*

> Könnte ich doch nur in der Zukunft noch einmal auf die Welt kommen! Dann ist man als Frau vielleicht nicht mehr von Geburt an gebrandmarkt.[91]
>
> – Lyndall, in Olive Schreiners *Geschichte einer afrikanischen Farm*, 1883

Die Behandlung und die Umstände der schreibenden Frau und ihres Werks, die sich nicht allein nach Fähigkeiten, Errungenschaften richten, sondern davon beeinflusst sind, dass sie einem bestimmten Geschlecht angehört: dem weiblichen.

> »Sie werden – ich weiß es – fortfahren, mich nach irgendeinem Maßstab dessen zu beurteilen, was Sie für mein Geschlecht schicklich finden.«[92]
>
> – Charlotte Brontë, 1849

> »Die Notwendigkeit, dem entgegenzutreten, das zu widerlegen, musste ihren Geist ermüden und ihre Lebenskraft schwächen.«[93]
>
> – Virginia Woolf

* Vgl. *Eine von zwölf*, in diesem Band, S. 85–86.

Abwertung, Haltungen der Kritik

Das ewige Phänomen des tanzenden Hundes*

Ozicks Beispiel stammte aus dem Jahre 1969. Ein weiteres aus dem Jahr 1928 zitiert Virginia Woolf in *Ein eigenes Zimmer*, wie auch Dr Johnsons ursprüngliches berühmt-berüchtigtes Diktum, zweihundert Jahre vor uns:

> Ein predigendes Weib gleicht einem aufrecht gehenden Hund. Beide tun es nicht gut, allein man wundert sich, dass sie es überhaupt tun.[94]

Und zur Shakespeare-Zeit, vor vierhundert Jahren, stellte sich Woolf einen Nick Greene vor, der »sagte, dass eine schauspielernde Frau ihn an einen tanzenden Hund gemahnte«.[95] Der heutige Abkömmling dieses Phänomens: eine Weite des Blicks – oder eine Kraft – oder eine Gelehrsamkeit – oder eine Energie – (oder ein Was-auch-immer), *»die bei einer Frau erstaunen müssen«*.

Rezensenten

> Ein Mann, der meinen Band *Procedures for Underground* besprach [...], diskutierte die »häusliche« Metaphorik der Gedichte und ignorierte dabei vollständig die Tatsache, dass sieben von acht Gedichten außer Haus spielen. [...] In diesem Fall hatten sich seine Theorien, worüber Frauen schreiben sollten, so massiv zwischen Leser und

* Vgl. *Eine von zwölf*, in diesem Band, S. 85.

Gedichte geschoben, dass ihm die Gedichte selbst unsichtbar wurden.[96]

– Margaret Atwood

»Geschlechtervorurteile in der Rezension« (zusammengefasst nach einer 1971/72 von Margaret Atwoods Studentinnen und Studenten durchgeführten Studie):

> [...] damit meinten wir nicht negative Kritiken, sondern dass der Rezensent je nach Geschlecht des Autors bzw. der Autorin und den damit verknüpften Zuschreibungen Punkte vergab bzw. in Abzug brachte, statt nach den Qualitäten des Werkes selbst zu fragen. [...]
>
> [Wir machten eine Umfrage unter Mitgliedern der schreibenden Profession, die eine Hälfte männlich, die andere weiblich]: Sind Sie jemals Geschlechtervorurteilen begegnet, die in einer Besprechung gegen Sie ausgespielt wurden? [...] [Parallel lasen wir] eine große Zahl Rezensionen aus einer breiten Palette von Zeitschriften und Zeitungen.
> [...] Von den Männern antwortete niemand mit »Ja«, ein Viertel mit »Vielleicht« und drei Viertel mit »Nein«. Von den Frauen kam zur Hälfte ein »Ja«, ein Viertel antwortete mit »Vielleicht« und ein weiteres Viertel mit »Nein«. Die Frauen, die mit »Ja« geantwortet hatten, schrieben oft lange, detailreiche Briefe, in denen sie Beispiele lieferten und ihre eigenen Einstellungen diskutierten. Die Briefe der Männer waren allesamt kurz.

> […] Als wir uns die Rezensionen vornahmen, stellten wir fest, dass [die Frauen] mitunter recht hatten.[97]

Zu den ermittelten Ausprägungen dieses Vorurteils zählten:

> Vergabe der Rezensionen: Von Frauen verfasste Werke werden von Redaktionen überwiegend an Frauen vergeben.
>
> »Männliche« Adjektive werden noch immer mit hoher Wahrscheinlichkeit auf das Werk männlicher Schriftsteller angewandt, Schriftstellerinnen dagegen wird eine Spielart »weiblichen Stils« oder »weiblicher Wahrnehmung« attestiert, unabhängig davon, ob ihr Werk dazu Anlass gibt oder nicht. (Das »Quiller-Couch-Syndrom«, nach einem Aufsatz der Jahrhundertwende, der männliche und weibliche Schreibstile definiert.)
>
> »Sie schreibt wie ein Mann«: ein Muster, in dem »gut« so viel bedeutet wie »männlich« und »schlecht« für »weiblich« steht. Als Kompliment gemeint. Falls eine Schriftstellerin gut schreibt, verdient sie es, dass ihre weibliche Identität aufgehoben und ihr der höhere (männliche) Status zuerkannt wird.*
>
> Die (für gewöhnlich männliche) Angewohnheit, sich beim Werk einer Schriftstellerin auf häusliche Themen zu konzentrieren und jedes andere Thema zu ignorieren, dem sie sich auch gewidmet haben mag, dann aber herablassend über ihr

* »Kraft wird nur selten als solche erkannt, wenn ihr Gegenstand für ›weiblich‹ gilt« [vgl. *Eine von zwölf*, in diesem Band, S. 85].

»Interesse an häuslichen Themen« zu sprechen. Unsachliche Wertäußerungen zum Aussehen der Autorin.* Sonderpunkte für Attraktivität (das »Abwertung-durch-sexuelles-Kompliment-Syndrom«).[98]

– nach Atwoods
Paradoxes and Dilemmas.
The Woman as Writer, 1973

Haltungen der Kritik: Große Kunst ist …

»Große Kunst handelt von dem, was Männer tun.« Darum handelt so viel davon auch von Frauen. Aber von Frauen geschaffen ist sie nicht. »Große Kunst behandelt auch Bereiche, die Frauen versperrt sind oder versperrt sein sollten, wo sie jedenfalls nie gewesen sind.« Das Kindbett ist kein Ort, auch kein Ereignis; es ist lediglich etwas, was Frauen tun. »Große Kunst handelt nie von dem, was Frauen tun.« Außer sie stammt von einem Mann. »Frauen sind Künstlerinnen des Haushalts. […] Machen wir uns doch nichts vor, Ladys – das Haus und der Kosmos, das sind zwei Paar Schuhe. […] Und dann: der Stil weiblicher Autoren!« Kritiker dieser Couleur wissen immer genau, was große Kunst ist – und wünschen, nur große Künstler zu besprechen. Daran erkennen sie, dass sie große Kritiker sind. Ein großer Künstler schreibt ausschließlich einen

* Das maßgebliche Autorenlexikon *Twentieth Century Authors*, Erstausgabe 1942, herausgegeben von Stanley Kunitz, bildete in dieser Hinsicht ein klassisches Beispiel. Kaum eine Schriftstellerin entging einer Beschreibung ihres Aussehens und ihrer häuslichen Gewohnheiten.

»männlichen« Stil. »Mit kurzen Wörtern.« Wie Faulkner. »Wo die Sätze nicht in zierlichen Jamben vorankriechen, sondern ruppig sind und ungehobelt.« Wie bei Hemingway. »Männliche, große Kunst darf eines niemals sein: ausgeschmückt – will sagen: preziös. Ausgeschmückte Fantasie ist immer weiblich.« Siehe Shakespeare. Und Melville. Und Sir Thomas Browne.
Am bezeichnendsten: Wann immer ich oder irgendeine andere Frau sich über männliche Ungerechtigkeiten beschwert – müssen wir einen Scherz daraus machen.[99]

– Hortense Calisher,
No Important Woman Writer

Noch nie zuvor ist die amerikanische Literatur so nach Geschlechtern polarisiert gewesen wie heute, und Frauen – als ihr Gegenstand, ihr Bild, ihre Schöpferinnen – sind im Reich der literarischen Hochkultur noch nie von so geringer Bedeutung gewesen. Nicht einmal eine »Dark Lady«, eine Quotenfrau, eine Hohepriesterin, die den Erfordernissen positiver Diskriminierung genügte, findet sich in der aktuellen Bestenliste, bestehend aus Pynchon, Barth, Heller, Barthelme, Hawkes, Coover, Vonnegut, Elkin. In Symposien wie jenem über »Ongoing American Fiction« (*Triquarterly*, Frühjahr 1975) sucht man vergeblich nach weiblichen Namen. Und das Problem besteht ja nicht darin, dass Frauen nicht in der abstrakten, diskontinuierlichen, parodistischen Manier postmoderner Erzählliteratur schreiben; Fabulistinnen und

Experimentalistinnen wie Susan Sontag,* Rosellen Brown, Rosalyn Drexler und Carol Emshwiller werden anscheinend gar nicht beachtet. Während wir auf der Suche nach Androgynie waren, hat eine neue Regionalliteratur, deren Region die Bibliothek ist, still und heimlich den Platz erobert, und ihre Themen und Motive – Apokalypse, Krieg, Entropie, Kybernetik, Baseball, Computer, Raketen – sind alles andere als androgyn. Und während die Werke dieser neuen Meistererzähler zum Maßstab all dessen mutieren, was in der Gegenwartsliteratur als ernsthaft und wichtig zählt, werden schreibende Frauen abermals in jenen gemütlich-isolierten Innenraum der Kunst gepfercht, den sie oft als »Mittelpunkt des Lebens« beschrieben haben, einen Raum, der der Küche bestürzend ähnlich zu sehen pflegt.[100]

– Elaine Showalter,
Literary Criticism, 1975

*Man denke daran, dass »Schattendasein, Abwertung, Vernachlässigung […] das Ergebnis der Literaturkritik [sind], eines überwiegend von Männern besetzten Wirkungsbereichs. Die schädlichste – und immer noch vorherrschende – Haltung der Kritik bleibt die, dass weibliche Lebenserfahrung und von Frauen geschriebene Literatur per Definition minderwertig seien. Tatsächlich werden schreibende Frauen von einer beträchtlichen Anzahl männlicher Autoren, Kritiker und Literaturwissenschaftler gar nicht erst in Betracht gezogen.«***

* Ein kleiner Einwand: Mir scheint Sontag jene Hohepriesterin zu sein.

** Vgl. *Eine von zwölf*, in diesem Band, S. 85 (Fußnote).

*Klima**

Wer schreibt, weiß, wie wichtig es ist, ernst genommen, mit Respekt für die eigene Vision und Redlichkeit behandelt zu werden, mit anderen Schreibenden kameradschaftlich zu verkehren, nach dem eigenen Werk beurteilt zu werden und nicht nach anderen Maßstäben. […] die allermeisten schreibenden Frauen sind hier im Nachteil.

Aussehen

Ja, unter den unsichtbaren Plagen hat es hier seinen Platz.

Den männlichen Schreibenden betrifft es so gut wie gar nicht.

Doch für fast alle weiblichen Schreibenden: wichtig und schädlich (seit Kindertagen durchgesetzt in Form von unausgesprochenen Strafen oder verlogen-kupplerischer Anerkennung – ihrerseits eine Spielart der Strafe). Eingestanden, uneingestanden; seiner Bedeutung beigestimmt – oder mühsam aufs rationale Maß gestutzt. Der geforderte Tribut an Zeit, an Konzentration, an der ganzen Person.

Das Arsenal, das es gegen Selbstsicherheit bereithält, gegen Natürlichkeit, gegen ein wohlfundiertes Selbstwertgefühl.

Wie es eingesetzt wird, um Frauen herabzusetzen, ihnen Leistung abzusprechen.

* Vgl. *Eine von zwölf*, in diesem Band, S. 86.

Aussehen und Einzigartigkeit: patriarchalische Einstellungen des letzten Jahrhunderts, angewandt auf das gegenwärtige

Die arme, kleine, begnadete Frau! Das glühende, kleine, eifrige, tapfere, bebende Geschöpf mit seinem hausbackenen Gesicht! Mir scheint, ich kann recht viel von ihrem Leben aus ihrem Buche [*Villette*] herauslesen, und lieber als Ruhm, lieber als jedes andere irdische oder womöglich auch himmlische Glück, das sehe ich, wäre ihr irgendein Hans oder Franz, der sie lieb haben und den sie lieben könnte. Aber Du siehst ja, sie ist ein armes kleines Ding, Anmut für keinen Pfifferling, dreißig Jahre alt, stelle ich mir vor, begraben in der ländlichen Einöde, und zernagt sich das Herz, und kein Hans oder Franz will sich blicken lassen. Euch Mädchen mit hübschen Gesichtern werden die jungen Burschen im Dutzend umschwirren – und hier haben wir ein einsames Genie, ein edles Herz, das sich sehnt, sich zu vermählen, und es ist ihm bestimmt, altjüngferlich zu verwelken, ohne alle Gelegenheit, sein brennendes Verlangen zu erfüllen.[101]

– William Makepeace Thackeray schildert einer jungen Freundin die beklagenswerte Lage der Charlotte Brontë – und ihre eigene, wesentlich angenehmere, 1853

Sie besaß nur wenig weiblichen Liebreiz, und dieser Tatsache war sie sich selber bang und unablässig bewusst. [...] Ich glaube, sie hätte ihr ganzes

Genie, ihren ganzen Ruhm dahingegeben, um schön zu sein.[102]

– Brontës Verleger George Smith,
im Jahr 1900 ihr Wesen zusammenfassend,
45 Jahre nach ihrem Tod

»Erkenntnisse«, die in ihrem Leben und Werk keine Stütze finden. Geblendet von geläufigen männlichen Standpunkten, konnten diese Männer die eigentliche Charlotte Brontë nicht sehen – *über*sahen sie. Das arme kleine Ding ohne weiblichen Liebreiz und sich dessen auch noch unablässig bewusst, das sich das Herz zernagt, weil kein Hans oder Franz sich blicken lassen will, aber auch die Brontë, die ihr ganzes Genie und ihren Ruhm dahingegeben hätte, um für schön und anmutig zu gelten – es sind Chimären, geboren aus der Gewohnheit, danach zu urteilen, was für das weibliche Geschlecht als schicklich gilt, und aus dem (sexistischen) Vorurteil, unverheiratete Frauen seien unvollständig und, da sie eben Frauen sind, müsse es ihr eigentlicher tiefster Wunsch sein, um den sie alles hingeben würden, für attraktiv gehalten zu werden und sich einen Mann zu angeln.

Man stelle sich Charlotte Brontë vor, jene stolze, einsame Schreibende, wie sie nach London kommt, »dürstend nach Wesensgleichen«,[103] und stattdessen dieser Blindheit gegenüber ihrem eigentlichen Wesen begegnet, dieser gönnerhaften, raffinierten Geringschätzung ihrer tiefsten Quellen und Beweggründe: literarische Leistung, schriftstellerisches Format.

Derart reduziert zu werden war ihr vertraut. Sie kämpfte in ihrem Werk wie auch im persönlichen Umgang dagegen an. Ihre Romane sind – neben so vielem anderen – eine stolze, bewusste Einrede gegen all das. Man erinnere sich: *Jane Eyre* war der erste Roman, der die Sitte kritisch hinterfragte, eine Frau aufgrund ihres Aussehens oder ihres Ehestatus zu beurteilen, ja, der die Maßstäbe für Schönheit und Anmut selbst aufs Korn nahm – und der die erste faszinierende, vielschichtige Heldin von »schlichtem« Äußeren zeigte.

> Einmal sagte sie zu ihren Schwestern, sie hätten unrecht – sogar moralisch unrecht –, wenn sie ihre Heldinnen ganz selbstverständlich zu Schönheiten machten. Sie antworteten, es sei unmöglich, eine Heldin auf irgendeine andere Weise interessant zu machen. Ihre Antwort lautete: »Ich werde euch beweisen, dass ihr unrecht habt. Ich werde euch eine Heldin zeigen, die genauso unscheinbar und klein wie ich selbst, die genauso interessant ist wie eine der euren. Daher Jane Eyre [...]. Aber sie ist nicht ich, nichts ist abwegiger als dieser Gedanke.«[104]
>
> – Harriet Martineau,
> Gespräch mit Brontë

Und doch: *»Die Notwendigkeit, dem entgegenzutreten, [...] musste ihren Geist ermüden und ihre Lebenskraft schwächen.«*

Diese Erniedrigung:

> Weshalb gab sie dann aber etwas auf seine Äußerungen? Frauen können nicht schreiben, Frauen können nicht malen [...]. Warum bog sich ihr ganzes Wesen, wie Mais unter einem Windstoß,

> und richtete sich mit beträchtlicher und ziemlich schmerzlicher Anstrengung von dieser Erniedrigung wieder auf?[105]
>
> – Virginia Woolf, *Zum Leuchtturm*

Ohne auch nur das Anzeichen eines Verdachtes, dass ich vielleicht zu tun hätte …

> Und die Selbstbezogenheit von Männern überrascht & schockiert mich auch jetzt noch. Gibt es eine Frau in meinem Bekanntenkreis, die von 3 bis 6.30 in meinem Lehnstuhl sitzen könnte, ohne auch nur das Anzeichen eines Verdachtes, dass ich vielleicht zu tun hätte, oder müde bin, oder gelangweilt; & die so dasitzen könnte & murrend & maulend von ihren Schwierigkeiten reden, ihren Sorgen; dann Pralinen futtern, dann ein Buch lesen würde, & schließlich ginge, anscheinend selbstgefällig & in eine Art Blase nebulöser Selbstzufriedenheit gehüllt?[106]
>
> – Virginia Woolf, *Tagebücher*

»Gezwungen, drei Viertel ihres Selbst auszuschalten«: 1817–1931

1817: Gerade eine Frau

> Menschen, die sich einander zuneigen wollen, sollten immer unwissend sein. Wo man mit einem wohlunterrichteten Verstand kommt, bedeutet das die Unfähigkeit, der Eitelkeit anderer zu schmeicheln, und das versucht ein kluger

Mensch immer zu vermeiden. Gerade eine Frau, die das Unglück hat, viel zu wissen, täte gut daran, es möglichst zu verbergen.[107]

– Jane Austen, *Die Abtei von Northanger*

1931: Der literarische Löwe und junge Schriftstellerinnen

Wie ein Blitz durchzuckte sie die Erkenntnis [...], und sie verstand, wie unendlich bedeutungslos, wie beschränkt und wie heillos konfus jederlei Gedankenaustausch zwischen ihm und allem, was den Namen Frau trug, immer bleiben würde. Verstand den Preis, den jede Einzelne bezahlt hatte, mit der er in Liebe oder Freundschaft Intimität gepflegt hatte, indem sie gezwungen gewesen war, [...] drei Viertel ihres Selbst auszuschalten.
Was konnte ihm denn irgendeine bedeuten über die Tatsache hinaus, dass sie ihm bot, was er als belebende körperliche Begegnungen ansah – einen Resonanzkörper für seine Ideen; eine Bewunderin, Unterstützerin? Entweder sie waren Jüngerinnen [...] und folglich überhaupt keine Frauen, sondern die »intelligenten emanzipierten Wesen«, für die er so viel Bewunderung auszudrücken pflegte, während er ihnen im Privaten auswich wegen ihrer entsetzlichen gedanklichen Konsequenz und Gewissenhaftigkeit oder weil [...] »es ihrem Gesicht selten guttat, wenn ihnen das Hirn in den Kopf schoss« – oder sie gaben sich Mühe mitzuspielen, wann immer sie bei ihm waren, [...] und verbrachten ihre restliche Zeit in ihrer eigenen, tiefen Welt. [...]

In seinem Universum war kein Platz für Frauen, die nicht entweder aufrichtig, blind nachfolgten oder aber mitspielten und ihn glauben ließen, sie folgten nach. Alle anderen waren lediglich angenehmes oder unangenehmes biologisches Material. Die Widersetzlichen: irregeleitete Geschöpfe, denen man nicht gestatten durfte, ihn zu behindern. Die Mehrheit spielte mit: um seiner Gesellschaft willen, um seines Charmes willen, um des Charmes willen, den es hatte, sich an den Streichen seines messerscharfen Verstands zu erfreuen und an der Freude, die er selbst an ihnen hatte. Die Versuchung war groß.
Sie wusste, dass sie ihr nicht immer widerstanden hatte.[108]

– Dorothy Richardson, *Pilgrimage*

[Ein] Mann, dessen Werk ich verehrte … [mein] Buch war ein ernst zu nehmender Originalbeitrag

Als *The Hours of Isis* erschienen war, schickte ich ein Exemplar an den größten Ägyptologen, den es damals gab, einen Mann, dessen Werk ich verehrte und dessen Kenntnisse mich mit Ehrfurcht erfüllten. Ich wollte mich auf diese Weise erkenntlich zeigen für die Inspiration, die ich aus seinen Büchern gewonnen hatte, und wie groß waren mein Erstaunen und meine Freude, als er diese Gabe mit einer Einladung beantwortete, ihn zu besuchen. Er bat mich, am späten Nachmittag zu ihm ins Büro zu kommen, wenn er frei von Verpflichtungen wäre. Man führte mich in ein Zimmer, das weniger Büro als Privatbibliothek war, mit Büchern vom Fußboden bis an die Decke, mit Armsesseln und Leselampen und einem großen Schreibtisch, auf dem ich *The Hours of Isis* neben einem riesigen Band erspähte, in dem ich Sir Wallis Budges *Osiris* erkannte. Der Anblick beider Bücher zusammen überwältigte mich, und ich konnte kaum »Sehr erfreut« stammeln.

»Kommen Sie«, sagte er. »Ich will Ihnen etwas zeigen.«

Ich ging um den Schreibtisch herum, um mir die Bücher anzusehen.

»Sie wissen, worum es hier geht, nicht wahr?«, fragte er. »Das ist ein phallischer Mythos. Sie wissen, was ein Phallus ist?«

Und er zeigte es mir. Der Schreck war ungeheuer. Der Gegenstand selbst weniger. So etwas hatte ich schon gesehen … unsittliche alte Männer in der Pariser Metro, die sich zur Stoßzeit entblößten, um vielleicht eine Reaktion herauszufordern. Einmal hatte ein stämmiges Fischweib neben mir grandios Kontra gegeben und laut gesagt: »*Quand on n'a pas de marchandise, on n'ouvre pas sa boutique*«, was so viel heißt wie: »Wenn man keine Ware hat, soll man seinen Laden nicht aufmachen.« Die Menge lachte, und er verdrückte sich zur Tür und stieg an der nächsten Station eilig aus.

Was mich schockierte, war, dass dieser große Mann fähig war, Isis und Osiris in dieser Weise zu brüskieren. Das Buch war ein ernst zu nehmender Originalbeitrag zu seinem ureigenen Forschungsgebiet.

Mittlerweile hatte er mich ergriffen und begrabschte und beschnüffelte meine Brüste. Zitternd vor Zorn und Scham, gelang es mir, mich ihm zu entwinden, und nach einem Augenblick, in welchem er mich wahrscheinlich zum ersten Mal deutlich wahrnahm, begann er etwas zu brummeln, Entschuldigungen, Rechtfertigungen. Sinngemäß sagte er, dass kein anständiges Mädchen sein Köpfchen mit phallischen Mythen angefüllt hätte. Ein Mädchen, das ein Buch über Osiris schrieb, war Freiwild, wollte es offensichtlich nicht anders.[109]

– Evelyn Eatons Autobiographie
The Trees and Fields Went the Other Way, 1974

Was ihnen allen guttäte …

Einer von ihnen beklagte sich über die vielen weiblichen Schriftsteller.
»Und dann haben sie auch noch alle drei Namen. Mary Roberts Wilcox, Ella Wheeler Catheter, Ford Mary Rineheart …«
Dann löste einer eine ganze Flut von Geschichten aus mit der Bemerkung, ihnen allen täte eine gehörige Vergewaltigung gut.
»Ich kannte mal eine Schnalle, die ganz in Ordnung war, bis sie in eine Clique geriet und literarisch wurde. Sie begann für die kleinen Zeitschriften zu schreiben, wie weh ihr Schönheit tue, und gab ihrem Freund, der Kegelbube in einem Kegelschuppen war, den Laufpass. Die Jungs aus der Nachbarschaft wurden sauer und nahmen sie eines Abends mit auf das leere Grundstück.

Etwa acht von ihnen. Haben sie gründlich durchgebumst.«

»Das ist wie die Geschichte, die von einer anderen Schriftstellerin erzählt wird. Als diese knallharten Sachen aufkamen, hat sie ihren pseudobritischen Akzent an den Nagel gehängt und sich auf das Genre ›Verhauen und Verduften‹ verlegt. Hing mit einem Haufen Kerls in einer Flüsterstube rum und sammelte Material für einen Roman. Nun ja, die Kerls wussten nicht, dass sie pittoresk waren, und dachten, sie ist in Ordnung, bis der Barkeeper ihnen ein Licht aufsteckte. Sie haben sie ins Hinterzimmer mitgenommen, um ihr ein neues Wort beizubringen, und sie da fix und fertig gemacht. Drei Tage lang haben sie sie nicht rausgelassen. Am letzten Tag haben sie Eintrittskarten an Nigger verkauft …«

Miss Lonelyhearts hörte nicht mehr zu. Seine Bekannten würden diese Geschichten immer weiter erzählen, bis sie zu betrunken waren, um noch ein Wort herauszubringen.[110]

– Nathanael West, *Miss Lonelyhearts*

Ausgrenzungen

Die Ausgangsposition

Ich muss ein furchtbares Geständnis ablegen: Über keine der heute schreibenden Frauen von Talent habe ich irgend etwas Positives zu sagen. Ohne Frage liegt der Fehler bei mir, aber ich scheine nicht fähig, sie zu lesen. Ich bezweifle stark, ob es überhaupt jemals eine wirklich aufregende Schriftstellerin geben wird, bevor nicht zum ersten Mal eine Hure zum Call-Girl avanciert und nun ihre Lebensgeschichte erzählt. Auf die Gefahr hin, mir bis zu meinem Tode ein paar erbarmungslose Feindinnen zuzulegen, kann ich nur sagen, dass alles, was mir so von der Tinte der Frauen in die Nase steigt, stets als weltfremd, als alter Hut, als seicht und verschroben, als verniedlichend, als lesbisch überzüchtet, unfruchtbar, leisetreterhaft, als vornehmes Getue, als frigide, als hoffnungslos antiquiert, nach den launischen Einfällen eines Mannequins aufgetakelt oder als supergescheit und als totgeborenes Kind erscheint. Da ich nie imstande war, Virginia Woolf zu lesen, und ich zuweilen bereit bin zu glauben, ich könne selber schuld daran sein, so mag dieses vernichtende Urteil als verleumderische Böswilligkeit eines verdorbenen Geschmacks gewertet werden, zumindest von denjenigen Lesern, die nicht die gleiche Ausgangsposition beziehen wie ich –, dass nämlich ein guter Romancier so ziemlich auf alles verzichten kann, nur nicht auf den letzten Rest seiner Hoden.[111]

– Norman Mailer, *Reklame für mich selber*,
1959; dies ist der einzige Absatz
über Frauen unter 28 Absätzen auf 14 Seiten*

* (Ich habe versucht, diesem Zitat zu widerstehen, aber es ist einfach ein Museumsstück.)

Subtilere Formen des Ausgrenzens

In den ersten Etappen seiner Entwicklung, bevor er zu seinem unverwechselbaren Stil gefunden hat, ist der Dichter gewissermaßen mit der Sprache verlobt, und wie für jeden jungen Mann, der seiner Angebeteten den Hof macht, ziemt es sich, dass er den Kavalier und Diener spiele, Päckchen trage, sich Proben und Erniedrigungen aussetze, stundenlang an Straßenecken warte und sich den wunderlichsten Launen seiner Geliebten unterwerfe, doch hat er erst einmal seine Liebe unter Beweis gestellt und ist er erhört worden, liegen die Dinge anders. Sobald er verheiratet ist, muss er Herr im eigenen Hause sein und ist verantwortlich für die Beziehung.

Der Dichter ist der Vater, der das Gedicht zeugt, welches die Sprache gebiert. Auf den ersten Blick scheint es, damit sei dem Dichter zu wenig aufgegeben und der Sprache zu viel, doch dann wird einem klar, dass er es ist, nicht die Sprache, der als Ehemann für den Erfolg ihrer Ehe verantwortlich ist, welche sich von der natürlichen Ehe insofern unterscheidet, als sie keinen lieblosen Verkehr kennt und keine Schwangerschaften aus Versehen. Wie Ehemänner können Dichter gut sein, schlecht oder mittelmäßig. Manche sind Tyrannen viktorianischer Tradition, die die Sprache behandeln wie einen Fußabtreter, manche stehen völlig unter dem Pantoffel, manche langweilen sich, wieder andere sind untreu. Sie alle durchleben Perioden der Krise, des Streits, trotzigen Schweigens, viele nach einigen Jahren voll Leidenschaft auch Scheidung.[112]

– W. H. Auden, *Dichter bei der Arbeit*

Ausgrenzung: die Sprache selbst

Die ganze Sprache, sämtliche Leistungen, alles, was den Menschen überhaupt betrifft, ist in männlichen Begriffen geprägt …

> »Aber ›Herrlichkeit‹ bedeutet doch etwas ganz anderes als ›durchschlagendes Argument‹«, widersprach Alice.
> »Wenn *ich* ein Wort verwende«, sagte Humpty Dumpty höhnisch, »bedeutet es ganz genau, was ich möchte, dass es bedeutet – nicht mehr und nicht weniger.«
> »Die Frage ist nur«, überlegte Alice, »ob man Wörter einfach alles Mögliche bedeuten lassen *kann.*«
> »Die Frage ist«, sagte Humpty Dumpty, »wer der Herr im Haus ist – nichts weiter.«[113]

Es ist die Sättigung – die endlose, lebenslange Sättigung.

Der Mann. Der Dichter: Er, seines. Der Schriftsteller: Er, seines.

Nein, keine bloße Sache des »rechten Sprachgebrauchs«; unserer ererbten Sprache; im Englischen: *man*, der Mann und zugleich, unbestimmt, die Menschheit und, darin einschließend, subsumierend, die Frau, das ganze menschliche Geschlecht.

Die sich durch fortgesetzten Gebrauch fortpflanzenden, seit Jahrhunderten etablierten Machtverhältnisse der Unterdrückung, frühzeitig der Sprache eingeschrieben: männliche Herrschaft, männliches Eigentum; unsere Zweitrangigkeit; unser *Ausgeschlossensein.*

Wenn wir Auden lesen (»Der Dichter ist der Vater, der das Gedicht zeugt«): die Anstrengung, die wir irgendwo in uns aufbringen müssen, um uns auch als Schreibende miteingeschlossen zu verstehen. Die Bekräftigung der »Ausgangsposition« und verwandter Einstellungen: »ein *richtiger* Schriftsteller hat Hoden – ist männlich«.

Der unbewusste, bewusste Schaden (sowohl/soübel als auch), der einer Frau entsteht, wenn sie beim Schreiben vom Schreiben oder von Schreibenden, oder von sich selber als Dichtender oder Schreibender, sich selbst mit männlichen Begriffen ansprechen muss. Wie bei Willa Cather (bereits zitiert):

> *der* junge Schriftsteller muss gewöhnlich eine Affäre haben mit dem äußerlichen Material, das *er* begehrt [...].[114]

Oder bei Denise Levertov, aus dem *Growth of a Poet* (»Wachstum des Dichters«):

> Er liest kristall'ne Knöpfe auf vom Meeresgrund.
> Durch Geistes Kiemen pulst die tiefste See.
>
> Im unendlichen Wörterbuch entdeckt er
> Sandkörner von Gold. [...]
>
> Blind für das, was er noch nicht benötigt,
> tastet er sich voran durchs Scherbenfeld
> zum einen Stein, der seine Hand ausfüllt. [...][115]

Warum fällt es uns so schwer? So schwer, ganz natürlich unsere Gegenwart in dem Wort »sie« oder »ihr« auszudrücken, das uns gehört?

(Genauigkeit in der Sprache – das ureigene Werkzeug, die ureigene Aufgabe aller Schreibenden. Präzision in der Bedeutung.

»Er« – nur, wenn ausschließlich gemeint ist: männlich.

In natürlicher Weise heiße es: sie, die Dichterin; sie, die Schriftstellerin – falls sie sich selbst meint, wenn sie gemeint ist.

Die Unbeholfenheit (und oftmals Lächerlichkeit), wenn wir uns heute um Genauigkeit bemühen: sie/er bzw. sie/ihn, wenn man sich auf Dichtende, Schreibende beiderlei Geschlechts bezieht.)

Die Spuren jahrhundertealter, tief verwurzelter Machtrealitäten. Daran ist das Gewicht unserer Aufgabe zu ermessen, ihnen nicht länger zu folgen – sondern unsere jeweiligen eigenen Wahrheiten zu entdecken und zur wahrhaftigen Sprache zu erheben.

Ausgrenzungen, Isolationen, patriarchale Atmosphären

Der angesehene Dichter und Kritiker A. Alvarez unterwegs zum ersten Interview mit dem neuen Stern am Dichterhimmel, Ted Hughes (1960):

> Man sagte mir außerdem, dass seine Frau Sylvia heiße und gleichfalls Lyrik schreibe, »aber« – und das sollte zu meiner Beruhigung dienen – »sie ist sehr scharfsinnig und intelligent«.

[...] Ich rief Hughes an, und wir vereinbarten, mit unseren Kindern einen Spaziergang zum Primrose Hill zu machen. [...] Während sie [Sylvia] das Baby anzog, ging Ted die Treppe hinunter, um den Kinderwagen fertig zu machen. Ich blieb noch einen Augenblick oben und schloss den Reißverschluss am Mantel meines Sohnes. Sylvia wandte sich mir zu, ohne eine Spur von Überschwänglichkeit.
»Ich bin so froh darüber, dass Sie das Gedicht genommen haben«, sagte sie. »Es ist eines meiner liebsten, schien aber niemandem sonst zu gefallen.«
Ich war völlig verdutzt, wusste nicht, worüber sie sprach. Sie bemerkte es und kam mir zu Hilfe.
»Das Gedicht, das Sie vor einem Jahr im *Observer* gebracht haben. Über die Fabrik zur Nachtzeit.«
»Um Himmels willen, Sylvia Plath. [...] Entschuldigen Sie meine Begriffsstutzigkeit. Es war ein entzückendes Gedicht.«
›Entzückend‹ war zwar nicht das zutreffende Wort, aber was sonst soll man einer wackeren jungen Hausfrau gegenüber sagen? [...]
Ich war verlegen, weil ich nicht gewusst hatte, wer sie war. Sie schien verlegen, weil sie mich daran erinnert hatte, verlegen und niedergeschlagen.

Ted sah ich von nun an gelegentlich, Sylvia selten. Er und ich trafen uns gewöhnlich [...] in einer Kneipe und tranken ein Bier. [...]
Ted schaute manchmal herein; dann humpelte ich mit ihm zu einem kurzen Besuch in die Kneipe. Sylvia aber sah ich überhaupt nie. [...]

> Im Januar war ihr zweites Kind, ein Junge, geboren worden, und Sylvia hatte sich verändert. Sie war nicht mehr ruhig und zurückhaltend, hausfrauliches Anhängsel eines dominierenden Ehemanns, sie wirkte gefestigt und ausgefüllt [...]. Vielleicht hatte die Geburt eines Sohnes etwas mit dem neuen zuversichtlichen Wesen zu tun.[116]
>
> – aus A. Alvarez, *Der grausame Gott*

Einschränkung, Entziehung*

Einschränkung der Verhältnisse (der Erfahrung, des Wissens) in Bezug auf die Weite des Sichtraums, den Themenumfang, das soziale Umfeld und jene Art des Verstehens, die nur in außerprivaten Situationen zu erwerben ist:

Einschränkung: an den Boden genietet

> Die Kultur muss über die freie Bewegung einer Transzendenz wahrgenommen werden. Der Geist muss sich mit allen seinen Reichtümern auf einen leeren Himmel hin entwerfen, den zu bevölkern ihm überlassen bleibt. Wenn aber tausend feine Bande ihn an die Erde knüpfen, wird sein Schwung gebrochen. Gewiss kann eine junge Frau [Schriftstellerin oder Künstlerin] heutzutage allein ausgehen oder durch die Tuilerien schlendern. Doch wie gesagt: die Straße ist ihr feind. Überall lauern Blicke, Hände. Ob sie unbekümmert spazieren geht und ihren Gedanken nachhängt, ob sie sich

* Vgl. *Eine von zwölf*, in diesem Band, S. 86.

auf der Terrasse eines Cafés eine Zigarette anzündet oder allein ins Kino geht – irgendein unangenehmer Zwischenfall lässt nicht lange auf sich warten. Sie muss schon durch ihre Aufmachung, ihre Haltung Respekt einflößen: *diese Sorge nietet sie an den Boden und an sich selbst.*[117]

– Simone de Beauvoir,
Das andere Geschlecht

Wenn wir als Frauen endlich versuchen, mit dem Schreiben anzufangen […], schreiben wir autobiographisch. Wir schreiben sogar dermaßen autobiographisch, dass es sehr schwerfällt, noch andere Realitäten darin zu entdecken. Außerhalb meines Hauses gibt es keine Realität. Außerhalb von Chattanooga gibt es keine Realität. St. Louis ist die einzige Stadt, die existiert. Diese Mittelschule, in die ich und meine Freundinnen gegangen sind, wo wir Kaugummi gekaut haben, zum ersten Mal gevögelt worden sind – mehr passiert ja gar nicht. Verstehen Sie, das ganze Problem besteht darin, dass unsere Bewegungsfreiheit beschnitten ist, unsere Fähigkeit zu lesen beschnitten ist, unsere Fähigkeit zu schreiben beschnitten ist, unsere Fähigkeit – oder schon der Impuls – zu träumen beschnitten ist. […] Und die Arbeit muss uns an irgendeinen anderen Ort befördern.*

* Ntozake Shange (Verfasserin von *For Colored Girls Who Have Considered Suicide When the Rainbow Is Enuf*) über Einschränkungen für Frauen und junge Menschen in der Dritten Welt, vorgetragen auf einem 1975 an der Universität Stanford veranstalteten Diskussionsforum über Frauen und den kreativen Prozess.

> […] Eine Kultur fördert Kreativität in dem Maße, in dem sie einem Individuum Gelegenheit bietet, sie in all ihren Facetten zu erfahren. Eine Kultur, die die Freiheit einer Person beschneidet – zu arbeiten, zu studieren oder eines oder mehrere ihrer Merkmale kennenzulernen –, beschränkt deren Erfahrungschancen auf die bestehenden Lücken, verhindert, dass sie sich die notwendigen Medien aneignet, mittels deren sie anderen ihre Gefühle und Ideen mitteilen könnte, und verringert damit die Wahrscheinlichkeit, dass sie kreative Beiträge leisten kann.
> […] Letzten Endes ist Kreativität eine Abbildung der Wechselbeziehung zwischen dem Individuum und der Umwelt, in der es lebt.[118]

Christina Stead – selbst keine Inhaberin eines Bankhauses, auch durchaus keine der Mächtigen unserer Zeit – schrieb den gültigen Roman der großen Bankenwelt (*House of All Nations*). Doch sieben Jahre lang hatte sie zum Broterwerb in einer Bank arbeiten müssen, und schon lange zuvor hatte sie sich (mit dem Jahre früher veröffentlichten, heute anerkannten Klassiker *Der Mann, der seine Kinder liebte*) als schreibende Beobachterin von einzigartiger Qualität etabliert. Wenn sie nicht nur Zeit gehabt, sondern sich auch auf der sozialen Leiter in alle Richtungen frei bewegen hätte können, wenn ihr alles offengestanden wäre – hätte ihr dann ein Jahr genügt (wie es Balzac und Zola genügte)? Wären ihr weitere literarische Offenbarungen gelungen? Welch ungemein seltene Verquickungen schöngeistiger Literatur hätten wir noch von ihr erwarten können!

Und welch ungemein seltene Verquickungen hätte uns Beatrix Potter zu bieten gehabt, eine phantasievolle Schriftstellerin, die in die Wissenschaft strebte, doch diese Welt für sich versperrt fand und sich stattdessen *Peter Hase* und einem Gemüsegarten zuwandte!

Von Geburt an bewegte sich Virginia Woolf auf persönlicher und gesellschaftlicher Ebene unter den Mächtigen ihrer Zeit – darunter politischen Entscheidungsträgern, die »den Lauf der Geschichte immerzu [beeinflussten]«.*

Einschränkung aufs bloß Persönlich-Soziale. Der schonungslose (und, meiner Meinung nach, großartige) Essay *Drei Guineen* ist (wie auch *Ein eigenes Zimmer*) zum Teil Produkt eines Genies, das über diese Ausgrenzung (Einschrän-

* »Sehr unfairerweise, wie ich finde, hat Molly mir die Aufgabe aufgebürdet, heute Abend eine Erinnerung vorzulegen. [...] Aber es ist trotzdem unfair. Ich bin nicht an der Reihe; ich bin nicht die Älteste von euch. Ich bin nicht die mit dem interessantesten Leben oder den reichsten Erinnerungen. Maynard, Desmond, Clive und Leonard leben allesamt ein rühriges, geschäftiges Leben; sie alle kommen immerzu mit Berühmtheiten in Berührung; sie alle beeinflussen den Lauf der Geschichte immerzu auf die eine oder andere Weise. Es wäre an ihnen, die Türen ihrer Schatzkammern zu öffnen und die goldenen und funkelnden Kostbarkeiten, die darinnen verwahrt werden, vor uns auszubreiten. Wer bin denn ich, dass von mir verlangt wird, eine Erinnerung zu verlesen? Nur eine Skribentin [...]. Meine Erinnerungen, die ausschließlich privater Natur sind und im besten Fall nur von Heiratsanträgen, Verführungen durch Halbbrüder, Begegnungen mit Ottoline und so weiter handeln, werden zwangsläufig bald versiegt sein. [...] Sicher, ich habe die meisten Hauptstädte Europas besucht; ich spreche eine Art Küchen-Französisch und Bastard-Italienisch; bin aber so unwissend, so ungebildet, dass ich, wenn man mir die simpelste Frage stellt – beispielsweise, wo liegt Guatemala? –, gezwungen bin, das Thema zu wechseln.« – Aus *Bin ich ein Snob?* [in: Virginia Woolf: *Augenblicke des Daseins. Autobiographische Skizzen*. Übers. v. Brigitte Walitzek. Frankfurt a. M.: Fischer, 2012. S. 96–97]. Der Vortrag wurde 1936 vor dem Memoir Club gehalten, »einer lockeren Vereinigung von Freunden, die sich gelegentlich trafen«. [ebd., S. X]. Aufschlussreich ist der scherzende Ton.

kung) nachgrübelt.* Im ersteren Text weist Virginia Woolf darauf hin,

> dass die öffentliche und die private Welt untrennbar miteinander verbunden sind; dass die Tyranneien und Unterwürfigkeiten der einen die Tyranneien und Unterwürfigkeiten der anderen sind.[119]

Woolf verdanken wir eine unerschöpfliche Erzählliteratur über die private, eingeschränkte Welt des Persönlichen; doch ihr mühsam erworbenes Genie nützte ihr wenig, wenn es darum ging, uns diese untrennbare Verbindung, diese öffentliche Welt, das vollständige Wesen der Männer, die die Geschichte beeinflussten, fantasievoll nachzuschaffen – die Umfassenheit, den Umkreis.

> Aber ich hätte mir ein direkteres & volleres Wissen vom Leben gewünscht. Ich hätte mir gewünscht, es manchmal mit wirklichen Dingen zu tun zu haben.[120]
>
> – Virginia Woolf

Man stelle sich vor: Was, wenn Tolstoi als Frau geboren worden wäre?

Das Zeugnis der Emily Dickinson:[121] Einige Gedichtanfänge**

* Der Schaden, der sich für alle Frauen aus ihrer Ausgrenzung ergibt und daraus, dass ihnen die Verwirklichung des vollen Umfangs ihres Werks verweigert wird, ist ein Themenstrang, der sich wie ein roter Faden durch Woolfs Essays, Briefe und Tagebücher zieht – und auch durch ihre Erzählliteratur.

** Die Gedichte können hier nicht vollständig zitiert werden, doch ist zu hoffen, dass man sie in voller Länge lesen wird.

Den Atem-Trick kann ich schon lang –
Und nun, der Luft beraubt –
Ahm ich das Atmen nach, so gut –

•

Warum – sperrt man mich aus vom Himmel?
Sang ich denn – zu laut?

•

Bevor man mir das Auge nahm –
Hab ich so gern gesehen
Wie andre Augenwesen auch –
Die gar nichts andres kennen –

•

Auf Pillen sprach's nicht an –
Erkrankung war's drum kaum –

•

Verhungert wär 'ne Mücke –
Die darbte so wie ich –
Und war lebendig doch, ein Kind –
Der Hunger legte sich

Auf mich – wie eine Klaue –

•

Ich hatte Hunger, all die Jahre
Doch nun – mein Mittag kam –
Den Tisch zog bebend ich heran –
Nahm vom Speziellen Wein –

•

Sie schließen mich in Prosa ein –
Wie ehedem als Kind
Als sie mich, dass ich »still« war –
Wegsperrten in den Spind –

•

Ich höre kaum das Wort »Entrinnen«
Da wallt mir schon das Blut,

•

Der Sieg kommt spät –
Wird schon fast steifen Lippen angeboten –
Zu sehr im Frost versunken
Ihn zu kosten –

•

O ja – Sie sperrten mich in Kälte –
Sie freilich – hatten's warm –

•

Des übrigen Banketts beraubt,
Macht ich mir selbst den Wirt –

•

Hätt ich die Sonne nicht gesehn
Hätt Schatten ich ertragen
Doch Licht hat meine Wüstenei
Mit Wüste neu geschlagen –

•

Ich war die Schmächtigste im Haus –
Die mit dem kleinsten Raum –

•

Von jeher fühlte ich Verluste –
Als Erstes weiß ich noch, dass ich
Verwaist war – unklar was mir fehlte

•

Nicht Keulenschlag zerbricht ein Herz
Noch Stein –
Unsichtbar klein muss
Eine Peitsche sein

•

»Ich möchte« – bat es – lebenslang –

•

Von Schönem nährt sich Hoffnung –
Sie ist ein heikler Prasser –
Und doch – genau besehen – herrscht
Enthaltsamkeit beim Essen –

»Meine Sache ist Umfassenheit.«[122]

Doch nicht einmal Emily Dickinson gelang es, sich so weit zu befreien, dass sie ihre Sache vollziehen konnte. Der Blick aus zweiter Hand macht noch keine Umfassenheit. Auch die Vorstellungskraft nicht, und sei sie noch so hochfliegend. Der Blick braucht einen Standort, von dem aus er ausschaut (und ein Territorium zum Beschauen). Die Vorstellungskraft braucht Freiheit, Tempo – und einen Boden, von dem sie sich in die Luft erheben kann.

(Und Zeit, Zuversicht, Konzentration, Mittel.)

So manche schreibende Frau, die Umfassenheit und Umkreis anstrebt – ich zähle mich selbst dazu (*Umkreisen, du, Braut des Erschauerns*[123]) – muss sich mit dem Blick aus zweiter Hand begnügen, trösten; muss die sein, der »nichts entgeht«. Das genügt nicht.

O furchtbar ist der Schreck, die Qual ermessbar nicht,
Ward wiederum dem Ohr Gehör, dem Aug Gesicht;
Klopft neu der Puls und denkt das Hirn auf alter Spur:
Die Seele spürt den Leib, der Leib die Ketten nur.[124]

– Emily Brontë

Einige Auswirkungen, die es hat, sich als schreibende Frau schädlichen Behandlungen und Umständen entgegenstellen, ja sich ihnen stellen zu müssen. Verweigerte Umfassenheit

Dieser Zwang zur Zensur, zur Selbstzensur; der Zwang, tief eingewurzelte Einstellungen hinzunehmen, sich ihnen zu fügen und damit die eigene Wirklichkeit, Bandbreite, Vision, Wahrheit, Stimme zu verfälschen …

*Beschränkung auf eine Ebene I: »Schreiben wie ein Mann«**

Als Charlotte Brontë, die damals noch unter dem Namen Currer Bell veröffentlichte, 1849 an George Lewes schrieb:

* Verwandt dem »Durchgehen als …«: der Versuch, einem niedrigeren Status, Strafen, Ungerechtigkeiten dadurch zu entkommen, dass man die eigene Hautfarbe, Klasse, Herkunft verbirgt. Sich selbst als Angehörige der dominanten Gruppe definiert. »Im Laufe der Jahre haben zahlreiche Männer zu mir gesagt: Sie schreiben wie ein Mann. Die haben das für ein Kompliment gehalten. Da will ich zurückfragen: Wie welcher Mann? Habe ich aber nie. Ohne die Antwort fühlt es sich nicht an wie ein Kompliment.« (Harriette Arnow, 1973.) Arnows »*welcher* Mann?« ist natürlich die angemessene Reaktion. Es ist bemerkenswert, dass diese Beleidigung bis vor Kurzem noch eindeutig als Lob aufgefasst wurde, wenn man bedenkt, welche Vorstellungen von eindeutig männlichen und weiblichen Eigenschaften und Schreib-Rangordnungen darin mitschwingen – wobei der Mann natürlich der Überlegene ist.

> Ich wünschte, Sie würden mich nicht als Frau betrachten. Ich wünschte, alle Kritiker glaubten, »Currer Bell« sei ein Mann: Dann würden sie ihn gerechter behandeln,[125]

hatte sie weder die Absicht noch den Wunsch, wie ein Mann zu schreiben. Es waren die Privilegien des Mannes, die sie sich wünschte: dass ihre Arbeit nach seriösen, gerechten Kriterien aufgenommen und beurteilt werde sowie Gleichheit in den Arbeitsbedingungen, also *»einfach nur Autor«*[126] zu sein und frei, frei von Erwägungen bezüglich ihres Geschlechts.

Diese Hoffnung war es, die sie, ihre Schwestern und andere Schriftstellerinnen vor und nach ihr – von George Sand, George Eliot, Ralph Irons (Olive Schreiner), Henry Handel Richardson und I. Compton-Burnett bis hin zu A. G. Motjabai – dazu veranlasste, sich mit männlichen Pseudonymen oder geschlechtsneutralen Initialen zu tarnen. Ein unschuldiger, offensichtlicher Kunstgriff – und völlig nutzlos.

Nachdem die »Einfach nur Autor«-Verhältnisse noch auf sich warten lassen, ist es unvermeidlich, dass sich daraus Verzerrungen im Werk ergeben – am häufigsten bei Schriftstellerinnen mit den höchsten Ansprüchen, denen die offene/verdeckte Verdammnis (Erniedrigung!) der weiblichen Gefilde (»schreibende Frauen, die Erlebniswelt von Frauen und von Frauen verfasste Literatur sind per Definition weniger bedeutend«) unerträglich ist.

Der Zwang, »wie ein Mann« zu schreiben, kommt in vielerlei Gestalt daher:

Grundlegenden (weiblichen) Lebenswahrheiten und Erfahrungen* (die es gelegentlich noch nicht mal ins eigene Bewusstsein schaffen dürfen) *wird die Darstellung verwehrt* – weil sie als literarischer Stoff nicht legitim oder wichtig oder interessant genug seien. Offene oder verdeckte Folge der klaffenden Leerstelle, die sie im dominanten »Malestream« (»der großen Tradition«) bilden – und der Einstellung, Frauenthemen seinen geringwertiger, banal.

Tiefste Einsichten und Wahrheiten werden durch einen Mann (eine männliche Stimme) verkörpert, um ihnen größere Signalwirkung, Wirksamkeit und Bedeutung zu verleihen. (Rebecca Davis: ein Hugh statt einer Deb, ein »Leben in der Eisenhütte« statt eines »Lebens in der Textilweberei«; Willa Cather: ein männlicher Erzähler in *Wagner Matinée*, *Meine Antonia*, *Die Frau, die sich verlor*; Jo Sinclair: ein männlicher Held in ihrem autobiographischen *Wasteland*.)

Frauenfiguren werden von Frauen in Charakterisierung, Material, Wahrnehmung genauso beschrieben wie vom Großteil der männlichen Schriftsteller. Im Extremfall: Wiederholung der männlichen Stereotypisierung, der Anklagen, des Kleinmachens von Frauen. Nurse Ratcheds. Portnoy-Mütter. Francis-Macomber-Furien. Parasitinnen, Spielverderberinnen, Plaudertaschen, Dummchen, Nervensägen, Heulsusen. Ohne die entscheidende literarische Frage zu stellen: Ist das wahr? Ist das alles? Wenn schon zum Monster verzerrt: was ist es, was da verzerrt ist? (Mary McCarthys *Die Gruppe*. Wie viel scharfsichtiger würden die Leben dieser Frauen heute beschrieben – und als Tragödie!)

* Darunter: ein anderes existenzielles Lebensbewusstsein; andere Bedeutungsmaßstäbe; ein gegensätzlicher Blickwinkel. Mutterschaft aus dem Munde der Mütter selbst; Kinder. Das Gefühl der Ungerechtigkeit. Angst. Mitfühlen mit anderen Frauen. Sexualität. Die Wahrheit des eigenen Körpers.

Themen der »weiblichen Welt« werden ganz vermieden. (Wie alles hier Aufgeführte nur eine weitere Unterwerfungsgeste unter die alte patriarchale Verfügung: Wenn du dich schon an die Literatur wagen willst – in männliches Gefilde, einen männlichen Beruf –, dann entledige dich all dessen, woran man dich als Frau erkennen könnte.)

Schreiben in den herrschenden männlichen literarischen Formen, Stilen, obwohl das, was ausgedrückt werden soll, möglicherweise nach anderem verlangt. Im Extremfall werden (stereotyperweise) Männern zugeordnete Eigenschaften bewusst gesucht: Ruppigkeit, Wucht, Stoßen (das große Penis-Missverständnis biologischer Analogie); Abstraktion, Distanziertheit, »die große Leinwand« usw. Viel tiefer geht und greift das unhinterfragte Annehmen dieser Formen (Motive, Sicht) als die eigene Form.*

Die Behauptung, das Geschlecht habe nichts zu tun mit dem eigenen Schreiben. In ihrer verständlichen, aber unerwünschten Ausprägung – das, was Margaret Atwood analysiert als

> das häufig beobachtete Phänomen, dass das Mitglied einer verachteten sozialen Gruppe, das es schafft, die der Gruppe auferlegten Beschränkungen zu überwinden, wenigstens so weit, um »erfolgreich« zu sein, den Impuls hat – ob diesem jetzt nachgegeben wird oder nicht –, sich von dieser Gruppe loszusagen [...]. Daher die beruflich erfolgreichen Frauen, die sagen: »Ich selbst hatte nie irgendwelche Probleme, ich weiß gar nicht, wovon die alle reden.« [...] Warum sollte man

* Jane Cooper gibt in *Maps and Windows* eine vielschichtige, eindringliche Schilderung dieses Prozesses; insbesondere beleuchtet sie die Zugkraft dieser literarischen Formen – stark gemacht von unserem kulturellen Erbe.

> auch das Stigma, das dieser verächtlichen Kategorie anhaftet, mit sich herumschleppen, wenn man sich schon so große Mühe gegeben hat, es hinter sich zu lassen?[127]

In ihrer traditionellen Ausprägung: Zustimmung oder scheinbare Zustimmung, dass die Umstände und die Praxis des Literaturschaffens geschlechtsunabhängig seien. »Jeder Künstler ist entweder ein Mann oder eine Frau, und der Kampf ist für beide so ziemlich derselbe«, behauptet Elizabeth Hardwick (oben zitiert).

> Der Begriff »Schriftstellerin« […] hat keine Bedeutung, nicht im geistigen oder moralischen oder historischen Sinn. Ein Schriftsteller ist ein Schriftsteller,[128]

verkündete Cynthia Ozick auf einem Symposium zu *Literary Women* (1976).*

Wie vor anderthalb Jahrhunderten eine schreibende Frau der anderen schrieb:

> Frau großen Geistes, großherziger Mann,
> Selbstbenannt George Sand! Mit Seelenmut
> Trotzt deinen wilden Löwensinnen du,
> Erwiderst Brüllen mit Gebrüll […].

* »Feminismus, wie ich ihn noch immer verstehe, verlangt, dass das Geschlecht für Leistung und Ambition als gleichgültig angesehen werde«, erklärte Ozick im weiteren Verlauf des Abends und verriet so, dass sie ein Ziel, aufs Innigste zu wünschen und zu erstreben, verwechselte mit vergangener und gegenwärtiger Realität [zit. nach Nan Robertson: *»Women Writers« – or Just »Writers«?* In: *The New York Times*, 18. März 1976. S. 48].

Wahres Genie und wahre Frau dennoch!
Verleugnest männlich-stolz die Frauenart,
Gibst auf den Tand, das Armgeschmeide zart,
das schwäch're Frauen tragen unterm Joch?

Ach, eitles Nein! – jener empörte Schrei,
Von Frauenstimme eingeschluchzt, verloren!
Dein Frauenhaar, o Schwester, ungeschoren,
Weht als zerzauste Kraft zurück voll Leid [...].[129]

Zerzauste Kraft voll Leid.

Es dürfte offensichtlich sein, dass ich bis hierhin und im Folgenden über (und gegen) Druckmittel und Hindernisse (an)schreibe, die Schreibende von dem abhalten, was ihnen eigentlich zustehen sollte: der vollen Freiheit, zu schreiben, was sie wollen – egal, welchen Geschlechts, in welcher Stimme –, je nachdem, was eben ausgedrückt werden muss.

Beschränkung auf eine Ebene II: »Schreiben wie eine Frau«

Die weibliche Sphäre. »Gezwungen, drei Viertel ihres Selbst auszuschalten«.

Die Kehrseite zum »Schreiben wie ein Mann«, sein siamesischer Zwilling – erzwungen, geschaffen von denselben Ursachen (das komplementäre Kompliment »du schreibst wie eine Frau« gibt es allerdings nicht*), die noch

* Es existiert eine verbreitete analoge Wendung: »du bist eine richtige Frau« (oder »eine richtige Frau für einen Mann«).

verstärkt werden durch das große Lähmende: den Mangel an Vertrauen in die eigenen Fähigkeiten, in die eigene Authentizität, in die eigenen möglichen Kräfte.

Unter ihren Erscheinungsformen, gern auch zeitgleich:

Der Spiegel, um »die Gestalt des Mannes in doppelter Größe wiederzugeben« – »Ein weibliches Empfinden, das nur ja die Männer nicht bedroht.«*

Charmant sein, unterhaltsam, »klein«, *feminin*, wo die volle Darstellung der Materie nach ernsthaftem, raumgreifenderem Ton und Verfahren verlangt. Eine Scheu vor Tiefe und Komplexität. Ironie, Witz, Schalk statt Direktheit; diffuse Emotion oder Emotionslosigkeit statt Tragödie. Völliges Vermeiden jeder Ernsthaftigkeit. Verbergen von Intellekt, analytischen Fähigkeiten, Objektivität oder Leugnen, dass man diese Fähigkeiten besitzt. »Männlichen« Gebieten abschwören: »dem großen Ganzen«, dem Sozialen, dem Politischen.

Hinnehmen, dass man nur innerhalb des (reduzierend definierten) »Weiblichen« schreibt. Das Persönliche, Intuitive, Sinnliche, Innere, Narzisstische: »In sich selbst versunken«; »Die Liebe ist des Weibes ganzes Sein«.[130] Mittelpunkt Mann. Mittelpunkt Sexualität. Beschränkung auf die biologische (Sexualpartnerin) Frau. Die Falle der biologischen Analogie: Glorifizierung des Mutterschoßes, Bildsprache der weiblichen Gestalt; oder Weichheit, das Innere.** Erd-

* Natürlich Virginia Woolf [*Ein eigenes Zimmer*, a. a. O., S. 39]. Der Engel im Haus der Literatur: »Meine Liebe […]. Sei einfühlsam; sei sanft; schmeichle; täusche; brauche alle Listen und Ränke unseres Geschlechts. Lass niemanden ahnen, dass du einen eigenen Kopf hast.« [*Berufe für Frauen*. In: Dies.: *Frauen und Literatur. Essays*. Frankfurt a. M.: Fischer, 1992. S. 33.]

** Klar zu trennen von dem erst heute ganz allmählich eroberten Recht der Frau, »die Wahrheit zu sagen über den eigenen Körper«.

mutter, dienendes Gefäß, Sexgöttin, unwiderstehliche romantische Heldin; Opfer; »Mach mit mir, was du willst«-Stereotype.

Keinen den eigenen Fähigkeiten entsprechenden Ehrgeiz entwickeln. Schreiben als »Mittel des Selbstausdrucks statt als Kunst«, wo, mit Ernst und Ehrgeiz betrieben, vielleicht auch Kunst hätte entstehen können (trifft nur auf schreibende Frauen mit privilegiertem Hintergrund und günstigen Lebensumständen zu, denen solche Vollendung überhaupt möglich gewesen wäre).

»Nichts beschreiben, was ein Mann regelmäßig nicht beschreibt«: die weiblichen Grunderfahrungen, sobald die Frau dem Bett, dem Wochenbett entsteigt; andere gewöhnliche weibliche Lebenswirklichkeiten.* »Ihn schonen und so weiter.«

Sich den herrschenden männlichen Ansichten, Annahmen und Auslegungen menschlichen Verhaltens und menschlicher Motivationen (sogar den sie selbst betreffenden) *unterwerfen, sie hinnehmen, zur Grundlage des eigenen Schreibens machen.*** Aus dem Mund der Frau männliche Stereotype,

* Vgl. *Eine von zwölf*, in diesem Band, S. 89 (Fußnote): »wie angeborene menschliche Triebe und Fähigkeiten [...] unterdrückt und eingeschränkt werden und dennoch um Ausdruck und Einsatz ringen«.

** Im Lichte der vorherrschenden Praxis und Theorie kann dies besonders für Schriftstellerinnen mit Psychoanalyseerfahrungen eine Herausforderung darstellen: Leicht führt es zum Ablenken, Ausblenden, Absprechen der Quellen der eigenen Autorität (also: selbst durchgemachte weibliche Grunderfahrungen und »Mutterschaftswissen«, die noch nicht in die Literatur oder andere Disziplinen integriert worden sind, ganz zu schweigen von der psychiatrischen Theorie und Praxis). Allzu oft flüchtet man sich in reduzierende Schablonen: Sex als Primärantrieb; einmal selbstmordgefährdet, immer selbstmordgefährdet; Zuschreibung bestimmter Eigenschaften, Verhaltensweisen als von Natur aus weiblich; Masochismus, Passivität, »Jede Frau liebt einen Faschisten« [Sylvia Plath: *Papi*. In: *Ariel*. Übers. v. Erich Fried. Frankfurt a. M.: Suhrkamp, 1974. S. 109], ihr (Frauen) wollt doch alle scheitern, verführt werden,

Verurteilungen, Abwertungen von Frauen weitergeben. Wie beschrieben. Sich nicht die schriftstellerische Frage stellen: Stimmt das überhaupt? Stimmt das mit meiner Lebenserfahrung, meiner Lebenswirklichkeit überein?

Sich vorherrschende männliche Werte (und Werte der Gesellschaftsklasse) zu eigen machen. Ignorieren oder Verachten der Arbeit und Dienste, die die Mehrheit aller Frauen inner- und außerhalb des Hauses verrichtet – entgegen der eigenen Lebenserfahrung, die doch lehrt, wie unentbehrlich, wichtig, fordernd und, ja, wertvoll diese Tätigkeiten für gewisse Aspekte unseres Seins, unserer Selbstentwicklung, der Verwirklichung unseres Potenzials sind. (Seltener: Überhöhen oder Romantisieren bestimmter Aspekte dieser Dienstleistungen, wobei der verbrecherische Raub, den sie am größten Teil weiblicher Lebenszeit begehen, völlig unter den Tisch fällt.)

*Beschränkung auf eine Ebene III: Einengung auf die biologische Frau (Sexualpartnerin)**

»Die erste Probe – die Tötung des Engels im Hause – habe ich, wie ich denke, bestanden«, schrieb Virginia Woolf in

vergewaltigt, bestraft. Ödipus, Elektra. Die Mutter ist schuld. Schuld, wo es gar kein Verschulden gibt, sondern nur das Walten einer unerträglichen Situation. Die Quellen der Leistung. Beziehung zwischen Geist und Körper. Hinzu kommt die Gefahr, zu sehr an der Vergangenheit zu kleben, an den eigenen inneren Vorgängen; die Gefahr der verzerrten Erinnerung; der Konzentration auf das Persönliche (vor allem das Psycho-Sexuelle); der Nichtbeachtung von gesellschaftlichen Wurzeln, Ursachen, Wirkungen. Das alles macht das eigene Schreiben geringer, flacher, falscher.

* Vgl. *Eine von zwölf*, in diesem Band, S. 89.

ihrer bereits zitierten Erörterung der Probleme, vor denen Schriftstellerinnen stehen. »Die zweite aber – über meine eigenen Erfahrungen als Körper die Wahrheit zu sagen – habe ich, wie ich denke, nicht bestanden.«*

Ein Halbjahrhundert später hat sich daran nichts geändert.

Mutterschaft (trotz Tausender Bücher von Männern und Hunderter von Frauen über die »Liebe« und, neuerdings, über Sexualität): die am wenigsten verstandene, die in quälendster Weise komplexe Erfahrung, der man eine Wahrheit entreißen könnte.

Die Wahrheit sagen über die eigenen Erfahrungen als Körper: verboten, unmöglich, jahrhundertelang.

Die Rechte des eigenen Körpers, der Frau jahrhundertelang verweigert. Wir waren Eigentum der Männer. Jahr um Jahr bewohnten Babys unseren Leib.

Kenntnis des eigenen Körpers, die nur durch dessen freien Gebrauch zu erwerben ist – verweigert. (Ein Wunsch Thoreaus: »mit unaussprechlicher Befriedigung in meinem Körper [zu wohnen]«.[131] Seiner Schwester Sophia niemals möglich. Er konnte schwimmen gehen – nackt –, bis zur Erschöpfung wandern, in »dithyrambischen Tänzen« umherspringen; jede Form körperlicher Betätigung stand ihm offen. Sophia war solch unaussprechliche Befriedigung niemals vergönnt – so wenig wie jeder anderen Frau.)

Die Bahnen, die noch durchbrochen werden müssen.

Die offensichtlichen Zwangsmittel: »schreiben wie ein Mann« (von den eigenen Erfahrungen so schreiben zu müssen, wie die meisten Männer von uns schreiben, ge-

* »Die Hindernisse vor ihr sind noch immer gewaltig«, fährt Woolf fort, »und doch sind sie sehr schwer zu bestimmen« [*Berufe für Frauen*, a. a. O., S. 36].

schrieben haben: Miller, Lawrence, Chaucers »Frau aus Bath«); »schreiben wie eine Frau« (schmeicheln, begütigen, erfreuen; Lügen auftischen; der Spiegel, um die Gestalt des Mannes in doppelter Größe wiederzugeben). Die Schwierigkeit, die eigene Wahrheit zu entdecken, die verstellt wird vom Primat der Sexualität,* wie es unsere Zeiten verfügt haben. Die pornographischen, die freudianischen Zeiten. Unsere freieren Zeiten – immerhin freiwillig in Bezug auf die Fortpflanzung. Unsere noch immer einschränkenden Zeiten, die Sexualität stets nur als heterosexuelle definieren.

Die Verwechslung von »sexueller Befreiung« (genital definiert) mit der wirklichen Befreiung der Frau: nämlich der »Anwendung lebenswichtiger Kräfte, entlang den Linien der eigenen Begabung, in einem Leben, das ihnen Raum zur Entfaltung gibt«.[132] Das unbearbeitete, unhinterfragte Verhältnis zwischen körperlichem Unterschied und den eigentlichen Machtverhältnissen, das den Umgang zwischen den Geschlechtern umfassend durchzieht. Die Frage nach dem Ort, dem Anteil, der *tatsächlichen* Wichtigkeit der Sexualität in unserem (mittlerweile) länger währenden, vielfältigeren Frauenleben.

Die Wahrheit sagen über den eigenen Körper: ein notwendiges, befreiendes Thema für die schreibende Frau.

* Carolyn Heilbrun könnte hinzufügen: »die Erweiterung des weiblichen Erfahrungshorizonts ausschließlich durch Sexualität – also genau so, wie nach althergebrachter Meinung der meisten Männer eine solche Erfahrungserweiterung stattfinden sollte« [Carolyn G. Heilbrun: *Towards Androgyny. Aspects of Male and Female in Literature*. London: Victor Gollancz, 1973. S. 171].

Andere Hemmnisse, Schranken, Belastungen auf dem Weg zur eigenen Stimme, Vision, Umfassenheit

Man vergesse nicht:
Das Überwältigende des Herrschenden.
Die tägliche Sättigung.
Isolation.
Das Messer perfektionistischer Haltung.
Das Unlösbare.
Wirtschaftliche Notwendigkeiten.

Wie viel doch nötig ist, um zu schreiben. Neigung (viel verbreiteter als angenommen), die rechten Umstände, Zeit, die Entwicklung des eigenen Handwerks – aber darüber hinaus: wie viel Überzeugung von der Wichtigkeit des eigenen Worts, des eigenen Rechts, es auszusprechen. Und der Wille, der unerschöpfliche Vorrat an Glauben an sich selbst, um die eigenen Lebenserkenntnisse zu finden, ihnen treu zu bleiben, sie in die richtige Form zu gießen. Schwer genug für jeden Mann, der nicht in eine Klasse hineingeboren wurde, die solches Selbstbewusstsein züchtet. Fast unmöglich für ein Mädchen, eine Frau. […]

Dieser Zwang zur Zensur, zur Selbstzensur; der Zwang, tief eingewurzelte Einstellungen hinzunehmen, sich ihnen zu fügen und damit die eigene Wirklichkeit, Bandbreite, Vision,

Wahrheit, Stimme zu verfälschen, all das betrifft schreibende Frauen im extremen Maße […], bleibt auch für heute schreibende Frauen ein komplexes Problem.

Über sie zu sprechen und sie näher zu bestimmen ist höchst wertvoll und wichtig; denn nur so kann die Arbeit eine gemeinsame sein, können die Schwierigkeiten bewältigt werden.[133]

– Virginia Woolf

Angst

Die Angst ist ein mächtiger Grund; jene, die wirtschaftlich abhängig sind, haben gute Gründe, Angst zu haben. […] Aber [selbst unter Bedingungen wirtschaftlicher Unabhängigkeit ist eine] gewisse Angst, eine altüberkommene Erinnerung, die Krieg verheißt, […] anscheinend immer noch vorhanden. […] Wie also kann das Wesen dieser Angst beschaffen sein, die […] nach wie vor ein Verbergen nötig macht und unsere Freiheit, mit der wir prahlen, auf eine Farce reduziert? … Wieder sind da die drei Pünktchen; wieder verkörpern sie eine Kluft – dieses Mal des Schweigens, eines Schweigens, das von der Angst bewirkt wird. Und da uns sowohl der Mut fehlt, sie zu erklären, als auch die Fähigkeit […].[134]

– aus Woolfs großartigen *Drei Guineen*

Und dann ging ich […] sehr vorsichtig, auf den äußersten Zehenspitzen (so furchtsam bin ich, so

> in Angst vor dem Peitschenhieb, der einmal fast meine eigenen Schultern getroffen hätte) [...].[135]
>
> – Virginia Woolf

Angst. Wie sollte es anders sein, ist man doch auch Frau.

Die vielen vergangenen Jahrhunderte. Der andere entscheidende Unterschied für die Frau – der nicht biologische. Einengungen, Zwangsmittel, Strafen fürs Frausein. Durchgesetzt. Manchmal mit Gewalt durchgesetzt.

Repressalien, Zwangsmittel, Strafen dafür, dass sie nicht in dem verharrt, was für ihr Geschlecht als schicklich galt, gilt.

Die schreibende Frau ist nicht ausgenommen, weil sie schreibt.

Angst – das Bedürfnis, zu schmeicheln, das Bedürfnis nach Sicherheit, auch in der Welt der Literatur. Begründete Angst. Die Macht liegt noch immer in den Händen der Männer. Die Macht der Bewertung, Veröffentlichung, Bestätigung, Reputation, Zwangsmittel, Strafen.

Das »Weiblichkeitsgefühl«.* Angst, Schmerz zu verursachen.

Freiheit ist das Recht, nicht zu lügen.[136]

Was sind Rechte ohne die Mittel, sie durchzusetzen?[137]

* Wann immer ein Mann an das Weiblichkeitsgefühl appelliert, »löst er damit in ihr, wie wir sicher sagen können, einen Gefühlskonflikt von sehr tiefer und primitiver Art aus, den zu analysieren oder auszusöhnen ihr extrem schwerfällt« [Virginia Woolf: *Drei Guineen*. Übers. v. Brigitte Walitzek. In: dies.: *Ein eigenes Zimmer. Drei Guineen. Zwei Essays*. Frankfurt a. M.: Fischer, 2001. S. 285].

Liebe

Natürlich ist es nicht die Angst allein.

Angst – für sich genommen – ist angreifbar. Wie es die Menschheitsgeschichte hindurch jeder Aufstand gegen die Macht der Unterdrückung belegt.

Es gibt auch – die Liebe. Das Bedürfnis, zu lieben und geliebt zu werden.

Noch nie hat bisher eine Welt existiert, die bereit gewesen wäre für die Liebe, für die, die wir lieben, für uns selbst, für das blütenbekränzte menschliche Leben.

Die Unterdrückung der Frau* gleicht keiner anderen Form der Unterdrückung (nach Klasse, nach Hautfarbe – obwohl Parallelen bestehen). Es ist eine Unterdrückung, die durch und durch verstrickt ist in menschlicher Liebe, menschlichem Bedürfnis, wirklichen (elementarsten) menschlichen Befriedigungen, Identifikationen, Erfüllungen.

Wie soll man die Fesseln unterscheiden von den Bindungen, die Schäden vom Wert, die Wahrheit von den Lügen?**

Unsere ganz persönliche Qual wird verschlimmert durch jenen Teil des Schadens, der uns durch die Wesen verursacht wird, denen wir nahe sind, die uns nahestehen. Durch ihren täglichen Anteil an den Hemmnissen, Schmälerungen, Verweigerungen. Denen wir uns täglich stellen müssen.

Und Gegenwehr?

* Eine Unterdrückung, die – nebst allem anderen – dazu führt, dass wir zu den einen von zwölf gehören, denen für ihre Leistung Anerkennung widerfährt.

** Eine Aufgabe für Schreibende ebenso wie für alle Menschen.

»Die Zeit ist nicht reif für uns«, die Zeit ist »noch nicht da«. Eine kleine Zahl Privilegierter ausgenommen, die entschlüpfen, die von ihren Privilegien profitieren, bleibt dies für uns und für die, die wir lieben, eine verkrüppelnde Welt, in der Geschlecht, Klasse, Hautfarbe den Ton angeben. Die Veränderungen, die es uns ermöglichen werden, ohne Schaden gemeinsam zu leben (»keines Menschen Fülle des Daseins auf Kosten eines anderen«), beginnen gerade erst (und wir sind nicht nur Wesen, die sich zu verändern suchen, die sich verändern; wir sind auch das, was unsere Vergangenheit aus uns gemacht hat). Unter solchen Umständen nach der Verwirklichung der bestmöglichen eigenen Leistungen zu streben heißt fast unvermeidlich, es auf Kosten der Bedürfnisse anderer zu tun.

(Und wo Kinder sind … Und wo Kinder sind …)

Ausnutzungen, Hemmnisse, Belastungen.
Schäden.

UND DOCH TRUG – TRÄGT – DER BAUM FRUCHT.

5.

Kreativität, Potenzial – die erste Generation

Das Schweigen in der Literatur – der ursprünglich 1962 unter dem Titel »Tod des schöpferischen Prozesses« gehaltene Vortrag – begann so:*

»Obwohl ich mich nur mit dem Schweigen in der Literatur beschäftige und mit den verschiedenen Arten, wie das Schreiben aufhört, umfasst dieses Absterben, dieser Tod der Fähigkeiten mehr als die Literatur, mehr als die Künste und mehr noch sogar als Wordsworths ›Erweiterung der Sphäre menschlichen Empfindungsvermögens‹[1] oder Thoreaus ›Auf die Beschaffenheit des Tages einzuwirken, das ist die höchste Kunst‹.[2]

Vor mehreren Jahren auf einer landesweiten Konferenz über Kreativität – ja, eine solche hat es tatsächlich gegeben (ich glaube, 1959) an der University of Michigan – prüfte man (mit den Worten der Veranstalter) ›die sich abzeichnende Entdeckung des ungeheuren, ungeahnten Potenzials menschlicher Kreativität im Sinne des Respekts vor dem Individuum‹ und kam zu dem Schluss:

> Als wir noch kleine Kinder waren, steckte Kreativität in jedem von uns. In Kindern ist sie universal. Bei Erwachsenen nicht existent. Die Frage lautet: Was ist aus dieser gewaltigen und univer-

* Nach dem Tonbandmitschnitt.

salen menschlichen Fähigkeit geworden? Das ist die große Frage des Zeitalters.

Nicht viele würden der These von der Kreativität als gewaltiger und *universaler* menschlicher Fähigkeit beipflichten (oder gar ihr Erlöschen als die große Frage des Zeitalters anerkennen). Ich bin eine von denen, die zutiefst, ja nahezu unerträglich davon überzeugt sind, dass es sich genau so verhält.

Um die Wahrheit dieser These unumstößlich zu beweisen, müsste es ein Ende finden, dass die die Kreativität fördernden Lebensumstände aufgrund von Klassen-, Hautfarben- oder Geschlechtszugehörigkeit verweigert werden, wodurch ein Großteil der Kreativität wenn auch nicht ganz erlischt, so doch verkümmert. Nur wenigen von uns ist sie vergönnt, ›die Anwendung lebenswichtiger Kräfte, entlang den Linien der eigenen Begabung, in einem Leben, das ihnen Raum zur Entfaltung gibt‹.«[3]

Das Schweigen in der Literatur war wie später *Eine von zwölf, Rebecca Harding Davis*[4] und nunmehr der Schluss dieses Buches ein Versuch, die allzu spärlichen Hinweise auf die Beziehung zwischen Lebensumständen und schöpferischer Arbeit auszuweiten. (Alle nur auf einen Bereich anerkannter menschlicher Leistungen beschränkt, den der geschriebenen Literatur.)

Es gibt weitere unleugbare Beweise.

Uns selbst (die Schriftstellerinnen und Schriftsteller, Kreative in anderen Künsten oder in akademischen Berufen Tätige), die wir die Ersten im Laufe von Generationen unserer Familie und/oder unseres Geschlechts sind, die dazu wurden.

Unser unterschiedliches Hervortreten in der Literatur, soweit die Umstände es zulassen. Rufen Sie sich das jahrhundertelange Schweigen der Frauen in Erinnerung, das Schweigen eines Großteils der übrigen Menschheit. Erst vor einigen Jahrhunderten traten Schriftstellerinnen auf den Plan. Die Söhne der Arbeiterklasse erst vor wenig mehr als einem Jahrhundert. Danach schwarze Autorinnen und Autoren (das Jahr 1952 war eine Zäsur). In den vergangenen Jahrzehnten mehr und mehr Schriftstellerinnen, die zugleich Mütter waren. Zuletzt Schriftstellerinnen, darunter Women of Color, Kinder von Eltern, die der Arbeiterklasse vielleicht vor einer Generation entwachsen sind; am seltensten die Schriftstellerin aus der Arbeiterklasse, die zugleich Mutter ist.

Doch alle, wenngleich in zunehmender Zahl, die große Ausnahme – eine statistische Seltenheit.*

Wären sie eine Generation früher in die Umstände hineingeboren worden, die für ihre Klasse und/oder »Ethnizität« und/oder für ihr Geschlecht damals galten: kein Tschechow, keine Schwestern Brontë, keine Emily Dickinson, kein Thomas Hardy, kein Maxim Gorki, kein D. H. Lawrence, keine Virginia Woolf, kein Sean O'Casey, kein Franz Kafka, kein Albert Camus – die Liste wird immer länger; nur kursorisch: kein A. E. Coppard, kein Charles Olson, kein Richard Wright, kein Philip Roth, keine Cynthia Ozick, keine Joyce Carol Oates, keine Toni Morrison, keine Alice Walker etc. etc. etc. etc.

* Das »aber der und der und die und die«, die gelegentliche, die winzige Handvoll Ausnahmen ändert nichts an diesen Datierungen.

> Was die adeligen Schriftsteller von der Natur umsonst bekommen haben, das erkaufen sich die Raznočinzen mit dem Preis ihrer Jugend.[5]
>
> – Anton Tschechow

> Es fehlte mir jedoch keinesfalls am Willen, ich musste mich wegen meiner Armut geschlagen geben. Es braucht zwei, drei Generationen, um das zu erreichen, was ich in einer erreichen wollte.[6]
>
> – Thomas Hardy

Aus der ersten Generation …

Ein Phänomen unserer Zeit: die wachsende Zahl von Angehörigen der ersten (oder zweiten) Generation unserer Familien, die nach einem Gebrauch von Fähigkeiten streben, der jahrhundertelang nur wenigen Privilegierten möglich war – darunter die Fähigkeit zu schreiben.

Die Marginalisierten. Trotz verschwindend geringer Chancen.* Erschöpfende (wenn auch beglückende) Leistung.

Im Folgenden nur die knappste Andeutung von Verletzbarkeiten, Hemmnissen, zerstörenden Einflüssen; von Gründen für Schmälerungen und Mundtotmachungen:**

Bildung, meist nur nebenher, über Jahre hinweg immer wieder unterbrochen und unter Schwierigkeiten erlangt; selten ganztägig, um sich ganz darein vertiefen zu kön-

* Vgl. *Dem Schweigen auf der Spur*, in diesem Band, S. 132.

** Etwas von dem, was hier über die Schriftsteller*in* geäußert wird, verläuft parallel zueinander; Anhaltspunkte (viele Schriftstellerinnen sind die erste Generation in ihren Familien, die überhaupt schreibt, ob weibliche oder männliche Vorfahren).

nen. Oft genug minderwertige Bildung. Einschüchterungen.*

Beklemmungen, Bloßstellungen. »Verborgene Kränkungen aufgrund der Klassenherkunft.« Die vorherrschende Haltung unseren Familien gegenüber: »Unterschicht«, »Versager« (sie bringen's einfach nicht); Verachtung für ihr Leben und für die Arbeit, die sie verrichten (»die ›Misthaufen‹-Theorie der gesellschaftlichen Organisation«[7], nannte es W. E. B. Du Bois).

Der blutige Kampf um Geldmittel: die eigene Entwicklung häufig um den Preis, dass andere sich für uns aufopfern oder dass wir selbst in der Lage sein müssen, unsere Angehörigen zu unterstützen. »Ich glaubte nur an Geld, nicht an Liebe und Zärtlichkeit. Das bedeutete nur Schmerz und Leid und Niederlagen. Und ich wollte nicht zugrunde gerichtet werden wie die anderen. Ich wollte nur das Geld, hartes Geld sprechen lassen.«[8]

Die Wahrscheinlichkeit, dass beim Schreiben nur die halbe Zeit, das halbe Ich in Anspruch genommen werden kann. Den eigenen Lebensunterhalt mit anderen Einkünften als durch Schreiben bestreiten zu müssen. Das Problem, überhaupt zum Schreiben zu kommen. Das Problem der Wurzeln; der Bindungen, Trennungen.

* Wenig Unterricht zu dem Thema »Schreiben als Prozess«, um sich dagegen zu wappnen, das eigene Frühwerk an den Werken etablierter Autoren zu messen. (Keine Anthologie mit Werken bewunderter Schriftstellerinnen und Schriftsteller aus deren Anfangsjahren.) Wenig Bekräftigung der Auffassung Virginia Woolfs, dass Literatur nur dann, wenn sie »vieles erklärt und vieles erzählt«, Gültigkeit hat [vgl. Dies.: *Preface*. In: *Life As We Have Known It. Memoirs of the Working Women's Guild*. Hrsg. v. Margaret Llewelyn Davies, 1930]. Wenig, um ein selbstbewusstes Gespür für das eigene Quellenmaterial zu wecken – für die Wichtigkeit dessen, was man der Literatur hinzufügt und was es bis dahin noch nicht gegeben hat, und für das Recht, es zu sagen.

Camus' verzweifeltes Lieben.[9] Nicht das Gefühl des Möglichen zu haben; das Unerfüllte, das Wasserspeierhafte in unserer Verwandtschaft.

Der Zwang, »eine Prüfung bestehen«, im Einklang mit der vorherrschenden Haltung und/oder nach vorherrschenden Mustern schreiben zu müssen. Wenig, was unser unterschiedliches Realitätsempfinden anerkennt, was uns hilft, eigene Wahrheiten, eine eigene Stimme zu entwickeln gegenüber dem, was allgemein verbreitet ist.

Das Problem, das Tschechow (Autor der ersten Generation) so benannte: zu schildern, »wie dieser junge Mensch tropfenweise den Sklaven aus sich herauspresst und wie er eines schönen Morgens aufwacht und spürt, in seinen Adern fließt kein Sklavenblut mehr, sondern echtes, menschliches ...«[10] Dies nur die knappste Andeutung.

Klassenzugehörigkeit – die Probleme der ersten Generation – ihre Beziehung zu Werken der Literatur: überhaupt noch nicht erforscht.

> Die Literatur ist niemandes Privatbesitz; Literatur ist gemeinsamer Grund und Boden. Sie ist nicht in Nationen aufgespalten; es gibt dort keine Kriege. Handeln wir nur frei und furchtlos zuwider, übertreten wir, finden wir unseren eigenen Weg. Auf diese Weise wird die englische Literatur diesen Krieg überleben und die Kluft überbrücken – wenn gewöhnliche Menschen und Außenstehende wie wir jenes Land zu unserem eigenen Lande machen, wenn wir uns selber beibringen, wie man liest und schreibt, wie man erhält und wie man erschafft.[11]
>
> – Virginia Woolf

Anhang

Anmerkungen

1 *Edgar Allan Poes Werke.* Gesamtausgabe der Dichtungen und Erzählungen, Bd. 1: Gedichte. Hrsg. v. Theodor Etzel. Berlin: Propyläen, 1922. S. 62.

2 Herman Melville: *Pierre oder Die Doppeldeutigkeiten.* Übers. v. Christa Schuenke. München: Hanser, 2002. S. 446–447.

3 Olive Schreiner: *Die Geschichte einer afrikanischen Farm.* Übers. v. Viola Siegemund. München: Manesse, 2020. S. 318.

4 Das Virginia Woolf zugeschriebene Zitat lässt sich so nicht nachweisen. Möglicherweise wollte die Autorin eine gängige Formel aufgreifen, wie sie sich etwa in der Kapitelüberschrift einer zeitgenössischen Anthologie findet: »If Shakespeare had Been a Woman: from *A Room of One's Own* by Virginia Woolf« (in: *The Woman's View. An Anthology of Prose Passages about Women, from the Eighteenth Century to the Present Day.* Hrsg. v. June Wedgwood Benn. London: Routledge & Kegan Paul, 1967). Virginia Woolf selbst stellt zwei unterschiedliche Überlegungen an. Eine zu Tolstoi: »Hätte Tolstoi in der Priorei mit einer verheirateten Dame in Abgeschiedenheit gelebt, ›abgeschnitten von dem, was die Welt genannt wird‹ […], er hätte wohl kaum, dachte ich, *Krieg und Frieden* schreiben können.« (Virginia Woolf: *Ein eigenes Zimmer.* Übers. v. Heidi Zerning. In: Dies.: *Ein eigenes Zimmer. Drei Guineen. Zwei Essays.* Frankfurt a. M.: Fischer, 2001. S. 73.) Eine zweite zu Shakespeare: »Was [wäre geschehen], wenn Shakespeare eine wunderbar begabte Schwester gehabt hätte, sagen wir, mit Namen Judith« (ebd., S. 50).

1. Das Schweigen in der Literatur

1 Briefe von John Keats an Benjamin Robert Haydon, 7. u. 14. Jan. 1819. In: *Letters of John Keats to His Family and Friends.* Hrsg. v. Sidney Colvin. London: Macmillan, 1925. S. 215.

2 Thomas Hardy: *The Missed Train.* In: Ders.: *The Complete Poems.* Hrsg. v. James Gibson. London: Macmillan, 1976. S. 787.

3 Florence Emily Hardy: *The Life of Thomas Hardy, 1840–1928.* London: Macmillan, 1972. S. 286.

4 Gerard Manley Hopkins: *Die Haltung der Vervollkommnung*. In: Ders.: *Geliebtes Kind der Sprache. Gedichte*. Übers. v. Dorothea Grünzweig. Hörby: Edition Rugerup, 2009. S. 287.

5 Brief von Gerard Manley Hopkins an R.W. Dixon, 5. Okt. 1878. In: Ders.: *Poems and Prose*. Hrsg. v. W.H. Gardner. Harmondsworth: Penguin, 1985. S. 187.

6 Gerard Manley Hopkins: *Der Fremde scheinen ist mein Los, mein Leben*. In: Ders.: *Geliebtes Kind der Sprache*, a. a. O., S. 157.

7 Brief von Gerard Manley Hopkins an Robert Bridges, 1. Sept. 1885. In: *The Letters of Gerard Manley Hopkins to Robert Bridges*. Hrsg. v. Claude Colleer Abbott. Oxford: Oxford University Press, 1935. S. 222. Vgl. »Eunuch der Zeit, und brüte nicht ein Werk, das wacht« (aus: Gerard Manley Hopkins: *Justus quidem tu es, Domine*. In: Ders.: *Geliebtes Kind der Sprache*, a. a. O., S. 197).

8 Arthur Rimbaud: *Une Saison en Enfer / Eine Zeit in der Hölle*. Französisch / Deutsch. Hrsg. u. übers. v. Werner Dürrson. Stuttgart: Reclam, 2021. S. 77.

9 Brief von Herman Melville an Nathaniel Hawthorne, 1.? Juni 1851. In: Ders.: *Ein Leben. Briefe und Tagebücher*. Hrsg. v. Daniel Göske. Übers. v. Werner Schmitz u. Daniel Göske. München: Hanser, 2004. S. 256.

10 Herman Melville: *Pierre oder Die Doppeldeutigkeiten*. Übers. v. Christa Schuenke. München: Hanser, 2002. S. 523–524.

11 Herman Melville: *Immolated*. In: *The Works of Herman Melville*. Standard Edition, Bd. 16. London: Constable, 1924. S. 411.

12 Herman Melville: *Pierre*, a. a. O., S. 577.

13 Herman Melville: *Immolated*, a. a. O., S. 411.

14 Herman Melville: *Commemorative of a Naval Victory*. In: *The Works of Herman Melville*, a. a. O., S. 130.

15 Herman Melville: *The Rose Farmer*. In: *The Works of Herman Melville*, a. a. O., S. 349. Der letzte Teil des Gedichts, *L'envoi*, fehlt in der deutschen Ausgabe. Vgl. Herman Melville: Der Rosenzüchter. In: Ders.: *Der Rosenzüchter und andere Gedichte*. Hrsg. u. übers. v. Walter Weber. Hamburg: Claasen, 1969. S. 82–88.

16 Brief von Louise Bogan an Morton Dauwen Zabel, 27. Juli 1934. In: *What the Woman Lived. Selected Letters of Louise Bogan, 1920–1970*. Hrsg. v. Ruth Limmer. New York. NY: Harcourt Brace Jovanovich, 1973. S. 79.

17 Robert A. Bone: *The Negro Novel in America*. New Haven, CT: Yale University Press, 1958, [3]1966. S. 253.

18 Ernest Hemingway: *Schnee auf dem Kilimandscharo*. In: Ders.: *Die Stories*. Übers. v. Annemarie Horschitz-Horst. Reinbek bei Hamburg: Rowohlt, 1966, [24]1999. S. 57–59.

19 Brief von F. Scott Fitzgerald an Scottie Fitzgerald, 31. Okt. 1939: In:

Ders.: *A Life in Letters. A New Collection.* Hrsg. v. Matthew J. Bruccoli. New York, NY: Charles Scribner's Sons, 1994. S. 419.

20 Brief von Ralph Waldo Emerson an Walt Whitman, 21. Juli 1855. In: *Walt Whitmans Werk in zwei Bänden.* Bd. 1. Übers. v. Hans Reisiger. Berlin: S. Fischer, 1922. S. LV.

21 Walter Besant/Henry James: *The Art of Fiction.* Boston, MA: Cupples and Hurd, 1884. S. 66.

22 Virginia Woolf: *Ein eigenes Zimmer.* Übers. v. Heidi Zerning. In: Dies.: *Ein eigenes Zimmer. Drei Guineen. Zwei Essays.* Frankfurt a. M.: Fischer, 2001. S. 52.

23 Rebecca Harding Davis: *Life in the Iron-Mills.* In: *Atlantic Monthly. A Magazine of Literature, Arts, and Politics* 7 (1861) 42. S. 435.

24 Rebecca Harding Davis: *Margret Howth: A Story of To-day.* Boston, MA: Ticknor and Fields, 1862. S. 92–93.

25 Honoré de Balzac: *Tante Lisbeth.* Übers. v. Arthur Schurig. Berlin: Aufbau, 1959. S. 271.

26 Ebd., S. 265–266.

27 Brief von Rainer Maria Rilke an Karl von der Heydt, am Mittwoch nach Ostern 1906. In: Ders.: *Gesammelte Briefe in sechs Bänden.* Bd. 2. Hrsg. v. Ruth Sieber-Rilke u. Carl Sieber. Leipzig: Insel, 1939. S. 125.

28 Joseph Conrad: *Über mich selbst. Einige Erinnerungen.* Übers. v. G. Danehl. Frankfurt a. M.: Fischer Taschenbuch Verlag, 1982. S. 130–131, 133.

29 Henry James: *Tagebuch eines Schriftstellers. Notebooks.* Übers. v. Astrid Claes. Frankfurt a. M.: Ullstein, 1986. S. 170–173.

30 Thomas Mann: *Schwere Stunde.* In: Ders.: *Die Erzählungen.* Bd. 1. Fischer Taschenbuch Verlag, 1975. S. 282–283.

31 Thomas Mann: *Schwere Stunde,* a. a. O., S. 287.

32 Zit. n. Sarah Elbert u. Marion Glastonbury: *Inspiration and Drudgery. Notes on Literature and Domestic Labour in the Nineteenth Century.* London: Women's Research and Resources Centre Publications, 1978. S. 8.

33 *An »Open Mind« Profile. Katherine Anne Porter Talks with Glenway Wescott and Eric F. Goldman.* In: *The Georgia Review,* 41 (1987) 4. S. 772.

34 Paul Valéry: *Antrittsvorlesung zum Kolleg über Poetik am Collège de France.* In: *Die neue Rundschau,* 73 (1962) 1. S. 13.

35 Katherine Anne Porter: *Notes on Writing.* In: *New Directions in Prose & Poetry.* Bd. 4. Hrsg. v. James Laughlin. Norfolk; CT: New Directions, 1939. S. 203.

36 Franz Kafka: *Tagebücher 1910–1923.* Frankfurt a. M.: Fischer Taschenbuch Verlag, 1998. S. 44.

37 Ebd., S. 44–45.

38 Ebd., S. 56–58.

39 Ebd., S. 77.

40 Ebd., S. 140.
41 Ebd., S. 325.
42 Ebd., S. 332–333.
43 Ebd., S. 348, 335, 356.
44 Brief von Rainer Maria Rilke an Clara Rilke, 17. Dez. 1906. In: Ders.: *Gesammelte Briefe in sechs Bänden*. Bd. 2, a. a. O., S. 217.
45 Brief von Rainer Maria Rilke an Lou Andreas-Salomé, 29. Dez. 1921. In: Ders.: *Gesammelte Briefe in sechs Bänden*. Bd. 5. Hrsg. v. Ruth Sieber-Rilke u. Carl Sieber. Leipzig: Insel, 1940. S. 82–83.
46 Virginia Woolf: *Tagebücher 3: 1925–1930*. Gesammelte Werke. Hrsg. v. Klaus Reichert. Übers. v. Maria Bosse-Sporleder. Frankfurt a. M.: S. Fischer, 1999. S. 307.
47 Brief von Katherine Mansfield an John M. Murry, Sommer 1913. Übers. v. Max A. Schwendimann. In: Dies.: *Das Leben sollte sein wie ein stetiges, sichtbares Licht. Briefe, Tagebücher, Kritiken*. Hrsg. v. Christel Schütz. Frankfurt a. M.: Fischer Taschenbuch Verlag, 1983. S. 12–13.
48 Das Zitat konnte nicht ausfindig gemacht werden.
49 Franz Kafka: *Tagebücher 1910–1923*, a. a. O., S. 409.
50 Cesare Pavese: *Das Handwerk des Lebens. Tagebuch 1935–1950*. Übers. v. Maja Pflug. Frankfurt a. M.: Fischer Taschenbuch Verlag, 1990. S. 268.
51 Franz Kafka: *Oktavheft G* (18. Oktober 1917 – Ende Januar 1918). In: Ders.: *Schriften, Tagebücher, Briefe. Kritische Ausgabe*. Bd. 12. Hrsg. v. Jost Schillemeit. Frankfurt a. M.: S. Fischer, 1992. S. 30.
52 Tillie Olsen: *Ich steh hier und bügle*. In: Dies.: *Ich steh hier und bügle. Storys*. Übers. v. Adelheid u. Jürgen Dormagen. Berlin: Aufbau, 2022. S. 7.
53 Kelly Services und Western Agency, amerikanische Personaldienstleister.
54 Vgl. Henry James: *Literary Criticism. French Writers, Other European Writers, The Prefaces to the New York Edition*. New York, NY: The Library of America, 1984. S. 105: »passionate piety […] prodigious patience«.
55 Emily Dickinson: *Ertrinken ist nicht so erbärmlich*. In: Dies.: *Sämtliche Gedichte*. Zweisprachig. Hrsg. u. übers. v. Gunhild Kübler. München: Hanser, 2015. S. 1157.
56 Franz Kafka: *Oktavheft G*, a. a. O., S. 48.
57 Herman Melville: *Camoens I (vorher)*. In: Ders.: *Der Rosenzüchter und andere Gedichte*, a. a. O., S. 39.

2. Eine von zwölf

1 Virginia Woolf: *Berufe für Frauen*. In: Dies.: *Frauen und Literatur. Essays*. Übers. v. Hannelore Faden. Frankfurt a. M.: Fischer, 1997. S. 31.

2 Olive Schreiner: *Die Frau und die Arbeit*. Übers. v. Leopoldine Kulka. Jena: Diederichs, 1914. S. 15–16.
3 Viola Klein: *The Feminine Character. History of an Ideology*. London: Kegan, 1946. S. 9.
4 Vgl. Tertullian: *De cultu feminarum* I. 1.
5 Samuel Richardson: *Clarissa. Die Geschichte eines vornehmen Frauenzimmers*. Bd. 5. Göttingen: Vandenhoeck, 1750. S. 586.
6 Vgl. Robert Graves: *Man Does, Woman Is*. London: Cassell, 1964.
7 Vgl. Olive Schreiner: *Die Geschichte einer afrikanischen Farm*. Übers. v. Viola Siegemund. München: Manesse, 2020. S. 311.
8 Vgl. John Milton: *Das verlorene Paradies*. Übers. v. Hans Heinrich Meier. Stuttgart: Reclam, 1968. S. 147.
9 Vgl. William Shakespeare: *Macbeth*. Übers. v. Dorothea Tieck. III. Akt, 4. Szene.
10 Vgl. Virginia Woolf: *Ein eigenes Zimmer*. Übers. v. Heidi Zerning. In: Dies.: *Ein eigenes Zimmer. Drei Guineen. Zwei Essays*. Frankfurt a. M.: Fischer, 2001. S. 39.
11 Vgl. den Brief von Elizabeth Barrett Barrett an Robert Browning, 25. Aug. 1845. In: *Briefe von Robert Browning und Elizabeth Barrett*. Übers. v. Felix Paul Greve. Berlin: Fischer, 1905. S. 64.
12 Vgl. Elizabeth Cady Stanton: *Eighty Years and More. Reminiscences 1815 bis 1897*. New York: European Publishing Co., 1898. S. 20.
13 Norman Mailer: *Reklame für mich selber*. Übers. v. Werner von Grünau u. Wilfried Sczepan. Berlin: Herbig, 1963. S. 505.
14 Elaine Showalter: *Women and the Literary Curriculum*. In: *College English*, 32.8 (Mai 1971). S. 856–857.
15 Sylvia Plath: *Die Münchner Mannequins*. In: Dies.: *Ariel. Gedichte*. Übers. v. Erich Fried. Frankfurt a. M.: Suhrkamp, 1974. S. 151.
16 Elisabeth Mann Borgese: *Aufstieg der Frau – Abstieg des Mannes?*. Übers. v. Brigitte Kahr. München: List, 1965. S. 241.
17 W. E. B. Du Bois: *The Damnation of Women*. In: Ders.: *Darkwater. Voices From Within the Veil*. New York: Harcourt, Brace u. Howe, 1920. S. 164.
18 Virginia Woolf, *Berufe für Frauen*, a. a. O., S. 32–33.
19 Joseph Conrad: *Über mich selbst. Einige Erinnerungen*. Übers. v. G. Danehl. Frankfurt a. M.: Fischer, 1982. S. 130–131, 133.
20 Brief von Rainer Maria Rilke an Fürstin Marie von Thurn und Taxis-Hohenlohe, Paris, 27. Dez. 1913. In: Ders.: *Briefe aus den Jahren 1907 bis 1914*. Leipzig: Insel, 1939. S. 336.
21 Virginia Woolf: *Abend über Sussex. Betrachtungen in einem Automobil*. In: Dies.: *Der Tod des Falters. Essays*. Übers. v. Joachim A. Frank. Frankfurt a. M.: Fischer, 1997. S. 16.
22 Rebecca Harding Davis: *Life in the Iron Mills or The Korl Woman*. With a

biographical interpretation by Tillie Olsen. New York: Feminist Press, 1972. S. 83.

23 Sylvia Plath: *Stiche*. In: Dies.: *Ariel*, a. a. O., S. 135. Die folgenden Stellen verarbeiten weitere Verse aus demselben Gedicht (S. 131) sowie aus *Totem* (S. 157).

24 Vgl. zu »Honig« Tillie Olsens Story *Erzähl mir ein Rätsel.* Da fragt die bereits oben zitierte Mutter/Großmutter (vgl. *Eine von zwölf*, in diesem Band, S. 82–83) in Bezug auf ihren Mann: »(Essig hat er sein Leben lang über mich geträufelt; ich bin gut mariniert; wie kann ich jetzt Honig sein?)« In: Dies.: *Ich steh hier und bügle. Storys.* Übers. von Adelheid u. Jürgen Dormagen. Berlin: Aufbau, 2022. S. 89.

25 Zit n. A[lfred] Alvarez: *Der grausame Gott. Eine Studie über den Selbstmord*. Übers. v. Maria Dessauer u. Geno Hartlaub. Hamburg: Hoffmann und Campe, 1999. S. 37. Vgl. Sylvia Plath: *Ariel. The Restored Edition*. London: Faber & Faber, 2004. S. 193.

26 Lois Ames: *Notes Toward a Biography*. In: *TriQuarterly*, 7 (Herbst 1966), *Womanly Issue. The Art of Sylvia Plath*. S. 107; zum Teil zit. in A[lfred] Alvarez: *Der grausame Gott*, a. a. O., S. 37. Vgl. stellvertretend für alle: Brief von Sylvia Plath an Marcia B. Stern, London, 2. Jan. 1963. In: *The Letters of Sylvia Plath*. Bd. 2: 1956–1963. Hrsg. v. Peter K. Steinberg u. Karen V. Kukil. London: Faber & Faber, 2018. S. 952.

27 Elizabeth Hardwick: *Verführung und Betrug. Frauen und Literatur. Essays*. Übers. v. Elfi Brandenburger. Frankfurt a. M.: Fischer, 1986. S. 139.

28 Ebd.

29 Vgl. A[lfred] Alvarez: *Der grausame* Gott, a. a. O., S. 36.

30 Brief von Sarah Orne Jewett an Willa Cather, Boston, 13. Dez. 1908. In: *Letters of Sarah Orne Jewett*. Hrsg. v. Annie Fields. Boston: Houghton Mifflin, 1911. S. 248–249.

31 Brief an William Hayley, London, 7. Okt. 1803. In: *The Letters of William Blake*. Hrsg. v. Geoffrey Keynes. New York: Macmillan, 1956. S. 101.

32 Leo Marx: *The Machine in the Garden. Technology and the Pastoral Ideal in America*. New York: Oxford UP, 1964. S. 195 u. passim.

33 Tillie Olsen: *Erzähl mir ein Rätsel*, a. a. O., S. 96.

34 Cynthia Ozick: *The Demise of the Dancing Dog*. In: *Motive*, 29.6–7 (März/April 1969). S. 6–16.

35 Hortense Calisher: *»… No Important Woman Writer, I Think, Has Really Wanted to Write ›Like a Man.‹ They Had Too Much Taste«*. In: *Mademoiselle*, 70 (Febr. 1970). S. 271.

36 Mary Wollstonecraft: *Ein Plädoyer für die Rechte der Frau*. Übers. v. Irmgard Hölscher. Weimar, Böhlaus Nfg., 1999. S. 131.

37 *The Bold New Women*. Hrsg. v. Barbara Alson Wasserman. Greenwich, CT: Fawcett, 1966.

38 Doris Lessing: *Das goldene Notizbuch*. Übers. v. Iris Wagner. Frankfurt a. M.: Fischer, 2019. S. 576.

39 Albert Camus: *Tagebücher 1935–1951*. Übers. v. Guido G. Meister. Reinbek bei Hamburg: Rowohlt, 1972. S. 196. Vgl. auch: *Servitudes de la haine*. In: Ders.: *Œuvres complètes*. Bd. 3. Paris: Gallimard, 2008. S. 391.

40 Vgl. Emily Dickinson: *Sämtliche Gedichte*. Zweisprachig. Übers. v. Gunhild Kübler. München: Hanser, 2015. S. 999.

41 Germaine Brée: *Albert Camus*. New Brunswick, NJ: Rutger's University Press, 1961. S. 61.

42 *So haben wir gelebt. Englische Arbeiterinnen erzählen*. Begleitbrief von Virginia Woolf. Hrsg. v. Margaret Llewelyn Davies. Übers. v. Ingrid von Rosenberg. Frankfurt a. M., Ullstein, 1983. S. 29–30.

3. Dem Schweigen auf der Spur

1 Thomas Hardy: *The Missed Train*. In: Ders.: *The Complete Poems*. Hrsg. v. James Gibson. London: Macmillan, 1976. S. 787.

2 Florence Emily Hardy: *The Life of Thomas Hardy, 1840–1928*. London: Macmillan, 1972. S. 286.

3 Brief von Herman Melville an Nathaniel Hawthorne, 1.? Juni 1851. In: Ders.: *Ein Leben. Briefe und Tagebücher*. Hrsg. v. Daniel Göske. Übers. v. Werner Schmitz u. Daniel Göske. München: Hanser, 2004. S. 256.

4 Florence Emily Hardy: *The Life of Thomas Hardy*, a. a. O., S. 104.

5 Ebd., S. 179.

6 Ebd., S. 220.

7 Ebd., S. 221–222.

8 Thomas Hardy: *Candour in English Fiction*. In: *Thomas Hardy's Personal Writings*. Hrsg. v. Harold Orel. London: Macmillan, 1967. S. 150 bis 151.

9 Florence Emily Hardy: *The Life of Thomas Hardy*, a. a. O., S. 240.

10 Ebd., S. 243.

11 Thomas Hardy: *Jude Fawley, der Unbekannte*. Hrsg. u. übers. v. Alexander Pechmann. München: Hanser, 2018. S. 612.

12 Florence Emily Hardy: *The Life of Thomas Hardy*, a. a. O., S. 268–269.

13 Ebd., S. 271.

14 Ebd., S. 284–285.

15 Ebd., S. 286.

16 Ebd., S. 291.

17 Ebd., S. 96.

18 Ebd., S. 429.

19 Virginia Woolf: *Tagebücher 3. 1925–1930*. Gesammelte Werke. Übers. v.

Maria Bosse-Sporleder. Hrsg. v. Klaus Reichert. Frankfurt a. M.: S. Fischer, 1999. S. 158.

20 Gerard Manley Hopkins: *Die Haltung der Vervollkommnung*. In: Ders.: *Geliebtes Kind der Sprache. Gedichte*. Übers. v. Dorothea Grünzweig. Hörby: Edition Rugerup, 2009. S. 287.

21 Brief von Gerard Manley Hopkins an R. W. Dixon, 5. Okt. 1878. In: Ders.: *Poems and Prose*. Hrsg. v. W. H. Gardner. Harmondsworth: Penguin, 1985. S. 187.

22 Gerard Manley Hopkins: *Der Fremde scheinen ist mein Los, mein Leben*. In: Ders.: *Geliebtes Kind der* Sprache, a. a. O., S. 157.

23 Brief von Gerard Manley Hopkins an Robert Bridges, 1. Sept. 1885. In: *The Letters of Gerard Manley Hopkins to Robert Bridges*. Hrsg. v. Claude Colleer Abbott. Oxford: Oxford University Press, 1935. S. 222. Vgl. seinen Vers »Eunuch der Zeit, und brüte nicht ein Werk, das wacht« (aus: *Justus quidem tu es, Domine*, in: Ders.: *Geliebtes Kind der Sprache*, a. a. O., S. 197).

24 Gerard Manley Hopkins: *Der Fremde scheinen ist mein Los, mein Leben*. In: Ders.: *Geliebtes Kind der Sprache*, a. a. O., S. 157.

25 Brief von Gerard Manley Hopkins an Robert Bridges, 21. Aug. 1877. In: *The Letters of Gerard Manley Hopkins to Robert Bridges*, a. a. O., 1935. S. 44.

26 Brief von Gerard Manley Hopkins an R. W. Dixon, 4. Juni 1878. In: Ders.: *Poems and Prose*, a. a. O., S. 181.

27 John Milton: *Lycidas*. In: *The Complete Poetry and Essential Prose of John Miltona*. Hrsg. v. William Kerrigan, John Rumrich u. Stephen M. Fallon. New York, NY: The Modern Library, 2007. S. 103.

28 Brief von Gerard Manley Hopkins an R. W. Dixon, 13. Juni 1878. In: Ders.: *Poems and Prose*, a. a. O., S. 183, 185.

29 Brief von Gerard Manley Hopkins an R. W. Dixon, 5. Okt. 1878. Ebd., S. 187.

30 Brief von Gerard Manley Hopkins an R. W. Dixon, 4. Mai 1880. In: *The Correspondence of Gerard Manley Hopkins and Richard Watson Dixon*. Hrsg. v. Claude Colleer Abbott. Oxford: Oxford University Press, 1935. S. 33.

31 Brief von Gerard Manley Hopkins an A. W. M. Baillie, 22. Mai 1880. In: Ders.: *Poems and Prose*, a. a. O., S. 194.

32 Brief von Gerard Manley Hopkins an Robert Bridges, 8. Febr. 1881. In: *The Letters of Gerard Manley Hopkins to Robert Bridges*, a. a. O., S. 124.

33 Brief von Gerard Manley Hopkins an Robert Bridges, 16. Sept. 1881. Ebd., S. 136.

34 Brief von Gerard Manley Hopkins an R. W. Dixon, 2. Nov. 1881. In: *The Correspondence of Gerard Manley Hopkins and Richard Watson Dixon*, a. a. O., S. 88.

35 Brief von Gerard Manley Hopkins an R. W. Dixon, 1. Dez. 1881. Ebd., S. 97.
36 Brief von Gerard Manley Hopkins an Robert Bridges, 11. May 1883. In: *The Letters of Gerard Manley Hopkins to Robert Bridges*, a. a. O., S. 180.
37 Brief von Gerard Manley Hopkins an Robert Bridges, 6. April 1884. Ebd., S. 190–191.
38 Brief von Gerard Manley Hopkins an A. W. M. Baillie, 24. April–17. Mai 1885. In: *The Collected Works of Gerard Manley Hopkins*. Bd. 2: Correspondence 1882–1889. Hrsg. v. R. K. R. Thornton u. Lesley Higgins. Oxford: Oxford University Press, 2013. S. 731.
39 Brief von Gerard Manley Hopkins an Robert Bridges, 1. April 1885. In: *The Letters of Gerard Manley Hopkins to Robert Bridges*, a. a. O., S. 313–314.
40 Brief von Gerard Manley Hopkins an Robert Bridges, 17. May 1885. In: Ders.: *Poems and Prose*, a. a. O., S. 202, 204.
41 Brief von Gerard Manley Hopkins an Robert Bridges, 1. Sept. 1885. In: *The Letters of Gerard Manley Hopkins to Robert Bridges*, a. a. O., S. 222.
42 Brief von Gerard Manley Hopkins an R. W. Dixon, 30. Juni 1886. In: *The Correspondence of Gerard Manley Hopkins and Richard Watson Dixon*, a. a. O., S. 135.
43 Brief von Gerard Manley Hopkins an R. W. Dixon, 7. Aug. 1886. Ebd., S. 139.
44 Brief von Gerard Manley Hopkins an Robert Bridges, 2. Jan. 1887. In: *The Letters of Gerard Manley Hopkins to Robert Bridges*, a. a. O., S. 848.
45 Brief von Gerard Manley Hopkins an Robert Bridges, 17. Febr. 1887. Ebd., S. 850–851.
46 Brief von Gerard Manley Hopkins an Robert Bridges, 10. Febr. 1888. Ebd., S. 872.
47 Gerard Manley Hopkins: *Der Fremde scheinen ist mein Los, mein Leben*. In: Ders.: *Geliebtes Kind der Sprache*, a. a. O., S. 157.
48 Gerard Manley Hopkins: *Justus quidem tu es, Domine*. Ebd., S. 197.
49 Herman Melville: *Pierre oder Die Doppeldeutigkeiten*. Übers. v. Christa Schuenke. München: Hanser, 2002. S. 577.
50 Brief von Herman Melville an Evert A. Duyckinck, 14. Dez. 1849. In: *The Letters of Herman Melville*. Hrsg. v. Merrell R. Davis u. William H. Gilman. New Haven, CT: Yale University Press, 1960. S. 95.
51 Herman Melville: Brief an Nathaniel Hawthorne, 1.? Juni 1851. In: Ders.: *Ein Leben*, a. a. O., S. 256.
52 Herman Melville: *Immolated*. In: *The Works of Herman Melville*. Standard Edition, Bd. 16. London: Constable, 1924. S. 411.
53 Ebd.
54 Herman Melville: *Camoens I (vorher)*. In: Ders.: *Der Rosenzüchter und andere Gedichte*. Hrsg. u. übers. v. Walter Weber. Hamburg: Claasen, 1969. S. 39.

55 Herman Melville: *Camoens im Spital II (nachher)*. In: Ders.: *Der Rosenzüchter und andere Gedichte*, a. a. O., S. 40.
56 Herman Melville: *The American Aloe on Exhibition*. In: *The Works of Herman Melville*, a. a. O., S. 321.
57 Herman Melville: Dein Ziel. In: Ders.: *Der Rosenzüchter und andere Gedichte*, a. a. O., S. 92.
58 Willa Cather: *Preface*. In: Dies.: *Alexander's Bridge*. New edition with a preface. Boston, MA: Houghton Mifflin, 1922. S. viii. Das Vorwort ist in der deutschen Ausgabe nicht enthalten (vgl. Willa Cather: *Alexanders Brücke*. In: *Alexanders Brücke / Mein ärgster Feind. Zwei Romane*. Übers. v. Elisabeth Schnack. München: Albrecht Knaus, 1992).
59 Brief von Henry James an Witter Bynner, 1. Febr. 1906. In: Ders.: *Letters*. Bd. 4. Hrsg. v. Leon Edel. Cambridge, MA: Harvard University Press, 1984. S. 395.
60 Das Zitat konnte nicht aufgefunden werden.
61 Brief von Sarah Orne Jewett an Willa Cather, 13. Dez. 1908. In: *Letters of Sarah Orne Jewett*. Hrsg. v. Annie Fields. Boston, MA: Houghton Mifflin, 1911. S. 247–248.
62 George Herbert: *Die Blume*. In: Ders.: *The Temple. Sacred Poems and Private Ejaculations*. Übers. v. Inge Leimberg. Münster: Waxmann, 2002. S. 333.
63 Theodore Dreiser: *True Art Speaks Plainly*. In: *Booklovers Magazine*, 1. Febr. 1903. S. 129.
64 Virginia Woolf: *Der schiefe Turm*. In: Dies.: *Der Augenblick. Essays*. Hrsg. v. Klaus Reichert. Übers. v. Hannelore Faden u. Helmut Viebrock. Frankfurt a. M.: Fischer Taschenbuch Verlag, 1998. S. 156.
65 Brief von Marina Zwetajewa an Anna Antonowna Tesková, 12. Dez. 1927. In: Dies.: *Im Feuer geschrieben. Ein Leben in* Briefen. Hrsg. u. übers. v. Ilma Rakusa. Frankfurt a. M.: Suhrkamp, 1996. S. 303–304.
66 Brief von Louise Bogan an Morton Dauwen Zabel, 27. Juli 1934. In: *What the Woman Lived. Selected Letters of Louise Bogan, 1920–1970*. Hrsg. v. Ruth Limmer. New York. NY: Harcourt Brace Jovanovich, 1973. S. 79.
67 Theressa Gunnels Rush/Carol Fairbanks Myers/Esther Spring Arata: *Black American Writers Past and Present: A Biographical and Bibliographical Dictionary*. 2 Bde. Metuchen, NJ: Scarecrow Press, 1975.
68 F. Scott Fitzgerald: *Our April Letter*. In: Ders.: *The Crack-Up*. Richmond: Alma Classics, 2018. S. 156.
69 Brief von Henry James an Hendrik C. Andersen, 6. Aug. 1905. In: *Letters*. Bd. 4: 1895–1916. Hrsg. v. Leon Edel. Cambridge, MA: Belknap Press, 1984. S. 369–370.
70 Samuel Taylor Coleridge: *Niedergeschlagenheit. Eine Ode*. In: Ders.: *Ge-*

dichte. Englisch/Deutsch. Hrsg. u. übers. v. Edgar Mertner. Stuttgart: Reclam, 1973. S. 199 u. 201.

71 Samuel Taylor Coleridge: *The Eolian Harp*. In: *The Complete Poetical Works of Samuel Taylor Coleridge*. 2 Bde., Bd. I: Poems. Hrsg. v. Ernest Hartley Coleridge. Oxford: Clarendon Press, 1912. S. 102.

72 Oscar Wilde: *De profundis. Epistola: in carcere et vinculis*. In: Ders.: *De profundis. Epistola: in carcere et vinculis sowie Die Ballade vom Zuchthaus zu Reading*. Übers. v. Hedda Soellner. Zürich: Diogenes, 1987. S. 94–95.

73 Vgl. W. B. Yeats: »Ich sage: ›Nach Stéphane Mallarmé, nach Paul Verlaine, nach Gustave Moreau, nach Puvis de Chavannes, nach unsren eigenen Gedichten, nach all unsren subtilen Farben und feinnervigen Rhythmen, nach den zarten Mischtönen von Conder, was kann noch kommen? Nach uns der wüste Gott.‹« (In: Ders.: *Autobiographien*. Hrsg. v. Wolfgang Wicht. Übers. v. Susanne Schaup. Leipzig: Insel, 1984. S. 311.)

74 Brief von Antonin Artaud an Jacques Rivière, 5. Juni 1923. In: Ders.: *Frühe Schriften*. Hrsg. u. übers. v. Bernd Mattheus. München: Matthes & Seitz, 1983. S. 15–16.

75 Brief von Antonin Artaud an Jacques Rivière, 29. Jan. 1924. Ebd., S. 21 bis 22.

76 Arthur Rimbaud: *Une Saison en Enfer / Eine Zeit in der Hölle*. Französisch / Deutsch. Hrsg. u. übers. v. Werner Dürrson. Stuttgart: Reclam, 2021. S. 77.

77 Brief von Charles Baudelaire an Madame Aupick, 11. Febr. 1865. In: Ders.: *Sämtliche Werke / Briefe. In acht Bänden*. Hrsg. v. Friedhelm Kemp u. Claude Pichois in Zusammenarbeit mit Wolfgang Drost. Frankfurt a. M.: Zweitausendeins, o. J. S. 68 (Bd. 8).

78 Brief von Charles Baudelaire an Armand Fraisse, 18. Febr. 1860. In: Ders.: *Sämtliche Werke / Briefe*, a. a. O., S. 35 (Bd. 3).

79 Brief von Charles Baudelaire an Madame Aupick, 19. Febr. 1858. In: *Œuvres complètes de Charles Baudelaire. Correspondance générale*. Bd. 2. Hrsg. von M. Jacques Crépet. Paris: Éditions Louis Conard 1947. S. 127.

80 Charles Baudelaire: *Hygiene*. In: Ders.: *Sämtliche Werke / Briefe*, a. a. O., S. 216–217 (Bd. 6).

81 Brief von Ralph Waldo Emerson an Walt Whitman, 21. Juli 1855. In: *Walt Whitmans Werk in zwei Bänden*. Bd. 1. Hrsg. u. übers. v. Hans Reisiger. Berlin: S. Fischer, 1922. S. LV–LVI.

82 Herman Melville: *Kunst*. In: Ders.: *Der Rosenzüchter und andere Gedichte*, a. a. O., S. 91.

83 Honoré de Balzac: *Tante Lisbeth*. Übers. v. Arthur Schurig. Berlin: Aufbau, 1959. S. 266 u. 271.

84 Brief von Nathaniel Hawthorne an Miss Peabody, 22. Sept. 1841. In:

Ders.: *Passages from the American Note-Books*. Bd. 2. Frankfurt a. M.: Outlook Verlag, 2020. S. 10.

85 Herman Melville: *Pierre*, a. a. O., S. 521–522.

86 Ebd., S. 523–524.

87 Ebd., S. 525.

88 Brief von Joseph Conrad an Edward Garnett, 29. März 1898. In: Elmar Schenkel: *Fahrt ins Geheimnis. Joseph Conrad. Eine Biographie*. Frankfurt a. M.: S. Fischer, 2007. S. 300. Die kursivierten Sätze, die in dieser Biographie fehlen, wurden vom Übersetzer eingefügt.

89 Brief von Joseph Conrad an David Meldrum, 10. Aug. 1898. Ebd., S. 300 bis 301.

90 Brief von Joseph Conrad an William Blackwood, 14. Febr. 1899. In: *The Collected Letters of Joseph Conrad*. Bd. 2: 1898–1902. Hrsg. v. Frederick R. Karl and Laurence Davies. Cambridge: Cambridge University Press, 1986. S. 167.

91 Brief von Rainer Maria Rilke an Clara Rilke, 9. Okt. 1907. In: Ders.: *Gesammelte Briefe in sechs Bänden*. Bd. 2. Hrsg. v. Ruth Sieber-Rilke u. Carl Sieber. Leipzig: Insel, 1939. S. 407–408, 412.

92 Katherine Anne Porter: *Notes on Writing*. In: *New Directions in Prose & Poetry*. Bd. 4. Hrsg. v. James Laughlin. Norfolk; CT: New Directions, 1939. S. 203.

93 Henry James: *Tagebuch eines Schriftstellers. Notebooks*. Frankfurt am Main: Ullstein, 1986. S. 267.

94 Paul Valéry: *Antrittsvorlesung zum Kolleg über Poetik am Collège de France*. In: *Die neue Rundschau*, 73 (1962) 1. S. 7.

95 Brief von Vincent van Gogh an Theo von Gogh, verfasst zw. 29. Okt. u. 15. Nov. 1883. In: Ders.: *Sämtliche Briefe. An den Bruder Theo*. Bd. 2. Hrsg. v. Fritz Erpel. Übers. v. Eva Schumann. Zürich: Kindler, 1965. S. 76.

96 Vincent van Gogh: *Briefe an seinen Bruder*. Bd. 3. Hrsg. v. Johanna Gesina van Gogh-Bonger. Übers. v. Leo Klein-Diepold u. Carl Einstein. Frankfurt a. M.: Insel, 1988. S. 582.

97 *The Journals and Miscellaneous Notebooks of Ralph Waldo Emerson*. Bd. 16. Hrsg. v. William H. Gilman. Cambridge, MA: Belknap Press, 1982. S. 251. Emersons Tagebucheintrag aus dem Jahre 1872 ist in der deutschen Auswahl nicht enthalten (vgl. Ralph Waldo Emerson: *Tagebücher*. Hrsg. u. übers. v. Jürgen Brôcan. Berlin: Matthes & Seitz, 2022).

98 André Gide: *Aus den Tagebüchern, 1889–1939*. Übers. v. Maria Schaefer-Rümelin. Stuttgart: Deutsche Verlags-Anstalt, 1961. S. 234.

99 Virginia Woolf: *Tagebücher* 3, a. a. O., S. 209–210.

100 Ebd., S. 309.

101 Ebd., S. 405.

102 Ebd., S. 413.

103 Ebd., S. 417.
104 Ebd., S. 419–420.
105 Ebd., S. 436.
106 Ebd., S. 442.
107 Ebd., S. 443.
108 Brief von Rainer Maria Rilke an Clara Rilke, 12. Juli 1907. In: Ders.: *Briefe aus den Jahren 1906–1907. Der Briefe zweiter Teil.* Hrsg. v. Ruth Sieber-Rilke u. Carl Sieber. Leipzig: Insel, 1930. S. 293.
109 Henry James: *Tagebuch eines Schriftstellers*, a. a. O., S. 229.
110 John Livingston Lowes: *The Road to Xanadu. A Study in the Ways of the Imagination*. Princeton, NJ: Princeton University Press, 1986. S. 12.
111 Brief von Joseph Conrad an Edward Garnett, 29. März 1898. In: Elmar Schenkel: *Fahrt ins Geheimnis*, a. a. O., S. 300.
112 Vincent van Gogh: *Briefe an seinen Bruder*. Bd. 2. Hrsg. v. Johanna Gesina van Gogh-Bonger. Frankfurt am Main: Insel, 1988. S. 50.
113 Brief von Paul Valéry an André Gide, 24. Mai 1897. In: André Gide/Paul Valéry: *Briefwechsel 1890–1942*. Übers. v. Paul u. Hella Noack. Würzburg: Andreas Zettner, 1958. S. 374–375.
114 Brief von Joseph Conrad an David Meldrum, 10. Aug. 1898. In: Ders. *Letters to William Blackwood and David S. Meldrum*. Hrsg. v. William Blackburn. Durham, NC: Duke University Press, 1958. S. 26–27.
115 Brief von Rainer Maria Rilke an Julie Weinmann, 25. Juni 1902. In: Ders.: *Briefe in zwei Bänden*. Bd. 1: 1896–1919. Hrsg. v. Horst Nalewski. Frankfurt a. M.: Insel, 1991. S. 113–114.
116 Brief von Rainer Maria Rilke an Ellen Key, 3. April 1903. In: Ders.: *Gesammelte Briefe in sechs Bänden*. Bd. 1. Hrsg. v. Ruth Sieber-Rilke u. Carl Sieber. Leipzig: Insel, 1939. S. 334–337.
117 Virginia Woolf: *Ein eigenes Zimmer*. Übers. v. Heidi Zerning. In: Dies.: *Ein eigenes Zimmer. Drei Guineen. Zwei Essays*. Frankfurt a. M.: Fischer, 2001. S. 42.
118 Brief von Sherwood Anderson an Waldo Frank, 14. Nov. 1916. In: *Letters of Sherwood Anderson*. Hrsg. V. Howard Mumford Jones in Zusammenarbeit mit Walter B. Rideout. Boston, MA: Little, Brown, 1953. S. 5.
119 Brief von Isaak Babel an Mendel, 1. Jan. 1926. In: Ders.: *Briefe 1925 bis 1939*. Hrsg. u. übers. v. Gerhard Hacker. Münster: Johannes Lang, 1995. S. 17–18.
120 Brief von Isaak Babel an Mera, 22. März 1926. Ebd., S. 21.
121 Brief von Hart Crane an Alfred Stieglitz, 25. Aug. 1923. In: *The Letters of Hart Crane. 1916–1932*. Hrsg. v. Brom Weber. Berkeley, CA: University of California Press, 1965. S. 145.
122 Brief von Hart Crane an seinen Vater, 12. Jan. 1924. Ebd., S. 169.
123 Brief von Hart Crane an seine Mutter, 23. Sept. 1924. Ebd., S. 191.

124 *Interview with Katherine Anne Porter by Barbara Thomson.* In: Katherine Anne Porter: *Conversations.* Hrsg. v. Joan Givner. Jackson, MS: University Press of Mississippi, 1987. S. 84.

125 Brief von Rainer Maria Rilke an Clara Rilke, 12. Juli 1907. In: Ders.: *Briefe aus den Jahren 1906–1907*, a. a. O., S. 293.

126 Brief von Isaak Babel an Mera, 22. März 1926. In: Ders.: *Briefe 1925* bis *1939*, a. a. O., S. 21.

127 Brief von Rainer Maria Rilke an Ellen Key, 3. April 1903. In: Ders.: *Gesammelte Briefe in sechs Bänden*, Bd. 1, a. a. O., S. 334.

128 Franz Kafka: *Tagebücher 1910–1923.* Frankfurt a. M.: Fischer Taschenbuch Verlag, 1998. S. 44.

129 Brief von F. Scott Fitzgerald an Scottie Fitzgerald, 31. Okt. 1939: In: Ders.: *A Life in Letters. A New Collection.* Hrsg. V. Matthew J. Bruccoli. New York, NY: Charles Scribner's Sons, 1994. S. 419.

130 *Interview with Katherine Anne Porter by Barbara Thomson*, a. a. O., S. 84 bis 85.

131 Brief von Herman Melville an Nathaniel Hawthorne, 1.? Juni 1851. In: Ders.: *Ein Leben*, a. a. O., S. 256.

132 *The Complete Poetry and Prose of William Blake.* Hrsg. v. David. V. Erdman. Berkeley, CA: University of California Press, 2008. S. 561.

133 Ebd., S. 636.

134 Ebd., S. 637.

135 Vincent van Gogh: *Briefe an seinen Bruder*, Bd. 2, a. a. O., S. 50.

136 Brief von Anton Čechov an A. S. Suvorin, 23. Dez. 1888. In: Ders.: *Briefe 1877–1889.* Hrsg. u. übers. v. Peter Urban. Zürich: Diogenes, 1979. S. 364.

137 *The Journal of Jules Renard.* Hrsg. u. übers. v. Louise Bogan u. Elizabeth Roget. New York, NY: Tin House Books, 2008. S. 64. Renards Tagebucheintrag vom November 1893 ist in der deutschen Auswahl nicht enthalten (vgl. *Ideen, in Tinte getaucht. Aus dem Tagebuch von Jules Renard.* Übers. v. Liselotte Ronte. München: Winkler, 1986. S. 65–66).

138 Jules Renard: *Ideen, in Tinte getaucht*, a. a. O., S. 329.

139 Brief von Giacomo Leopardi an den Bruder, 16. Dez. 1822. In: *Epistolario di Giacomo Leopardi. Raccolto e ordinato da Prospero Viani.* Bd. 1. Florenz: Felice Le Monnier, 1864. S. 269–270. Übers. v. Burkhart Kroeber.

140 Zit. n. Lillian Ross: *How Do You Like It Now, Gentlemen? The Moods of Ernest Hemingway.* In: *The New Yorker*, 13. Mai 1950.

141 Brief von Gerard Manley Hopkins an R. W. Dixon, 13. Juni 1878. In: Ders.: *Poems and Prose*, a. a. O., S. 185.

142 Brief von Gerard Manley Hopkins an Robert Bridges, 17. Mai 1885. Ebd., S. 204.

143 John Milton: *Lycidas.* In: *The Complete Poetry and Essential Prose of John Milton*, a. a. O., S. 103.

144 Brief v. Gerard Manley Hopkins an R. W. Dixon, 13. Juni 1878. In: Ders.: *Poems and Prose*, a. a. O., S. 183.
145 Henry Wadsworth Longfellow: *The Poets*. In: *The Writings of Henry Wadsworth Longfellow. In eleven volumes*. Bd. 5. Cambridge, MA: Houghton, Mifflin & Co., 1886. S. 210.
146 Brief von Joseph Conrad an Edward Garnett, 28. Aug. 1897. In: *Letters from Joseph Conrad, 1895–1924*. Hrsg. v. Edward Garnett. Indianapolis, In: The Bobbs-Merrill Company, 1928. S. 102.
147 Henry James: *Tagebuch eines Schriftstellers*, a. a. O., S. 226.
148 Virginia Woolf: *Tagebücher 3*, a. a. O., S. 243.
149 André Gide: *Aus den Tagebüchern, 1889–1939*, a. a. O., S. 234.
150 Franz Kafka: *Tagebücher 1910–1923*, a. a. O., S. 413.
151 Walt Whitman: *Vorwort zur Erstausgabe der »Grashalme« 1855*. In: Ders.: *Grashalme*. Übers. v. Erich Arendt. Leipzig: Reclam, [4]1981.
152 Das Zitat konnte nicht aufgefunden werden.
153 Das Zitat konnte nicht aufgefunden werden.
154 Jane Austen: *Kloster Northanger*. Übers. v. Ursula u. Christian Grawe. Stuttgart: Reclam, 1984. S. 29.

4. Elf von zwölf – wer fehlt

1 Brief an William Hayley, London, 7. Okt. 1803. In: *The Letters of William Blake*. Hrsg. v. Geoffrey Keynes. New York: Macmillan, 1956. S. 101.
2 Mary Oxlie: *To William Drummond of Hawthornden*. In: William Drummond: *Poems, by that most famous wit, William Drummond of Hawthornden*. Hrsg. v. Edward Phillips. London: Richard Tomlins, 1656. Bl. A8r.
3 Virginia Woolf: *Ein eigenes Zimmer*. Übers. v. Heidi Zerning. In: Dies.: *Ein eigenes Zimmer. Drei Guineen. Zwei Essays*. Frankfurt a. M.: Fischer, 2001. S. 47.
4 Das Zitat konnte nicht aufgefunden werden, vgl. Autorinnenfußnote auf S. 193.
5 Lillian Schlissel: *Contemplating the American Eve*. In: Betty E. Chmaj: *American Women and American Studies*. Pittsburgh: Women's Free Press, 1971. S. 258.
6 Das Zitat konnte nicht aufgefunden werden, vgl. Autorinnenfußnote auf S. 193.
7 Lillian S. Robinson: *Sex, Class and Culture*. Bloomington: Indiana University Press, 1978. S. 7–8.
8 Elaine Showalter: *Women and the Literary Curriculum*. In: *College English*, 32.8 (Mai 1971). S. 858–859.
9 William Blake: *Der Graue Mönch*. In: *Das irdische Paradies. Englische Lyrik*

des *19. Jahrhunderts in Umdichtung* von Alexander von Bernus. Nürnberg: Hans Carl, 1947. S. 30.

10 Adrienne Rich: *Vorwort*. In: Susan Griffin: *Voices. A Play*. New York: Feminist Press, 1975. S. 7.

11 Emily Dickinson: *Sämtliche Gedichte*. Zweisprachig. Übers. v. Gunhild Kübler. München: Hanser, 2015. S. 675.

12 Jane Austen: *Überredung*. Übers. v. Ursula u. Christian Grawe. Stuttgart: Reclam, 2015. S. 282–285.

13 Walt Whitman: *Demokratische Ausblicke*. Übers. v. Martin Nissen. Freiburg i. Br.: Derk Janßen, 2005. S. 30.

14 Ebd., S. 61.

15 Ebd., S. 58–60.

16 Ebd., S. 60.

17 Charlotte Baum/Paula Hyman/Sonya Michel: *The Jewish Woman in America*. New York: Dial, 1976. S. X–XI.

18 Ellen Glasgow: *The Woman Within*. New York: Harcourt, Brace and Co., 1954.

19 Maureen Howard: *Does it serve women writers to be a class apart? Literary Women*. In: *The New York Times*, 7. März 1976. Book Review, S. 6.

20 Sylvia Plath: *Die Babysitterinnen*. In: Dies.: *Übers Wasser. Nachgelassene Gedichte*. Übers. v. Judith Zander. Wiesbaden: Luxbooks, 2013. S. 45 u. 49.

21 Sarah Appleton: *Adam and Eve and the Child*. In: *Ladder of the World's Joy*. Garden City, NY: Doubleday, 1977. S. 24–25.

22 Adrienne Rich: *When We Dead Awaken. Writing as Re-Vision*. In: *College English*, 34.1 (Okt. 1972). S. 21–22.

23 Colette: *Die Erde mein Paradies. Eine Autobiographie*. Übers. v. Gerlinde Quenzer, Justus Wittkop u. a. Frankfurt a. M.: Fischer, 1967. S. 9–10.

24 George Eliot: *Die Mühle am Floss*. Übers. v. Eva-Maria König. Stuttgart: Reclam, 1983. S. 401–402.

25 Jane Cooper: *Maps and Windows*. New York u. London: Macmillan, 1974. S. 56, 43–44, 31–32, 48.

26 Willa Cather: *Literary [Concerning Thos. Carlyle]*. In: *The Hesperian*, 22 (1. März 1891). S. 3.

27 Ellen Glasgow: *The Woman Within*, a. a. O., S. 108.

28 *Writers at Work. The Paris Review Interviews. Second Series*. Hrsg. v. George Plimpton. New York: The Viking Press, 1963. S. 148–149.

29 Brief an Vanessa Bell, London, 8.? Juni 1911. In: Virginia Woolf: *Briefe 1, 1888–1927*. Übers. v. Brigitte Walitzek. Frankfurt a. M.: Fischer, 2006. S. 140.

30 Virginia Woolf: *Tagebücher 2, 1920–1924*. Gesammelte Werke. Übers. v. Claudia Wenner. Frankfurt/M: Fischer, 1994. S. 115. Eintrag v. 25. Oktober 1920.

31 Virginia Woolf: *Tagebücher 3, 1925–1930*. Gesammelte Werke. Übers. v. Maria Bosse-Sporleder. Frankfurt a. M.: Fischer, 1999. S. 171. Eintrag v. 15. September 1926.

32 Ebd., S. 251. Eintrag v. 20. Dezember 1927.

33 Ebd., S. 436. Eintrag v. 28. März 1930.

34 Ebd.

35 Jane Cooper: *Waiting*. In: *Maps and Windows*, a. a. O., S. 27.

36 Elizabeth Gaskell: *Das Leben der Charlotte Brontë*. Übers. v. Irmgard u. Peter Schmid. Cadolzburg: ars vivendi, 1995. S. 300.

37 Vgl. *Das Schweigen in der Literatur*, in diesem Band, S. 49.

38 *Onkel Toms Mutter. Harriet Beecher-Stowe, ihr Leben in Briefen und Tagebüchern*. Hrsg. v. Charles Edward Stowe. Übers. v. Margarethe Jacobi, bearb. u. neu hrsg. von Jörg Hildebrandt. Berlin: Evangelische Verlagsanstalt, 1980. S. 60–62.

39 Ebd., S. 65–66.

40 Ebd., S. 67.

41 Ebd., S. 77.

42 Margaret Fuller: *Der große Rechtsstreit. Mann versus Männer. Frau versus Frauen*. In: *Der amerikanische Transzendentalismus*. Hrsg. von Dennis Sölch u. Laura Wackers. Berlin: Peter Lang, 2018. S. 619.

43 Ebd.

44 *Onkel Toms Mutter. Harriet Beecher-Stowe, ihr Leben in Briefen und Tagebüchern*, a. a. O., S. 97.

45 Ebd., S. 96.

46 Ebd., S. 98.

47 Elizabeth Stuart Phelps (Ward): *Chapters from a Life*. Boston: Houghton, Mifflin and Co., 1897. S. 14–15.

48 Ebd., S. 12.

49 Elizabeth Stuart (Wooster) Phelps: *The Angel Over the Right Shoulder, or, The Beginning of a New Year*. Andover: Warren F. Draper, 1852. S. 28.

50 Ebd.

51 Ebd., S. 19.

52 Elizabeth Stuart Phelps (Ward). *The Story of Avis*. Boston: Osgood, 1877. S. 367–368.

53 Ebd., S. 272–273.

54 Alta: *Momma. A Start on All the Untold Stories*. New York: Times Change Press, [1974].

55 Margaret Walker: *How I Wrote Jubilee and Other Essays on Life and Literature*. Hrsg. v. Maryemma Graham. New York: Feminist Press, 1990. S. 61–62.

56 Sallie Bingham: *The Way it is Now. Stories*. New York: Viking, 1972. Das Zitat selbst konnte nicht aufgefunden werden.

57 Susan Husserl-Kapit: *An Interview with Marguerite Duras*. In: *Signs. Journal of Women in Culture and Society*, 1.2 (Winter 1975). S. 433.

58 Adrienne Rich: *Of Woman Born. Motherhood as Experience and Institution*. New York: Norton, 1976; lag zur Zeit der Abfassung von Tillie Olsens Text noch nicht im Druck vor. Dt. unter dem Titel: *Von Frauen geboren. Mutterschaft als Erfahrung und Institution*. Übers. v. Gesine Stempel u. Meo H.-Rentzel. München: Verlag Frauenoffensive, 1979.

59 Jane Lazarre: *The Mother Knot*. New York u. a. O.: McGraw-Hill, 1976. Dt. unter dem Titel: *Der Mutterschaftswahn. Ein autobiographischer Bericht*. Übers. v. Brigitte Stein. München: Piper, 1991.

60 Käthe Kollwitz: *Die Tagebücher. 1908–1943*. Hrsg. v. Jutta Bohnke-Kollwitz. München: btb, 2007. S. 65–66. Eintrag v. [10.] April 1910.

61 Virginia Woolf: *Tagebücher 5, 1936–1941*. Gesammelte Werke. Übers. v. Claudia Wenner. Frankfurt a. M.: Fischer, 2008. S. 161. Eintrag v. 11. Juli 1937.

62 Virginia Woolf: *Zum Leuchtturm*. Übers. v. Karin Kersten. Frankfurt a. M.: Fischer, 1991. S. 171.

63 Janice Luebbermann Wilson: *»A house that fits us all«. Search for Form in Jacob's Room, Orlando, and The Waves*. Unveröff. phil. Diss.: University of California, 1969. S. 435.

64 Herbert Marder: *Feminism and Art. A Study of Virginia Woolf*. Chicago: University of Chicago Press, 1968. S. 166.

65 Virginia Woolf: *Berufe für Frauen*. Übers. v. Hannelore Faden. In: Dies.: *Frauen und Literatur. Essays*. Übers. v. Hannelore Faden u. Helmut Viebrock. Frankfurt a. M.: Fischer, 1992, S. 32.

66 [Thomas De Quincey]: *Lake Reminiscences, From 1807 to 1830. No. 1: William Wordsworth*. Erstdruck in: *Tait's Edinburgh Magazine*, Jan. 1839. S. 6.

67 Henry James: *Tagebuch eines Schriftstellers. Notebooks*. Übers. v. Astrid Claes. Köln: Kiepenheuer & Witsch, 1965. S. 83–84. Eintrag v. 9. Febr. 1882.

68 W. B. Yeats: *Die Frau*. Übers. v. Christa Schuenke. In: Ders.: *Die Gedichte*, hrsg. v. Norbert Hummelt. München: Luchterhand, 2005. S. 165.

69 Brief von Katherine Mansfield an Ida Baker. Hotel d'Angleterre, Montana-sur-Sierre, Wallis, 7. Juni 1922. In: *The Collected Letters of Katherine Mansfield*. Bd. 5: 1922–1923. Hrsg. v. Vincent O'Sullivan u. Margaret Scott. Oxford: Oxford University Press, 2008. S. 197.

70 *Writers at Work. The Paris Review Interviews. Second Series*. Hrsg. v. George Plimpton. New York: The Viking Press, 1963. S. 158–159.

71 Virginia Woolf: *Abend über Sussex. Betrachtungen in einem Automobil*. In: Dies.: *Der Tod des Falters. Essays*. Übers. v. Joachim A. Frank. Frankfurt a. M.: Fischer, 1997. S. 15–16.

72 Charlotte Perkins Gilman: *Women and Economics. A Study of the Economic Relation Between Men and Women as a Factor in Social Revolution*. Boston: Small, Maynard, 1898. Dt. unter dem Titel: *Frauen und Arbeit*. Übers. v. Petra Altschuh-Riederer. Aachen: ein-Fach-Verlag, 2005.

73 Charlotte Perkins Gilman: *The Home, its Work and Influence*. New York: McClure, Phillips & Co., 1903. Dt. unter dem Titel: *Unser Heim, sein Einfluß und seine Wirkung*. Übers. v. Marie Stritt. Dresden u. Leipzig: Minden, 1913.

74 Als direktes Zitat nicht auffindbar; möglicherweise einer Beschreibung bei Mathilde Blind nachempfunden, vgl. in: Dies.: *George Eliot*. London: W. H. Allen, 1883. S. 89.

75 Herman Melville: *Pierre oder die Doppeldeutigkeiten*. Übers. v. Christa Schuenke. München u. Wien: Hanser, 2002. S. 517–518.

76 Jorge Louis Borges: *Borges über Borges*. Hrsg. v. Curt Meyer-Clason. Übers. v. Christiane Meyer-Clason. München u. Wien: Hanser, 1980. S. 11.

77 Nicht etwa Virginia Woolfs Roman, sondern einen Band aus Kathleen Hales Kinderbuchreihe über *Orlando the Marmalade Cat*.

78 Brief von Louise Bogan an May (Eleanore Marie) Sarton, New York, 14. Juni 1954. In: Louise Bogan: *What the Woman Lived. Selected Letters of Louise Bogan, 1920–1970*. Hrsg. v. Ruth Limmer. New York: Harcourt Brace Jovanovich, 1973. S. 288–289.

79 *Writers at Work. The Paris Review Interviews. Third Series*. Hrsg. v. George Plimpton. New York: The Viking Press, 1967. S. 20.

80 Joe David Bellamy: *The New Fiction. Interviews With Innovative American Writers*. Urbana, Chicago u. London: University of Illinois Press, 1974. S. 189–190.

81 Virginia Woolf: *Ein eigenes Zimmer*, a. a. O., S. 58.

82 Margaret Fuller: *Der große Rechtsstreit. Mann versus Männer*, a. a. O., S. 619.

83 Emily Dickinson: *Wilde Nächte. Ein Leben in Briefen*. Übers. v. Uda Strätling. Frankfurt a. M.: Fischer, 2006. S. 341–342.

84 Ebd., S. 350–351.

85 Brief von Vincent van Gogh an Theo van Gogh. Arles, um den 20. Mai 1888. In: Vincent van Gogh: *Sämtliche Briefe. An den Bruder Theo*. Bd. 4. Übers. v. Eva Schumann. Hrsg. v. Fritz Erpel. Zürich: Kindler, 1965. S. 52. Nr. 489.

86 Adrienne Rich: *Incipience*. In: Dies.: *Poems. Selected and New. 1950–1974*. New York: W. W. Norton & Co., 1975. S. 191–192.

87 Olive Schreiner: *Die Frau und die Arbeit*. Übers. v. Leopoldine Kulka. Jena: Diederichs, 1914. S. 171–172.

88 Anne Sexton: *Flieh auf deinem Esel*. In: Dies.: *All meine Lieben. Lebe oder*

stirb. Gedichte. Übers. v. Silvia Morawetz. Frankfurt a. M.: Fischer, 1996. S. 205.

89 Vgl. ebd.

90 E. M. Forster, in: *Erinnerungen an Virginia Woolf von ihren ZeitgenossInnen*. Übers. v. Susanne Amrain. Hrsg. von Joan Russell Noble. Göttingen: Daphne, 1994. S. 261.

91 Olive Schreiner: *Die Geschichte einer afrikanischen Farm*. München: Manesse, 2020. S. 310.

92 Brief von Charlotte Brontë an G. H. Lewes, Haworth, 1. November 1849. In: *The Letters of Charlotte Brontë*. Bd. 2. Hrsg. v. Margaret Smith. Oxford: Clarendon, 2000. S. 275.

93 Virginia Woolf: *Ein eigenes Zimmer*, a. a. O., S. 58.

94 James Boswell: *Life of Johnson*, 31. Juli 1763, zit. nach Virginia Woolf: *Ein eigenes Zimmer*, a. a. O., S. 119.

95 Ebd., S. 57.

96 Margaret Atwood: *[Letter]*. In: *Harvard Advocate*, 106.2/3 (Winter 1973). S. 17.

97 Margaret Atwood: *Paradoxes and Dilemmas, the Woman as Writer*. In: *Woman as Writer*. Hrsg. v. Jeannette L. Webber u. Joan Grumman. Boston: Houghton Mifflin Co., 1978. S. 181.

98 Zusammengefasst nach Margaret Atwood: *Paradoxes and Dilemmas, the Woman as Writer*. In: *Woman as Writer*, a. a. O., S. 181–183.

99 Hortense Calisher: *»… No Important Woman Writer, I Think, Has Really Wanted to Write ›Like a Man.‹ They Had Too Much Taste«*. In: *Mademoiselle*, 70 (Februar 1970). S. 189.

100 Elaine Showalter: *Literary Criticism. Review Essay*. In: *Signs. Journal of Women in Culture and Society*, 1.2 (Winter 1975). S. 459–460.

101 Brief von W. M. Thackeray an Lucy Baxter, Charleston, 11. März 1853. In: *The Letters and Private Papers of William Makepeace Thackeray*. Bd. 3. Hrsg. v. Gordon N. Ray. Cambridge: Harvard University Press, 1946. S. 233.

102 George M. Smith: *Charlotte Brontë*. In: *Cornhill Magazine*, 9.54 (Dez. 1900). S. 785.

103 Walt Whitman: *Vorwort zur Erstausgabe der »Grashalme« 1855*. In: Ders.: *Lyrik und Prosa*. Übers. v. Erich Arendt. Berlin: Volk und Welt, 1966. S. 16.

104 Aus einem in der *Daily News* erschienenen Nachruf auf Charlotte Brontë von Harriet Martineau, zit. nach Elizabeth Gaskell: *Das Leben der Charlotte* Brontë, a. a. O., S. 274.

105 Virginia Woolf: *Zum Leuchtturm*, a. a. O., S. 92.

106 Virginia Woolf: *Gesammelte Werke. Tagebücher 3*, a. a. O., S. 301. Eintrag v. 7. Nov. 1928.

107 Jane Austen: *Die Abtei von Northanger*. Übers. v. Margarete Rauchenberger. Frankfurt a. M.: Insel, 1986. S. 113.

108 Dorothy M. Richardson: *Dawn's Left Hand* [*Pilgrimage*, Bd. 10]. London: Duckworth, 1931. S. 171–173.

109 Evelyn Eaton: *The Trees and Fields Went the Other Way*. New York: Harcourt Brace Jovanovich, 1974. S. 113.

110 Nathanael West: *Miss Lonelyhearts*. Übers. v. Dieter E. Zimmer. Zürich: Manesse, 2012. S. 33–34.

111 Norman Mailer: *Reklame für mich selber*. Übers. v. Werner von Grünau u. Wilfried Sczepan. Berlin: F. A. Herbig, 1959. S. 505.

112 W. H. Auden: *Squares and Oblongs*. In: *Poets at Work*. Hrsg. v. Charles D. Abbott. New York: Harcourt, Brace & World, 1948. S. 171–172.

113 Lewis Carroll: *Alice hinter den Spiegeln*. Übers. v. Gundula Müller-Wallraf. München: Knesebeck, 2015. S. 109.

114 Willa Cather: *Preface*. In: Dies.: *Alexander's Bridge*. New edition with a preface. Boston, MA: Houghton Mifflin, 1922. S. viii. Hervorhebungen von Tillie Olsen.

115 Denise Levertov: *Growth of a Poet*. In: *The Freeing of the Dust*. New York: New Directions, 1975. S. 77.

116 Alfred] Alvarez: *Der grausame Gott. Eine Studie über den Selbstmord*. Übers. v. Maria Dessauer u. Geno Hartlaub. Hamburg: Hoffmann und Campe, 1974. S. 18–27.

117 Simone de Beauvoir: *Das andere Geschlecht. Sitte und Sexus der Frau*. Übers. v. Grete Osterwald. Hamburg: Rowohlt, 1992. S. 878. Hervorhebung von Tillie Olsen.

118 Morris I. Stein: *Creativity as an Intra- and Inter-Personal Process*. In: *A Source Book for Creative Thinking*. Hrsg. v. Sidney J. Parnes u. Harold F. Harding. New York: Charles Scribner's Sons, 1962. S. 91.

119 Virginia Woolf: *Drei Guineen*. In: Dies.: *Ein eigenes Zimmer. Drei Guineen. Zwei Essays*. Übers. v. Brigitte Walitzek. Frankfurt a. M.: Fischer, 2001. S. 295.

120 Virginia Woolf: *Tagebücher 3*, a. a. O., S. 297. Eintrag v. 27. Okt. 1928.

121 Emily Dickinson: *Sämtliche Gedichte*, a. a. O., S. 257, 221, 285, 505, 399, 395, 401, 125, 165–167, 587, 765, 991, 425, 881, 1049–1051, 751, 1133.

122 Brief von Emily Dickinson an T. W. Higginson, Juli 1862. In: Emily Dickinson: *Wilde Nächte*, a. a. O., S. 191.

123 Emily Dickinson: *Sämtliche Gedichte*, a. a. O., S. 1205.

124 Aus: Emily Brontë: *Der Gefangene*. Übers. v. Hans Hennecke. In: *Abendländische Lyrik. Von den Troubadours bis zum 20. Jahrhundert in deutschen Übertragungen*. Hrsg. v. Erwin Laaths. München: Winkler, 1969. S. 418.

125 Brief von Charlotte Brontë an G. H. Lewes, Haworth, 1. Nov. 1849. In: *The Letters of Charlotte Brontë*, a. a. O., S. 275.

126 Brief von Charlotte Brontë an W. S. William, Haworth, 16. Aug. 1849. Ebd., S. 235.

127 Margaret Atwood: *Paradoxes and Dilemmas, the Woman as Writer*. In: *Woman as Writer*, a. a. O., S. 179.

128 Redebeitrag auf einem Symposium am 16. März 1976 im Lincoln Center, New York, zitiert in: Nan Robertson: *»Women Writers« – or Just »Writers«?* In: *New York Times*, 18. März 1976. S. 48. In Essayform gesammelt in: Cynthia Ozick: *Art and Ardor. Essays*. New York: Knopf, 1983. S. 285.

129 Elizabeth Barrett Barrett (später Browning): *To George Sand. A Desire* und *To George Sand. A Recognition*. In: Dies.: *Poems*. London: Edward Moxon, 1844. S. 147–148.

130 George Gordon (Lord) Byron: »Des Mannes Lieb' ist nicht des Mannes Leben, / Sie ist des Weibes ganzes Sein«. Aus: *Don Juan*. Übers. v. Otto Gildemeister. Bremen: Schünemann, 1845. 1. Gesang, Stanze 194, S. 64.

131 Henry David Thoreau: *Tagebuch. Telegrafenharfe*. Bd. 3. Übers. v. Rainer G. Schmidt. Berlin: Matthes & Seitz, 2018. S. 120. Eintrag v. 16. Juli 1851.

132 Edith Hamilton: *The Greek Way*. New York, NY: W. W. Norton, 1930, ^{2}1942. S. 35.

133 Virginia Woolf: *Berufe für Frauen*, a. a. O., S. 36–37.

134 Virginia Woolf: *Drei Guineen*, a. a. O., S. 269–270.

135 Virginia Woolf: *Ein eigenes Zimmer*, a. a. O., S. 91.

136 Albert Camus: *Tagebücher 1935–1951*. Übers. v. Guido G. Meister. Reinbek bei Hamburg: Rowohlt, 1972. S. 196.

137 Tillie Olsen: *Rebecca Harding Davis. Her Life and Times*. In: Dies.: *Silences*. New York: Delacorte Press, 1978. S. 49. Eine verdichtete Paraphrase nach Rebecca Harding Davis: *Life in the Iron Mills or The Korl Woman*. With a Biographical Interpretation by Tillie Olsen. New York: Feminist Press, 1972. S. 37.

5. Kreativität, Potenzial – die erste Generation

1 William Wordsworth: *Essay; Supplement to the Preface*. In: Ders.: *Poems. In Two Volumes*. Bd. 1. London: Longman, Hurst, Rees, Orme, and Brown, 1815. S. 371.

2 Henry David Thoreau: *Walden. Leben in den Wäldern*. Übers. v. Wilhelm Nobbe. Altenmünster: Jazzybee, 2015. S. 86.

3 Edith Hamilton: *The Greek Way*. New York, NY: W. W. Norton, 1930, ^{2}1942. S. 35.

4 Vgl. Anm. 137 zu *Elf von zwölf – wer fehlt*, in diesem Band, S. 344.

5 Anton Čechov: Brief an A. S. Suvorin, 7. Jan. 1889. In: Ders.: *Briefe 1877 bis 1889*. Hrsg. u. übers. von Peter Urban. Zürich: Diogenes, 1979. S. 398.

6 Thomas Hardy: *Jude Fawley, der Unbekannte. Roman*. Übers. u. hrsg. v. Alexander Pechmann. München: Hanser, 2018. S. 484.

7 W. E. Burghardt Du Bois: *Darkwater: Voices from within the Veil*. New York, NY: Harcourt, Brace and Howe, 1920. S. 120.

8 Agnes Smedley: *Tochter der Erde. Mein Lebensroman*. Übers. von Julian Gumperz. München: Verlag Frauenoffensive, 1976. S. 181–182.

9 Vgl. »Ich liebte meine Mutter verzweifelt. Ich habe sie immer verzweifelt geliebt« (Albert Camus: *Tagebuch*. Bd. 2. Übers. v. Guido G. Meister. Reinbek bei Hamburg: Rowohlt, 1967. S. 157), und: »Es gibt keine Liebe zum Leben ohne Verzweiflung am Leben« (Albert Camus: *Licht und Schatten*. In: Ders.: *Literarische Essays*. Übers. v. Guido G. Meister. Hamburg: Rowohlt, 1959. S. 68).

10 Anton Čechov: Brief an A. S. Suvorin, 7. Jan. 1889. In: Ders.: *Briefe 1877 bis 1889*, a. a. O., S. 398–399.

11 Virginia Woolf: *Der schiefe Turm*. In: Dies.: *Der Augenblick. Essays*. Hrsg. v. Klaus Reichert. Übers. v. Hannelore Faden u. Helmut Viebrock. Frankfurt a. M.: Fischer Taschenbuch Verlag, 1998. S. 161.

Editorische Notiz

Die vorliegende deutsche Erstausgabe enthält die 1962 bzw. 1971 zunächst als Vorträge entstandenen Essays *Das Schweigen in der Literatur* sowie *Eine von zwölf: Frauen unter den Schreibenden*. Sie wurden anhand der Vortragsnotizen und im Falle von *Das Schweigen in der Literatur* zudem mithilfe des transkribierten Tonbandmitschnitts für die Veröffentlichung in eine schriftliche Fassung gebracht. Gemeinsam und überarbeitet in Buchform publiziert wurden sie erstmals 1978 unter dem Titel *Silences*; die gleichnamige und hier zugrunde liegende aktuelle Ausgabe erschien 2003 bei The Feminist Press at the City University of New York.

Darin enthalten ist zu beiden Essays jeweils ein von Tillie Olsen als »Vertiefungen«, »Erweiterungen«, ja als »Beleg« bezeichnetes Zusatzkapitel, aufgenommen in die vorliegende Ausgabe unter der Überschrift *Dem Schweigen auf der Spur* bzw. *Elf von zwölf – wer fehlt*. Die hier ebenfalls vorliegende Schlussbemerkung *Kreativität, Potenzial – die erste Generation* wurde von der Autorin eigens für die Buchedition verfasst.

Der Essay *Das Schweigen in der Literatur* entstand am Radcliffe Institute in Cambridge, Massachusetts, das 1961 mit dem Ziel gegründet worden war, Frauen den Zugang zu der Infrastruktur und den Ressourcen der Harvard University zu ermöglichen, die damals ausschließlich männlichen Studenten offenstand (inzwischen ist es als Harvard Radcliffe Institute offizieller Teil der Universität). Ein Jahr später, 1962, nach dem überraschenden Erfolg ihres Prosadebüts *Tell Me a Riddle* (1961; dt. Ausgabe unter dem Titel *Ich steh hier und bügle. Storys*) wurde Olsen an die renommierte Einrichtung eingeladen. Die geförderten Künstlerinnen und Wissenschaftlerinnen erhielten nicht nur finanzielle Unterstützung, auch wurden ihnen für die Dauer des Stipendiums kleine Büros zur Verfügung gestellt, damit sie ihren intellektuellen und kreativen Arbeiten jenseits von Haus- und Brotarbeit nachgehen konnten.

Olsen hatte vorgehabt, die Zeit zu nutzen, um den Roman zu vollenden, den sie Jahrzehnte zuvor begonnen hatte – ein Vorhaben, das sich nicht in die Tat umsetzen ließ (die unvollendet gebliebene Arbeit erschien 1974 unter dem Titel *Yonnondio*). Ein wöchentlich stattfindendes Kolloquium ermöglichte es den Stipendiatinnen, sich untereinander auszutauschen. Als es an der Zeit war, den im Rahmen des Programms vorgesehenen Vortrag über die eigene Arbeit zu halten, entschied sich Olsen, unter der Überschrift »Death of the Creative Process« (»Tod des kreativen Prozesses«) darüber zu sprechen, dass ihr das Schreiben an dem Roman unmöglich gewesen sei. Der Vortrag wurde im Oktober 1965 in *Harper's Magazine* unter dem Titel *Silences: When Writers Don't Write* veröffentlicht und diente als Grundlage für die überarbeitete Fassung in der oben genannten Buchausgabe.

Den zweiten Essay, *Eine von zwölf*, präsentierte Olsen 1971 in einem bereits deutlich veränderten, stärker auf Frauenrechte ausgerichteten politischen Klima vor dem

Modern Language Association Forum on Women Writers in the Twentieth Century. Sie richtete sich vor allem an Hochschullehrerinnen und -lehrer im Umfeld Literatur mit der Absicht, weiblichen Stimmen in dem von Männern dominierten Kanon der Bildungseinrichtungen mehr Raum zu verschaffen. Olsen hatte durch *Das Schweigen in der Literatur* große Bekanntheit erlangt und bezog sich wiederholt auf diese frühere Arbeit. In gedruckter Form erschien der Text im Oktober 1972 in der mit *Women Writing, Women Teaching* betitelten Ausgabe von *College English*. Diese Druckfassung diente wiederum als Grundlage für die überarbeitete Fassung in der Buchausgabe.

Für die Untersuchung ihrer Forschungsfragen hat Olsen eine ganz eigene, zugleich naheliegende und reizvolle Methodik entwickelt. Dabei bilden die »O-Töne« der im Mittelpunkt ihrer Untersuchung stehenden »Marginalisierten« die Ausgangsbasis ihres Quellenstudiums. Diese in Form von Zitaten zusammengetragene, für die Entwicklung bzw. Untermauerung ihrer Argumentation unerlässliche Datengrundlage wird in der Tradition des literarischen Essays nur in den wenigsten Fällen mit Quellenangaben belegt. Während diese Entscheidung für Olsens Art der Nutzung nicht nur legitim, sondern plausibel war, bedeutete sie für die Übersetzung eine enorme Herausforderung, konnten die Aussagen der »Bezeugenden« doch nur auf der Grundlage der Originalquellen angemessen ins Deutsche übertragen bzw. in die deutsche Ausgabe übernommen werden. Folglich sind, anders als in der amerikanischen Buchausgabe, sämtliche Quellen nachgewiesen. Sie finden sich in den Anmerkungen, die vom Übersetzerteam stammen, bzw. wurden, wo nötig und durch eckige Klammern kenntlich gemacht, in den Fußnoten der Autorin ergänzt.

Lagen von den Zitaten deutsche Übersetzungen vor, wurde im Sinne der wissenschaftlichen Überprüfbarkeit und Anschlussfähigkeit von diesen Gebrauch gemacht; war dies nicht der Fall, wurden die entsprechenden Passagen ins Deutsche übersetzt und die (in der Regel englischsprachigen) Originalquellen genannt. In den wenigen Fällen, wo für die von Olsen angeführten Zitate keine Quelle nachgewiesen werden konnte (womöglich handelt es sich zumindest teilweise um persönliche Gespräche zwischen ihr und den Zitierten), findet sich ein entsprechender Hinweis in den Anmerkungen; in diesen Fällen folgt die Übersetzung dem Wortlaut der zugrunde liegenden amerikanischen Ausgabe.

Die Übersetzung der Texte *Das Schweigen in der Literatur*, *Dem Schweigen auf der Spur* sowie *Kreativität, Potenzial – die erste Generation* besorgte Hans-Christian Oeser. *Eine von zwölf* sowie *Elf von zwölf – wer fehlt* wurden von Nina Frey ins Deutsche übertragen. Da der Wortlaut der O-Töne in den deutschen Gesamttext eingepasst werden musste (lexikalisch wie grammatikalisch-syntaktisch), kann es vorkommen, dass die Länge der entsprechenden Zitate gegenüber der amerikanischen Ausgabe leicht variiert.

Die Orthographie folgt den heute geltenden Duden-Regeln. Offensichtliche Druckfehler, Irrtümer und Abweichungen wurden stillschweigend korrigiert.